Für Mira in Dankbarkeit

Was die Grimm Brüder verschwiegen haben

Katzen erzählen die wahren Geschichten

aufgeschrieben von
Ursula G. T. Müller

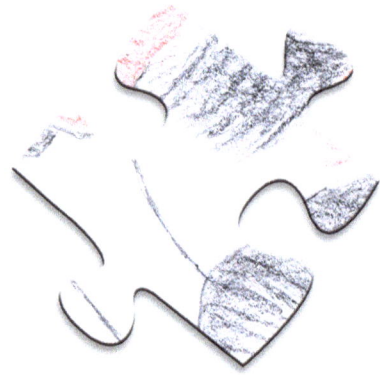

Impressum

Bibliografische Information der Deutschen Nationalbibliothek: Die Deutsche Nationalbibliothek verzeichnet diese Publikation in der Deutschen Nationalbibliografie; detaillierte bibliografische Daten sind im Internet über dnb.dnb.de abrufbar.

Texte und Zeichnungen © Ursula G.T. Müller, Kiel 2017
Titelgemälde © Ursula G.T. Müller
www.ursula-gt-mueller.de

Buch- und Umschlaggestaltung: Atelier GraFisch, Katharina Mahrt
Herstellung und Verlag: BoD – Books on Demand, Norderstedt

ISBN: 978-3-7431-5137-6

	Seite

Von Katzen – Lebensgefährtinnen und Märchenerzählerinnen 7
Eine Einleitung

Glückskatzen oder 11
Die wahre Geschichte von Schneewittchen

Der siebte Sinn der Katzen oder 37
Die wahre Geschichte von Dornröschen

Wie die Lebkuchen entstanden oder 63
Die wahre Geschichte von Hänsel und Gretel

Innere Schönheit und äußere Anziehung oder 85
Die wahre Geschichte von Aschenputtel

Der beste Schatz oder 109
Die wahre Geschichte von Rumpelstilzchen

Eine Frage des Vertrauens oder 131
Die wahre Geschichte von Rapunzel

Ein böser Ausflug oder 155
Die wahre Geschichte von Rotkäppchen

Der entscheidende Satz oder 177
Die wahre Geschichte vom Froschkönig und dem Eisernen Heinrich

Helferinnen in der Not oder 199
Die wahre Geschichte von Frau Holle

Zu danken habe ich 224
Dankeschön

Von Katzen – Lebensgefährtinnen und Märchenerzählerinnen
Eine Einleitung

Es kann kein Zufall gewesen sein, dass ich meine Kindheit, Jugend und erste Erwachsenenjahre in Frankfurt am Main in der Brüder-Grimm-Straße verlebt habe. Märchen sind bis zum heutigen Tag eine Lieblingslektüre von mir. Katzen dagegen waren in meinem Grimms-Märchen Buch eher rar. Sogar der gestiefelte Kater fehlte! Dagegen hatte eine Nachbarin Katzen und wurde deshalb Katzenfrau genannt. Ihre Tiere sah ich allerdings nur aus der Ferne. Anders als die Katzen zweier älterer Schwestern im gleichen Haus wie unsere Familie, diese hatten sich mit einer ganz erstaunlichen Katzenwelt eingerichtet. Kindern zeigten sie sie manchmal. Tief beeindruckt stand ich dann vor Katzen, die ihre Vorderpfötchen zusammengelegt und erhoben hatten, damit der Kaffee aus ihnen heraus fließen konnte. Was nimmt es angesichts solcher Begegnungen Wunder, dass ich schon als Kind eine Katze haben wollte?

Erst viele Jahre später wurde mir dieser Wunsch von den Mitbewohnerinnen und -bewohnern der Wohngemeinschaft erfüllt, in der ich, damals 26-jährig, in den USA lebte. An der Pennsylvania State University lehrte ich Mathematik und schlug mich mit höchst abstrakten Problemen der Algebra herum. Da war Karlchen, ein grau getigertes, anhängliches Katzenbaby ein wichtiger Gefährte und Vertreter einer Welt jenseits von Symbolen und logischen Schlussfolgerungen.

Mit Karlchen ging ich Anfang der 1970er Jahre zurück nach Deutschland und ließ mich in Gießen nieder, um ein Zweitstudium der Soziologie zu beginnen. Ihm zuliebe war ich in eine Hochparterrewohnung gezogen, damit er nach einem Abstecher in den nahe gelegenen Wald auf den Balkon springen und vor der Glastür maunzend um Einlass bitten konnte. Anfangs hatte er meist ein Mitbringsel für mich dabei, eine Maus. Da musste ich ein ernsthaftes Gespräch mit ihm führen: „Vielen Dank, Karlchen für dein liebevolles Geschenk, aber ich esse kein Fleisch, bitte habe Verständnis dafür." Von Stund an, legte er seine Beute auf das Mäuerchen, das unser Mietshaus umgab. Er hatte jedes Wort verstanden, so klug war er!

Bald starb Karlchen, er war nicht einmal zwei Jahre alt geworden. Ich war sehr traurig. Aber eine neue Katze war mir laut Mietvertrag ausdrücklich untersagt. Realistisch betrachtet war das gar nicht so schlecht, denn mein Studium und Engagement in der Frauenbewegung der 1970er/80er Jahre hätten mir nicht viel Zeit für ein Haustier gelassen.

Und so vergingen wieder Jahre, bis ich – inzwischen in Hannover ansässig und als Frauenbeauftragte der Stadt tätig – meine nächste Katze, auch sie ein Geschenk, aus dem Tierheim holte: Katinka, ein grau getigertes Kleinchen. Damit sie nicht so allein wäre, brachte ich ihr drei Wochen später Minka mit, ein schwarz-weißes Katzenbaby. Erst wollte Katinka nichts von ihr wissen, machte einen winzigen Katzenbuckel und fauchte, was das Zeug hielt, aber schon bald waren die beiden ein Herz und eine Seele.

Gerne hätte ich noch eine rote und eine dreifarbige Katze gehabt. Das wusste eine Frau vom Katzenschutzbund, als für zwei Dreifarbige ein Zuhause gesucht wurde. Sie waren noch ganz klein und so süß, dass ich mich für keine entscheiden konnte. Also nahm ich kurzerhand alle beide zu mir und gab ihnen die Namen Pepita und Rosita. Ihre Ankunft erregte heftiges Missfallen von Minka und Katinka. Die Neulinge hatte nämlich sofort erkannt, dass Katzen bei mir im Bett schlafen durften und sprangen dazu. Über so viel Chuzpe erbost, verließen Minka und Katinka unter Protest das Nachtlager. Aber anscheinend wurden sich die vier in meiner Abwesenheit einig, denn nach kurzer Zeit waren die Verhältnisse geklärt: Minka und Katinka beanspruchten die Plätze neben meinem Kopf, während Pepita und Rosita sich rechts und links von meinen Beine niederließen. So lebten wir glücklich und zufrieden.

Mitte der 1990er Jahre zogen wir fünf nach Kiel, wo ich als Staatssekretärin tätig war. Zum Glück für meine Lebensgefährtinnen trat ich in einen frühen Ruhestand und versuchte, ihnen mehr Zeit zu widmen. Leider starben die beiden älteren schon bald und kurz hinter einander.

Inzwischen konnte ich die Katzensprache ganz gut verstehen und war ganz Ohr, als Pepita und Rosita begannen, mir die wahren Geschichten Grimmscher Märchen zu erzählen. Was gab es da nicht alles zu hören: Dass es eine Katze war, die Aschenputtel mit dem Prinzen zusammengebracht hatte, dass eine Katze die Hilfe des Rumpelstilzchens organisiert hatte, dass sogar zwei dreifarbige Katzen nötig waren, um ein Happy End für Rapunzel herbeizuführen. Das hatten die Grimm-Brüder uns unterschlagen! Aber meine beiden Märchenerzählerinnen leisteten mehr, als nur Katzen als Akteurinnen in die Geschichten einzuführen. Ihre Erzählungen erschienen mir viel stimmiger als das, was ich von den Brüdern Grimm kannte. Denn die Katzen in den Geschichten von Pepita und Rosita hatten die Menschen genau beobachtet. Sie kannten deren Gefühle und schilderten ein differenziertes Bild von ihnen. Deshalb sind die Märchen auch für Erwachsene bestimmt, die sich selbst darin vielleicht manchmal wiedererkennen werden. Ich war begeistert von den Geschichten. Das verdiente belohnt zu werden. Da hatten Pepita und Rosita auch einen Wunsch: Sie wollten, dass ich sie male. Das versprach ich gerne. Aber ich müsste auch auf dem Bild sein, fanden sie. Nur, wenn ich im Schatten bleiben dürfte, bat ich, denn schließlich waren sie die Hauptpersonen.

Nun liegen die Erzählungen als Buch vor und Sie, verehrte Leserinnen und Leser, können selbst entscheiden, ob Sie mein Urteil teilen und auch Ihnen die wahren Geschichten einleuchtender vorkommen als die Grimmsche Fassung. Auf jeden Fall wünschen wir drei Ihnen viel Vergnügen bei der Lektüre.

Ursula Müller

Glückskatzen

oder Die wahre Geschichte von Schneewittchen

Es war einmal ein wunderschöner Herbstmorgen im Oktober. Die Sonne stand noch tief am Himmel und warf lange Schatten. Die waren noch nicht schwarz, sondern fielen dunkelgrau auf die graue Hauswand. Es war kein bisschen neblig, aber das Licht sah aus, als hingen feinste Wasserschleier an allen Gegenständen. Bestimmt hatten die Spinnennetze im Wald Wassertröpfchen mit ihren zarten Fäden festhalten können. Der frühe Himmel war grau bis zartblau, aber man konnte schon voraussagen, dass er um die Mittagszeit wahrhaft himmelblau sein würde, so blau, dass er alle Welt mit einem tiefen Glücksgefühl erfüllte und die Menschen, die arbeiten mussten, würden heftig wie ein starker Wind seufzen, weil sie viel lieber Ohren und Nasen in die frische, kalte Luft halten und rot werden lassen wollten.

Die Bäume hatten mit ihrer Verfärbung begonnen. Einige waren schon von unten bis oben mit leuchtend gelben Blättern geschmückt. Man war versucht, sich so hinzustellen, ja vielleicht sogar sich hinzulegen, dass die goldenen Blätter direkt vor dem tiefsten Blau des Himmels in Position kamen. Und obwohl sich dieses Schauspiel alljährlich wiederholt und obwohl es schon tausendmal fotografiert worden war, wirbelte die Seele durch die gefallenen Blätter, kullerte die Kastanien vor sich her und nährte angesichts der vielen grünen Bäume die Hoffnung, dass diese Wochen des Übergangs in die kalte, dunkle Jahreszeit noch recht lang vom Sonnenlicht bestrahlt würden.

Zwar hatte sich mein Geist schon angesichts der Vorboten dieses Tages erhoben, der Körper genoss aber noch die Wärme des Bettes. Irgendwie ahnte ich, dass mir noch weitere Freuden beschert sein würden. Fürs erste freute ich mich an Rosita, die ans Kopfende des Bettes gelaufen kam und mich aus großen, tiefdunklen Augen ansah. »Guten Morgen, mein Schätzchen«, begrüßte ich sie und sie begann sofort zu schnurren. Ihre Schwester Pepita trat an ihre Seite und sah mich erwartungsvoll an. »Was habe ich doch für schöne Kätzchen!«, rief ich zum mindestens tausendsten Mal aus, immer wieder fasziniert von ihrem Anblick. »Weiß wie Schnee...«, bewunderte ich ihr Fell, das von Katzenzüchtern als »schildpatt auf weiß« bezeichnet wird und von meiner Tierärztin mit »tricolor« in die Karteikarte eingetragen worden war. Eigentlich passten ihre Farben hervorragend zu diesem Tag. In dem orange-rostbraunen Ton wiederholte sich die Farbe des Herbstlaubs und die grauen bis anthrazitfarbenen Flecken und Streifen ließen mich an Stämme und Zweige der bald kahlen Bäume denken.

»Nun habe ich schon so viele Katzenbücher«, sinnierte ich vor mich hin, »und bekomme immer wieder neue geschenkt, aber in keinem habe ich je eine Erklärung dafür gefunden, warum dreifarbige Katzen als Glückskatzen gelten.« Rosita warf Pepita einen Blick zu, der zu sagen schien: »Wollen wir's ihr sagen?«, worauf Pepita zurückblickte, dann zu mir hin sah und ein bisschen näher kam. »Eigentlich bist du der Antwort schon recht nahe gekommen«, fing Rosita an. »Du hast doch eben selbst angefangen mit: weiß wie Schnee«, ergänzte Pepita lebhaft. »Ja schon«, gab ich zu, »aber rot wie Blut und schwarz wie Ebenholz seid ihr nicht.« »Natürlich nicht rot wie ein Blutstropfen, der sich wie eine kleine Kugel aus dem Finger drängt, in den eine Nadel gestochen hat. Aber was passiert mit dem Blutstropfen, wenn er - etwa hier bei uns in der Küche - auf weißen Steinboden fällt und dann trocknet?« »Dann sieht er eher rostbraun aus«, musste ich einräumen. »Genau«, frohlockte Pepita und Rosita, deren dunkle Flecken viel schwärzer sind als die ihrer Schwester, ergänzte: »Und wenn Ebenholz verbrennt, ist es auch nicht nur schwarz.« »Stimmt, die Asche kann sogar noch viel heller grau sein als Pepitas Fell.« »Na siehst du. Jetzt verstehst du«, meinte Rosita. »Nein, überhaupt nichts verstehe ich. Wie kam es denn nun, dass dreifarbige Katzen Glückskatzen sind? Ihr müsst mir die Geschichte schon von Anfang an erzählen.« »Erst nach dem Frühstück!«, maunzten beide jetzt im Duett. »O. k., o. k., ich steh ja schon auf.«

Als unser Frühstück beendet war, setzte ich mich im Wohnzimmer in den Ohrensessel. Das schien mir sehr passend, denn es ging ja wohl um ein Märchen und zu einem Märchen gehört auch ein richtiger Ohrensessel. Pepita und Rosita waren mir gefolgt und schärften sich am Kratzbaum die Krallen. »Nun kommt schon«, rief ich sie ungeduldig, »ihr habt es so spannend gemacht, jetzt will ich wissen, wie alles angefangen hat.« Beide sprangen auf meinen Schoß und sahen mich mit blassgrünen Augen an. Ihre Pupillen waren ein schwarzes Dreieck, das mit der Spitze nach unten zeigt. Wie ein Tortenstück sieht es aus. Dann sind sie immer ganz besonders tiefsinnig.

»Du weißt ja«, fing Rosita an, »dass die junge Königin am Fenster saß und stickte. Übrigens war es eine wunderschöne Stickerei. Sie verwendete alle Farben des Regenbogens und das Gold der Sonne, um eine goldblonde Fee in einem dunklem Wald umgeben von den Tieren des Waldes zu sticken. Das machte sie, weil es Winter war und die Königin sich so sehr nach Farben und nach Licht sehnte. Ihr Kräuter- und Blumengarten, den sie höchstpersönlich pflegte, war in tiefen Schlaf gefallen und die königliche Gärtnerin hielt es nicht aus, die schwarzen, kahlen Bäume, die graugrünen Sträucher und die braunen Erdschollen hinter der grauen Mauer zu betrachten. Deshalb hatte sie sich für ein Motiv entschieden, das nach ganz vielen Farben verlangte.«

»Sie war aber nicht allein in dem kleinen Zimmer, in das sie gegangen war, weil es sich dank des offenen Kamins schnell und gut wärmen ließ«, übernahm nun Pepita den Erzählfaden. »Zu ihren Füßen auf einem dicken Schaffell lag eingerollt ein graugetigertes Kätzchen.« »Das ist bestimmt seiner Herrin überallhin gefolgt, so wie ihr«, meinte ich. »Das ist so unsere Art, wenn wir einen Menschen sehr mögen und ihn glücklich machen wollen«, erklärte Rosita würdevoll.

»Dann fing es aus dem grauen Himmel und auf die graubraune Erde mit dicken Flocken zu schneien an. Schon bald war der Erdboden weiß und wurde immer weißer. Die Königin blickte wieder und wieder nach draußen und freute sich, weil der weiße Schnee die Landschaft heller werden ließ. Selbst der Himmel wurde klarer. Schon konnte man sehen, wo die Sonne am Himmel stand und nach einiger Zeit trat sie dann auch wirklich hervor. Da wurde die junge Königin so glücklich und froh, dass sie, statt auf ihre Handarbeit zu schauen aus dem Fenster sah und prompt stach sie sich mit der Nadel in den Finger. ›Au‹, rief sie aus und weckte damit das Kätzchen, das erschrocken seine Vorderpfoten auf ihren Schoß legte und sehen wollte, was passiert war.

Reflexartig hatte die Königin den Finger in den Mund gesteckt. Aber als sie ihn wieder heraus zog, trat erneut ein Blutstropfen hervor. Der glänzte so herrlich im Sonnenlicht, dass die Königin ihn ganz entzückt ansah. Sie drehte den Arm weg von ihrer Stickerei, damit kein Blut auf ihre Arbeit fallen konnte und dann sprach sie ganz andächtig die Worte: ›Ich wünsche mir ein Mädchen so weiß wie Schnee, so rot wie Blut und‹, hier zögerte die Königin ein bisschen, ›so schwarz wie Ebenholz.‹ Das war ihr gerade noch rechtzeitig eingefallen, als sie den Stickrahmen aus Ebenholz ansah.

Das Kätzchen hörte ganz ergriffen diesen Wunsch. ›Die Farben der Großen Mutter!‹, flüsterte es kaum hörbar, weil ihr natürlich sofort die Farben der Muttergöttin, weiß für die junge Göttin, rot für die reife, und schwarz für die alte Frau, in den Sinn kamen. ›Wie schön!‹ Da bemerkte das Tierchen, wie aus der kleinen Wunde ein Blutstropfen auf den Marmorboden fiel, gerade haarscharf an seinem Vorderpfötchen vorbei. Es beobachtete, wie das Blut ganz schnell trocknete. ›Ich hätte auch gerne ein Töchterchen, so weiß wie Schnee, so rotbraun wie der Blutfleck und so grauschwarz wie das halbverbrannte Eichenholz im Kamin.‹«

»Aber warum hat das Kätzchen denn den Wunsch der Königin nicht wortwörtlich für sich übernommen?«, wollte ich wissen. »Du musst verstehen«, erläuterte Rosita, »dass in jener Zeit jedes Lebewesen auf der Erde einen ihm eigenen, angemessenen Platz einnahm im wörtlichen, aber auch im übertragenen Sinn, sodass sich jedes Wesen vom anderen unterschied. Stell es dir vor wie eine Art Patchworkdecke, so wie du sie manchmal nähst. Da hat auch jeder Flicken seinen eigenen, unverwechselbaren Platz. Deshalb wünschte die Katze sich eine Tochter, die zwar ähnliche, aber nicht dieselben Farben haben sollte wie die Menschentochter. Nur Menschen, die die Ordnung nicht anerkannten, setzten sich über diese Regel hinweg.«

»Ja, und so ein Mensch war die Stiefmutter, sie konnte sich mit ihrer untergeordneten Rolle nicht abfinden oder das Beste daraus machen«, fügte Pepita hinzu, »Aber sie kommt erst später. Erst einmal hat das Kätzchen Junge bekommen. Die waren herzallerliebst. Es waren drei, ein graugetigertes und ein orangegetigertes und zuletzt ein dreifarbiges, so wie es sich seine Mutter gewünscht hatte. Die Katzenmutter liebte ihre Kinder über alles und zeigte ihnen all das, was sie für ein glückliches Katzenleben brauchten. Auch die junge, schwangere Königin hatte ihren Spaß an den Katzenjungen, besonders an dem dreifarbigen. ›Das soll die Spielgefährtin für mein Kind werden!‹, rief sie aus.«

»Dann geschah das Unglück«, begann nun Rosita mit dem dramatischen Teil der Geschichte. »Bei der Geburt ihrer Tochter starb die Königin. Alle Menschen und Tiere, alle Blumen und Bäume des Gartens trauerten mit dem König. Nur das Baby Schneewittchen war heiter und ruhig, munter und fidel, ein Mädchen, wie es sich die Königin gewünscht hatte. Das dreifarbige Kätzchen durfte Schneewittchen nahe sein und heiterte es immer neu auf mit seinen drolligen Faxen. Nach einem Jahr brachte es selbst Junge zur Welt und wieder war ein dreifarbiges dabei. Und weil sich das Kätzchen der Königin damals ausdrücklich ein Töchterchen gewünscht hat, deshalb sind bis auf den heutigen Tag alle dreifarbigen Kätzchen Weibchen.« »Endlich verstehe ich das!«, rief ich begeistert aus. »Das wollte ich doch schon immer wissen.« Meine Beiden schnurrten vor Freude.

»Wie du weißt«, fügte Rosita hinzu, »hat der König schon ein Jahr nach dem Tod von Schneewittchens Mutter wieder geheiratet. Man hatte ihn regelrecht gedrängt. Er sollte doch einen Erben haben. In dem Königreich gingen nämlich die männlichen Nachkommen in der Erbfolge vor. Nur wenn ein König keinen Sohn hatte, wurde die Tochter Königin. Aber bei der Wahl seiner zweiten Frau war der König nicht so recht mit dem Herzen dabei. Er ließ sich auf den Vorschlag ein, den ihm seine Berater machten. Die Braut war jung und schön. Für den König war aber entscheidend, dass sie sich mit den Pflanzen und Kräutern auskannte wie seine erste Frau und in der Tat war die junge Frau eine Expertin auf diesem Gebiet. So hoffte er, dass sie den Garten wieder zum Leben erwecken würde, der nach dem Tod der ersten Königin zu verwahrlosen begann. Du siehst, er hat nicht nur das Auge sprechen, sondern auch seinen Verstand walten lassen. Aber zur Liebe gehört eben auch das Herz und das war beim Andenken an seine erste Frau.« »Das hört sich ein bisschen so an wie bei Prinz Charles und Lady Di«, konnte ich mir nicht verkneifen. »Dazu weißt du vermutlich mehr«, meinte Pepita trocken.

»Die neue Königin war blond, legte viel Wert auf elegante Kleidung und trieb Gymnastik, um sich ihre schlanke Figur zu erhalten. Und sie war ehrgeizig. Sie wollte dem König um jeden Preis einen Sohn schenken, damit dieser dann König und sie damit Königinmutter werden würde. Aber sie hatte kein Glück. Nun war der König zugegebenermaßen häufig auf Reisen. Aber die Königin ließ nichts unversucht, um schwanger zu werden. Sie nutzte ihre Kräuter- und Heilkenntnisse, braute Tees für sich und für den König, verführte ihn mit Aphrodisiaka, machte Beckenbodengymnastik. Nichts half. Die Jahre vergingen, die Königin blieb unfruchtbar.

Solange sie noch hoffte, selbst Kinder zu bekommen, hatte sie Schneewittchen nicht beachtet. Aber je aussichtsloser ihre Bemühungen erschienen, desto neidvoller blickte sie das Mädchen an, sah in ihr die künftige Thronfolgerin und sich selbst zur bedeutungslosen Hofdame degradiert, wenn der König gestorben sein würde. In all den Jahren war es ihr nicht gelungen, das Herz des Königs zu erobern. Im Gegenteil, ihre Interessen gingen immer weiter auseinander. Der König, der sich für die schönen Künste und das Wohl seiner Untertanen einsetzte, spürte, dass das Interesse der Königin an diesen Themen ziemlich oberflächlich war. Wenn die Königin zu Malerinnen und Malern ging und deren Ateliers besichtigte, wollte sie, dass man ihrer Schönheit huldigte und sie nicht nur als Königin, sondern als Fee porträtierte. Wenn sie zu den Armen ging, um ihnen Kleidung und Nahrung zu bringen, wollte sie, dass ihr mit überschwänglichen Worten gedankt und sie für die Wohltaten gepriesen würde. Der König dagegen fragte die Armen, welche Hilfe sie brauchten, um aus eigener Kraft wieder für sich und ihre Kinder sorgen zu können und diese Wünsche erfüllte er ihnen. Mit den Künstlerinnen und Künstlern diskutierte er über die Rolle der Kunst und ihre Bedeutung für alle Menschen, nicht nur für die Kirche und den Adel.

Als die Königin merkte, dass sie keinen rechten Draht zum König fand, erklärte sie es sich so, dass er sie nicht richtig sähe. Deshalb setzte sie alles daran, dass andere sie im Gespräch mit dem König priesen. Sie hoffte, dass er sie dann mit neuen Augen betrachten würde. Aber auch das funktionierte nicht. Immer wenn man dem König zur Schönheit und Güte seiner Frau gratulierte, verglich er sie mit seiner ersten Frau, der er viel näher gestanden hatte und die zweite Königin zog in seinen Augen den Kürzeren.« »Tja,

Liebe lässt sich nicht herbei reden«, warf Rosita weise dazwischen und fuhr fort: »Weil sich der König im Grunde seines Herzens so sehr nach seiner ersten Frau sehnte, wollte er Schneewittchen immer öfter um sich haben. Schneewittchen war aber auch ein ganz besonderes Mädchen.«

»Ich stelle mir vor«, phantasierte ich laut, »dass sie mit ihrem dunklem Haar, den dunklen Augen und dem roten Mund eine sinnliche Ausstrahlung hatte. Sicher war sie lebhaft und konnte sehr zärtlich sein. Wahrscheinlich hatte sie auch ein tiefes Gespür für andere Menschen.« »Mit anderen Worten: sie hatte etwas von einer Katze«, fiel mir Pepita schmunzelnd ins Wort. Ich musste lachen, weil der Vergleich so treffend war. »Ja, genau so war sie«, bestätigte Pepita meine Phantasien. »Sie war intelligent, sprachbegabt und hatte Spaß an technischen Dingen. Denksportaufgaben waren ihr am liebsten und außerdem war sie ein ausgemachtes Schleckermaul.« »Vielleicht hat sie sich ja von ihren dreifarbigen kätzischen Spielgefährtinnen so einiges abgeguckt«, überlegte Rosita. »Schließlich war sie viel mit unseresgleichen zusammen.« »Und das bildet in mancherlei Hinsicht«, bestätigte ich augenzwinkernd, denn schließlich lebte ich seit Jahren mit Pepita und Rosita und hatte mir einige ihrer Lebensgewohnheiten zu eigen gemacht.

»Wann kommt denn nun die Sache mit dem Spiegel?«, fragte ich dann aber etwas ungeduldig. So sehr mir die ausführlichen Schilderungen von Rosita und Pepita gefielen, so wollte ich doch endlich wissen, wann sich die Lage zuzuspitzen begann. Ich gebe gern zu, dass ich durch die Grimmschen Märchen geprägt war. Da ging alles viel zügiger zu. Aber ich hätte wissen müssen, dass Katzen ihren eigenen Rhythmus haben und dem treu bleiben. Prompt bekam ich dann auch zu hören: »Nach dem Mittagsschlaf!« Mittags – und das kann manchmal schon um 10 oder 11 Uhr anfangen – verfallen Katzen in einen Tiefschlaf, der bis 16 Uhr oder auch 17 Uhr dauern kann. Während sie mir zu anderen Tageszeiten in jeden Raum folgen und dort ihr Lager aufschlagen, beziehen sie in dieser Zeit einen festen Platz und reagieren mit unwirschem Brummen, wenn sie gestört werden. Zwar hatte ich gehofft, sie durch meine Zwischenfragen überlisten zu können. Pustekuchen! Also beobachtete ich, wie Rosita und Pepita sich zur Ruhe betteten und meine beiden Mitbewohnerinnen schliefen das, was zu Unrecht »catnap«, also ein Katzennickerchen, genannt wird: Sie schliefen tief und fest.

Ich griff derweil zu meinem alten Märchenbuch, um dort nachzulesen, wie die Geschichte mit Schneewittchen endete und wo vielleicht etwas von einer Glückskatze hineinpassen könnte. Es gab keinen einzigen Anhaltspunkt. Mehr noch, ich war regelrecht entsetzt darüber, dass der Stiefmutter am Ende glühende Eisenschuhe angezogen worden waren, in denen sie sich auf Schneewittchens Hochzeit zu Tode tanzen musste. Jetzt hielt ich es nicht länger aus, ich wollte von Pepita und Rosita wissen, wie die Geschichte wirklich war. Sie wussten so viele Details und erzählten so anschaulich, dass ich sicher war: Die kätzische Überlieferung jener Ereignisse war die genauere. Ich fühlte mich geehrt, weil ich für wert befunden worden war, ihre Version zu hören.

»Du hast uns nach dem Spiegel gefragt«, nahm Rosita den Faden wieder auf. »Davon haben wir nichts erwähnt, weil die Menschen viel zu viel Aufhebens von der Sache gemacht haben. Vor allem Walt Disney.« »Oh, schweig still von dem Typ!«, fiel nun auch Pepita ein, »ich kann ihn nicht verputzen. Erst schon mal die böse Königin. Du hattest uns ja mal Bilder gezeigt, die er von ihr gezeichnet hatte und Szenen aus dem Märchen. Darauf war die Stiefmutter doch überhaupt nicht schön. Die hätte der König nie gewollt mit ihrer komischen Kappe und den langen Fingernägeln. Und dann der Spiegel und die Hexenküche! Das ganze Brodeln und Dampfen! Lächerlich! So wie Klein-Fritzchen sich ein Chemielabor vorstellt.« Rosita nahm einen neuen Anlauf: »Der Spiegel war, ehrlich gesagt, ein ganz gewöhnlicher Kristallspiegel. Er war so groß, dass sich ein Mensch von oben bis unten darin betrachten konnte. Und das tat die Königin auch. Er hing in ihrem Ankleidezimmer, wo solche großen Spiegel auch hingehören. Und da die Königin sehr auf ihre Figur achtete, betrachtete sie sich oft darin, nackt oder angezogen. Sie ließ sogar noch zwei weitere Spiegel anbringen, damit sie sich auch von der Seite und von hinten betrachten konnte.«

»Aber so lange Schneewittchen noch klein war«, erzählte Pepita, »und der König seiner zweiten Frau noch mehr Zeit schenkte, hegte sie keine Befürchtungen. Aber dann kam Schneewittchen in die Pubertät. Sie bekam nicht nur eine weibliche Figur, sie bekam Pickel auf Stirn und Nase so, wie die meisten Mädchen in dem Alter. Sie war oft unglücklich, wusste nicht so recht warum und sehnte sich nach - nach was, wusste sie auch nicht. Nur die Kätzchen konnten sie trösten. Als der König merkte, wie unausgeglichen seine Tochter war, schenkte er ihr mehr Aufmerksamkeit. Er spazierte mit ihr durch den Blumen- und Kräutergarten und sie unterhielten sich über so wichtige Fragen wie die nach dem Sinn des Lebens. Eben solchen Fragen, die junge Mädchen in dem Alter bewegen. Das Wichtigste für die Geschichte war jedoch, dass er ihr immer wieder zu verstehen gab, wie schön er sie fand.«

»Die Königin beobachtete das Vater-Tochter-Verhältnis mit Argwohn. Inzwischen musste sie sich ihre Kinderlosigkeit eingestehen. Sie begann irrational zu reagieren und wurde eifersüchtig. Eifersüchtig auf die intensiven Gespräche zwischen Vater und Tochter, eifersüchtig auf deren Spaziergänge und eifersüchtig auf die Komplimente, die der König Schneewittchen machte. Wahrscheinlich hat er seiner zweiten Frau nicht mehr so oft etwas Liebes oder Schönes gesagt, immerhin waren die beiden ja schon über zehn Jahre verheiratet, da lässt so manches nach.

Die Königin betrachtete sich nun immer öfter im Spiegel und verglich sich mit Schneewittchen. Als reife Schönheit hätte sie viel in die Waagschale zu werfen gehabt, aber es war die innere Reife, die ihr fehlte. So haderte sie mit den kleinen Fältchen und meinte, in Schneewittchens Faltenlosigkeit und schwarzen Haaren deren einzige Pluspunkte zu erkennen. Dabei waren es Liebenswürdigkeit, Lebensfreude, Mitgefühl mit anderen Lebewesen und Bescheidenheit, die Schneewittchen für ihre Umgebung so anziehend machten. Als Schneewittchen sechzehn Jahre alt wurde, waren die Pickel verschwunden, sie war ausgeglichen und hatte ein bezauberndes Wesen. Sie war wirklich eine kleine Schönheit. Just an diesem Tag warf eine von Schneewittchens Katzen Junge und wieder war ein dreifarbiges, ein besonders hübsches, dabei. ›Das ist mein schönstes Geburtstagsgeschenk‹, jubelte Schneewittchen, als sie ganz ergriffen vor dem Nest stand, in dem die Mutter ihre Jungen säugte. Schneewittchen wagte es gar nicht, die kleinen Würmchen anzufassen. Die Katzenmutter erlaubte es ihr aber und als Schneewittchen das dreifarbige in den Händen hielt, war es so leicht und weich wie Flaum. Schneewittchen gab ihm einen Kuss auf die Stirn und flüsterte: ›Du bist so leicht wie eine Feder, ich werde dich Fe nennen!‹« »Das ist aber ein besonders schöner Name«, unterbrach ich Rosita. »Er erinnert an Fee und an Felicitas, die Glücksbringerin.« »Später hatte Schneewittchen ebenfalls diesen Gedanken und beglückwünschte sich zu ihrer Namensgebung. Aber sie rief das kleine Purzelchen immer nur, ›Fe‹ und Fe wusste sehr bald, dass sie gemeint war.«

»Die Königin war inzwischen Ende dreißig, sah immer noch sehr gut aus, aber mit dem Charme und der Schönheit der Jugend konnte sie nicht mithalten. So begann sie sich auszumalen, was geschehen würde, wenn Schneewittchen stürbe. Sie sah sich als mitregierende Königin. Sie würde in die Staatsgeschäfte eingeweiht werden und hätte wieder Gesprächsstoff mit ihrem Mann. So aber war Schneewittchen die Kronprinzessin. Sie wurde in Staatsführung unterrichtet und war die bevorzugte Gesprächspartnerin des Königs. Also überlegte die Königin, wie sie Schicksal spielen und Schneewittchen aus dem Weg räumen könnte. Deshalb rief sie den Jäger und beauftragte ihn, mit Schneewittchen in den Wald zu gehen und sie zu erschießen. Es sollte wie ein Jagdunfall aussehen. Von wegen: und bring mir ihr Herz und ihre Lungen«, ereiferte sich Pepita, »das ist so eine Art, wie Menschen Geschichten erzählen, um damit Ausdrucksformen für ihre Gefühle, ganz besonders ihre Aggressionen zu finden, wir Tiere haben das nicht nötig, wir haben ein gesundes Verhältnis zum Fressen und Gefressen-Werden, zum Leben wie zum Sterben.«

»Aber richtig ist«, erklärte Rosita, »dass der Jäger Mitleid hatte und deshalb nie beabsichtigte, Schneewittchen zu erschießen. Daher nahm er auch seinen treuen Jagdhund nicht mit. Und das wiederum war der Grund, warum Fe, die damals gerade ein halbes Jahr alt war, den beiden in den Wald folgte«, berichtete Rosita. »Nachdem sie eine ganze Weile gelaufen waren, kamen sie an eine Lichtung. Dort setzte sich der Jäger mit Schneewittchen auf einen Baumstamm und erzählte ihr seinen Auftrag. Natürlich war Schneewittchen sehr erschrocken, aber der Jäger hatte einen Plan. ›Wir gehen noch ein Stück weiter, dann kommen wir an einen Bach. Dort sollten wir uns trennen. Ich will das Königreich verlassen und Euch, Prinzessin, rate ich dasselbe. Unter dieser Königin hätten wir keine ruhige Minute mehr.‹ Das leuchtete Schneewittchen ein. ›Wie sollen wir es anstellen? Habt Ihr eine Idee?‹, wollte sie wissen. ›Ich denke, sie werden mit den Hunden nach uns suchen. Deshalb habe ich schweren Herzens meinen liebsten und treuesten Jagdhund zurückgelassen und ihm meinen Fluchtplan erzählt. Er wird die anderen Hunde davon abhalten, uns zu verfolgen. Aber um auf Nummer sicher zu gehen, sollten wir unsere Spuren verwischen. Deshalb schlage ich vor, dass wir in entgegengesetzte Richtungen im Bach ein Stück waten. Ich habe meine Stiefel an und werde gegen den Strom laufen. Ihr sollt mit dem Wasserlauf gehen, das ist einfacher und Ihr kommt schneller voran.‹ ›Ich bewundere Eure Klugheit und Weitsicht!‹ Die Prinzessin war ehrlich beeindruckt. Da meldete sich Fe zu Wort: ›Ich werde mich auf einen Ast setzen und wenn die Hundemeute kommt, lenke ich sie ab.‹ ›Oh, Gott, nein, Fe, tu das nicht. Wenn sie dich schnappen, zerreißen sie dich!‹ Schneewittchen war entsetzt und sehr besorgt. ›Lieber nehme ich es mit einer Meute Jagdhunde auf, als mit dir in den Bach zu steigen, ehrlich!‹, antwortete Fe.«

»Moment mal,« unterbrach ich den Redefluss. »Wieso konnten der Jäger und Schneewittchen denn mit Tieren sprechen?« »Gut, dass du fragst«, meinte Rosita. »Das kannst du ja nicht wissen. In jenen Zeiten waren sich Menschen und Tiere näher als heute. Aber nur die, die ihre Tiere sehr liebten, haben im Laufe des Zusammenlebens die Fähigkeit erworben, mit ihnen zu sprechen. Und das traf auf den Jäger und seinen Lieblingshund ebenso wie auf Schneewittchen und ihre geliebte kleine Fe zu.« »Und auf uns drei sogar heute noch!«, ergänzte Pepita voller Stolz über unser besonders gutes Verhältnis. »Könnt ihr mir denn auch erklären, warum in meinem Märchenbuch Menschen, die die Sprache der Tiere verstehen, dafür immer etwas Besonderes tun müssen? Etwa Ungewöhnliches essen oder so?« »Der eigentliche Grund, warum Menschen mit Tieren sprechen und sie verstehen konnten, ihre besondere Nähe und Einfühlsamkeit einem Tier gegenüber, ging im Laufe der Zeit verloren, wie es bei mündlicher Überlieferung über lange Zeiträume geschieht. Bei den Geschichten, die du kennst, ist es ja auch manchmal so, dass es sich um eine einseitige Kommunikation handelt: Menschen verstehen Tiere, sprechen aber nicht mit ihnen.« »Da hast du völlig Recht. Eine Ausnahme ist der arme Müllerbursch, der richtig mit dem Kätzchen redet. Wie ihr wisst, ist das eines meiner Lieblingsmärchen.« »Na ja«, meinte Pepita schlau, »es ist ja auch ein Müllerbursch und du bist auch eine Müller.« »Das wird es wohl sein«, meinte ich lachend. »Aber sagt mir, wie es weiterging. Hat man die Hunde auf die Flüchtlinge gehetzt?« »Und wie! Die Königin und der König wurden aus unterschiedlichen Gründen bei Einbruch der Dunkelheit unruhig. Die Königin erzählte, dass der Jäger Schneewittchen in den Wald mitgenommen habe, um ihr den Wildbestand zu zeigen. ›Wenn man den Jäger findet und er behauptet etwas anderes‹, dachte die Königin, ›steht immer noch sein Wort gegen meines.‹ Daraufhin schickte der König einen Suchtrupp los mit Fackeln und der Hundemeute. Er selbst ritt vorneweg.« »Der Lieblingshund des Jägers hatte seine Kolleginnen und Kollegen informiert und führte die Truppe an«, schilderte Rosita die nächtliche Suche.

»Als sie zum Bach kamen, wussten sie nicht, wie sie sich verhalten sollten. Das hatte Fe geahnt. ›Was sollen wir jetzt tun?‹, fragten die Hunde ihren Anführer. Der wandt sich an Fe, die ja den Plan ausgeheckt hatte und auch gleich das Wort ergriff: ›Wie ihr ja wisst, ist der Jäger Bach aufwärts gelaufen und Schneewittchen Bach abwärts. Ihr dürft auf keinen Fall in diese Richtungen gehen. Ich schlage deshalb vor, ihr überquert den Bach und lauft in den Wald, bis ihr zu der Bärenhöhle kommt. Ich habe sie, bevor ihr kamt, ausgekundschaftet. Die Bärin spielt auch mit. Ihr müsst euch vor der Höhle postieren und so tun, als führte die Spur hinein. Die Bären haben die Höhle geräumt. Ihr dürft sie auf keinen Fall verfolgen, das haben sie nicht verdient. Der König soll den Eindruck bekommen, dass Schneewittchen und der Jäger von den Bären gefressen worden sind.‹ ›Das klingt nicht unlogisch‹, brummelte der Jagdhund. ›Nur: wie finden wir die Bärenhöhle? Fe, kannst du uns nicht führen?‹ ›Oh je, oh je!‹, begann Fe zu jammern. ›Da muss ich ja noch mal durch den Bach und nachher macht ihr Frikassee aus mir.‹ ›Wir schwören dir alle feierlich, dir kein Haar zu krümmen. Aber nun eil dich schon, gleich ist der König hier. Du warst ja vorhin schon auf der anderen Seite, also weißt du, dass dich das kalte Wasser nicht umbringt‹, fügte er noch hinzu.«

»Der König und seine Mannen traten an das Bachufer und beratschlagten. ›Am wahrscheinlichsten ist es, dass sie den Bach überquert haben, um nach Wild auf der anderen Seite Ausschau zu halten‹, meinte der König. Also durchquerte er den Fluss und rief die Hunde zu sich. Was er nicht sehen konnte, war eine triefend nasse Katze, die im Busch saß und verzweifelt versuchte, sich trocken zu lecken. Auch bemerkte er nicht, dass sich die Hunde, die Fe sehr wohl entdeckt hatten, das Lachen verbeißen mussten. ›Schlagt an‹, kommandierte ihr Anführer, ›so als hätten wir die Spur wieder aufgenommen, aber lasst euch Zeit mit dem Weiterlaufen, damit Fe sich wenigstens notdürftig trocken lecken kann. Sonst holt sich die Ärmste noch eine Lungenentzündung.‹«

»Das war aber lieb von dem Jagdhund!«, rief ich begeistert aus. »Er war ja nicht umsonst der Liebling des Jägers«, meinte Pepita und fuhr fort: »Tatsächlich schnüffelten die Hunde noch eine ganze Weile im Moos herum, andächtig beobachtet vom König und seinen Leute. Schließlich gab Fe das Zeichen, dass es weitergehen konnte. Sie blieb immer in Deckung, weil ihre weißen Fellflecken im Licht der Fackeln sonst hell aufgeleuchtet hätten und sie entdeckt worden wäre. Über ein paar Umwege führte sie die Truppe zur leeren Bärenhöhle. Sie rannte allen voran, ging in die Höhle und zupfte sich büschelweise das Fell aus.« »Sie war ja so klug«, schwärmten meine beiden Kätzchen. »Sie wollte den Eindruck erwecken, dass die Bären auch sie gefressen hätten. Tatsächlich ging der König mit Gewehr im Anschlag in die Höhle. Ein Glück, dass die kluge Fe den Bären geraten hatte, ihre Höhle zu verlassen!«, lobte Rosita und fuhr fort: »Dort fanden die Begleiter des Königs Katzenfellbüschel in dreierlei Farben. Der König wusste sofort, dass das Fell von Fe stammte. Ein fürchterlicher Schreck durchfuhr ihn. Aber er klammerte sich an die Hoffnung, dass nur Fe das Opfer der Bären geworden war und der Jäger die wilden Tiere verfolgt hätte. Immer wieder forderte er die Hunde auf, Witterung aufzunehmen, aber die liefen in alle Himmelsrichtungen davon.«

»Um eine lange Geschichte kurz zu machen«, warf Pepita ein, »bei Tageslicht kamen die Sucher wieder. Drei Tage lang durchkämmten sie den Wald. Als dann noch ein schwerer Regen fiel, gaben sie alle Hoffnung auf.« »Und wie reagierte die Königin?«, wollte ich wissen. »Die war natürlich erleichtert. Aber sie spielte gekonnt die Trauernde bei den Feierlichkeiten, die der König angeordnet hatte. Aber du hast recht nach ihr zu fragen«, unterstützte mich Pepita. »Der König war so niedergeschlagen, dass er nicht denken konnte. Aber die Königin ließ ihren Verstand walten. ›Wie konnte es sein, dass nur Katzenfell gefunden worden war? Keine Blutspuren, keine Knochen, keine Kleidungsstücke. Am Ende war alles nur Tarnung?‹ Es ließ ihr keine Ruhe. Immer öfter sah man sie über Landkarten gebeugt die Gegend studieren. Bisweilen holte sie Erkundigungen über die Wälder ein. Als man schließlich einen alten verendetet Bären fand und in dessen Eingeweiden keine Spur von unverdaulichen Kleidungsstücken wie Knöpfen, Gürtelschnallen oder Ähnlichem entdeckt hatte, wurde sie immer unruhiger. Sie beschloss, sich im kommenden Frühjahr auf die Suche zu machen.«

»Was dann kommt, weiß ich ja, auch wo es Schneewittchen hinverschlagen hatte. Aber was geschah mit Fe?«, wollte ich wissen. »Fe lief in den Wald hinein, suchte sich Mäuse und kleine Tiere und machte, offen und gutherzig wie sie war, die Bekanntschaft der Waldbewohnerinnen und -bewohner. Die hatten noch nie ein dreifarbiges Kätzchen gesehen und wollten natürlich wissen, wie sie zu dieser Farbkombination gekommen ist. Die Wildkatzen sind, wie du ja weißt, grau getigert und lange nicht so auffällig. Also erzählte Fe die Geschichte von der ersten Königin und ihrer eigenen Ur-Ur-Urgrossmutter, die sich eine Tochter gewünscht hatte: Weiß wie Schnee, rostrot wie ein trockener Blutfleck und grauschwarz wie verkohltes Eichenholz. ›Den Wunsch hat deiner Ur-Ur-Urgrossmutter bestimmt die Große Mutter erfüllt‹, meinten die Waldtiere. ›Wer ist denn das?‹, fragte Fe interessiert. ›Das ist die gute Fee des Waldes. Sie beschützt uns Tiere und sie hilft manchmal auch Menschen, die uns lieben. Die nennen sie auch Fee Güldenhaar, weil sie sich bisweilen als junge Frau mit langen goldblonden Haaren zeigt. Zwar wohnt sie im Wald, aber es ist überhaupt nicht leicht zu ihr zu finden.‹ ›Wieso denn? Ist es so weit?‹, bat Fe um nähere Auskunft. ›Die Große Mutter lässt sich nur von Lebewesen finden, die mindestens drei Waldtieren etwas Gutes getan haben. Für alle anderen bleibt sie unsichtbar.‹

Das gab Fe Stoff zum Nachdenken. Sie wollte so gern, dass Schneewittchen wieder zurück in ihr Schloss gehen konnte und nicht jahrelang auf der Flucht sein musste. Aber sie wusste nicht, wie das möglich wäre. Vielleicht wusste die Große Mutter ja einen Weg. Fe beschloss also, sie zu suchen. Von den Waldtieren hatte sie gehört, dass Schneewittchen bei den sieben Zwergen hinter den sieben Bergen untergekommen war. Um sie brauchte sich Fe also nicht mehr zu sorgen. Und so zog sie los«, erschöpft hielt Rosita inne. Schnell fütterte ich meine Beiden, gab ihnen etwas Leckeres zur Belohnung und war sehr gespannt, wie die Geschichte mit Fe und der Fee weiterging.

»Eines Tages«, begann Pepita, »kam Fe an einen breiten Bach. Sie setzte sich an des flache Ufer, versteckte sich gut und beobachtete das Wasser, um herauszufinden, ob Fische darin waren. Nach kurzer Zeit tauchte aus dem Wasser ein dünnes, struppiges, schwarzfelliges Tier auf und versuchte nach einer Bachstelze zu schnappen. Ohne Erfolg. Nach mehreren vergeblichen, tollpatschigen Hüpfern, fiel das Tier ermattet ans Ufer. Fe hatte sich das

Lachen verkneifen müssen, als sie die hoffnungslose Jagd nach dem flinken Vogel beobachtete. Jetzt näherte sie sich vorsichtig. ›Wer bist du denn?‹, fragte sie verwundert. ›Ich bin Ottokar, der Otter.‹ ›Und ich heiße Fe. Aber sag, Ottokar, warum versuchst du, Bachstelzen zu fangen. Die führen dich ganz schön an der Nase herum!‹ ›Dumme Frage‹, brummelte der Otter, ›weil ich sie fressen will. Ich habe schon so einen Kohldampf, dass mich mein knurrender Magen am Schlafen hindert.‹ ›Du siehst auch ganz rappeldürr aus‹, meinte Fe mitleidig. ›Aber warum fängst du denn keine Fische. Du lebst doch im Wasser, schwimmend bist du doch viel schneller.‹ ›Ja können denn Pelztiere auch Fische fressen?‹, wunderte sich Ottokar. ›Na und ob. Sie schmecken ungeheuer lecker. Komm hierher und versteck dich. Ich geh mal auf Fischfang.‹

Fe verhielt sich ganz still. Plötzlich langte sie mit der Vorderpfote ins Wasser und schleuderte eine kleine Forelle ans Ufer. Ruckzuck gab sie ihr eins über den Kopf und begann sie in zwei gleich große Teile zu zerlegen. ›Hier, Ottokar, das ist deine Portion.‹ Vorsichtig schnüffelte der Otter. ›Hm, riecht angenehm. Hmm, schmeckt vorzüglich‹, mampfte Ottokar. ›Das will ich meinen‹, erklärte Fe mit vollem Mäulchen. ›Forelle ist selbst für Menschen eine Delikatesse.‹ ›Och, hat das gut getan!‹, rief Ottokar aus. ›Warum hat mir denn niemand gesagt, dass Otter Fisch fressen können?‹, wunderte er sich. ›Ab jetzt, werde ich Fischotter!‹, erklärte er bestimmt und stürzte sich auch schon ins Wasser. Nach kurzer Zeit kam er mit einer dicken Forelle im Maul nach oben. Jetzt war das Teilen an ihm und Fe bedankte sich herzlich. Natürlich kann ein Tier, das schwimmen kann, viel besser Fische fangen als eines, das wasserscheu ist. Deshalb nahm Fe gern das Angebot an, noch einen weiteren Fang mit Ottokar zu teilen. Herzlich verabschiedeten sich die beiden. ›Wenn du mal Hilfe brauchst, ruf mich herbei. Ich möchte mich gerne revanchieren, denn jetzt muss ich nie wieder hungern, so viel steht fest.‹ ›Aber das war doch nicht der Rede wert, Ottokar‹, wehrte Fe ab. ›Lass es dir gut gehen und sieh zu, dass du wieder Fleisch auf die Rippen bekommst.‹ Damit verabschiedete sich Fe und zog weiter.

Der Winter kam und ging, ohne dass Fe näher an ihr Ziel gekommen wäre. Im Frühjahr erwachte der Wald zu neuem Leben. Zwar hatten die Eichen noch ihre braunen Blätter und auch die jungen Buchen mochten sich noch nicht von ihrem alten Laub trennen, aber die Vögel hatten schon das Zwitschern und Tirilieren begonnen und die Sonne schien schon viel länger am Tag. Eines Tages, Fe hatte sich im Laub zu einem Mittagsschlaf hingelegt, da stupste jemand sie an und zwar genau dort, wo ein Stückchen weißes Fell aus den Blätter hervorsah. Fe war ganz erschrocken und fuhr hoch, um zu sehen, wer sie geweckt hatte«, erklärte Rosita. »›Tschuldigung, nichts für ungut, Verzeihung‹, stammelte eine weiße Taube. ›Wer bist denn du?‹, fragte Fe viel zu verschlafen, um zu überlegen, ob sie die Taube nicht vielleicht jagen sollte. ›Ach‹, seufzte die Taube, ›ich bin Gunda, die Taube.‹ ›Und warum hast du mich gestupst? Ich sollte dir dafür eins überbraten‹, zischte Fe. ›Mir ist eh alles egal. Ich habe keine Freude mehr‹, jammerte die Taube. ›Ich irre schon tagelang durch den Wald. Alle Vögel paaren sich, aber ich finde keinen weißen Täuberich. Als ich daher im Laub etwas Weißes sah, dachte ich, es sei vielleicht ein Partner für mich. Jetzt ist es wieder nichts. Ich bin müde und todtraurig.‹ ›Du meine Güte. Das ist ja schlimm‹, meinte Fe, ›da fliegst du nun tagelang auf alles Weiße hier im Wald ohne Erfolg. Wir Katzen machen das anders.‹ ›Wie denn?‹, wollte Gunda wissen. ›Wir singen.‹ ›Wie bitte? Können denn Katzen singen?‹ ›Aber gewiss. Ich mach's dir mal vor!‹ Und schon legte Fe los. ›Das klingt schön‹, meinte Gunda voll echter Bewunderung, kannst du mich denn keinen Gesang lehren, mit dem ich einen Täuberich anlocken kann?‹, fragte sie ganz lernbegierig.«

»Da war sie bei einer Katze an die Richtige geraten«, meldete sich Pepita zum Wort. »Wir sind die Tiere mit dem größten Repertoire an Lauten im ganzen Tierreich«, erklärte sie voller Stolz. »Daher konnte Fe Gunda jede Menge Arien vortragen.« Das Miau behagte Gunda nicht so recht. Auch Fauchen schien nicht angebracht. Fe versuchte es mit Keckern, aber auch das kam nicht so gut an. Schließlich machte Fe: ›Brr, birr‹ ›Das gefällt mir!‹, rief Gunda begeistert aus und versuchte Fe zu imitieren. Bei Gunda klang es mehr wie: ›Gu, gu‹, oder, ›Gur, gurr‹, und das gefiel Gunda noch mehr. ›Klingt wie Gunda, was?‹, fragte sie Fe Beifall heischend. ›Es ist wirklich schön‹, lobte Fe. ›Vor allem kannst du es viel besser als ich und auf Lautstärke kommt es bei dem Unternehmen an, du willst ja schließlich erhört werden.‹ ›Sei mal still‹, bat Gunda jetzt. Beide Tiere schwiegen. Ganz in der Ferne klang ein: ›Ru, ru.‹ ›Jetzt du noch mal‹, forderte Fe Gunda auf und beobachtete voller Spannung das beginnende Duett. Tatsächlich kamen die Ru-rus immer näher. Da war auch schon ein weißer Täuberich zu erkennen. Er landete direkt vor Gunda. ›Gestatten: Rudi‹, stellte er sich vor. ›Angenehm: Gunda.‹ ›Gunda, welch klangvoller Name‹, machte Rudi ihr ein Kompliment. ›Entschuldige mich bitte, ich bin sofort zurück‹, meinte Gunda, flog zu Fe und sagte ihr ein herzallerliebstes Dankeschön und versprach ihr jederzeit zu helfen, wenn sie einmal in Not geraten würde. ›Schon gut, schon gut. Nun gurrt ihr mal und baut ein schönes Nest. Starke Jungen wünsche ich euch. Passt aber auf, dass die Katze sie nicht holt‹, fügte sie verschmitzt hinzu. Aber Gunda war schon wieder bei Rudi und Fe setzte ihren Weg fort.

Nach ein paar Tagen beobachtete sie im Unterholz ein Tier, das ihr recht ähnlich sah. Es hatte rostbraunes Fell, große, spitze Ohren und einen buschigen Schwanz. Vorsichtig ging Fe näher. Das Tier wirkte ausgesprochen fahrig, nervös und war offensichtlich unterernährt. Vorsichtig trat Fe näher. ›Nein‹, schrie das Tier bei Fes Anblick entsetzt auf, ›Nicht du auch noch.‹ ›Wie denn, wo denn, was denn?‹, fragte Fe selbstbewusst zurück. ›Was heißt hier: Nicht du auch noch.‹ ›Willst du mir mein letztes Junges rauben?‹, fragte das Tier zurück. ›Kein Gedanke!‹, versicherte Fe. ›Aber wer bist du und wer will an dein Junges?‹ ›Ich bin Phlox, die Füchsin‹, war die Antwort. ›Ich bin völlig erschossen.‹ ›Sag doch so was nicht. Das heißt ja das Unglück heraufbeschwören‹, widersprach Fe. ›Was ist denn passiert? Ich bin übrigens Fe.‹ ›Drei Junge habe ich gehabt und zwei hat der Habicht schon aus dem Nest geholt. Ich wage mich kaum weg, um etwas zu fressen.‹ ›So siehst du auch aus‹, gestand Fe freimütig. ›Wo ist denn dein Nest?‹ ›Dort vorn, ich zeig es dir‹, antwortete Phlox.

Und so gingen die beiden zum Nest. Darin saß ganz verschüchtert ein einziges Fuchsbaby. ›Das ist Phlix‹, stellte Phlox vor, ›mein Sohn.‹ ›Hallo Phlix‹, begrüßte Fe. ›Nein keine Angst, ich tu dir nichts.‹ Und zu Phlox gewandt sagte Fe: ›Pass mal auf: Halte du hier Wacht, ich besorg dir erst mal einen kleinen Mundvoll und dann sehen wir weiter.‹ Sie dachte, wenn Phlox nicht bald was in den Bauch bekommt, ist mit ihr nichts anzufangen. Also ging sie los und fing ein paar Mäuse, um Phlox zu füttern. Als Phlox gefressen hatte, war sie gleich viel ruhiger. ›Warum hast du dein Nest hier auf den Waldboden gebaut?‹, wollte Fe wissen. ›Wo denn sonst?‹, fragte Phlox erstaunt zurück. ›Na, du könntest doch einen Bau in der Erde anlegen, wie es die Hasen machen. Dann seid ihr viel sicherer‹, schlug Fe vor. ›Meinst du das geht?‹ ›Warum denn nicht. Komm ich helfe dir.‹ Gemeinsam buddelten sie erst ein Loch und dann einen Gang und schließlich am Ende des Ganges eine Höhle. Der kleine Phlix versuchte auch schon ein bisschen zu helfen. ›Da hast du aber einen prächtigen Jungen‹, kommentierte Fe seine Bemühungen voller Anerkennung. ›Ich glaube‹, gab Phlox zurück, ›du hast ihm das Leben gerettet.‹ ›Papperlapapp‹, meinte Fe, die nicht so gerne große Worte machte. ›Leg ihn an, damit er groß und stark wird und geh selbst auf die Jagd, du musst was zwischen die Zähne bekommen.‹ ›Danke dir, wir werden dich nie vergessen. Hoffentlich können wir uns mal revanchieren, lass von dir hören, wenn du Hilfe brauchst‹, rief Phlox ihr nach, ›und schönen Dank‹, kam es von Phlix.«

»Inzwischen muss die Königin ja wohl aktiv geworden sein.« Ich erinnerte mich, dass die Königin im Frühjahr auf Erkundung ausgehen wollte. »Das erzählen wir dir morgen. Jetzt lass uns schlafen gehen.« So wurde der Tag für mich von Rosita und Pepita geregelt. Im Traum erschienen mir eine Menge Katzen. Äpfel mit dicken roten Backen lachten mich an und verwandelten sich auf einmal in grinsende, bleiche Totenschädel. Mehrmals wälzte ich mich im Bett hin und her und der Mond, der fast voll war, sah sich das alles an, als wollte er verwundert den Kopf schütteln.

Natürlich waren die beiden vor mir wach. Als ich aufwachte und mich im Bett streckte, standen sie wie am Vortag am Kopfende und sahen mich erwartungsvoll an. Nach dem Frühstück meinten sie: »Wir sind bereit, von uns aus kann es losgehen.« »Dann fangt mal an«, forderte ich sie auf.

»Also die Königin hatte sich wirklich im Frühjahr mit Wanderausrüstung auf den Weg gemacht, den sie für den wahrscheinlichsten hielt - angeblich um seltene Pflanzen zu suchen. Tatsächlich spionierte sie das Zwergenhaus aus und beobachtete von einem Versteck aus den Tagesablauf von Schneewittchen und den Zwergen. Mit diesem Wissen ging sie zurück ins Schloss und arbeitete ihren Plan aus. Aber den kennst du ja schon«, war Pepita sich sicher. »Ja, erst verkaufte sie als fahrende Händlerin Schneewittchen ein hübsches Mieder und schnürte sie so eng, dass die Prinzessin, die an Mieder noch gar nicht gewöhnt war, in Ohnmacht fiel. Die Königin blieb im Wald versteckt und merkte so ganz bald, dass ihr Plan fehlgeschlagen war, weil die Zwerge

Schneewittchen von dem drückenden, lästigen Mieder befreien.« »Also nahm sie den zweiten Anlauf«, berichtete Rosita, »in neuer Verkleidung mit einem Sortiment Zierkämme. Der schönste war aus Elfenbein mit weißer Einlegearbeit. Das hatte sich die Königin so ausgedacht, weil er natürlich hervorragend in Schneewittchens schwarzes Haar passte. Und Schneewittchen fiel ja auch darauf rein. Sie ließ ihn sich ins Haar stecken, die scharfen Zinken kratzten ihre Kopfhaut blutig und die Prinzessin fiel wieder sofort in Ohnmacht. Man weiß ja«, fügte Rosita belehrend hinzu, »wie empfindlich Prinzessinnen sind. Denk nur an die Prinzessin auf der Erbse! Aber auch damit hatte die Königin nicht den gewünschten Erfolg. ›Ich muss etwas finden, das Schneewittchen in eine tiefere Ohnmacht versetzt, so dass die Zwerge sie für tot halten und begraben‹, dachte die Königin, denn wieder waren ihr die Zwerge auf die Spur gekommen. Mit diesen Gedanken zog wieder ab ins Schloss.«

»Derweil war Fe weit weg in einem anderen Teil des Waldes und ahnte nichts von der Gefahr?«, fragte ich ganz erschrocken. »Ganz so war es nicht«, erläuterte Rosita. »Gleich nach dem ersten Anschlag hatten die Tiere des Waldes Fe informiert. Die war natürlich ganz aus dem Häuschen und machte sich sofort auf in Richtung Zwergenhaus. Noch bevor sie ankam, ereilte sie die Nachricht von der zweiten Attacke. Fe war völlig aufgelöst. Sie fing an kläglich zu maunzen: ›Schneewittchen stirbt, bevor ich zu ihr komme. Was kann ich nur tun? Ach wenn mir doch die Große Mutter einen Rat geben könnte‹, jammerte sie, lief aber tapfer weiter. Dabei hatte sie schon ganz heiße Pfötchen.

In derselben Nacht – es war Vollmond und Fe lief unermüdlich weiter – stieß das besorgte Kätzchen auf einen wunderschönen See. Plötzlich hielt sie inne. Das Licht, das sie sah, stammte eindeutig nicht vom Mond, es hatte etwas Überirdisches. Und erst die Musik. Sie klang wie von anderen Sternen. Dann sah sie die Gruppe tanzender Elfen und mitten unter ihnen das musste die Große Mutter in Gestalt der Fee Güldenhaar sein, es gab gar keine andere Erklärung. Vorsichtig, ehrfürchtig, aber doch zielstrebig näherte sich Fe der Gruppe. Als der Tanz zu Ende war, ging Güldenhaar direkt auf Fe zu. ›Sei mir willkommen, kleine Fe!‹ Dabei sprach sie Fes Namen so aus als würde er mit zwei e geschrieben. Das können Katzen sehr wohl hören, denn wir haben feine Ohren«, fügte Rosita stolz hinzu. »Und Fe fühlte sich sehr geehrt«, erläuterte Pepita. »›Ich weiß, wie es dir geht!‹, sprach die Fee. ›Komm her zu mir, ich will dir helfen!‹ ›Kannst du mir ein Mittel geben, mit dem ich Schneewittchen vor der rachsüchtigen Königin schützen kann?‹, fragte Fe hoffnungsvoll. ›Nein‹, erwiderte Güldenhaar lächelnd. Und als sie Fes enttäuschtes Gesicht sah, redete sie schnell weiter: ›Das Mittel bist du selbst!‹ Fes Augen wurden noch größer und runder vor lauter Erstaunen. ›Du hast allen Tieren, denen du begegnet bist, mit Rat und Tat beigestanden und geholfen. Du hast Ottokar gezeigt, wie man fischt, Gunda gelehrt, wie man gurrt und Phlox vorgemacht, wie man einen sicheren Bau anlegt. Ja, ja, das weiß ich alles. Du bringst anderen Glück. Diese Eigenschaft will ich verstärken. Du und deine dreifarbigen Nachkommen, Ihr sollt Glückskatzen heißen und sein. Mehr brauche ich nicht für dich zu tun, dann wird schon alles gut.‹ Mit diesen Worten pustete sie dem tief ergriffenen Kätzchen goldenen Feenstaub über ihr Fell. Sofort fühlte sich Fe wieder kräftig und stark. Ihre Pfötchen schmerzten nicht mehr. ›Ich danke Dir, liebe Fee Güldenhaar‹, sagte Fe und verneigte sich vor ihr. ›Bitte sag mir, bevor ich mich auf den Weg mache, ob es noch weit ist bis zu dem Zwergenhaus.‹ ›Keine Angst‹, antwortet Güldenhaar. ›Ich gebe dir Rückenwind. Mach dich nur auf!‹ Und lachend pustete sie Fe hinterher, die lief, als hätte sie Siebenmeilenstiefel an.«

»Derweil«, berichtete nun Rosita wieder, »hatte die Königin mit ihren Kräutern so lange experimentiert, bis ihr der Trick mit dem nur zur Hälfte vergifteten Apfel gelungen war. Als Bauersfrau kam sie bei Schneewittchen an. Sie wusste, dass sie mit einem Verkaufsangebot nichts erreichen würde. Also gab sie vor, müde zu sein, bat um ein Glas Wasser und nahm auf der Bank vor der

Tür Platz. Natürlich schlug ihr Schneewittchen den Wunsch nicht ab und sagte auch nicht ›nein‹, als die angebliche Bauersfrau zum Dank mit Schneewittchen ihren dicksten Apfel teilte. Wieder fiel Schneewittchen in Ohnmacht, obwohl sie den ersten Bissen noch gar nicht geschluckt hatte. Aber, wie ich schon sagte, echte Prinzessinnen sind eben sehr empfindlich.«

»Als die Zwerge dann sahen, was passiert war und Schneewittchen in ihrem gläsernen Sarg aufbahrten, kam Fe gerade dazu«, erzählte Pepita lebhaft. »Sie dachte schon: ›Jetzt ist alles zu spät!‹ Aber dann fielen ihr Güldenhaars Worte wieder ein. Sie versteckte sich und beobachtete, was weiter geschah. Nach kurzer Zeit kam der Prinz mit seinen Begleitern, bewunderte die Schönheit von Schneewittchen und bat, den Sarg mitnehmen zu dürfen, weil Schneewittchen ihm so gut gefiel und er ihr ein wundervolles Mausoleum bauen wollte.« »Vielleicht so ähnlich wie das Tadsch Mahal?«, mutmaßte ich. »Wir werden's nie erfahren«, antwortete Pepita weise, »schließlich war es ja nachher nicht mehr nötig zu bauen. Jedenfalls nahmen die Männer den Sarg auf ihre Schultern und machten sich auf den Weg.

Fe hatte schon die ganze Zeit das Gefühl, dass etwas nicht stimmte. Schneewittchens Körper sah kein bisschen wie eine Leiche aus. Aber die Zwerge hatten den Sarg so streng bewacht, dass Fe nicht näher herankam. ›Wenn ich doch nur den Sargdeckel wegbekäme und Schneewittchen aus der Nähe sehen könnte‹, dachte sie. Beim Abtransport sah Fe ihre Stunde gekommen. Sie wagte sich aus ihrem Versteck und sprang den Trägern um die Beine in der Hoffnung, dass das entstehende Chaos ihr nutzen könnte. Tatsächlich stolperte einer der Träger und die Verwirrung war groß. Der Sargdeckel fiel zu Boden und sprang in tausend Stücke. Die Träger waren übereinander gefallen, obenauf war der Sarg gelandet und der besorgte Prinz stieg vom Pferde. Aber bevor er bei Schneewittchen war, hatte sich schon Fe auf ihre Brust gesetzt und angefangen Milchtritt zu machen. Da musste Schneewittchen husten und raus flog das präparierte Apfelstück. Schneewittchen blinzelte und sofort war Fe schnurrend vor ihrem Gesicht. ›Meine liebe Fe‹, rief Schneewittchen aus. ›Was für ein Glück, dass du hier bist.‹ ›Du weißt gar nicht, wie recht du hast!‹ antwortete Fe stolz. Da beugt sich auch der Prinz über den Sarg und sagte im besten Französisch - denn er war ordentlich erzogen und Französisch ist damals die Hofsprache gewesen...« »Weiß ich doch«, unterbrach ich ungeduldig. »Also was sagte er?« »Er wollte gratulieren zu der wunderbaren Rettung und sagte: ›Félicitations‹, das heißt ›Glückwünsche‹«, fügte Rosita stolz hinzu. Nicht umsonst ist sie mit Pepita immer dabei, wenn meine Französischlehrerin zum Unterricht zu mir kommt. »Dabei war unklar, wem der Prinz gratulieren wollte, Schneewittchen oder Fe. Aber Schneewittchen, die den Prinzen ja nicht kannte und das Wort nicht genau gehört hatte, weil sie mit Fe beschäftigt war, meinte: ›Ganz recht, das ist meine wunderbare Felicitas, die mir schon so viel Glück gebracht hat. Und wer seid Ihr?‹ So machten sich die beiden bekannt.

Jetzt wurden die Pläne neu diskutiert, das Angebot des Prinzen ihm auf sein Schloss zu folgen, lehnte Schneewittchen ab. Sie bestand darauf, in ihr eigenes Schloss zurückzukehren, die Königin zur Rede zu stellen und dem König alles von ihrer wunderbaren Rettung zu erzählen. Der Prinz und die Zwerge waren dagegen. Das sei viel zu gefährlich. Da griff Fe ein. ›Lasst mich nur machen‹, sagte sie, ›ich habe da schon eine Idee.‹ Schneewittchen hatte vollstes Vertrauen zu ihrem Kätzchen: ›Fe ist wunderbar, auf sie können wir uns verlassen.‹« »Bestimmt hat Fe da rote Öhrchen bekommen«, meinte ich. »Das kann schon sein«, erklärte Rosita und Pepita meinte: »Aber es ist nicht klar, ob es vor Aufregung über ihren Plan oder vor Freude über das Lob war. Wie dem auch sei. Fe bat Schneewittchen drei Zettel mit folgendem Text zu schreiben: ›Ich komme mit großem Gefolge zurück. Unterschrift Schneewittchen.‹ Außerdem sollten weiß-rot-schwarze Bändchen an den Zettel gebunden werden, sozusagen in Schneewittchens ›Nationalfarben‹.

Das machte Schneewittchen auch und wunderte sich nur ein ganz kleines Bisschen. Fe aber stellte sich in Positur und pfiff, was das Zeug hielt. Du rätst sicher schon, was jetzt kommt«, erklärte Pepita. »Klar«, sagt ich, »jetzt kommen Ottokar, Gunda und Phlox, um zu helfen.« »Fast richtig«, korrigierte Pepita. »Phlox kam mit Phlix. Die Tiere bekamen nun von Fe den Auftrag, zum Schloss zu laufen und die Botschaften an den König und die Königin zu überbringen, wobei Fe sicherheitshalber einen vierten Zettel erbeten hatte, falls einer verloren ginge. Phlix, ein typischer junger Fuchs, wollte eine Botschaft übernehmen. ›Schließlich hat Fe mein Leben gerettet‹, erklärte er. Aber Phlox war eine kluge Mutter. ›Das kommt nicht in Frage. Du kennst dich mit Jagdhunden nicht aus und rennst am Ende in dein Unglück. Aber du kannst mich begleiten‹, meinte sie, als sie den enttäuschten Blick von Phlix sah, ›da kannst du etwas lernen.‹

Also machten sich die Tiere auf den Weg zum Schloss. Zu Lande, zu Wasser und in der Luft kamen sie fast gleichzeitig an. Gunda flog zum König. Das war so beschlossen worden, weil alle meinten, einer weißen Taube tut der König nichts. Sie ließ ihren Zettel auf die Balustrade des Schlosses fallen und weil sie Angst hatte, der Wind könnte ihn wegtragen, nahm sie den Vierten Zettel und schob ihn unter die Matte vor der Schlosstür. Ottokar legte seinen Zettel auf den Rand der Badewanne der Königin und Phlix und Phlox banden ihre Botschaft an einen blühenden Strauch im Kräutergarten der Königin. Dann warteten alle, was geschah. Den Zettel im Garten fand die Königin zuerst. Sie erschrak und ging ins Schloss. ›Ich muss hier weg‹, war ihr einziger Gedanke. Schnell packte sie ihre Sachen und fand im Bad die zweite Botschaft. Sie wurde immer hektischer, rief ihren Kutscher und ließ anspannen. Ab ging die Post. Über Stock und Stein die Steilküste entlang. Ihr Ziel war der Hafen, von wo aus sie ins Meer stechen wollte. Sie trieb den Kutscher zu immer größerer Eile an. Die Kutsche holperte und schwankte und stürzte schließlich die Felsen hinab ins Meer. Zum Glück hatte sich der Kutscher mit einem kühnen Sprung rechtzeitig retten können und er berichtete dem König später von dem tödlichen Unfall der Königin.«

»Das war ja eine Hetzjagd fast wie die von Lady Di!«, rief ich aus. »Gewisse Ähnlichkeiten mit später geborenen Personen sind rein zufällig«, erklärte Pepita mit Bestimmtheit, während Rosita kaum hörbar murmelte: »Immer diese Besessenheit mit dem englischen Königshaus.« Dazu schüttelte sie leicht den Kopf.

»Und wie reagierte der König?«, wollte ich wissen. »Der«, meinte Rosita, »hatte ja noch keinen Verdacht gegen seine Frau. Er lief als erstes zu ihr und fand nur leere Räume und die beiden Zettel. Noch während er diese las, brachte ihm ein Diener den Zettel von der Matte. Der König mutmaßte, seine Frau sei außer Haus und werde schon noch kommen. So rüstete er erst mal alles zum Empfang der Prinzessin mit dem angekündigten Gefolge. Die trafen dann auch ein und es wurde ein tolles Fest gefeiert. Die Nachricht vom Tod der Königin löste zwar Bestürzung aus, aber nachdem Schneewittchen die ganze Geschichte erzählt hatte, war die Empörung grenzenlos. Der Prinz machte Schneewittchen einen Heiratsantrag, aber die war vorsichtig: ›Nicht so stürmisch, junger Mann. Erst sollten wir uns mal näher kennen lernen!‹« »Weißt du«, meinte Rosita, »wenn man vier Anschläge knapp überlebt hat, denkt man gründlich über sein Leben nach und das tat Schneewittchen. Dabei war ihr ganz wichtig, zu beobachten, wie sich der Prinz gegenüber Fe und anderen Tieren verhielt. Sehr weise von ihr! Kurz und gut: Der Prinz bestand den Test und nach einem Jahr wurde Hochzeit gefeiert.«

»Nun erklärt mir doch bitte mal, warum in meinem Märchenbuch steht, der Königin wären bei der Hochzeit glühende Eisenschuhe angezogen worden, in denen sie sich zu Tode tanzen musste.« Diese Frage hatte ich noch. »Wir kennen eben eine andere Version der Geschichte, aber ich sagte ja schon, die Menschengeschichten haben einen anderen Sinn, wir Tieren können die feineren Gefühle wahrnehmen, deshalb brauchen wir keine Bilder von Hass und Rache. Deshalb hör‹ dir an, wie es bei uns erzählt wird:

Bei der Wiedersehensfeier war eine Hofdame in einem dreiviertel langem ärmellosen schwarzen Satinkleid erschienen, über dem sie einen knallroten mit weißen Federn verzierten Bolero trug, denn man hatte Schneewittchens Farben, weiß, rot und schwarz als Motto für den Ball ausgegeben. Dazu passend hatte sich die Dame rote mit weißen Federn verzierte Schuhe machen lassen, die natürlich besonders auffielen, weil das Kleid nur dreiviertel lang war. Da sie gern viel und lebhaft tanzte, waren ihre Schuhe ein Blickfang. Nun passierte es, dass sie - sei es wegen des Weinkonsums, sei es wegen ihrer rasenden Tanzerei - mitten auf der Tanzfläche zusammenbrach. Man musste sie wegtragen. Aber schon am nächsten Tag war sie wieder fit wie ein Turnschuh. So war das.« Ich streckte dankbar meine Hände nach Pepita und Rosita aus und streichelte sie. Was für eine wunderbare Geschichte. Habt herzlichen Dank. Jetzt weiß ich doch endlich, warum ihr Glückskatzen seid.« »Ja, von dem goldenem Feenstaub haben wir auch etwas abbekommen und im Oktobersonnenlicht kannst du ihn auf unserem Fell und in unseren lindgrünen Augen schimmern sehen.«

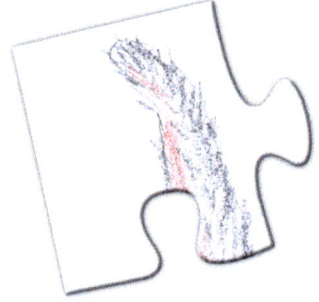

Der 7. Sinn der Katzen
oder Die wahre Geschichte von
Dornröschen

Die dreifarbige Katze lag auf dem Torpfosten aus Bruchsteinen, über den eine Heckenrose einen kräftigen Zweig ohne jegliche Blüte wie beschützend hängen ließ. Hier in seinem Schatten hatte es sich die Katze bequem gemacht. Beide Augen hielt sie fest geschlossen, die Vorderpfoten hatte sie unter der weißen Brust versteckt, die Hinterbeine lässig auf den warmen Stein gelegt. Der Schwanz, der sich in schwarz und einem kräftigen rostroten Farbton vom überwiegend weißen Körper abhob, war malerisch um die Beine drapiert. Auch ihrem Kopf hatte die Natur dunkle Farben vorbehalten, nur auf der Nase wuchs weißes Fell bis an die Nasenspitze. Es war, als hätte die Katze mit einem besonderen Verständnis für Ästhetik gerade diesen Platz gewählt, wo das Grün der Blätter mit ihren eigenen Farben einen wunderbaren Kontrast bildete, während die übrigen Zweige Blüten in einem kräftigen rosa Farbton trugen, den ich zwar sehr liebe, der jedoch mit dem Rostrot des Katzenfells eine Konkurrenz eingegangen wäre, bei der die Katze leicht den Kürzeren hätte ziehen können. Nein, das konnte sie nicht wollen. So aber lenkte das helle Licht eines mittäglichen Sommertags die volle Aufmerksamkeit auf die Stellen ihres Fells, die makellos weiß waren und von da auf das ganze bildschöne Tier. Klüger als manche Menschen hatte es dafür gesorgt, dass ihr dunkles Köpfchen im Schatten lag. Es wäre ihr in der südlichen Mittagshitze sonst sicher sehr warm geworden.

Das Motiv dieser Postkarte war absolut nicht ungewöhnlich, gibt es doch in Südfrankreich ganze Kartenserien »Les chats en Provence«. Ungewöhnlich war nur das Format, schmal und lang. Und damit die kaufwilligen Touristen dem auch etwas abgewinnen könnten, wies das Schild auf dem Kartenständer noch darauf hin, dass die Karte als Lesezeichen zu benutzen sei.

Selten hat mich ein Foto auf Anhieb derart in seinen Bann gezogen. Ich spürte sofort, dass hier mehr ausgesagt wird, als eine ihren Mittagsschlaf haltende Katze – »chat à la sieste« war auf der Rückseite vermerkt. Seit ich mit Pepita und Rosita zusammenlebe, weiß ich, dass es mit dreifarbigen Katzen eine besondere Bewandtnis hat. Es geht ein tiefer, unwiderstehlicher Zauber von ihnen aus. Diese hier, in der von ihr gewählten Umgebung, schien mir besonders märchenhaft. Ich musste unwillkürlich an Dornröschen denken. Sollte die Katze etwa in einen hundertjährigen Schlaf gefallen sein? Nein, sie wäre sofort hellwach, wenn ein Geräusch ihre Mittagsruhe unterbrechen würde. Ob das bei den Katzen damals im Dornröschenschloss anders war? Ich musste unbedingt Pepita und Rosita fragen. Wer, wenn nicht sie, könnten mir das erzählen? Also schickte ich die Karte an Pepita und Rosita und kündigte schon an, dass ich sie sofort nach meiner Rückkehr aus dem Urlaub bitten würde, mir zu erzählen, was es mit der Katze und Dornröschen auf sich hatte.

Als ich nach zwei Wochen Südfrankreich wieder meine Wohnungstür aufschloss, kamen mir die Beiden etwas zögernd entgegen. »Wir hatten dich so früh noch gar nicht erwartet«, erklärte Pepita, indem sie mit ausgestreckten Vorderpfoten ihre Dehnungsübungen machte. »Der Nachtzug aus Paris kam überraschenderweise 15 Minuten früher an und so konnte ich eine günstigere Verbindung erreichen.« »Hast du uns etwas mitgebracht?«, wollte Rosita wissen. Beschämt musste ich zugeben, dass ich nichts für sie hatte. »Seit ihr das französische ›Gourmet‹ Katzenfutter verschmäht habt, weiß ich kein passendes Mitbringsel mehr für euch«, erwiderte ich schnell, froh, dass mir so eine überzeugende Erklärung noch rechtzeitig eingefallen war. »Igittigitt, das hat ja gar nicht geschmeckt!«, kam es im Chor. »Du sagst ja immer, dass die französischen Katzen so klein und dünn sind«, fügte Rosita hinzu, »kein Wunder, bei so einem Fraß!« »Dann mache ich wohl am besten gleich mal ein Döschen von eurem Lieblingsfutter auf.« »Oh ja, ganz, ganz schnell, wir schieben seit gestern Abend Kohldampf.«

Ihre Fütterung war zwar noch nicht so lange her, aber nach einer vierzehntägigen Abwesenheit gelten sowieso andere Regeln, da dürfen sie auch schon mal behaupten, völlig ausgehungert zu sein. Bald war nur noch ein Schmatzen zu hören und ich konnte in aller Ruhe den Poststapel sortieren. Dort fand ich dann auch mein Briefchen mit der »Belle au bois dormant«, wie die Franzosen das Dornröschen nennen. Eigentlich viel passender für das Foto, dachte ich: Da liegt eine Schönheit zwar nicht schlafend im Wald, aber im Grünen. »Schaut mal, ihr habt Post bekommen!«, rief ich sie zu mir und las ihnen meine Karte vor. »Wie wär's,« schlug ich vor, nachdem ich den Rucksack ausgepackt, die Post grob durchgesehen, ein Bad genommen und die Waschmaschine in Gang gesetzt hatte, »wenn ihr mir etwas über Dornröschen erzähltet, während wir im Bett liegen?« »Nicht unpassend für eine Geschichte, in der der Schlaf eine große Rolle gespielt hat«, kam augenzwinkernd die Antwort von Rosita.

»Den Anfang kennst du ja.«, begann Rosita. »Die Königin brachte eine Tochter zur Welt und die glücklichen Eltern wollten die Geburt ihres ersten Kindes gebührend feiern. Da ein solches Ereignis immer auch ein Staatsakt ist, beriet sich der König mit seinen Ratgebern, um nur ja der Etikette und dem Protokoll Genüge zu leisten. Aber die königlichen Ratgeber waren parteiisch. Das heißt, ihnen lag viel daran, am Hofe dieses ihres Königs nicht nur ihre eigene, sondern auch die patriarchale Macht Schritt für Schritt zu etablieren, die damals noch nicht sehr gefestigt war. Matriarchale Reste gab es nämlich durchaus noch.« »Das ist ja ungeheuerlich!«, rief ich aus. »Dann hat sich die Geschichte also zu einer Zeit zugetragen, wo die alte Frauengesellschaft noch nicht ganz verschwunden war.« »Genau so ist es«, bestätigte Rosita, »und einer der bedeutendsten Teile dieser Gesellschaft waren die Feen. Es gab dreizehn.« »Ich weiß, zwölf gute und eine böse.« »Papperlapapp!« Rosita wurde richtig ärgerlich. »Wenn ich das nur schon höre, könnte ich nur noch fauchen und einen Buckel machen.« »Und ich würde am liebsten mit aufgeplustertem Schwanz auf die losgehen, die alles so verdreht haben«, unterstütze Pepita ihre Schwester. »Nein, die dreizehn Feen waren den dreizehn Vollmonden zugeordnet, die es in den meisten Jahren gibt, anders ausgedrückt, das Jahr berechnete sich in der alten Kultur nach diesen dreizehn Vollmonden. Die Feen kannst du dir als eine Art Hofdamen der Mondgöttin vorstellen. Damals war der Mond das wichtigste Himmelsgestirn, sein Zyklus war der weibliche, sein voll Werden und Verschwinden entsprach den natürlichen Abläufen des Lebens, angefangen von der Schwangerschaft bis hin zum Tod. Aber nicht nur für die Frauen, auch für die Männer war die Bedeutung des Mondes und folglich seiner Gottheiten unumstritten:« »Das wusste ich, hätte es aber nie mit dem Dornröschenmärchen in Verbindung gebracht«, rief ich erstaunt aus. Pepita und Rosita sahen mich an mit einem Blick aus jener seltenen Mischung von umfassendem Wissen und großer Bescheidenheit, wie es Katzen ganz natürlich ausdrücken können, während Menschen dafür jahrelang üben müssen. »Frag halt uns«, schienen sie mir sagen zu wollen. Und das hatte ich ja auch getan.

»Nun gab es aber andere Kräfte, denen diese alte Kultur gegen den Strich ging«, nahm Rosita den Faden wieder auf. »Vieles stellten sie in Frage und unter anderem teilten sie die Zeit nach dem Lauf der Sonne in ein Jahr mit zwölf Monaten. So gab es praktisch einen Machtkampf zwölf gegen dreizehn.« »Der König war nun bei solchen Lehrern in die Schule gegangen, die der Zwölferrichtung angehörten. Man nannte sie heimlich deshalb auch die Zwölfender, in der Hoffnung, dass ihre Herrschaft bald enden würde«, schilderte Pepita die Konfliktsituation. »Der König hatte nichts über die Bedeutung der dreizehn gelernt, als seine Berater ihm vorschlugen zwölf Feen zur Geburtstagsfeier einzuladen, damit der Zwölferzyklus vollständig würde. Also ging er auf den Vorschlag ein.« »Aber wieso haben sie, die doch die Feen entmachten wollten, überhaupt Feen auf die Gästeliste setzen lassen? Hätten sie in ihrem eigenen Interesse nicht ganz auf Repräsentantinnen des alten Systems verzichten sollen?« »Das hätten sie liebend gerne getan. Nun ist es aber so, dass ein so tiefer, alter Brauch wie die Sitte, Feen anlässlich einer Geburt im Königshaus um Glück zu bitten, nicht von heute auf morgen einfach abgeschafft werden kann. Er lebt lange in Volkserzählungen fort und ganz kluge Umstürzler, wenn ich sie mal so bezeichnen darf«, entschuldigte sich Pepita, »integrieren das Alte in das neue Denkschema. Genau das wollten die Ratgeber bezwecken: Feen ja, das entsprach der Tradition bei jedem Geburtstagsfest, aber eben nur zwölf entsprechend dem neu einzuführenden Zyklus. Also erging die Einladung an zwölf Feen.«

»Vielen Dank!«, mit einem erleichterten Aufseufzen unterbrach ich an dieser Stelle meine beiden etwas verdutzt dreinschauenden Kätzchen. »Na, ich war mit dieser Nur-zwölf-goldene-Teller-vorhanden-Geschichte nie so recht zufrieden. Immer dachte ich: Für einen König ist das doch die leichteste Übung beim Goldschmied rechtzeitig für das große Fest ein dreizehntes Gedeck in Auftrag zu geben. Wo ein Wille ist, da ist immer auch ein Weg.« »Eben. Aber am Willen fehlte es ja«, ging Rosita auf mich ein. »Jetzt hat die Sache Hand und Fuß. Was ich aber nicht verstehe ist, dass sich die Feen auf das Spiel einließen.« »Haben sie auch nicht. Sie haben sich kurzgeschlossen, um abzusprechen, was sie dem Königstöchterchen schenken wollten und dabei flog die ganze Sache auf.« »Da waren die Berater aber reichlich kurzsichtig.« »Die Berater gingen von sich aus«, meinte Pepita. »Schon damals herrschte unter ihnen Neid, Konkurrenz und Missgunst. Im umgekehrten Fall hätten sie vermutlich ihre Spione ausgeschickt, um herauszufinden, was der andere als Geschenk vorgesehen hat. Dann hätten sie versucht, das noch zu übertrumpfen, um als der Bessere dazustehen. Hätten sie gemerkt, dass einer von ihnen nicht eingeladen war, hätten sie sich königlich gefreut, wenn sie selbst zu den Auserwählten gehört hätten und sich grün und blau geärgert, wenn sie ausgeschlossen worden wären. Im letzteren Fall wären sie vermutlich ausgewandert, um anderswo an einem Königshof ganz groß rauszukommen. Und dann, so hatten die Berater kalkuliert, gäbe es, wenn sich die Feen so verhalten würden, wirklich nur noch zwölf Feen und sie hätten eine Sorge weniger.«

»Aber in der Frauenkultur«, fuhr Rosita fort, »gab es diesen Individualismus, oder besser gesagt Egoismus, nicht. Solidarität und Gemeinschaft als Worte waren unbekannt, weil es so selbstverständlich war, zusammen nach dem besten Weg, der besten Lösung zu suchen und nicht andere auszutricksen.« »Wie schön sich das anhört. Und wie weit haben wir uns davon wegbewegt«, konnte ich nur seufzen. »Aber in meinem Märchenbuch kann man auch den Eindruck gewinnen, dass unter den Feen kein Zusammenhalt, nicht einmal ein Kontakt bestand.« »Wie oft müssen wir dir eigentlich noch erklären, dass diese Geschichten erst sehr viel später aufgeschrieben wurden, als sie tatsächlich passiert sind und dann hat man einiges nicht mehr nachvollziehen können und sich eine Version ausgedacht, die dem Denken und Verstehen der Zeit entsprach. Das müsstest du nun aber wirklich langsam begriffen haben.« Jetzt waren Pepita und Rosita ungehalten. Ich war ganz erschrocken. »Seid mir doch bitte nicht böse. Ich bin ja so froh, dass ihr mir erzählt, was sich damals zugetragen hat.« »Na ja«, meinte Rosita wieder versöhnlich, »wir Tiere haben eben ein anderes Verhältnis zur Geschichte und zur Zeit. Bei uns gehen Veränderungen ganz langsam vor sich und wir erfahren von unseren Müttern, seltener von den Vätern, was sich in alten Zeiten ereignet hat. Wir haben auch nicht so einen Machtkampf zwischen den Geschlechtern wie ihr mit Frauenkultur und Männerherrschaft. Nimm nur mal den Löwen, den ihr den König der Tiere nennt – bei uns gibt es übrigens keine Könige ...« »... auch keine Herzöge und Barone, aber auch keine Fürstinnen«, warf Pepita dazwischen. »Alle Tierwelt weiß, was Aufgabe des Löwen und wie gefährlich die

Löwin ist, da gibt es eine gegenseitige Wertschätzung, aber kein Machtgerangel. Ihr könntet euch von unseren Ansichten und Verhaltensweisen ruhig eine Scheibe abschneiden.« »Ich bin sofort dabei. Mir kommt eure Art zu leben und zu denken sehr entgegen.« »Vielen Dank dafür, dass du auch ›denken‹ gesagt hast. Manche von deinesgleichen schreiben lange Abhandlungen darüber, ob Tiere denken und fühlen können. Im Ergebnis verneinen sie dann beides.« Schnurrend legte sich Pepita ganz dicht an mich. »Mit so viel gegenseitiger Achtung können wir jetzt sicher gut einschlafen. Ich wünsche euch schöne Träume.« »Gute Nacht«, kam es schnurrend zurück.

Nach dem Frühstück am nächsten Morgen bat ich meine Beiden noch ein bisschen weiter zu erzählen, bevor sie sich zum Mittagsschlaf, der in der Regel als Nachmittagsschlaf endet, hinlegen. »Wisst ihr, ich habe mich im Halbschlaf gefragt, wieso ihr das alles so genau wisst. Nein, nein, ich zweifle keine Sekunde am Wahrheitsgehalt eurer Erzählung, ich wollte nur fragen, ob denn auch eine Katze in der Geschichte vorkommt, von der euch dann alles überliefert wurde«, begann ich die Erzählstunde. »Unsereins war immer dabei, wenn wichtige Dinge geschehen sind«, verkündete Pepita stolz. »Aber wir mussten dir doch erst mal den Hintergrund vermitteln, das Kätzchen kommt schon noch ins Spiel.« »Ich bin ja mal gespannt, wie die Sache mit der Verwünschung gelaufen ist.« »Ganz, ganz anders«, ließ sich Rosita vernehmen, indem sie damit schon mal eine Einschätzung vorweg nahm. »Aber immer der Reihe nach.«

»Die Feen hatten also erkannt, was man für ein böses Spiel mit ihnen treiben wollte und beschlossen, dass sie sich dazu nicht hergeben würden. Die zwölf Eingeladenen gingen also zum Fest mit dem Entschluss, es platzen zu lassen. Mitten in der Zeremonie, in der sie dem Baby ihre Wünsche und Gaben schenkten, kam die Dreizehnte herein. Erschrocken wollten die Ratgeber eingreifen, aber die Dreizehn bildeten einen Kreis um die Wiege, wandten sich der kleinen Prinzessin zu und fuhren mit dem Festakt fort. ›Ich werde dich‹, erklärte die Dreizehnte, ›zusammen mit meinen zwölf Schwestern in die Weisheiten und Vorstellungen unserer Kultur einweisen. Dazu werden wir dich an deinem 15. Geburtstag von hier wegholen und zu uns nehmen.‹ Dann drehten sich alle Feen so, dass sie dem Königspaar, dem Hofstaat und den Gästen ins Gesicht sehen konnten. ›Alle im Schloss werden in der Zeit wie tot sein‹, fuhr die Dreizehnte fort. Ein Aufschrei des Entsetzens ging durch die Reihen. ›Aber ihr werdet nur in einen sehr tiefen Schlaf fallen.‹, meldete sich da erklärend die Zwölfte zu Wort, die vorher noch nichts gesagt hatte. ›Er wird so lange dauern, bis wir das Königskind alles gelehrt haben, was wir ihm zu geben haben.‹« »Dann gab es also nie einen Todesfluch!«, meinte ich verwundert. »Nie«, bestätigte Pepita, »und es war auch nicht das Mädchen, das sterben oder hundert Jahre schlafen sollte, es war der ganze Hof.« »Ich kann mir nicht helfen, aber wenn ihr so eine Geschichte erzählt, ist sie völlig stimmig und einleuchtend. Ich denke, bei dem Stichwort Schlaf lassen wir es für den Augenblick erst einmal bewenden bis später nach dem Abendessen«, fügte ich verständnisvoll hinzu und mit zwei Hopsern bezogen Pepita und Rosita ihre Körbchen, wo sie sich eingerollt zur Ruhe legten.

Als wir alle drei wieder ansprechbar waren, ging es weiter. »Als die Feen verschwunden waren, gerieten König und Königin völlig außer sich. ›Niemals werde ich es zulassen, dass meine geliebte kleine Tochter entführt wird‹, schluchzte die Königin. ›Nimmermehr will ich in einen todesähnlichen Tiefschlaf versinken‹, rief der König aus und bat sofort seine Ratgeber zu sich. Die rieten ihm umgehend, das Schloss zu sichern. Rings um die Schlossmauern sollte er schnellwachsende dornige Pflanzen setzen lassen und nur das Tor zur Zugbrücke aussparen. Es gab eine kurze Diskussion, ob Brombeeren oder Heckenrosen besser geeignet wären.« »Bei Brombeeren«, erläuterte Rosita, »fürchtete man, die reifen Früchte würden Sammlerinnen und Sammler anlocken, die dann die mühsam hochgezogene dornige Hecke niedertrampeln könnten. Also fielen die Würfel zugunsten der Heckenrosen.« »Fünfzehn Jahre später war sie wirklich dicht und undurchdringlich und geblüht hat sie jedes Jahr«, meinte Pepita. »Das Mädchen wuchs also heran. Übrigens hieß sie nicht Dornröschen sondern Roswitha, aber alle nannten sie nur Röschen.« »Das kenne ich ja auch«, meinte Rosita, die von mir auch immer Röschen genannt wird. »War sie denn so blondgelockt wie auf den Bildern in den Märchenbüchern?«, wollte ich wissen. »Sie war rotblond«, erklärte Rosita eifrig, »deshalb hatte sie ja einen Namen mit ›Rose‹ bekommen. Eine Art Rosenrot war ihre Haarfarbe und wie alle Rothaarigen hatte sie viele Sommersprossen. Sie war ein lebhaftes Mädchen und interessierte sich für alles in ihrer Umgebung, auch wenn diese relativ eng begrenzt war, nämlich auf das Schloss, den Garten und die Schlösser von Verwandten.« »Die Pferde hatten es ihr angetan.«, ergänzte Pepita und fügte weise hinzu: »Das scheint bei Menschenmädchen in dem Alter ja eine weit verbreitete Liebe zu sein. Aber sie sorgte auch gut für die Jagdhunde, die Tauben im Taubenschlag und ganz begeistert war sie immer dann, wenn es irgendwo Jungtiere gab.«

»Aha, jetzt kommt endlich die Katze ins Spiel!« »Genau. Und zwar an ihrem 15. Geburtstag. Es hatte sich natürlich landauf, landab herumgesprochen, was an diesem Tag passieren sollte und welche Vorkehrungen das Königshaus getroffen hatte, um das Schlimme zu verhüten. So hatte auch Schneewittchen davon erfahren, die zu der Zeit schon etliche Jahre Königin war. Sie hatte ja selbst auch in einem todesähnlichen Schlaf gelegen, wenngleich der eine ganz andere Ursache hatte. Trotzdem hatte Schneewittchen überlegt, dass es nie schaden könnte, wenn ein junges Mädchen Unterstützung durch eine Glückskatze, also eine dreifarbige, bekäme. Ihr selbst hatte damals ja ihre dreifarbige Katze Fe das Leben wiedergegeben. Also schickte sie Röschen zum Geburtstag eine von Fes Nachkommen, ein entzückendes, purzeliges kleines Dingelchen.« Pepita geriet bei der Vorstellung richtig ins Schwärmen. »Röschen war hellauf begeistert, auch von der liebevollen Karte, die Schneewittchen dazu geschrieben hatte: ›Dem Röschen ein Knöspchen‹, stand da und dass das Tierchen eine Glückskatze sei. Röschen fing sofort an mit Knöspchen zu spielen und weil der Name selbst für euch Menschen ein rechter Zungenbrecher ist, sagte sie: ›Ich werde dich Knopsi nennen.‹«

»Ich habe mal gehört,« warf ich ein, »dass Katzen am liebsten zweisilbige Vornamen haben, die mit einem ›i‹ enden, stimmt das eigentlich?« »Du weißt doch selbst, dass wir auf sämtliche Kosenamen reagieren, die du uns gibst«, erklärte Rosita. »Ich denke, das ist so eine Rechtfertigung, die sich irgendjemand ausgedacht hat, weil ihr Menschen so oft Namen vergebt, die zwei Silben haben und auf ›i‹ enden. Denk doch nur an Gorbi und Schumi und zu dem Skispringer Sven Hannawald habt ihr sogar Hanni gesagt. Das sind nun wirklich keine Katzen! Nein, nein. Da hat wohl mal wieder einer von deinen Leuten von euch auf uns geschlossen. Wir sind da viel weniger festgelegt. Und deshalb war Knöspchen oder Knopsi mit ihrem Namen auch ganz zufrieden.«

»Aber das Kätzchen war ja neu im Schloss und kannte sich noch nicht aus, also entwischte sie Röschen und lief dabei eine Wendeltreppe hoch«, erzählte Pepita. »Das kommt mir aber sehr bekannt vor«, meinte ich mit Seitenblick auf die Erzählerin, die ich mehr als einmal im Treppenhaus über mehrere Stockwerke nach oben verfolgt hatte. »Dann kannst du dir ja auch denken was passierte«, merkte Pepita trocken an. »Röschen nahm die Verfolgung auf und kam dabei an eine Tür, an der Knopsi kratzte.« »Also jetzt muss ich doch noch mal unterbrechen. Ich habe mich schon immer gefragt, wieso Dornröschen an diesem schicksalhaften Tag allein durch das Schloss und in den Turm gelaufen sein soll, aber wenn sie natürlich ihr ausgebüxtes Kätzchen verfolgt hat, dann ist ihr Verhalten vollkommen verständlich.« »Ja, nicht wahr? Ihre Eltern ließen sie auch alleine loslaufen, weil sie im Schloss selbst keinerlei Gefahr vermuteten. Nach außen dagegen war alles gut gesichert. Auf allen Zinnen standen Posten, die Zugbrücke war hochgelassen und die Dornenhecken wirklich undurchlässig. Nicht einmal eine Katze hätte sich da hinein begeben. Übrigens gab es auch wegen der drohenden Gefahr keine Feier und keine Gäste. Der König hatte viel zu viel Angst, es könnte sich mit einer Besucherin eine Fee als deren Zofe oder so etwas Ähnlichem einschmuggeln. Deshalb war Schneewittchen auch nicht selbst gekommen, um Knöspchen zu überbringen, sondern hatte den Katzenkorb samt allem Zubehör einem Boten anvertraut, der an der Zugbrücke abgefertigt worden war. Wenn der Tag ohne Zwischenfälle überstanden war, sollte ein Riesenfest mit Theater und Feuerwerk und was weiß ich nicht noch allem stattfinden.« »Aber genau im Schloss selbst passierte es ja dann«, meinte ich. »Ja, denn was eine richtige Fee ist, die kann natürlich überall hin, die kennt kein Schloss und keinen Riegel«, erläuterte Rosita. »Und eine von den Dreizehn hatte sich eben in den Turm gesetzt und spann dort in dem Zimmerchen, an dessen Tür Knopsi kratzte.«

»Du musst wissen«, unterbrach Pepita zu mir gewandt ihre Schwester, »dass von einer gefährlichen Spindel nie die Rede war. Deshalb hatte man auch das Spinnen im Land nie verboten, das wäre ja auch schlimm gewesen, wenn fünfzehn Jahre lang kein Flachs mehr gesponnen worden wäre. Trotzdem hatte Röschen, als sie die Tür öffnete und die spinnende Fee sah, keine Ahnung, was diese da trieb, denn sie hatte nie zuvor Frauen des Volkes spinnen gesehen. ›Was machst du hier?‹, sprach sie die Fremde an. ›Ich spinne deinen

Lebensfaden.‹ Sofort wusste Röschen, dass sie einem Wesen aus der Anderswelt begegnet war. Ehrfürchtig blieb sie vor dem Spinnrad und der Spinnerin stehen. So viel Ehrfurcht war Knopsi fremd. Völlig unbefangen lief sie auf den gesponnenen Faden zu und wollte, wie es alle, besonders aber die ganz jungen Katzen gerne tun, mit dem Faden spielen. Schnell nahm Röschen ihr Kätzchen auf den Arm, weil sie nicht wollte, dass ihr Schicksalsfaden von Katzenkrällchen verletzt würde. Und gut hat sie daran getan, denn jetzt fragte die Fee: ›Möchtest du lernen, dein Schicksal selbst in die Hand zu nehmen?‹ ›Sehr gern‹, antwortete Röschen schüchtern. ›Dann komm mit mir in die Anderswelt.‹ Mit diesen Worten gab die Fee Röschen die Spindel in die Hand und wollte das Mädchen mit sich führen.« »Weil Röschen aber doch schon Knopsi auf dem Arm hatte, stach sie sich unglücklicherweise bei der Übergabe der Spindel in den Finger«, schilderte Rosita den dramatischen Höhepunkt. »Das heißt, es war gar nicht beabsichtigt, dass sie sich stechen sollte?« »Kein Gedanke, ein dummer Zufall, der später unglaublich aufgebauscht wurde. Das wirklich Wichtige aber wurde verschwiegen, nämlich dass Knopsi immer noch auf Röschens Arm saß und so mit ihr und der Fee in die Anderswelt gelangte«, schloss Rosita.

»Ich habe eben eine richtige Gänsehaut bekommen, als ihr das mit dem Schicksalsfaden erzählt habt. Was für eine einleuchtende und doch wundersame Erklärung für diese Begebenheit. Aber jetzt brauche ich erst mal meine Nachtruhe, um das alles auf mich wirken zu lassen. Morgen erzählt ihr mir dann, was sich in der Anderswelt ereignet hat.« »Lass dir nur noch sagen, dass in dem Moment, wo die drei die Tür zur Anderswelt hinter sich geschlossen hatten, der ganze Hof in den angekündigten Tiefschlaf fiel. Und damit können wir jetzt auch gut einschlafen.«, meinte Pepita abschließend.

In der Nacht hatte ich einen seltsamen Traum. Zuerst fiel ich wie in ein tiefes Loch, dann stand ich auf einer Lichtung im Vollmondschein. Während ich noch überlegte, was ich tun oder wohin ich mich wenden sollte, kam eine schöne Frau auf mich zu. An ihrer Seite ging ein Reh, über ihr flog eine Eule, auf ihrer Schulter saß eine dreifarbige Katze. »Willkommen«, sprach sie, »ich kenne dich gut, du lebst mit Pepita und Rosita zusammen. Das sind zwei ganz wunderbare Katzen.« Von ihr ging so viel Feierlichkeit aus, dass ich nicht wagte, ganz salopp mit »Wem sagen Sie das!« zu antworten. Deshalb nickte ich nur stumm oder war es eher, dass ich mich verneigte? Sie fuhr fort: »Deine Katzen haben dir Geschichten erzählt, die eigentlich gar nicht für Menschen bestimmt sind.« Das hätte ich nun nicht vermutet. Ich dachte immer, dass alle Menschen, die mit Katzen leben, von diesen solche Geschichten erfahren. Erstaunt sah ich sie an. »Ja, dir ist eine große Ehre widerfahren. Erweise dich ihrer würdig.« »Was kann ich tun?« »Nun, ich bin die Beschützerin der Tiere, diese nennen mich auch Große Mutter, Menschen zeige ich mich oft in der Gestalt einer Fee mit blondem Haar, weshalb viele mich als Fee Güldenhaar bezeichnen, manchmal komme ich auch als reife oder sogar als alte Frau zu euch, dann nennt ihr mich Frau Holle. Ich möchte, dass die Menschen meinen Schützlingen mit Respekt begegnen. Das heißt nicht, dass ihr keine Tiere essen sollt, aber wenn ihr ein anderes Lebewesen tötet, muss dieses merken, dass sein Tod bevorsteht, damit sich seine Seele vom Körper lösen und in die Anderswelt gelangen kann. Dann aber muss der Tod schnell erfolgen, damit nicht eine lange Leidenszeit die Tierseele auf ihrer Reise zu mir beschwert. Du bist auf einem guten Weg. Aber denke daran, auch Schnecken, Blattläuse und Motten stehen unter meinem Schutz.« Da sah ich erst, wie viele kleine Lebewesen an ihren Sandalen und in ihrem Gewand saßen. Mit Schnecken, Blattläuse und Motten stand ich auf Kriegsfuß. »Das heißt aber jetzt nicht, dass du deine Pflanzen den Blattläusen überlassen, deine Kleider als Mottenfutter anbieten oder deinen Garten zum Schneckenparadies erklären sollst. Versuche diesen Tieren einen anderen Lebensraum zu bieten. Sei achtsam allen tierischen Geschöpfen gegenüber, nicht nur den Katzen und gehe liebevoll und ehrerbietig mit den Geschichten um, die Pepita und Rosita mit dir teilen wollen.« Bevor ich noch fragen konnte, wie das zu machen sei, verschwand die Frau im Morgengrauen und ich wachte auf. Anders als sonst erinnerte ich mich genau an jede Einzelheit meines Traums und war sehr verwirrt.

An diesem Morgen saß Pepita bereits wie üblich auf der Fensterbank und beobachtete Möwen und Tauben, während Rosita ihre Dehnübungen am Kratzbaum absolvierte. »Pepita, Rosita«, rief ich mit etwas verschlafener und daher belegter Stimme. Sofort kamen beide aufs Bett gesprungen, schnüffelten an meinen Fingerspitzen, ließen sich Stirn und Hinterköpfchen streicheln und gaben mir ein Küsschen. Das war sehr ungewöhnlich, so einig und mir zugewandt sind sie sonst selten gleichzeitig. »Ich muss euch etwas erzählen«, begann ich. Die beiden sahen sich vielsagend an so, als wüssten sie schon, was kommt, dennoch hörten sie sich meinen Traum geduldig an. »Dann ist ja alles in Ordnung«, sagte Pepita am Ende erleichtert. »Du musst nämlich wissen«, erklärte Rosita, »dass wir uns nicht so sicher waren, ob wir dir erzählen dürfen, was Knöspchen in der Anderswelt erlebte. Deshalb fragten wir letzte Nacht die Große Mutter, die Beschützerin der Tiere und Freundin aller tierliebenden Menschen. Sie sagte, sie werde uns eine Antwort geben.« »Jetzt hast du sie!« Pepita wirkte ganz stolz, weil ihre Menschenfrau von der Großen Mutter angesprochen worden war. »Aber nun möchten wir gerne frühstücken«, fuhr sie prosaisch fort und so wandt ich mich den alltäglichen Dingen zu.

Nach der Frühstückspause kamen Pepita und Rosita wieder zu mir und erklärten feierlich: »Es ist nämlich so: Wir wissen nicht, was die junge Prinzessin in der Anderswelt lernte, das betrifft euch Menschen und daran haben wir Tiere keinen Teil. Wir wissen aber genau, wie es Knöspchen erging, das dürfen wir aber normalerweise euch Menschen nicht erzählen. Aber natürlich gibt es Gemeinsamkeiten, denn schließlich leben wir, Menschen und Tiere, zusammen auf dieser Welt. Und so hatten Rosita und ich uns ausgedacht, dass wir dir gerne das erzählen würden, was uns, Katzen und Menschen, gemeinsam betrifft und da hat die Fee Güldenhaar nun ihre Erlaubnis gegeben. Also können wir beginnen.«

»Erst einmal wurde aus Knöspchen eine ausgewachsene Knospe, eine wunderschöne dreifarbige Katze, die ihrer Ahnmutter alle Ehre gemacht hätte. Du erinnerst dich doch an Fe, die Ur-Ur-Enkelin der Katze von Schneewittchens Mutter?« »Klar doch!« »So war auch Knöspchen sehr sensibel und empfänglich für die Befindlichkeit ihres Frauchens, mit dem sie in der Anderswelt zusammen lebte. Und so kam es auch, dass Knopsi merkte, dass Röschen immer sehr unruhig schlief.« »Du musst wissen, dass Knopsi bis dahin noch nicht im Bett von Dornröschen schlief. Sie hatte ein Körbchen im angrenzenden Ankleidezimmer bekommen. Dort bezog sie an den Abenden Quartier, an denen sie keine Lust auf nächtliche Spaziergänge hatte. In jeder Nacht, die sie in ihrem Körbchen zubrachte, hörte sie mit ihren feinen Öhrchen, wie die Prinzessin sich im Bett wälzte und stöhnte. Dadurch wurde auch sie unruhig und das gab ihr zu denken. A propos Schlaf. Jetzt könnte ich meinen Mittagsschlaf halten. Kommst du mit Pepita?« »Aber ja, bis später«, verabschiedeten sich die Beiden.

Inzwischen hatte ich mich ja schon an den Rhythmus von Pepita und Rosita gewöhnt und überhaupt: Scheherazade hatte ihre Märchen dem Sultan ja schließlich auch häppchenweise erzählt. Warum sollte es mir da anders gehen? Als sie ausgeschlafen und sich gestreckt hatten, begann Pepita mit einem verschmitzen Gesichtsausdruck: »Ich vernahm, o glückliche Menschenfrau, dass Knöspchen der unruhige Schlaf von Röschen aufgefallen war.« Jetzt wurde es mir aber richtig unheimlich. Ich hatte ja schon immer geahnt, dass Katzen Gedanken lesen können, aber dass Pepita nun sogar die Formel benutzte, mit der Scheherazade in der jeweils folgenden Nacht den Erzählfaden wieder aufnahm: »Ich vernahm, o glücklicher König, dass ...« das ging schon fast mit übernatürlichen Dingen zu. Lesen die beiden denn heimlich in meinen 1001-Nacht Bänden? Vielleicht ist es besser, wenn ich es nicht weiß, entschied ich und lauschte wie weiland der Sultan gebannt dem Fortgang der Geschichte.

»Anfangs hatte Knopsi noch gedacht, die Unruhe sei auf die neue Umgebung, den Kontakt mit den Feen und deren Lebensweise zurückzuführen. Sie meinte, Röschen würde den Lehrstoff sozusagen im Schlaf noch einmal durchgehen und rekapitulieren. Aber nach einiger Zeit kamen ihr Zweifel und sie wurde immer sicherer, dass es dafür eine tieferer Erklärung geben müsste.« »Das«, ergänzte Rosita, »hatte auch mit Knöspchens eigener Reife zu tun. Sie hatte gelernt, Oberflächliches von Tiefgreifendem zu unterscheiden, eine wunderbare und unglaublich wichtige Fähigkeit für das Leben. Derart sicher geworden, wandt sich Knopsi an die Große Mutter und fragte, was der tiefere Grund für Röschens nächtliche Unruhe sei. ›Du hast völlig recht. Der Grund liegt in der Tiefe. Wenn du ihn erkennen willst, musst du den Weg dorthin selbst finden.‹ ›Ich möchte so gerne etwas tun, damit meine Prinzessin besser schläft. Niemand weiß den Segen eines erholsamen Schlafes so gut zu schätzen wie wir Katzen!‹ ›Dann mach dich auf!‹, war die etwas sybillinische Antwort der Großen Mutter.

Da stand Knöspchen nun und wusste überhaupt nicht, wie sie in die Tiefe gelangen sollte. Erst suchte sie nach einer Öffnung unter dem Bett – ohne Erfolg; auch außerhalb des Hauses fand sich kein Weg in die Tiefe. Sie war schon ganz verzweifelt. Schließlich legte sie sich mitten auf das Bett, schloss die Augen und dachte immer nur: ›Ich möchte in die Tiefe gelangen.‹ Genau das war die richtige Methode«, erklärte Pepita voller Stolz auf ihre kluge Ahnin. »Was dann geschah, hat man uns immer beschrieben wie eine langsame Fahrt mit einem gläsernen Aufzug. Es muss ganz schrecklich gewesen sein.« Rosita schauderte beim Gedanken an die unheimliche Fahrt. »Überall Dunkelheit. Zwar kann unsereins das besser aushalten als ihr, aber der Anblick von Felsen rechts und links, von tropfendem Gestein war nicht gerade ermutigend. Zumal sie langsam ein immer lauter werdendes Rauschen vernahm und schließlich am Ufer eines tosenden Gewässers, einer Art Wildbach ankam.« »Kann das ein unterirdischer Fluss gewesen sein?«, wollte ich wissen. »Ich glaube, ihr sagt auch Wasserader dazu«, meinte Rosita. »Knöspchen jedenfalls war so erschrocken, dass sie die Augen zukniff und sofort fand sie sich wieder auf dem Bett und war um keinen Deut klüger. Am nächsten Tag nahm sie all ihren Mut zusammen und begab sich erneut auf die Fahrt in die Tiefe. Diesmal sah sie in einiger Entfernung einen alten Mann mit langem, weißen Bart, der eine Art Paddel in Händen hielt und mit ihm das Wasser bewegte. Wieder war sie von dem Anblick so erschrocken, dass sie die Augen zukniff und schon wieder war sie auf ihrem und Röschens Bett. ›So geht das nicht‹, schalt sie sich, als sie sich von ihrem Schrecken erholt hatte. ›Wenn ich mich nicht überwinde und jedes Mal kneife, finde ich das Geheimnis nie heraus.‹ Also nahm sie wild entschlossen den dritten Anlauf.«

»Ihr sagt ja, dass alle guten Dinge drei sind«, meinte Pepita. »Zwar waren die beiden ersten Fahrten nicht so gut, aber Knöspchen wollte beim dritten Mal um keinen Preis aufgeben, komme, was da wolle. Zitternd vor Kälte und Angst vor dem tosenden Wasser stand sie am Ufer der Wasserader. ›Entschuldigt bitte‹, begann sie zaghaft den Paddler anzusprechen, ›ich frage mich, was Ihr hier macht.‹ ›Nun, tapfere, kleine Katze, ich gebe dem Wasserlauf seine Richtung, damit es sich auf den langen Weg zur Erdoberfläche machen kann.‹ ›Das braust ja ganz schön!‹, antwortete Knöspchen von der freundlichen Ansprache sicherer geworden. ›Das Wasser braucht auch viel Kraft, die muss ich ihm geben.‹ ›Da müsst Ihr aber sehr stark sein‹, meinte Knöspchen ehrfürchtig. ›Ich bin der Wassermann und regle alle Wasserläufe. Die unterirdischen Wasser haben besondere Qualitäten. Sie senden ihre Kraft bis an die Oberfläche der Erde.‹ ›Aber man kann die unterirdischen Wasser doch oben gar nicht sehen.‹ ›Das nicht, aber sie sind zu spüren. Menschen, die über einem solchen Wasserlauf schlafen, werden oft unruhig, so, als könnten sie im Schlaf das Rauschen und Tosen hören!‹«

»Damit hatte Knopsi ja das Geheimnis ergründet, wie schön!« »Das war aber nur die eine Hälfte«, bremste Pepita meinen Enthusiasmus. »Sie wollte ja auch wissen, wie sie Röschen zu einem ruhigeren Schlaf verhelfen könnte. ›Da brauchen diese Menschen eigentlich nur ihr Bett zu verschieben.‹, dachte sie laut vor sich hin. ›Aber manchmal, wenn das Flussbett so breit ist wie hier, ist das leichter gesagt als getan.‹ ›Sagt, Wassermann, gibt es ein Mittel, die für diese Menschen beunruhigende Wirkung des unterirdischen Flusses aufzuheben?‹ ›Mit den Kräften der Natur ist nicht zu spaßen. Aber weil du so tapfer bist und nicht für dich selbst fragst, will ich dir helfen. Sei mutig und komme her zu mir.‹« »Oh je, das konnte sie doch nie schaffen in den tosenden Bach einzusteigen.«, schrie ich entsetzt. »Da unterschätzt du aber uns Glückskatzen!«, trumpfte Pepita auf. »Zugegeben sie zögerte, aber dann dachte sie ganz folgerichtig: ›Er würde mich nicht auffordern, in meinen Tod zu springen‹ und schon war sie im Wasser. In dem Moment zog der Wassermann das Paddel aus dem Bach und der wurde spiegelglatt und seicht, so dass Knopsi bequem zu ihm schwimmen konnte. ›Was für eine wunderschöne, edle Katze du doch bist‹, sagte der Wassermann und nahm Knopsi auf seinen Arm. Mit der feuchten rechten Hand strich er über ihr Fell von Kopf bis Schwanz. ›Hiermit verleihe ich dir die Gabe, für die Menschen, die du liebst, die Kraft der Wasseradern aufzuheben. Bleibe immer treu an der Seite deines Menschen und mache die Prinzessin glücklich.‹ Mit diesen Worten hauchte er sie mit warmem Atem an und sofort war ihr Fell trocken und sie lag wieder auf dem Bett.«

»In der kommenden Nacht tat Knopsi kein Auge zu. Sie hatte es gewagt, sich zu Füßen der Prinzessin einzurollen. Intensiv beobachtete sie Röschens Schlaf. Und tatsächlich wälzte sich die Prinzessin nicht mehr ständig von einer Seite auf die andere. Am nächsten Morgen streckte sich Röschen wohlig und sagte zu ihrem Kätzchen: ›Heute habe ich mal richtig gut und tief geschlafen, Knopsi.‹ Da war für Knopsi ganz klar, wo sie ab jetzt schlafen würde und die Prinzessin erkannte schnell den Zusammenhang und bat ihr Kätzchen ganz dicht zu sich.« »Das Schnurren hätte ich hören mögen!« »Es klang auch nicht anders, als wenn wir schnurren.« Pepita wirkte fast ein bisschen beleidigt. Sofort streichelte ich meine beiden Lieblinge und gab ihnen einen Kuss. »Danke, dass ihr mich in das Geheimnis der Katzen und der Wasseradern eingeweiht habt. Es war eine wunderschöne Geschichte.« »Was heißt ›war‹, die Geschichte geht doch noch weiter!«, versicherte Pepita und Rosita ergänzte: »Morgen früh nach einer hoffentlich allseits erquickenden Nachtruhe.«

Als wieder Erzählen angesagt war, begann Rosita: »Eine ganze Zeit später war es Knöspchen, die unerklärliche Unruhe verspürte. Irgendetwas Bedrohliches schien sich anzukündigen. Schließlich hielt sie es nicht länger aus und wieder begab sich zur Großen Mutter. ›Ich spüre eine Gefahr, liebe Mutter, was ist nur los?‹ ›Meine liebe Knopsi, du hast eine richtige Ahnung. Kannst du spüren, woher die Gefahr droht?‹ ›Nicht aus der Luft und mit Wasser hat sie auch nichts zu tun. Ich glaube, sie kommt aus der Tiefe.‹ ›Dann mach dich auf und hab keine Angst‹, gab ihr die Große Mutter mit auf den Weg.« »Und diesen Trost hatte Knopsi auch bitter nötig«, versicherte Rosita, »denn dieses Mal ging die Reise noch viel tiefer in das Erdinnere. Es wurde immer wärmer und wärmer, so warm, dass es selbst für eine Katze nicht mehr angenehm war. Aber Knopsi hatte ja beschlossen, ihre Angst zu überwinden. Trotzdem war ihr unbehaglich zumute, als sie schließlich in eine Art Höhle kam. Dort saß eine alte Frau vor einem brodelndem Kessel, in dem sie rührte. Vorsichtig tapste Knopsi näher. Ihre innere Unruhe war enorm gestiegen, eine nie gekannte Angst erfüllte sie. Aber nach der Erfahrung mit dem Wassermann wusste sie, dass es nicht hilft, wenn man auszubüxen versucht.

›Komm nicht zu nah, kleine Katze‹, warnte die Frau, ›sonst verbrennst du dich.‹ ›Was kocht Ihr denn da?‹, fragte Knopsi besorgt. ›Ich bin die Erdmutter. Ich forme die Erde immer wieder neu. Von Zeit zu Zeit müssen die festen und die flüssigen Bestandteile der Erde anders zusammengesetzt werden.‹ ›Ist es das, was mich so unruhig gemacht hat, Euer Umrühren und Kochen?‹, wollte Knopsi wissen. ›Ganz recht und du hast allen Grund zur Unruhe. Wenn ich am Kochen bin, kann es leicht passieren, dass auf der Erde kein Stein mehr auf dem anderen bleibt.‹ ›Oh je, oh je, dann schwebt ja meine Prinzessin in großer Gefahr. Ich muss sie warnen und in Sicherheit bringen!‹, rief Knopsi und wollte schon wieder aufsteigen. ›Einen Moment noch, nicht so voreilig‹, meinte die Erdmutter. ›Du bist das erste Lebewesen, das zu mir gekommen ist, während ich mitten am Kochen und Formen bin. Und du sorgst dich nicht um dein eigenes Leben, sondern um das eines Menschen. Das gefällt mir sehr.‹ Mit diesen Worten stand die Erdmutter auf, ging zu Knopsi und streichelte sie mit ihrer warmen Hand von Kopf bis zum Schwanz. ›Hiermit verleihe ich dir die Gabe zu spüren, wenn ein Erdbeben bevorsteht und trage dir auf, die Menschen zu warnen, die du liebst. Du, mein liebes Kätzchen, sollst die Prinzessin glücklich machen.‹ Und damit war Knopsi wieder auf die Erdoberfläche entlassen.

Wie ein geölter Blitz rannte sie zu Röschen. Die Erdmutter hatte ihr ja die Gabe verliehen, zu ahnen, woher die Gefahr drohte. Also lockte sie Röschen ganz schnell auf eine große Wiese. Kaum waren sie dort, grollte ein unterirdischer Donner, die Erde zitterte unter ihren Füßen, das Haus, in dem sie gewohnt hatten, begann zu wackeln, die Möbel fielen durcheinander, Röschen schrie entsetzt auf, als sie merkte, wie ihr Haus beschädigt wurde. Nach ein paar Minuten war alles vorbei und Knopsi spürte, dass die Gefahr vorüber war, sie ging wieder auf das Haus zu.« »Röschen dagegen war noch voller Angst und Misstrauen«, berichtete Rosita. »Sie wandt sich an eine der Feen um Hilfe. ›Der heutige Tag zeigt dir, wie mächtig die Erde ist. Ihr Menschen könnt euch ihrer nie völlig sicher sein. Aber du hast auch gemerkt, dass dein Kätzchen mehr wahrnehmen kann als du. In vieler Hinsicht seid ihr Menschen sehr kluge Lebewesen, aber auch Tiere haben ihre Gaben und manchmal sind sie euch damit überlegen. Das sollte der heutige Tag dir sagen«, erklärte die Fee. Röschen war tief bewegt und drückte Knöspchen an sich. ›Mein kleiner Schutzengel‹, flüsterte sie in das Katzenöhrchen. ›Ich bin dir unglaublich dankbar‹«, schloss Rosita und Pepita ergänzte zu mir gewandt: »Jetzt sagst du bestimmt wieder, du hättest das Schnurren hören mögen. Nun, das kannst du haben. Komm Rosita, wir schnurren ihr was vor, dann gibt's bestimmt auch bald Abendessen.«

Rosita war diejenige, die nach dem Futtern die Geschichte fortsetzte: »Eines Tages kam die Große Mutter auf Knöspchen zu. ›Du hast viel gelernt, mehr kann ich dir nicht mitgeben. Du kannst wieder in die andere Welt zurückkehren, wenn du möchtest.‹ ›Und Röschen, meine Prinzessin, wohin geht die?‹ ›Die hat noch einige Stationen zu durchlaufen, das muss sie aber alleine tun.‹ Knöspchen wurde ganz traurig bei dem Gedanken an eine Trennung. Aber sie fügte sich in das, was die Feen für sie und die Prinzessin beschlossen hatten. In die hiesige Welt mochte Knöspchen aber alleine nicht gehen, so blieb sie in der Anderswelt und vervollkommnete ihre erlernten Fähigkeiten. Aber so recht glücklich war sie dabei nicht. Ihr ging es ein bisschen so wie uns, wenn du weggehst«, erklärte Pepita. »Nur mit dem Unterschied, dass wir uns in aller Regel keine Sorgen um dich machen müssen. Knöspchen aber sorgte sich. Nach einer ganzen langen Weile hielt sie es nicht länger aus, sie fasste sich ein Herz und ging erneut zur Großen Mutter. ›Liebe Große Mutter, ich weiß nicht, was es bedeuten soll, dass ich so traurig bin. Meine Prinzessin, die geht mir nicht aus dem Sinn. Ist es denn ganz und gar ausgeschlossen, dass ich sie in ihren weiteren Schritten durch meine Anwesenheit und Kraft der Energie, die ich dank des Wassermanns und der Erdmutter ausstrahlen und übertragen kann, in ihrem Lernen unterstütze?‹ Die Große Mutter war sehr erstaunt. ›Du hast mich doch gelehrt, dass Menschen und Katzen zusammen leben sollten, um gegenseitig voneinander zu profitieren. Ich möchte so sehr, dass Röschen in Gemeinschaft mit mir Zugang zu den verborgenen Energien bekommt.‹ ›Du liebes Kätzchen, wenn du deinem Menschen so gerne beistehen und nahe sein möchtest, will ich mich mit den Feen besprechen und ein gutes Wort für dich und dein Begehren einlegen.‹

Schon am nächsten Tag kam die Große Mutter zu Knöspchen. ›Wir haben uns verständigt und wollen dir erlauben, zur Prinzessin zu gehen. Den Weg dorthin aber musst du ganz alleine finden. Wenn deine Liebe und Anhänglichkeit groß genug sind, wird es dir schon gelingen.‹ Du musst nämlich wissen«, meinte Rosita an mich gerichtet, »dass es nicht einfach angeht, den Plan der Feen durcheinander zu bringen. Von daher war zu erwarten, dass es eine Bedingung geben würde.« »Das ist aber eine sehr harte Forderung, finde ich, ihr sagtet doch, dass Röschen weit fortgegangen war.« »Allerdings«, pflichtete Rosita mir bei. »Es war die härteste Prüfung von allen, denn Knöspchen wusste überhaupt nicht, wohin sie ihre Schritte lenken sollte. Als der Tag sich neigte und unsere Katzenvorfahrin, wie es so unsere Art ist, aktiv wurde, stand der Mond voll und hell am Himmel. An ihn, genauer an seine Gottheit wandt sich Knöspchen in ihrer Ratlosigkeit: ›Liebe Mondgöttin, kannst du mir nicht einen Tipp geben, wie ich den Weg zu meiner Prinzessin finden kann?‹ ›Ich ziehe nur meine vorgegebene Bahn, was du brauchst ist ein sehr viel beweglicherer Führer. Ich schicke dir jemand im Morgengrauen.‹ Voller Freude sang das Kätzchen ihr ein Dankeslied. Und tatsächlich, als es dämmerte, kam ein leichter Wind auf. Erst merkte Knöspchen noch gar nicht, dass der Wind der versprochene Helfer war, bis er immer intensiver um ihre Schnurrhaare strich, begann sie sich nach dem Wind zu drehen. Inzwischen war Knöspchen ja schon sehr geübt im Umgang mit Wesen der Anderswelt, deshalb sprach sie ihn an: ›Seid ihr der Führer, den mir die Mondgöttin angekündigt hat?‹ ›Wer sonst?‹, antwortete eine kecke Stimme und das Kätzchen erkannte schwache Umrisse eines wie mit allerzartesten Schleiern umhüllten jungen Mannes. ›Wer außer mir kommt überall hin, ist mobil, kann durch Schlüssellöcher dringen und über Dächer fliegen. Wer, wenn nicht ich, der Windgeist, den manche auch den windigen Windbeutel nennen?‹ ›Windiger Windbeutel, könnt Ihr mir sagen, wie ich meine Prinzessin finden kann?‹ ‹Können könnt ich schon, aber wollen will ich nicht.‹«

»Da war das arme Knöspchen aber an einen rechten Windhund geraten, die Arme«, meinte ich voller Mitgefühl. »Nein, nein, er meinte es nicht böse«, beschwichtigte mich Rosita. »Warte nur, was er sagte. ›Ich könnte dir den Weg zeigen, aber ich bin der Meinung, du hast Besseres verdient, als in meinem Windschatten zu reisen.‹ ›Besseres?‹, zweifelte Knöspchen. ›Besser als im Schutz Eures Schattens kann ich doch gar nicht reisen.‹ ›Ich meine was anderes. Mir folgen kann doch jeder Wurm. Ich will dich lehren, dich selbst zu orientieren.‹ ›Muss man dazu nicht Messgeräte haben?‹ ›Das brauchen nur die Menschen. Ihr Katzen habt eure sechs Sinne und da kann ich noch einen drauf geben.‹« »Moment mal«, unterbrach ich. »wieso denn sechs Sinne?« »Na, weil doch der Wassermann und die Erdmutter dem Knöspchen schon andere Fähigkeiten als nur die üblichen fünf Sinne mitgegeben hatten, Fähigkeiten, die die Wahrnehmung im Erdinnern betrafen«, erklärte Pepita und Rosita merkte an: »Und jetzt sollte Knöspchen noch lernen, Dinge in der Atmosphäre und im Kosmos wahrzunehmen.« »Und das hat ihr der Windbeutel auch tatsächlich beigebracht«, erklärte Pepita in leicht verwundertem Tonfall. »Er war gar nicht so oberflächlich und windig, wie er erst getan hatte. Bei Tag erklärte er Knöspchen den Sonnenstand und die Himmelsrichtungen an Merkmalen der Natur, zum Beispiel den Wetterseiten der Bäume. Bei Nacht dann arbeitete er mit der Mondgöttin zusammen und erklärte unserer Ahnfrau den Sternenhimmel.« »Aber hat das nicht furchtbar lange gedauert? Der Sonnenverlauf und die Sternbilder ändern sich doch im Jahresrhythmus«, wollte ich wissen. »Haben wir dir nicht erklärt, dass Zeit für uns anderes ist als für euch?«, fragte Pepita ungeduldig zurück. »Alles ist eben relativ«, meinte Rosita versöhnlicher. »Jedenfalls lernte Knöspchen sich zu orientieren. Und weil sie so gut aufgepasst hatte, verbündeten sich Sonne und Mond, was ganz selten geschieht und sagten ihr, in welcher Richtung die Prinzessin sich aufhielt und wie weit es bis dahin ist.« »Ich kann mir vorstellen, dass beide ganz schön beeindruckt davon waren, wie entschlossen das Knöspchen an seinem Vorhaben festhielt.« Die Antwort war ein Schnurrduett. Meine beiden Lieben hatten ja auch allen Grund mit Stolz auf ihre Vorfahrin zu blicken und das sagte ich ihnen auch. »Wohl wahr«, klang es etwas wortkarg. »Aber noch etwas gaben Sonne, Mond und Wind ihr mit auf den Weg. Sie sagten nämlich: ›Noch viel wichtiger als die Orientierung an den Himmelsrichtungen ist für dein Vorhaben die Liebe zu deiner Prinzessin; sie wird dich leiten und dein Antrieb sein, so wie sie es bisher bereits getan hat. Ohne diese Zutat ist dein Wissen hohl, sind deine Fähigkeiten nur Methode. Aber jede Methode braucht ein Ziel, einen Anwendungsbereich, eine Motivation.

Und wenn das stimmig ist, läuft alles wie von selbst. Der windige Windbeutel aber strich ihr mit seinem Windschleier von Kopf bis Schwanz über den Rücken und sagte: ›Du sollst deine erlernten Fähigkeiten für alle Zeit behalten und sie zum Nutzen von den Menschen einsetzen, die du liebst. Mache deine Prinzessin glücklich.‹ Und so lief Knöspchen seinem Röschen entgegen und wenn wir nach unserer Siesta wieder zu dir kommen, erzählen wir dir, wie sie dort ankam.«

»Die Prinzessin war, wie du dir denken kannst, ziemlich perplex«, setzte Pepita nach ausgiebigem Strecken die Erzählung fort. »›Ja, wo kommst du denn her?‹, fragte sie immer wieder, als Knöspchen ihr um die Beine strich. ›Das ist aber eine freudige Überraschung! Wie hast du mich nur finden können?‹ Knöspchen schnurrte nur und nahm ein bequemes Plätzchen ein.« »Du musst dir in der Folge das Zusammenleben mit der Prinzessin etwa so vorstellen, wie wir uns verhalten, wenn du zum Katzenfutter-Verdienen gehst. Knöspchen blieb zu Hause oder streifte durch die Gegend und abends trafen sie sich im Haus.« »Das war ja auch so eine Art Schule, in die die Prinzessin bei den dreizehn Feen ging«, meinte ich. »Eigentlich«, fuhr Rosita fort, »sollte die Prinzessin an verschiedenen Orten Erfahrungen machen. Aber die Feen waren von dem Kätzchen so gerührt, dass sie Röschen erlaubten, jeden Abend bei Knöspchen zu sein. Und ob du es nun glaubst oder nicht, als Knöspchen bei ihr war, fiel der Prinzessin das Lernen viel leichter und so kam es, dass sie früher, als die Feen es erwartet hatten, am Ziel war.«

»Dann hat das Ganze aber trotz allem hundert Jahre lang gedauert«, brachte ich mein Märchenbuchwissen ein. »So sagt es dein Märchenbuch. Aber wenn du meine ganz persönliche Meinung hören willst: Ich denke, es waren wahrscheinlich drei mal 13 Monde.« »Damit könntest du richtig liegen, Rosita, die Feen haben bestimmt eine Zahl gewählt, die mit ihrer Kultur zu tun hatte«, bestätigte ich sie nachdenklich. »Aber wie dem auch sei«, schaltete sich Pepita ein, »es ging ans Abschied nehmen. Röschen war eine wunderschöne rotgoldene Rose geworden. Sie hatte die alte Kultur voll für sich akzeptiert und wollte künftig danach leben und ihr Wissen weitergeben. Das sagte sie auch den Feen. ›Was das Weitergeben angeht, können wir vielleicht etwas für dich tun‹, meinten sie lächelnd. ›Eine Befürchtung habe ich allerdings noch‹, wagte die Prinzessin zu äußern. ›Was bewegt dich?‹, fragten die Feen.

›Wenn ich in meine Heimat, auf mein Schloss zurückkehre, stehe ich ganz allein auf weiter Flur. Niemand hat bisher viel von der alten Kultur gehalten, im Gegenteil.‹ ›Denk immer daran‹, entgegnete die dreizehnte Fee, ›du warst lange weg und in der Zeit hat das ganze Schloss geschlafen. Wir haben deinen Leuten Träume beschert und ich glaube, du findest eine andere Umgebung vor, als die, die du verlassen hast. So mache dich nun auf den Weg und lebe wohl.‹ ›Dir aber, kleine Knospe, möchte ich noch etwas mit auf den Weg geben‹, wandt sich unsere Fee, die Fee Güldenhaar, die ja die Große Mutter in jungen Jahren ist, zum Abschied an das Kätzchen. ›Du hast dich immer wieder für das Wohlergehen deines liebsten Menschen eingesetzt, hast Gefahren und Schwierigkeiten in Kauf genommen und bewältigt, du hast die Freundschaft der Geister des Wassers, der Erde und der Luft dafür gewonnen, deshalb mache ich deinen Nachkommen die von dir erworbenen Fähigkeiten zum ewigen Geschenk. Alle Katzen, die wahrhaft um das Wohl der Menschen besorgt sind, werden in der Lage sein, die Wirkung der Wasseradern zu mildern, drohende Erdbeben zu erahnen und weite Entfernungen zurückzulegen, um bei ihren liebsten Menschen sein zu können. Wenn diese Menschen eure Fähigkeiten und eure Liebe zu ihnen erkennen, werden sie deinesgleichen ehren, ja verehren und eure sieben Sinne schätzen lernen.‹ Knöspchen verneigte sich tief.

Die Prinzessin hatte alles mitangehört und war sehr ergriffen. ›Jetzt kann ich dich nicht mehr mit dem albernen Namen Knopsi rufen, auch mag ich gar nicht mehr Knöspchen zu dir sagen, so sehr bist du aufgeblüht in dieser unserer gemeinsamen Zeit in der Anderswelt. Bist du damit einverstanden, wenn ich dich künftig Rosita, meine kleine Rose, nenne?‹ Daraufhin legte unsere Ahnmutter, meine Namenspatronin, vertrauensvoll ihr Köpfchen in die ausgestreckte Hand der Prinzessin«, schloss Rosita schnurrend vor Glück, den Namen dieser wunderbaren Katze tragen zu dürfen. »Was für eine schöne Geschichte!«, rief ich begeistert aus. »Aber sie ist noch immer nicht zu Ende«, warf Pepita ein, »lass dir auch den Rest erzählen:

Die beiden, Mensch und Katze, fanden sich im Turmzimmer wieder, von wo aus sie ihre Reise in die Anderswelt angetreten hatten. Staunend gingen sie durch das schlafende Schloss in den Schlosshof, wo die herrlich blühenden Heckenrosen über die Zinnen gewachsen waren. Dort stehend war von der

Außenwelt kaum etwas zu erkennen, so hoch reckten sich die Zweige. Die Prinzessin wollte deshalb die Zugbrücke herunterlassen, um zu sehen, wie die Welt aussah. Der Mechanismus der Zugbrücke lief wie geölt«, setzte Rosita die Erzählung fort. »Kaum war die Brücke unten, sahen die beiden, Rosita das Kätzchen, und Roswitha, die Prinzessin, einen jungen Prinzen auf seinem Pferd, der nur auf das Herablassen der Zugbrücke gewartet zu haben schien. Er ritt in den Schlosshof, stieg vom Pferd und grüßte die Prinzessin ehrerbietig.« »Dann hat er sie also gar nicht wachgeküsst«, unterbrach ich verwundert. »Nun warte doch ab«, tadelte mich Pepita, »und lass Rosita weitererzählen.« »Natürlich hatte der Prinz von der Geschichte mit dem verwunschenen Schloss gehört, sonst hätte er ja nicht an der Zugbrücke gewartet. Er trat also auf die Prinzessin zu und sagte: ›Seid mir gegrüßt, Doña Rosita!‹ Du musst wissen, dass er aus Spanien kam und deshalb die Prinzessin mit ihrem spanisch ausgesprochenen Kosenamen anredete. ›Die Blumen haben zu mir gesprochen und mich zu Euch geführt. Ich möchte nicht, dass Ihr ledig bleibt.‹« »Das nenne ich aber mit der Zugbrücke ins Schloss fallen!« »Eigentlich«, wandt meine Rosita ein, »finde ich es gar nicht so schlecht, wenn ein Mensch nicht wie die Katze um den heißen Brei herum schleicht, sondern gerade heraus sagt, was er im Sinn hat.« »Da ist was dran«, gab ich zu. »Wie hat die Prinzessin denn seine Bemerkung aufgenommen?«

»Die sagte nur etwas doppeldeutig, lächelnd: ›Das gefällt mir.‹ Wobei sie offen ließ, ob ihr die Tatsache, dass der Prinz etwas von der Sprache der Blumen verstand, gut gefiel oder sein knapper Antrag. Tatsache ist, dass sie ihm, wie es im Süden üblich ist, die Wangen zum Küssen anbot und nicht die Hand. In dem Moment, wo der Prinz ihr den ersten Kuss gegeben hatte, wachte das Schloss auf und den Rest kennst du ja.«

»Jetzt seid ihr mir viel zu schnell. Da hab ich noch ein paar Fragen. Das mit Doña Rosita und der Sprache der Blumen ist der Titel eines Schauspiels, geschrieben von einem spanischen Dichter, Garcia Lorca. Wie ist er auf diesen Titel gekommen, wisst ihr das?« »Vielleicht hatte er eine Katze, die ihn dazu inspiriert hat?«, mutmaßte Rosita nachdenklich. »Mehr kann ich dir nicht darüber sagen. Und was willst du noch wissen?« »Was hatten die Feen gemeint, als sie beim Abschied sagten, was das Weitergeben der alten Kultur anginge, da wollten sie etwas tun.« »Du bist aber schwer von Begriff! Sie waren es doch, die der Prinzessin den Prinzen geschickt hatten, damit die beiden heiraten und Kinder kriegen könnten, die sie dann im Sinne der alten Kultur und versehen mit dem Wissen und der Weisheit der Feen erziehen könnten«, antwortete Pepita. »Dass der Prinz von den Feen ausgewählt war, hättest du doch schon daran sehen können, dass er sich auf die Sprache der Blumen versteht. Das kann doch wirklich nicht jeder Mann«, fügte Rosita hinzu. »Da sprecht ihr wahre Worte gelassen aus. Im Blumenladen beobachte ich immer wie unterschiedlich Frauen und Männer Blumen kaufen. Frauen machen sich Gedanken über Farbe und Art des Straußes und äußern ihre Ideen. Männer sagen als erstes, wie viel sie ausgeben möchten. Dann kommt meist die Gegenfrage: ›Für einen Herrn oder eine Dame?‹ Und danach schlägt dann die Verkäuferin etwas vor. Natürlich gibt es Ausnahmen, aber wie ihr schon sagt, die sind dann ganz besonders der Rede wert. Überhaupt gefällt mir gut, dass Prinzessin Roswitha nicht passiv schlafend auf den Prinzen gewartet hat, sondern ihm entgegen gegangen ist und ihm erlaubt hat, ihr die Begrüßungsküsschen zu geben.« »Das haben wir uns schon gedacht, dass dir das gefällt«, schmunzelte Rosita. »Es ist ja ein bisschen so wie bei uns. Zur Paarung geben wir Weibchen mit unserer Rolligkeit den Auftakt. Wir suchen uns den Kater aus und warten nicht passiv, welcher aus dem Kampf siegreich hervorgeht.« »Ich merke schon, die alte Kultur hatte so einige kätzische Elemente.« »Mach dich nicht über uns lustig«, warnte Pepita. »Sag lieber, was du noch fragen wolltest.« »Schon bei der Schneewittchengeschichte war mir etwas aufgefallen und hier tritt es wieder auf. Es kommen nur drei Elemente vor: Erde, Wasser und Luft. Aber es gibt doch vier Elemente. Welche Rolle spielte denn das Feuer?« »Das ist eine gute Beobachtung, aber eigentlich könntest du wissen, warum nur drei Elemente in unseren Geschichten eine Rolle spielen«, meinte Rosita. »Nun sagt schon!« »Die drei Elemente Erde, Wasser und Luft sind für uns Tiere bedeutsam. Hier ist es das Knöspchen, die dem Wassermann, der Erdmutter und dem Windgeist begegnet. Bei Schneewittchen war es der im Wasser lebende Fischotter, die Taube, deren Element die Luft ist und der erdgebundene Fuchs, die der Katze Fe begegnet waren. Mit dem vierten Element, dem Feuer ist es etwas Besonderes. Nur Menschen haben die Möglichkeit, das Feuer zu beherrschen, was ihnen auch nicht immer gelingt. Es repräsentiert die Willenskraft, während Wasser für Gefühl, Erde für Körper und Luft für Geist und Intellekt stehen. Zu den letztgenannten Elementen haben auch wir Tiere einen Bezug, zum Feuer dagegen nicht, das kann für uns sogar zu einer großen Gefahr werden.« »Aber zum beherrschten Feuer fühlen wir uns oft sehr stark hingezogen. Deshalb liegen wir Katzen auch so gern in der Nähe von Wärmequellen.«, ergänzte Pepita. »Manche Katzen lieben besonders Hängematten an Heizkörpern«, konnte ich mir nicht verkneifen. »Solche kenne ich wohl.«

»Hast du sonst noch Fragen?« »Ja, was hat es nun mit dem Namen Dornröschen auf sich? Ihr habt gesagt, sie hieß Roswitha, wurde Röschen genannt und der Prinz sprach sie mit Rosita, Röschen auf spanisch, an.« »Den Namen Dornröschen hat das Volk ihr gegeben. Als das Schloss in Schlaf versunken war, erzählte man sich die Geschichte von der ›Prinzessin Röschen hinter der Dornenhecke‹ und daraus wurde dann abgekürzt Dornröschen. Den Leuten im Volk gefiel der Spitzname, weil er so gut zum Ausdruck brachte, dass nicht alles nur eitel Freude ist, sondern zum Leben und zu einer menschlichen Persönlichkeit auch die Schattenseiten gehören, die Dornen, und mit ihnen die Fähigkeit, mit dem eigenen Schatten konstruktiv umzugehen.«

»Und was wurde aus dem Kätzchen namens Rosita, die ebenfalls Röschen genannt wurde?« »Der gefiel es gut auf dem Schloss unter der Herrschaft von Königin Roswitha und ihrem Prinzgemahl, der hörte übrigens ganz schnell auf, seine liebe Frau Rosita zu nennen, als er mitbekommen hatte, dass der Name bereits an die dreifarbige Katze vergeben war. Die hatte es sich angewöhnt, ihre Siesta auf einem Torpfosten zu verbringen, den Kopf im Schatten, den Körper in der Sonne und während es aussah, als würde sie schlafen, waren doch ihre sieben Sinne jederzeit bereit, ihr und ihren liebsten Menschen beizustehen.« »Vielleicht«, überlegte ich laut, »hat sie es ja verstanden, Licht und Schatten so einzusetzen, dass ihre besonderen energetischen Fähigkeiten dadurch gepflegt wurden. Und vielleicht war es Teil der alten Kultur, genau das zu erlernen: die Erkenntnis und den konstruktiven Umgang mit Licht und Schatten, mit den eigenen Licht- und Schattenseiten.« »Wer weiß«, antworteten Pepita und Rosita im Chor und schauten mich vielsagend mit ihren grünlichen Augen an.

Wie die Lebkuchen entstanden
oder Die wahre Geschichte von
Hänsel und Gretel

»Was fällt euch denn ein! Seid ihr vollkommen verrückt geworden?« Laut schreiend jagte ich hinter Pepita und Rosita her in den Flur, wo beide sich gerade über ein Stück Lebkuchen hermachen wollten. Auf Grund meines Geschreis zogen sie es jedoch vor, langsam von ihrer Beute abzulassen und murrend in Richtung Schlafzimmer zu trotten.

Wie immer in der Vorweihnachtszeit hatte ich mir ein paar von meinen Lieblingslebkuchen gekauft, die es nur wenige Wochen lang, manchmal sogar nur um den Nikolaustag herum gibt, und das auch nur bei wenigen Bäckern. Mir schmecken nämlich die einfachen aus gleichmäßig braunem Teig hergestellten am besten. Es gibt sie als Sterne, Stiefel, Engel, Schaukelpferde und selbstverständlich auch als Nikoläuse. Natürlich gehört es sich, dass diese Lebkuchen mit Mandeln garniert sind, manchmal auch mit kandierten Kirschen oder weißem Zuckerguss für den Bart und Mantelsaum des Nikolaus oder die Krempe des Stiefels. Ich ziehe diese Sorte alle Male den Elisenlebkuchen vor, diesem runden, teils mit Zucker-, teils mit Schokoladenguss vollständig überzogenen Gebäck, auf einer Oblate sitzend, das stolz auf seine Herkunft aus Nürnberg ist. Auch die in allen Pastellfarbtönen beschrifteten Herzen von Weihnachts- und Jahrmärkten stellen keinerlei Versuchung für mich dar. Ich mag nun mal die einfachen am liebsten und gönne sie mir jedes Jahr, in jeder Form. Jetzt muss ich hinzufügen: vorausgesetzt, dass katz mich lässt.

Nie, aber auch nie hätte ich geglaubt, den letzten Rest meines kleinen Lebkuchenvorrats vor Pepita und Rosita in Sicherheit bringen zu müssen. Sonst hätte ich ja wohl kaum das angebissene Stück einen Moment lang unbeaufsichtigt auf dem Küchenschrank liegen lassen. Wer hat denn auch schon mal gehört, dass Katzen Lebkuchen fressen? Mit den halblaut gemurmelten Worten »Bei mir kann man vom Fußboden essen«, hob ich das Stück von den staubigen Holzdielen auf, wischte es kurz ab und biss hinein. »Ohne unsere Vorfahrin gäbe es überhaupt keine Lebkuchen«, maulte Rosita. »Und jetzt gönnst du uns nicht mal ein kleines Stück!«, beschwerte sich auch Pepita. »Jetzt macht's aber mal halblang!« Der Bissen blieb mir fast im Hals stecken. »Wollt ihr jetzt vielleicht behaupten, Katzen hätten die Lebkuchen erfunden?« Fast verschluckte ich mich an meinem Bissen. Das war aber auch wirklich zu kühn, eine regelrechte Anmaßung war das. Zumal es sich bei Lebkuchen um ein Gebäck mit ganz besonders vielen Gewürzen handelt, deren Zusammenstellung für die Profis ein streng gehütetes Geheimnis darstellt. Wo hätten Katzen denn je in ihrer natürlichen Umgebung mit Zimt, Kardamom und Ingwer Bekanntschaft schließen sollen? »Gar nichts behaupten wir«, gab Pepita beleidigt zurück. »Aber wenn du uns ein Stück abgibst, erzählen wir dir, wie die Lebkuchen entstanden sind«, bot mir Rosita einen Handel an.

Ich überlegte kurz: Ob der Bäcker wohl noch einen Vorrat hat? Soll ich wirklich meinen Rest Lebkuchen an Pepita und Rosita verfüttern auf die Gefahr hin, dass ich mir keinen Nachschub mehr besorgen kann? Aber dann erinnerte ich mich an die schönen Geschichten, die meine Lieblinge mir schon erzählt hatten, und die Sache war entschieden. Ich war bereit, das Risiko einzugehen und das letzte Stück des letzten Lebkuchens der diesjährigen Saison mit meinen Mitbewohnerinnen zu teilen. Also legte ich drei kleine Bröckchen pro Schnäuzchen in jedes Näpfchen und beobachtete, wie diese mit der gewölbten Zunge ins Katzenmäulchen geschaufelt wurden. Währenddessen fing ich an zu spekulieren, was da wohl für eine Geschichte auf mich wartete.

Seit Kurzem kannte ich meine beiden Süßen, die sicher jetzt nach dem Verzehr von Lebkuchenkrümeln noch süßer geworden waren, gut genug, um zu wissen, dass ich sie nicht drängen durfte. Tatsächlich schlenderten sie erst einmal zu ihren Wassernäpfchen. Derweil machte ich mir in der Küche zu schaffen. Nach einiger Zeit kamen sie dann zu mir. »Wie wär's mit einer kleinen Märchenstunde vor dem Einschlafen?«, schlug Rosita versöhnlich gestimmt vor. »Einverstanden«, antwortete ich schnell, wohl wissend, dass sie auf meine Neugier und folglich auf ein früheres Abendessen hofften. Zwar sind sie raffiniert, aber ich bin auch ausgeschlafen! Also gab ich ihnen früher als sonst ihr Futter und zog mich bald danach ins Bett zurück.

Sie hielten Wort, hopsten zu mir und legten sich bequem hin: Rosita platzierte sich eng an meiner linken Körperseite, Pepita legte sich auf mich. Beide schnurrten und sahen mich aus großen dunklen Augen an. »Nun«, ermunterte ich sie, »wie war das mit den Lebkuchen?« »Du kennst ja sicher das Märchen, in dem Lebkuchen eine wichtige Rolle spielen«, begann Rosita. »Du sprichst wohl von Hänsel und Gretel. Was war denn nach eurer Kenntnis mit ihnen los?« Inzwischen wusste ich genug, um sicher zu sein, dass die Katzenversion deutlich anders sein würde als die der Gebrüder Grimm. »Nun, die beiden verirrten sich im Wald, wie es ja schon in dem Kinderlied heißt«, meinte Pepita etwas lapidar. »Warum und weshalb, das können wir dir allerdings nicht sagen«, fügte Rosita hinzu. »Ob die Eltern die beiden wirklich loswerden wollten oder was auch immer, das haben wir nicht überliefert bekommen. Das ist Menschengeschichte«, meinte Pepita. »Aber wir können dir mehr über das Haus im Wald und seine Bewohnerinnen erzählen«, meinte Rosita und sah dabei sehr kompetent aus. »Ja, erzählt mir von der Hexe, das interessiert mich«, bat ich. »Du glaubst doch wohl nicht an Hexen!«, empörte sich Pepita. »Natürlich nicht«, versicherte ich schnell und um zu beweisen, dass meine Behauptung stimmte, fügte ich hinzu: »In meinen Büchern steht, dass die sogenannten Hexen häufig weise Frauen waren, die über lang überliefertes Wissen verfügten, insbesondere was die Heilkunst angeht und die Geburtshilfe. Und ich habe auch gelesen, dass die in jener Zeit sich entwickelnde männliche Herrscherschicht von diesem Wissen bedroht fühlte und die Wissensträgerinnen brutal umgebracht hat, indem man ihnen Hexerei zum Vorwurf machte.« »Und eine Menge von unseren Vorfahren mussten auch dran glauben!«, erinnerte mich Pepita. »Vor allem die ganz schwarzen, in denen die Kirche im Verbund mit der staatlichen Männerelite den personifizierten Teufel und einen Angriff auf ihre Macht gesehen hat.« »Ich weiß«, sagte ich leise und strich beiden über die Köpfchen. »Es müssen entsetzliche Zeiten gewesen sein.« Ganz betroffen dachte ich an die Inquisition und die vielen Menschen- und Tieropfer, die sie gefordert hatte. Für sie hatte es nie ein Denkmal oder Feierstunden gegeben.

»Nun lass uns aber nicht Trübsal blasen«, versuchte Pepita mich aus meiner gedrückten Stimmung heraus zu holen, »lass dir lieber von Frau Gustel erzählen.« »Hat die Alte im Wald so geheißen?« »Genau, sie war zwar keine Hexe, so wie es bei den Brüdern Grimm geschildert wird, aber ein bisschen sonderbar war sie schon.« »Und das kam daher«, belehrte mich Rosita, »dass sie sich einige Jahre zuvor aus Angst vor Verfolgung in ein Blockhaus im Wald zurückgezogen hatte. Dort wollte sie ihr eigenes Leben führen, wollte ihr Wissen über Heilmittel und -methoden verfeinern,...« »Das klingt doch ganz vernünftig«, unterbrach ich. »Was ist denn daran sonderbar?« »Wenn du nur besser zuhören und uns ausreden lassen würdest!«, beschwerte sich Pepita. »Ich wollte doch gerade weitermachen und sagen, dass das noch nicht alles war«, schimpfte mich auch Rosita. Also hielt ich meinen vorlauten Mund und wartete darauf, zu erfahren, worin das Sonderbare bestand. »Sie wollte die alte Kultur, in der Frauen eine herausragende Stellung eingenommen hatten und in der auch ihr Menschen und nicht nur wir Tiere die Große Muttergöttin verehrt hatten, wieder lebendig werden lassen.« Gut, dass ich gerade so gemaßregelt worden war. Es lag mir nämlich schon wieder auf der Zunge zu sagen, dass ich auch darin nichts Sonderbares erkennen konnte. Aber so wartete ich ab, was Rosita hinzuzufügen hatte. Offenbar merkte diese meine innere Unruhe – Katzen haben ja wirklich einen siebten Sinn – jedenfalls bat sie: »Du musst noch etwas Geduld haben, denn ich muss ein bisschen ausholen, damit du verstehst, was wir mit ›sonderbar‹ meinen.«

»Deine Vorfahren hatten ja vor langer Zeit eine Kultur entwickelt, die sich ganz stark um die Jahreszeiten drehte und damit um das Werden und Vergehen in der Natur. Sie baten dabei immer auch die Große Mutter um Unterstützung: bei der Saat, bei der Ernte und so weiter. Aber sie sahen auch ihre todbringende Macht und hatten großen Respekt davor, den sie in ihren Feiern, Tänzen und Ritualen zum Ausdruck brachten.« »Glaub aber nun nicht, dass wir uns dabei eingemischt hätten«, warf Pepita dazwischen. »Wir kennen unseren Platz auf dieser Welt und im Kosmos, wir haben unsere eigenen Wege zur Großen Mutter. Wir entwickeln keinen Ehrgeiz, in Menschenkreise einzudringen.« »Das weiß ich und das bewundere ich ja auch so an euch. Wenn wir Menschen andere Lebewesen und den Rest der Welt auch so respektierten, sähe es auf der Erde anders aus.« »Schnurr, schnurr, schnurr«, kam es liebevoll im Duett zurück und ich streichelte meine Beiden am Köpfchen, dankbar dafür, dass sie mir immer wieder vermittelten, wie ganz anders Tiere sich in dieser Welt bewegen. Ach wäre es schön, wenn vor allem wir weißen Menschen zu solcher Auffassung der Welt fänden, wie es bei manchen indigenen Völkern der Fall ist, dachte ich und seufzte leise.

»Aber wir wollten dir ja von Frau Gustel erzählen«, begann Rosita wieder. »Sie war sicher eine Frau, die über ein großes Wissen verfügte und mit der Natur in Einklang lebte«, vermutete ich. »Tja, ja, so hätten es deine feministischen Bücher gerne, die die alten Zeiten romantisieren«, feixte Pepita. »Die Wirklichkeit ist nicht immer so rein und gut.« »Aha«, konnte ich nur erstaunt bemerken und wartete, was heraus käme. »Du musst dir vorstellen«, erklärte mir Rosita, »dass Frau Gustel in einer Zeit aufwuchs, wo die Hexenverfolgung tobte und viele Opfer forderte. Infolgedessen konnte das Wissen um die – du würdest vielleicht sagen ›matriarchale‹ - Kultur nicht mehr wie früher andächtig und mit hohem Anspruch auf korrekte, meistens sogar wortgetreue Überlieferung zusammen mit den entsprechenden Riten an die nächsten Generationen weitergegeben werden. Das heißt, es waren Lücken in der Übermittlung entstanden. Sogar Halbwahrheiten und Verdrehungen waren in allem Ernst weiter erzählt worden, so etwas kennst du sicher.« »Wir haben sogar ein Kinderspiel, bei dem man eine Nachricht flüsternd immer weiter gibt. Am Ende lachten wir uns als Kinder kaputt darüber, wie sehr die letzte empfangene Nachricht von der ursprünglich gesendeten abwich«, bestätigte ich Rosita. »Dann kannst du dir ja vorstellen, wie es bei Frau Gustel zugegangen war. Die Waldbewohnerin kannte nur noch Bruchstücke und Verzerrungen des alten Kulturguts.«

»Sie hatte sich also im Wald in Sicherheit zu bringen versucht«, erläuterte mir Pepita, »Dort wollte sie mehr als ihr Leben retten. Ihr ging es einerseits darum, selbst die Natur zu erkennen, aber auch die Rituale oder das, was sie von denen in Erinnerung behalten hatte, zu pflegen und sie mit sorgfältig ausgewählten Personen zu teilen. Deshalb mischte sie sich von Zeit zu Zeit unter Menschen, ging auf Märkte, verkaufte dort, was sie selbst gesammelt, angebaut oder produziert hatte und kaufte ihrerseits Dinge, die sie nicht selbst herstellen konnte. Dabei prüfte sie dann andere Frauen und wenn sich dann die eine oder andere als zuverlässig erwiesen hatte, verabredetet sie sich mit ihr, um ein Ritual durchzuführen.«

Bis hierher fand ich immer noch nichts Sonderbares, aber statt mich mit solch einer Bemerkung erneut unbeliebt zu machen, rief ich lieber triumphierend aus: »Und natürlich hatte sie in ihrem Waldhaus auch eine Katze.« Damit wollte ich zeigen, dass ich mitdachte und weil ich den Fortgang der

Geschichte etwas beschleunigen wollte. »Selbstverständlich«, antwortete Rosita und Pepita fragte listig: »Rate mal, wie die aussah.« »Dreifarbig natürlich, eine Glückskatze!«, platzte es ohne weiteres Nachdenken aus mir heraus. »Schließlich wollte sie ja Glück bei ihren Unternehmungen haben.« »Falsch geraten!«, trumpften meine beiden Glückskatzen auf. »Hättest du länger nachgedacht, wärst du bestimmt selbst darauf gekommen. Nein, Frau Gustels Katze war völlig schwarz, sie hatte sogar schwarze Schnurrhaare«, klärte mich Pepita auf. »So, wie bei den schrecklich kitschigen Gips- oder Zuckerfiguren von Hänsel und Gretel und der Hexe mit Buckel, langer Nase, gebogenem Kinn, Warzen, Kopftuch und Krückstock? In dem Punkt ist also etwas Richtiges überliefert?«, wunderte ich mich. »Ja, es war eine ganz und gar schwarze Katze. Und wenn du jetzt noch mal in Ruhe überlegst, weißt du sicher auch warum«, lies Rosita mich raten. »Na, klar, Frau Gustel wollte die schwarze Katze ebenfalls vor der Verfolgung und dem schrecklichen Feuertod retten! Wie konnte ich nur nicht gleich daran denken!« »Gut geraten«, lobte mich Rosita, »aber das ist nicht der einzige Grund.« »Warum«, unterbrach ihre Schwester sie, »denkst du denn, dass ganz schwarze Katzen so verfolgt wurden?« Das schien mir eine simple Frage. »Na, weil schwarz mit dem Bösen, dem Teufel in Verbindung gebracht wurde«, behauptete ich. Aber Rosita war mit der Erklärung nicht zufrieden: »Schwarz ist die Farbe der Großen Mutter, der Göttin in ihrer dritten Phase«, erinnerte sie mich. »Schwarz ist die alte Göttin, die Herrin über den Tod.« »Du hast Recht«, gab ich zu, »diese Form der Göttin muss den Gegnern der alten Kultur besonders bedrohlich vorgekommen sein, entschied sie doch über Leben und Tod, auch über den Tod des Heros, des Partners, den sich die Göttin als junge, in ihrer weißen Phase wählt und mit dem sie als rote Göttin die heilige Hochzeit feiert.« »Jetzt ist bei dir der Groschen gefallen, nun kannst du uns folgen«, stellte Pepita befriedigt fest und Rosita ergänzte: »Deshalb waren wir dreifarbigen auch weniger gefährdet, wurden aber auch verfolgt, weil wir alle Farben der Göttin in unserem Fell tragen.« »Oh, ihr Göttlichen!«, schmuste ich zärtlich mit ihnen.

»Sagt mir nur noch, wie Frau Gustels schwarze Katze hieß und dann lasst uns für heute schlafen und hoffen, dass wir nicht von der Verfolgung träumen, sondern vom Waldhaus, wo Frau Gustel mit ihrer Katze lebte.« »Frau Gustel hatte ihrer Katze den Namen Dina gegeben«, klärte mich Pepita auf. »Hieß so nicht auch das Kätzchen von Alice im Wunderland?« »Genau, Dinah mit einem ›h‹ hinten war die Mutter des schwarzen und weißen Kätzchens, den Farben des Schachspiels. Aber das war viele hundert Jahre später und tut hier wirklich nichts zur Sache«, bemerkte Pepita streng. »War denn Dina ein traditioneller Katzenname?«, wollte ich wissen. »Wir können dir nur sagen, was Frau Gustel sich dabei gedacht hatte«, antwortete Rosita. »Sie fühlte sich durch ihr Domizil im Wald der jungen Göttin in ihrer Gestalt als Artemis, der Göttin der Jagd, bei den Römern Diana genannt, sehr verbunden. Ihre schwarze Katze war zudem eine großartige Jägerin. Aber weil sie völlig im Einklang mit den alten Sitten und Gebräuchen lebte und folglich nie einen göttlichen oder auch menschlichen Namen an ein Tier vergeben hätte, machte sie aus Diana kurzerhand eine Dina.« Erschrocken warf ich ein: »Habe ich euch denn dann unpassende Namen gegeben?« Versöhnlich kamen beide noch dichter an mein Gesicht. »Du hast etwas ganz Wunderbares gemacht, indem du uns auch ganz besondere Nachnamen gegeben hast, die nichts aber auch gar nichts mit Menschennamen zu tun haben«, flüsterte Rosita und Pepita, die sonst so Kesse, fügte hinzu: »Dafür lieben wir dich.« Noch nie in all den Jahren des Zusammenlebens mit Pepita und Rosita hatte ich eine solche wunderschöne Liebeserklärung erhalten. Ich schäme mich nicht zu gestehen, dass mir die Tränen kamen. Es störte mich vor lauter Rührung auch gar nicht, dass beide nun begannen, ihren Milchtritt auf meinem Körper zu machen. Ich ließ sie gewähren, dreht mich dann vorsichtig auf die Seite und löschte das Licht.

Bevor ich einschlief, stellte ich mir Frau Gustel und ihre Dina in einem Blockhaus im Wald vor, in dem von der Decke Sträuße von Kräutern zum Trocknen aufgehängt waren. Weil Pepita und Rosita Frau Gustel als »ein bisschen sonderbar« bezeichnet hatten, wurde sie in meiner Fantasie zum weiblichen Gegenstück von Pettersen, dem Sonderling, der allein mit seinem Kater Findus lebt. Dina ihrerseits wurde zu Findus, besser gesagt zur Finda, die durch Gemüsebeete tobt und Hühner erschreckt. Solche Bilder gingen in meine Träume ein und ich schlief tief und angenehm.

Nach dem Frühstück scharten sich Pepita und Rosita wieder um mich. »Bevor wir uns vor unsrem ausgedehnten Mittagsverdauungsschlaf einrollen, wollen wir dir noch ein bisschen mehr erzählen, wie es im Waldhaus weiterging«, erklärte Pepita. »Eines Tages kamen nämlich Hänsel und Gretel an, die sich verirrt hatten. Die beiden waren übrigens keine Kinder mehr, sondern fast erwachsene Jugendliche. Sie waren heilfroh, als sie das Blockhaus sahen und davor die zusammengerollte Dina, die sich einen sonnigen Platz als ihren Ruheort auserkoren hatte. Blumentöpfe und gepflegte Beete zeigten den beiden, dass jemand dort lebte.«

»Dina blinzelte und lief zu Frau Gustel, um mitzubekommen, was diese zu dem unerwarteten Besuch sagen würde«, erläuterte mir Rosita die Szene. »Frau Gustel war begreiflicherweise sehr überrascht. Sie bewirtete die beiden vor ihrem Haus ›Gestrandeten‹, allerdings nicht mit Süßigkeiten, sondern mit selbstgebackenen Brot, Quark aus Ziegenmilch und Kräutertee«, ergänzte Pepita und musste hörbar schlucken. »Einen Moment«, unterbrach ich die Erzählerinnen und ging, weil ich ja wusste, wie sehr sie Ziegenkäse mögen, in die Küche und schnitt zwei winzige Stückchen Ziegengouda ab. Da stellten sich Pepita und Rosita auch schon auf die Hinterbeine. Glücklich mampften sie den Käse. »Danke, sehr aufmerksam«, kam es von Pepita, als diese wieder ein leeres Mäulchen hatte. »War köstlich wie immer«, pflichtete ihre Schwester ihr bei. »Deshalb erzählen wir dir auch, worüber sich die Menschen nach ihrem Imbiss unterhielten. Frau Gustel fragte ihre unverhofften Gäste regelrecht aus und erfuhr, dass niemand ihr Verschwinden bedauern und nach ihnen suchen würde. Diese Information muss bei ihr wie der sprichwörtliche Blitz eingeschlagen sein. Sie lud Hänsel und Gretel ein, bei ihr zu bleiben. Diese sahen keinen Grund, das Angebot abzulehnen und willigten ein.«

»Nach einigen Wochen – es muss so eine Art Probezeit gewesen sein«, erklärte mir Rosita, »weihte Frau Gustel Gretel in ihren Plan ein. Sie wollte sie zu ihrer Assistentin und auf lange Sicht zu ihrer Erbin machen. An Gretel wollte sie ihr Wissen weitergeben und mit Gretel ihre Rituale durchführen. Später, als Frau Gustel gemerkt hatte, wie gut Gretel sich als ihre Helferin machte, erzählte sie ihr von einer ganz wichtigen feierlichen Handlung. Frau Gustel wollte nämlich an die alte Tradition anknüpfen und Hänsel zur Wintersonnenwende in die Unterwelt schicken.« »Du kannst auch brutal sagen: Sie wollte ihn umbringen, als Opfergabe für die Große Mutter«, wurde Pepita deutlicher. »Das ist ja eine interessante Erklärung!«, rief ich erstaunt aus. »Hast du dich denn nie gewundert, warum nur Hänsel – wie es die Grimm Brüder ausdrückten – geopfert werden sollte?«, fragte mich Rosita erstaunt. »Ehrlich gesagt: doch. Ganz früher jedenfalls. Erst dachte ich nämlich, dass die Hexe, Verzeihung, ich meine natürlich Frau Gustel, Gretel als Haushaltshilfe brauchte, aber zum Schluss wollte sie – laut den Grimm Brüdern – Gretel ja auch im Ofen braten, das war für mich nicht stimmig«, referierte ich die mir vertraute Version des Märchens und meine Zweifel daran. »Jetzt aber mal logisch,«, forderte mich Pepita heraus. »Wäre nicht ein junger Mann eine ebenso gute Hilfe für eine alleinlebende ältere Frau gewesen?« »Das schon«, räumte ich ein. »Aber in der Geschichte war Hänsel doch noch ein Kind.« »Im wirklichen Leben war Hänsel ein Junge, der den Stimmbruch schon hinter sich hatte.«, korrigierte Rosita. »Aha«, staunte ich. »Ja, und deshalb hielt Frau Gustel ihn für den idealen Heros«, erklärte Rosita.

»Wie hat Gretel denn auf diese Eröffnung reagiert?«, wollte ich wissen. »Sie versuchte äußerlich cool zu bleiben, wie ihr heute sagen würdet«, antwortete Pepita. »Aber Dina merkte doch die Angst, die in Gretel hoch kam. Auch Dina war überhaupt nicht wohl bei der Sache.« »Wieso das denn? Ich denke, ihr mischt euch nicht in Menschenangelegenheiten ein?«, fragte ich zurück. »Im Prinzip nicht. Aber hier ging es schließlich um mehr.« »Nämlich?« »Nun«, fuhr Rosita fort, »es ging Frau Gustel ja um ein Opfer für die Große Mutter und das betraf auch uns. Wir sagten dir ja schon, dass Frau Gustel ein bisschen sonderbar war, weil sie einerseits gerne die alten Traditionen pflegen wollte, dabei aber gar nicht über genügend Wissen verfügte, um dies quasi formvollendet tun zu können, also musste sie improvisieren. Dina dagegen besaß einen vollständigen überlieferten Wissensschatz aus unserer Welt und erkannte die Schieflage.« »Welche Schieflage denn?« »Du musst wissen«, belehrte mich Rosita, »dass die Sitte des Männeropfers überholt war. Schon viele, viele Jahre zuvor war der junge Mann, der Heros, durch ein Tier, häufig war es ein Stier, ersetzt worden.« »Davon habe ich gehört. Rühren daher vielleicht die Stierkämpfe?«, kam mir da ein Gedanke. »Ich glaube schon«, meinte Rosita. »Jedenfalls konnte es der Großen Mutter nicht darum gehen, dass an die Stelle einer über tausend Jahre zurückliegenden Zeremonie, durchgeführt von Priesterinnen und vor dem gesamten Stamm nun eine schrullige Alte einen jungen Mann in einem abgeschiedenen Waldhaus tötete. Da war sich Dina ziemlich sicher.« »Aber sie wollte sich nicht auf ihre eigene Einschätzung verlassen und tippelte folglich in der Nacht der Tag- und Nachtgleiche im September zusammen mit vielen anderen Tieren zur Großen Mutter, die zu dem Zeitpunkt immer die Tiere um sich versammelt«, erzählte Pepita. »Aber was dort geschah«, fügte sie schnell hinzu, »erzählen wir dir erst nach unserem Mittagsschlaf.« Das fand ich in Ordnung, gab mir die Erzählpause doch Gelegenheit, das Gehörte zu verdauen.

»Von diesem Teil der Geschichte dürfen wir dir erzählen«, erklärte mir Rosita, nachdem sie sich ausführlich gereckt, gestreckt und geleckt hatte und bereit war, den Faden wieder aufzunehmen. »Wir haben nämlich schon vor Jahren von der Großen Mutter die Erlaubnis erhalten, Menschen von dieser Geschichte erzählen zu dürfen, damit sich kein Irrglaube bei euch einschleicht.« »Die Große Mutter war sehr gerührt«, fügte Pepita hinzu, »als sie sah, wie sehr sich eine unserer Vorfahren um die Menschen sorgte. Sie versicherte Dina zweifelsfrei, dass sie ein solches Menschenopfer nicht verlangt und versprach dem schwarzen Kätzchen, ihr – wenn nötig – zu helfen, Frau Gustel von ihrem Vorhaben abzubringen.« »Aber sie meinte auch«, ergänzte Rosita voller Stolz, »dass Dina sicher von selbst auf eine gute Idee kommen würde, wie die Rettungsaktion einzufädeln sei.«

»Das war aber wirklich ein tolles Kompliment!«, gab ich meinen Lebensgefährtinnen recht. »Was hat Dina denn dann nach ihrer Rückkehr unternommen?«, wollte ich fast platzend vor Neugierde wissen. »Sie grübelte und grübelte und sprach schließlich Gretel in einer stillen Stunde an. Die war total überrascht, in Dina nicht nur eine sprechende Katze, sondern sogar eine Verbündete zu finden.« »Nun sagt mir aber bitte, wieso Gretel Dina verstehen konnte.« »Immer wenn Menschen und Tiere eng zusammenleben, sich respektieren und lieben, können sie miteinander reden. Aber heute wissen das nur die Allerwenigsten«, fügte sie schnell hinzu. Dass klang einleuchtend.

»Nachdem Gretel aufgehört hatte, sich über die sprechende Dina zu wundern, hörte sie hocherfreut, dass die Große Mutter von einem solchen selbstgestrickten Ritual der Frau Gustel gar nichts hielt«, antwortete mir Rosita. »Aber inzwischen hatte Gretel Frau Gustel besser kennen gelernt und war sich sicher, dass sie mehr würde aufbieten müssen als einen Bericht von Dinas Besuch bei der Großen Mutter, um Frau Gustel von ihrem Vorhaben abzubringen. ›Sie wird sich so ohne weiteres nicht überzeugen lassen‹, erklärte sie Dina. ›Da kannst du wohl recht haben‹, pflichtete diese ihr bei. ›Man müsste ihr einen angemessenen Ersatz anbieten‹, meinte Gretel mehr zu sich selbst. ›Aber kein Tieropfer!‹, warf Dina sofort dazwischen, die schon fürchtete, vom Regen in die Traufe zu kommen. ›Nein, nein‹, rief Gretel erschrocken aus, die merkte, auf welch glattes Eis sie sich begeben hatte und zerbrach sich erfolglos den Kopf nach einer Lösung. ›Man müsste ihr einen Heros backen können!‹, rief sie schließlich verzweifelt aus. ›Das ist es!‹, jubelte Dina begeistert und blickte hocherfreut in Gretels verständnisloses Gesicht. ›Du bist auf dem richtigen Weg. Weißt du‹, erläuterte Dina eifrig, ›in den uralten Zeiten in den fernen Ländern, wo unsere Ahnen lebten, wurden den Göttinnen und Göttern zu besonderen Anlässen besondere Kuchen gebacken.‹ ›Wirklich?‹, staunte Gretel. ›Genau‹, bestätigte Dina. ›Jetzt müssen wir nur noch das Rezept dafür finden, dann können wir Frau Gustel sagen, sie solle an diese Tradition anknüpfen. Das wird ihr sicher gefallen.‹ ›Nur noch das Rezept finden‹, seufzte Gretel, ›als ob das so einfach wäre.‹ ›Für dich ist es nicht einfach‹, gab Dina zu. ›Aber du hast ja mich‹, fügte sie stolz hinzu. ›Wie willst du mir denn dabei helfen? Verstehst du denn etwas vom Kuchen Backen?‹ ›Zweifle nie an den Fähigkeiten einer Katze‹, versetzte Dina.« »Das ist ein sehr guter Spruch!«, unterbrach ich lebhaft die Erzählung. »Den muss ich mir merken. Aber wie wurde er von Dina umgesetzt?« »›Lass mich nur machen‹, sagte sie zu Gretel. ›Aber gib mir etwas Zeit‹, bat sie. ›Gerne, aber du weißt ja auch, dass wir nur bis zur Wintersonnenwende warten können.‹ ›Das dürfte genügen‹, meinte Dina selbstbewusst und machte sich auf den Weg.«

»Wenn wir so vom Kuchen backen reden, bekommen ich Appetit auf Trockenfutter«, stieß mich Rosita mit der Nase an. Schnell sprang ich auf und ließ meine Lieben wie üblich nach den Bröckchen ihres Lieblingstrockenfutters rennen und springen, indem ich es Stück für Stück weit in den Flur warf. »Danke. Jetzt gib uns ein Päuschen und dann erzählen wir dir, was Dina in der Angelegenheit unternahm.«

Obwohl ich sehr gespannt war, wo Dina wohl das Lebkuchenrezept auftreiben würde, willigte ich ein, denn dass ihre Suche auf Lebkuchen hinauslaufen würde, war mir sonnenklar. Als sich Pepita und Rosita ausgeruht hatten, nahmen sie mich in die Mitte und erzählten weiter: »Dina kamen nach einigem Nachdenken über ihr weiteres Vorgehen Befürchtungen, sie könnte das Mäulchen doch etwas zu voll genommen haben. Deshalb machte sie sich am Abend gegen halb acht auf den Weg zum Katzentreffpunkt.« »Das kenne ich!«, unterbrach ich Pepita lebhaft, »In Südfrankreich habe ich tatsächlich beobachtet, dass sich acht bis zehn Dorfkatzen allabendlich an einer Kreuzung mehrerer Gässchen trafen, ca. eine Stunde beisammen saßen und dann wieder auseinander gingen, jede in eine andere Richtung.« »Siehst du. Und wenn du jetzt die Sprache aller Tiere, nicht nur die von uns beiden, verstehen könntest, hättest du erfahren, worüber sie sich austauschen«, bestätigte Rosita.

»Die abendlichen Katzentreffs haben eine lange Tradition«, fuhr Pepita fort. »Vor allem in ländlichen Gebieten werden sie noch heute gepflegt. Wir können ja leider nur im Geist daran teilnehmen, aber Dina gehörte leibhaftig zu einem solchen Zirkel. An jenem Abend traf sie als erste am Treffpunkt auf einer Waldlichtung ein und wartete etwas nervös auf die anderen. Als die Gruppe vollzählig war und die üblichen Höflichkeiten ausgetauscht waren, schilderte Dina das Menschenopferproblem. ›Ich weiß noch genau, dass meine Mama mir von alten Zeiten in einem warmen Land erzählte, wo wir hoch in Ehren gehalten wurden‹, erinnerte sich eine. ›Die Menschen trauerten, wenn eine von uns starb.‹ ›Der Leichnam wurde einbalsamiert, mumifiziert und mit Schmuck behängt‹, ergänzte eine andere lebhaft und mit leuchtenden Augen. ›Auf das Töten einer Katze stand die Todesstrafe!‹, rief eine vierte dazwischen. Plötzlich wurden alle ganz still und ein kleines Tigerkätzchen sprach unter Tränen aus, was alle dachten: ›Das waren zivilisierte Zeiten.‹« »Ich habe auch davon gelesen. Die Katzen meinen das Alte Ägypten.« »So ist es«, gab mir Rosita Recht. »Kein Wunder, dass du das wusstest; damals hatten Frauen dort auch eine hohe Stellung und damit beschäftigst du dich ja auch«, ergänzte Pepita, die es gut fand, dass ich mich mit Zeiten beschäftigte, in denen männliche Werte und Verhaltensweisen noch nicht die Norm darstellten. »Das kleine Tigerkätzchen fügt noch hinzu: ›Heute sind Frauen und Katzen ihres Lebens nicht mehr sicher.‹ Es herrschte allgemein betretenes Schweigen, denn natürlich hatten die Katzen mitbekommen, wie Frauen als Hexen verfolgt und schwarze Katzen als Teufelsbrut getötet wurden.

Auch Dina war ganz still geworden und hing trüben Gedanken nach. Doch dann riss sie sich zusammen. ›Genug der Traurigkeit. Ich habe das Kapitel Katzenverehrung in alten Zeiten nicht angeschnitten, damit ihr nun alle die

Köpfe hängen lasst. Ich will mit eurer Hilfe dafür sorgen, dass weder Mensch noch Tier künftig getötet werden. Weder von einer Frau Gustel mit ihrem verqueren Versuch, den Kult der Großen Mutter zu erhalten, noch von denen, die Frau Gustel und mir nach dem Leben trachten.‹ ›Worauf willst du hinaus? Erkläre dich!‹, riefen die anderen. ›Folgendes: Meine Mama hat berichtet, dass uns dort damals eine Göttin beschützte, die von den Menschen verehrt wurde.‹ ›Ganz recht, sie wurde mit einem Katzenkopf dargestellt und war ganz wild, wenn sie rollig war‹, erinnerte sich eine andere. ›Es geht jetzt nicht um Rolligkeit‹, ging Dina streng dazwischen.«

Ich hatte fasziniert gelauscht, denn mir war beim Erzählen natürlich geworden, dass die Katzen von Bastet sprachen, der katzenköpfigen Göttin. Vielleicht spielte aber auch ihr Pendant Sachmet eine Rolle, die Löwenköpfige, die Wildheit und todbringende Macht verkörperte, während Bastet die zahmere Variante des kätzischen Naturells darstellte. Ich war gespannt zu erfahren, was den Katzen aus diesen Zeiten überliefert worden war. Rosita erzählte, was der Katzentreff an Einzelheiten zusammentrug: »›Der Göttin mit dem Katzenkopf wurde zu bestimmten Festen in ihrem Tempel ein besonderes Gebäck geopfert. Und unsere Vorfahren bekamen auch etwas davon ab. Es muss göttlich geschmeckt haben, meinte meine Mama.‹ Plötzlich ging ein Schnurren über den Platz und etliche leckten sich die Schnäuzchen. Viele hatten davon gehört, keine hatte es je selbst gekostet. ›Langsam ahne ich, worauf du hinaus willst‹, meinte die Älteste. ›Sprich!‹ ›Nun, ich dachte, wenn wir die Zutaten von dieser Götter- wie Katzenspeise wüssten, könnte Gretel sie backen. Und wenn es gut gelingt, wäre Frau Gustel, der Großen Mutter, sowie Gretel und Hänsel geholfen. Und für uns fiele sicher auch etwas ab.‹ ›Sehr klug überlegt‹, lobte die Älteste. ›Ich weiß, dass das Gebäck Honigkuchen genannt wurde.‹ ›Stimmt, jetzt dämmert's mir auch‹, erinnerten sich andere. ›Also kommen Honig und Mehl hinein.‹, freute sich Dina über dieses erste Ergebnis. ›Aber meine Mama hat gesagt, es duftete so köstlich, wie sie sich das Paradies vorstellt. Da muss noch mehr drin gewesen sein.‹ Aber keine der Anwesenden kannte das Küchengeheimnis und alle schwiegen nachdenklich. ›Honig, Honig‹, murmelte Dina nachdenklich, ›wer kennt sich mit Honig aus und weiß, was gut zu Honig passt?‹ ›Na, der größte Honigfan ist ja wohl der Bär‹, meinte das kleine Tigerkätzchen keck. ›Vielleicht fragst du ihn mal?‹, regten andere Dina an. ›Fragen kostet nichts.‹ Mit äußerst gemischten Gefühlen verließ Dina an diesem Abend die Runde. Ihr war sehr wohl bewusst, dass der Bär nicht nur von Honig und Beeren lebt, sondern hin und wieder seine Tatzen auch an fleischliche Nahrung legt. Ob sie überhaupt genug Zeit hätte, ihm die Frage vorzutragen? Am Ende ging er gleich auf sie los – und dann?«

»Aber Dina war eine Mutige,« griff Rosita ein, »sie begab sich am nächsten Tag in den Wald, kletterte auf die Bäume und suchte nach dem Bären. Schließlich sah sie ihn und näherte sich dem Brauen, allerdings auf einem ausreichend hohen Ast. ›Guten Morgen, Meister Petz!‹, sprach sie ihn ehrfürchtig an. Der hob den Kopf und brummte furchterregend: ›Was gibt es denn? Kann man sich denn nicht mal in Ruhe einen Fettwanst für den Winter anfressen?‹ Oh je, da hatte Dina ihn aber auf dem falschen Fuß erwischt, seine Laune war ganz übel. ›Hast du nicht genug Nahrung gefunden‹, wollte Dina anteilnehmend wissen. ›Genug, genug, wann ist es genug? Was für eine saudumme Frage!‹ Es wurde immer ärger mit ihm. Dina wusste gar nicht mehr, was sie noch sagen sollte. ›Große Mutter, hilf mir!‹ entfuhr es ihr. ›Große Mutter?‹ fragte Meister Petz zurück. ›Ach, jetzt erkenne ich dich. Du bist ja Dina mit dem Heros-Opfer-Problem, das du der Großen Mutter vorgetragen hast.‹ Im Wald hatte sich nämlich bereits herumgesprochen, was sich in der Nacht der Tag-und-Nacht-Gleiche zugetragen hatte. War Dina da erleichtert. ›Genau‹, rief sie schnell ›und ich hatte gehofft, du würdest mir weiterhelfen können, weil du doch der größte Honigfachmann weit und breit bist.‹ ›Na ja, einiges weiß ich schon‹, antwortete der Bär geschmeichelt. ›Aber was hat dein Problem mit Honig zu tun?‹ Nun erzählte Dina kurz, zu welchen Schlussfolgerungen die Katzenrunde gekommen war.

›Da bist du bei mir aber an den Falschen geraten‹, meinte Petz. ›Wie das?‹ ›Also ich finde zwar, dass Honig das Höchste der Gefühle ist, aber von dem Land im tiefen Süden und den Honigkuchen von früher habe ich keine Ahnung. Meine Ahnen haben wie ich immer nur im Norden gelebt. Aber so, wie du den Kuchen beschreibst, würde ich auch gerne davon kosten.‹ ›Lieber Meister Petz, wenn ich die Zutaten erfahre, würdest du mir dann zeigen, wo ich den Honig dafür finde? Du bekommst dann auch ein Stück Honigkuchen ab, wenn alles geklappt hat.‹ ›Darüber lässt sich reden. Aber du musst dich beeilen, kleine Dina, ich bin schon von Kopf bis Fuß auf Winterschlaf eingestellt und wenn ich einmal schlafe, dann schlafe ich.‹ ›Ich werd's mir merken und danke für das Angebot! Nun wünsch mir Glück bei meinen Nachforschungen.‹ ›Gewiss‹, brummte der Bär ›schon aus eigenem Interesse‹, fügte er augenzwinkernd hinzu. Enttäuscht zog Dina ab und wusste nicht, wie es weitergehen sollte. Vielleicht hatte ja eine der anderen Katzen noch eine Idee. Sie hoffte ganz fest auf den Abend.« »Und ihr sicher auf euer Abendessen.« »Oh ja, bitte was Leckeres.«, bat Rosita. »Ich denke ich habe das Richtige für euch. Wie wär's mit Hühnchenragout?« »Spitze! Mach schnell, morgen erzählen wir dir dann auch, wie es weiterging.«

»Guten Morgen, ihr Schönen«, begrüßte ich sie am nächsten Tag. »Guten Morgen, Frauchen, was gibt's zum Frühstück?« »Trockenfutter. Ich werf's euch bröckchenweise zu und dann will ich die Fortsetzung hören.« Als sie ihre Portionen vertilgt hatten, fing Pepita an:

»Dina ging also mit bangem Herzen zum Katzentreff. Die anderen waren vor lauter Spannung schon am Platz. ›Wie war's?‹, bestürmten sie Dina. Die erzählte von ihrer ergebnislosen Begegnung mit dem brummigen Petz. Schweigen breitete sich aus. Alle dachten angestrengt darüber nach, wie sie aus der Sackgasse herauskommen könnten. ›Es müssen außer Honig noch andere, exotische Sachen drin gewesen sein‹, meinte eine. ›Gewürze aus dem Morgenland‹, fügte eine andere hinzu. ›Aber welche?‹ ›Hatte das Gebäck vielleicht noch einen anderen Namen, der Aufschluss geben könnte?‹, wollte eine Dritte wissen. ›Was sind eigentlich Pfefferkuchen?‹, fragte zaghaft ein junges, rotbraun getigertes Katerchen. ›Du Goldstück!‹, rief die Älteste begeistert, worauf der Kleine beinahe rote Ohren bekommen hätte bei so viel Lob. ›Die Honigkuchen wurden auch Pfefferkuchen genannt‹, erklärte sie der Gruppe. ›Also ist Pfeffer drin?‹, fragte Dina zweifelnd zurück. ›Was sonst?‹, meinte eine schwarz-weiße Katzendame, die aufgrund ihrer Färbung ein besonders positives Verhältnis zu Pfeffer hatte. ›Das kann ich mir nicht schmackhaft vorstellen, Pfeffer und Honig.‹, entgegnete Dina. ›Ich auch nicht‹, gab eine andere Dina recht. ›Da muss noch mehr dazu kommen.‹ ›Aber wer kann uns das sagen?‹ ›He, gibt es nicht beim Krämer einen zahmen Vogel aus den warmen Ländern, den sie Pfefferfresser nennen, könnte der nicht etwas über Pfefferkuchen wissen?‹ fiel es einem Stadtkater ein. ›Nicht ausgeschlossen‹, meinte die Älteste nachdenklich. ›Willst du den Pfefferfresser befragen, Dina?‹ ›Ehrlich gesagt, nicht so gern. Ich habe Angst als schwarze Katze von den

Menschen in der Stadt verfolgt zu werden.‹ ›Da hast du recht. Das ist zu gefährlich für dich‹, sagte die Älteste und wand sich an ein dreifarbiges Kätzchen, Goldschnäuzchen mit Namen. ›Du gehst doch beim Krämer ein und aus, wie wär's denn mit dir?‹ ›Ich fange ihm die Mäuse, was er sehr zu schätzen weiß. Gleich morgen früh mache ich mich auf die Tatzen.‹ Dina fiel ein Stein der Erleichterung vom Herzen. Sie hatte immer noch den brummigen Bären im Ohr und keine Lust, einem exotischen Vogel mit großem, hartem Schnabel Fragen zu stellen. ›Ich drück dir die Pfote!‹, rief sie Goldschnäuzchen zu und wartete auf das nächste Treffen.

Goldschnäuzchen ging also am nächsten Tag zum Krämer. ›Guten Morgen, Pfefferfresser!‹, grüßte sie freundlich. ›Guten Morgen, Goldie. Was gibt's Neues?‹ ›Aufregende Dinge,‹ versprach Goldschnäuzchen und erzählte die ganze Geschichte. ›Und jetzt haben wir uns gefragt, ob du Pfefferkuchen kennst und vielleicht sogar weißt, woraus sie bestehen.‹ ›Oh, oh. Ich merke schon, dass du einem Irrtum aufgesessen bist. Da muss ich Einiges richtig stellen. Also erstens: Pfefferfresser sagen die Menschen hier zu mir, weil sie mal einen von uns beim Paprika Futtern beobachtet haben. In diesem Land kennen sich die Menschen mit den Gewürzen meiner Heimat nicht so gut aus, alles, was würzt, nennen sie Pfeffer. Es ist also gar nicht gesagt, dass wirklich Pfeffer im Pfefferkuchen ist. So wie Meinesgleichen eher Paprikafresser statt Pfefferfresser heißen müssten. In meiner Heimat nennt man mich aber Nashornvogel, wegen des Höckers auf meinem Schnabel, der die Menschen dort wohl an das riesengroße Nashorn mit einem spitzen Horn zwischen Nase und Stirn erinnert hat. Aber zurück zu deinem Gebäck. So wie du mir die Honig- oder Pfefferkuchen beschrieben hast, wurden die in Nordafrika gebacken. Ich komme aber aus Zentralafrika, weiß daher nichts über Pfefferkuchen.‹ Als der Nashornvogel sah, wie traurig Goldschnäuzchen daraufhin wurde, versuchte er sie zu trösten. ›Ich verspreche dir und deiner Freundin zu helfen, die Gewürze aus dem Krämerladen zusammen zu tragen, wenn ihr das Rezept heraus bekommen habt.‹ ›Falls wir es je finden.‹, entgegnete Goldschnäuzchen mutlos. ›Trotzdem vielen Dank, Nashornvogel.‹

Als die Anderen Goldschnäuzchens Bericht am Abend hörten, gingen sie in sich. ›Wir machen einen logischen Fehler‹, meinte Dina. ›Wie das?‹, wunderte sich die Älteste. ›Nun, wir gehen von einer Zutat aus und suchen die Fachtiere für diese Zutat. Aber die leben ganz woanders als dort, wo früher die Kuchen gebacken wurden und können uns daher nicht helfen.‹ ›Dina, da hast du völlig recht‹, stimmte ihr die Älteste zu. ›Wir müssen zum Ort des Geschehens aufbrechen und dort recherchieren.‹ ›Das können wir vergessen, das schaffen wir nie.‹ ›Aber vielleicht könnten wir einen Kundschafter aussenden.‹ ›Auch zu langwierig‹, wurde auch diese Idee verworfen. ›Wer von den Tieren hier kennt sich in Nordafrika aus, das ist die Frage.‹ ›Der Storch!‹, schrie ein weißer Kater mit schwarzen Ohren. ›Natürlich, er ist ja einmal im Jahr für längere Zeit dort. Dina, du musst unbedingt zu einem Storch gehen und ihn fragen.‹ Jetzt schöpfte Dina wieder Hoffnung. ›Auf der Wiese am Bach sind welche. Ich breche ganz früh morgen auf, gleich nachdem die Störche aus den Federn sind.‹ Der Ältesten lag auf der Zunge einzuwenden, dass Störche wohl nie aus den Federn kommen, aber sie wollte Dinas Eifer nicht wegen eines für Vögel unpassenden Ausdrucks ablenken und so bedachte sie Dina mit allen guten Wünschen.«

Nach dem üblichen Mittagsschlaf nahm Rosita den Faden wieder auf: »Dina fing eine fette Maus und trug sie im Mäulchen zur Storchenwiese. Dort angekommen legte sie sie vorsichtig ins Gras und begrüßte Adebar: ›Lieber Adebar, ich habe ein Geschenk für dich.‹ ›Wirklich?‹, fragte der Storch misstrauisch, denn Störche und Katzen konkurrieren um Mäuse als Beute. ›Ja, eine fette Maus, hier vor mir.‹ Das ließ sich Adebar nicht zweimal sagen. ›Und was willst du im Gegenzug von mir?‹, wollte er wissen, als er die Maus verspeist hatte. ›Eine Geschichte‹, meinte Dina und erzählte, worum es ging. ›Weißt du etwas über Honig- und Pfefferkuchen?‹ schloss sie die Schilderung. ›Und ob, da bist du bei mir richtig!‹ Du kannst dir vorstellen, wie Dina sich freute.« »Klar, aber wieso war ausgerechnet der Storch so gut informiert?« wollte ich wissen. »Das ist eine gute Frage. Die verdient eine gute Antwort«, meinte Pepita. »Hat es vielleicht etwas mit dem Kalifen Storch zu tun?«, mutmaßte ich. »Aber nein, das war doch viel später. Die Zeit der Honigkuchen liegt viel, viel länger zurück. Damals waren die Störche und ihre Verwandten, die Ibisse, im alten Ägypten gerne gesehen, denn wenn sie sich dort niederließen, bedeutete das, dass reichlich Nahrung für sie vorhanden war, insbesondere viele Frösche in den Auen um den Nil und die Flüsse des Zweistromlandes. Und wenn diese Gebiete schön feucht waren, so bedeutete das Fruchtbarkeit und gute Ernten, also keine Gefahr von Hungersnöten«, erklärte

Rosita und Pepita fügte hinzu: »Ja und weil die Vögel mit guten Nachrichten im Zusammenhang standen, sah man sie als Boten der Gottheiten an und verehrte sie. Das gefiel den Störchen natürlich gut, sie kamen nahe an die Tempel, beobachteten das Geschehen dort und bekamen dadurch mit, wie die Götterspeise, die Honigkuchen, gebacken wurde.« »Wenn ihr mir das so erklärt, ist das alles ganz und gar folgerichtig. Ich frage mich dann immer, warum ich nicht selbst darauf gekommen bin.« »Quäl dich nicht mit solchen Fragen. Akzeptiere einfach, dass Katzen manches besser wissen und freu dich, dass wir unser Wissen mit dir teilen«, riet mir Pepita.

»Adebar erklärte Dina natürlich auch, wieso er Experte für Honigkuchen ist und kam dann auf die Gewürze zu sprechen, die einem Honigkuchen den wahren Geschmack geben. ›Es sind dies: Ingwer, Nelken, Muskat, Zimt und tatsächlich auch Pfeffer.‹ Dina wäre am liebsten sofort losgestürmt, um Goldschnäuzchen mit dieser Bestellung zum Nashornvogel zu schicken, so begeistert war sie über die Auskunft. Aber sie blieb höflich, dankte Adebar wortreich und sprang dann über die Wiese zurück, ohne sich damit aufzuhalten, an Mauselöchern zu schnuppern. Ab da ging alles seinen kätzischen Gang, seinen cat walk sozusagen«, erklärte Rosita augenzwinkernd. Daran sah ich mal wieder, wie viel meine Süßen über Menschliches wussten. »Dina lief schnurstracks zum Bären, um eine große Portion Honig zu erbitten, während Goldschnäuzchen beim Nashornvogel die Liste der exotischen Gewürze herunter betete in der Hoffnung, dass der Laden alles vorrätig hätte. Da gab es aber keine Probleme. Der Nashornvogel war ein wahrer Connaisseur im Fachgebiet Gewürze. Als er deshalb die Liste hörte, legte er seinen Kopf schief und fragte: ›Willst du nicht auch Kardamom mitnehmen, Goldie?‹ ›Katermohn, das klingt ja interessant!‹, rief Goldschnäuzchen ganz begeistert. ›Katermohn, Katermohn, du bist mir vielleicht eine. Bist du etwa rollig, dass du an Kater denkst?‹ Goldschnäuzchen bekam ein rotes Schnäuzchen und rote Öhrchen vor lauter Verlegenheit. ›Ja schon, aber erst will ich meinen Auftrag erledigen, dann schaue ich mich nach einem Kater um‹, entgegnete sie. Der Nashornvogel war von so viel Disziplin und Pflichtbewusstsein ganz beeindruckt. ›Da vorne ist kürzlich ein stattlicher karamellfarben getigerter Kater namens Mattis zugezogen‹, verriet er. ›Dem werde ich mal von dir erzählen, wenn er hier vorbei streift. Ich könnte mir vorstellen, dass er dir gefällt.‹ ›Zu liebenswürdig.‹, hauchte Goldschnäuzchen. ›Aber was hattest du eben vorgeschlagen, was so klang wie Katermohn?‹ ›Kar-da-mom heißt das Gewürz, es ist meiner Nase nach besonders apart. Hier schnuppere selbst.‹ Goldschnäuzchen fand den Kardamom auch sehr gut und beschloss, ihn mitzunehmen.«

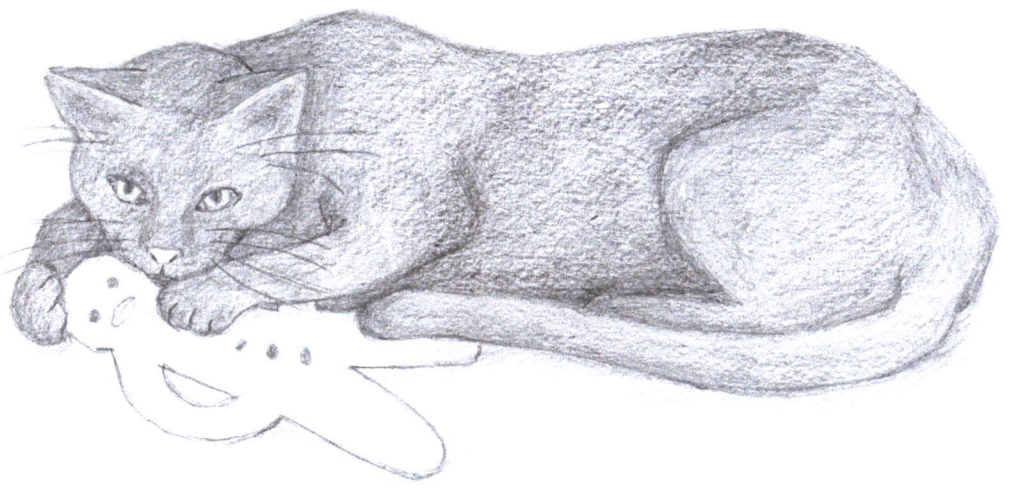

»Dina brachte dann alle Zutaten, die sie und Goldschnäuzchen zusammengetragen hatten, zu Gretel und die experimentierte immer in Frau Gustels Abwesenheit mit der Herstellung eines gewürzten Honig- oder Pfefferkuchens, damit das Backwerk an die Götterspeise lang vergangener Zeiten herankommen konnte.« »Bestimmt hat Dina davon gekostet und ihre Meinung kund getan«, warf ich ein. »Worauf du wetten kannst«, versicherte mir Rosita »und natürlich plädierte Dina für die Zugabe von Kardamom. Allerdings erzählte sie Gretel nichts vom ›Katermohn‹, weil sie das inzwischen von Mattis hochträchtige Goldschnäuzchen nicht verraten wollte.« »Ich weiß es zu würdigen, dass ihr mir die Episode erzählt habt«, bedankte ich mich bei meinen Lebensgefährtinnen. »Nun ja, die Beteiligen sind ja nun lange tot. Aber eines der Jungen, das Goldschnäuzchen später zur Welt brachte, ein Katerchen, bekam den Namen Katermohn, denn es war grauschwarz wie Mohn«, plauderte Pepita aus.

»Die beiden, Gretel und Dina, produzierten schließlich einen exzellenten Honig-Pfefferkuchen, wenn wir den Überlieferungen derjenigen, die ihn gekostet haben, glauben dürfen. Sie waren sich auch darin einig, dass das Gebäck, das sie Frau Gustel als Ersatz für Hänsel anbieten würden, die Form eines Mannes haben müsste. Mit Haselnüssen und Stückchen von getrockneten Pflaumen drückten sie Augen, Mund und Westenknöpfe in den Teig, bevor sie ihn in den Backofen schoben. Rosinen und Mandeln, die heute oft dafür verwendet werden, hätten sie wahrscheinlich auch vom Krämer bekommen können, aber das hätte wieder Goldschnäuzchen besorgen müssen und deren Sinn stand nach einem geeigneten Plätzchen, an dem sie ihre Jungen zur Welt bringen konnte.«

»Schließlich kam der Tag der Wintersonnenwende. Frau Gustel wollte sich mit Meditation im Wald, rituellem Tanz und einem Schwitzbad reinigen und auf das Ritual gebührend vorbereiten. Das war Gretel gerade recht. Zusammen mit Dina backte sie Honigkuchenmänner. Als Frau Gustel von ihrer Meditation im Wald zurückkehrte und den Schornstein rauchen sah, glaubte sie zuerst, Gretel wäre im Begriff, etwas für das Fest zu kochen. Als sie dann den Duft roch, war sie wie betäubt. Natürlich wollte sie wissen, was es damit auf sich hätte. Dina erzählte ihr, dass die Große Mutter schon lange kein Menschenopfer mehr wolle, sondern dass ihr viel mehr daran gelegen sei, nach so vielen Tausenden von Jahren der Pause – denn in Ägypten waren die alten Bräuche auch längst in Vergessenheit geraten – wieder einmal einen Honigkuchen zu kosten. ›Das ist ihr sehnlichster Wunsch, damit können wir ihr die größte Freude machen und die Wintersonnenwende angemessen feiern, indem auch wir von dem Gebäck essen. Damit sollten wir einen neuen Zyklus des Jahres beginnen und uns auf das Wiedererwachen des Lebens einstellen. Sie wird uns dazu ihren Segen geben.‹ schloss Dina. Kaum hatte sie geendet, da begann auch schon ein wunderbarer, sanfter, dichter Schneefall.«
»Damit hat die Große Mutter in Gestalt von Frau Holle Dinas Worte bekräftigt!«, meinte ich. »Genau so war es und Frau Gustel verstand dieses Zeichen sehr gut. Sie war förmlich überwältigt vor innerer Bewegung.

Hänsel war beglückt ohne Ende. Bis zuletzt hatte er gezittert. ›Ihr habt mir das Leben gerettet!‹, rief er in seinem Freudentaumel nicht nur Dina, Gretel und Frau Gustel, sondern voller Überschwang auch den Honigkuchenmännern zu, die da aufgereiht waren. Am liebsten hätte er alle geküsst. ›Ihr seid meine Lebenskuchen!‹« »Und daraus wurde später Lebkuchen!«, unterbrach ich Rositas Bericht. »Jetzt verstehe ich auch besser, warum die Menschen heute so scharf auf weiße Weihnachten sind. Wahrscheinlich ist der eigentliche Zusammenhang, dass der Schnee das Bündnis zwischen der Großen Mutter und den Menschen besiegelt, längst in Vergessenheit geraten und nur noch der Wunsch nach Schnee übrig geblieben«, phantasierte ich. »Das mag sein«, räumte Pepita ein. »Frau Gustel ist jedenfalls von Stund an viel vorsichtiger geworden. Sie fragte immer erst bei Dina nach, wenn sie wieder ein Ritual praktizieren wollte, ob dies auch im Sinne der Großen Mutter sei. Offenbar war sie fest davon überzeugt, dass Dina einen heißen Draht zur Großen Mutter hat, wie ihr sagt. Dina war darüber natürlich sehr erfreut und konnte einige Male vermitteln. Gretel, aber auch Hänsel verbreiteten zusammen mit Frau Gustel die neue Tradition zur Wintersonnwende unter den Menschen.«

»Und ihr Katzen, ihr Nachfahren von Dina, Goldschnäuzchen und all den anderen, die damals leibhaftig an der Geschichte beteiligt waren, müsst nun bis zum heutigen Tag Qualitätsproben nehmen, um sicher zu gehen, dass alle Zutaten, die auf euch und den Nashornvogel zurückgehen, auch wirklich im Lebkuchen enthalten sind, insbesondere der Katermohn. Dann muss ich euch ja unbedingt noch ein Stückchen zum Kosten geben. Hier, Pepita, hier, Rosita. – Und?«, fragte ich neugierig. »Industrielle Würzmischung«, kam das kritische Urteil. »Kein Vergleich zu dem, was Gretel mit Dinas Assistenz im Mörser zerrieben und gemischt hat.« »Sollten wir uns vielleicht mal selbst ans Lebkuchen Backen machen?«, wollte ich wissen. »Wir sind dabei. Besorg du nur die echten Gewürze, und vergiss nicht den Katermohn.«

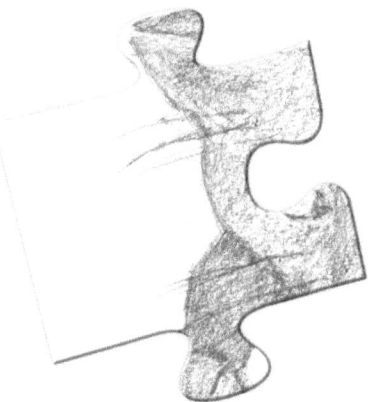

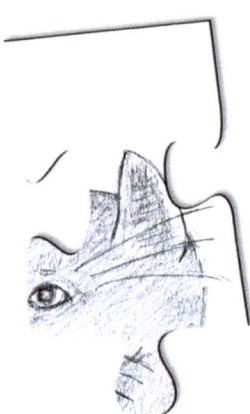

Innere Schönheit und äussere Attraktivität

oder Die wahre Geschichte über
Aschenputtel

»Das hättet ihr mir aber wirklich schon längst mal sagen können, dass bei Aschenputtel auch eine Katze dabei war. Musste ich davon erst durch ein Buch erfahren?« Voller Vorwurf wandte ich mich an Pepita und Rosita, von denen ich ja schon die wahren Geschichten von Schneewittchen, Dornröschen und Hänsel und Gretel gehört hatte. Von Aschenputtel hatte ich jedoch erst aus dem Buch von Sergeius Golowin »Göttin Katze – Das magische Tier an unserer Seite« gelesen. »Da hättest du schließlich auch selbst drauf kommen können«, gab Pepita zurück und Rosita fügte hinzu: »In jedem Haus war schließlich eine Katze und da diese, wie du von uns ja weißt, sich gerne an warmen Orten aufhalten, blieb es nicht aus, dass sie und Aschenputtel sich näher kamen.« »Und hat sie denn auch in der Geschichte eine Rolle gespielt?«, wollte ich wissen. »Eine Hauptrolle!«, kam es stolz und wie aus einem Schnäuzchen von meinen beiden Lieblingen zurück. Wie konnte ich nur so dumm fragen, dachte ich. In den Geschichten, die von den Hauskatzen für ihresgleichen überliefert worden waren, hatten diese doch immer eine Hauptrolle gespielt. »Bitte erzählt mir, wie es war«, bat ich.

»Na gut. Den Anfang kennst du ja«, meinte Rosita. »Du meinst, dass Aschenputtels Mutter gestorben war, ihr Vater sich eine neue Frau nahm und diese zwei Töchter mit in die Ehe gebracht hatte?« »Genau«, bestätigte Rosita. »Und dass die beiden Stiefschwestern zusammen mit ihrer Mutter Aschenputtel drangsalierten, ihr ihre schönen Kleider wegnahmen und sie neben dem Kamin schlafen musste?« »Ganz so war es nicht«, meinte Rosita. »Und ganz so fromm und gut war Aschenputtel auch nicht«, fügte Pepita hinzu. »Übrigens hieß sie Anna-Pauline.« »Aha«, konnte ich da nur sagen und fragen: »Wie war sie denn nun wirklich?« »Wasserscheu!«, kam es im Chor zurück. »Besonders Haare waschen mochte sie überhaupt nicht. Sie hasste es, wenn ihr Haarwaschmittel in die Augen kam«, erklärte mir Rosita. »Heißt das, sie machte nur Katzenwäsche?«, fragte ich lächelnd. Damit hatte ich mich aber so richtig ins Fettnäpfchen gesetzt. Empört fuhren mich meine Beiden an: »Das ist ein absolut diskriminierender Ausdruck!« »Hast du denn nie beobachtet, wie lange und gründlich wir uns putzen?« »Und die Stellen, an die wir selbst nicht ganz so gut hinkommen, putzen wir uns gegenseitig, zum Beispiel am Hinterköpfchen.« »Das habe ich sehr wohl gesehen und finde es ganz entzückend. Ihr habt vollkommen recht. Katzen sind sehr auf ihre Sauberkeit bedacht. Nur weil ihr weder in eine Badewanne steigt, noch euch unter eine Dusche stellt, ist es wirklich fies von uns Menschen, zu unterstellen, ihr würdet euch nur oberflächlich reinigen. Ich werde diesen Ausdruck nie mehr verwenden«, versprach ich mit großem Ehrenwort.

»Gut, dass du Lehren annehmen kannst«, meinte Pepita. »Anna-Pauline dagegen wusch sich nur äußerst selten die Haare und ließ es meist auch beim Waschen von Gesicht und Händen bewenden«, klärte mich Rosita auf. »Da sie es gerne warm hatte, überließ man ihr das Bett im Alkoven des Raumes, in dem der große Kamin war. Manchmal war Anna-Pauline zu müde oder zu bequem, um ihr Nachthemd anzuziehen und in ihr Bett zu gehen. Dann legte sie sich einfach auf das dicke Schaffell vor dem Kamin und schlief dort ein. Durch die feine Asche wurden ihre ungewaschenen Haare ganz grau, bis sie jemand drängte, sich doch endlich mal den Kopf zu waschen. Ihr schönstes Kleid hing auch schon eine ganze Weile ungenutzt im Schrank, sie war viel zu schmutzig für so ein Stück.« »Wegen ihres Aussehens bekam sie den Spitznamen Aschen-Pauline«, berichtete Pepita. »Und weil es auch zu ihren Aufgaben gehörte, das Federvieh zu füttern und sie die Tiere dann immer ›Komm putt, putt, putt!‹, lockte, wurde erst Aschen-Putt-Putt und dann Aschenputtel daraus. Unter diesem Namen kannte sie bald die ganze Stadt.«

»Du guckst so erwartungsvoll?«, fragte Rosita. »Ja, ich warte auf die Katze.« »Die hielt sich nach ihrer Jagd und den Spaziergängen in der kühlen Jahreszeit gerne in der Nähe des Kamins auf.« »Wie sah sie denn aus?«, wollte ich wissen. »Sie war so wie die Katzen, die du – außer uns Dreifarbigen – besonders magst«, schmunzelte Pepita. »Also einfarbig grau?« »Mit weißen Söckchen und weißem Lätzchen«, korrigierte Pepita. »Und«, ergänzte Rosita eifrig, »sie war der lebende Beweis dafür, dass man sich in der Nähe des offenen Feuers aufhalten und doch blitzsauber bleiben kann und nicht so stumpf und schmutzig aussehen musste, wie Aschenputtel herumlief.« »Waren sich die beiden denn zugetan?« Bei so grundverschiedenen Verhaltensweisen schien mir das schwer vorstellbar. »Anfangs nahm Aschenputtel wenig Notiz von der Katze. Diese aber beobachtete ganz genau, was sich im Haus abspielte und machte sich ihre eigenen Gedanken, denn es war offensichtlich, dass die drei Mädchen nicht gleich behandelt wurden. Aschenputtels Stiefschwestern mussten kaum arbeiten, damit sie keine rauen Hände bekamen. Ihre Mutter wollte sie nämlich gut verheiraten und tat alles, um sie herauszuputzen. Aschenputtel war doch die Alleinerbin, die Stiefschwestern würden leer ausgehen.« Jetzt fiel mir wieder ein, dass die Stiefkinder und die zweite Frau nach dem Erbrecht der damaligen Zeit nichts zu erwarten hatten, das war ja auch schon ein Thema für Schneewittchens Stiefmutter und der Grund für deren Eifersucht auf Schneewittchen gewesen.

»Und wann kamen die beiden, Aschenputtel und die Katze, sich nun näher?«, wollte ich den Fortgang der Geschichte beschleunigen. »Als der Vater begann, eine längere und weitere Reise zu planen und von allen drei Mädchen wissen wollte, was sie sich von ihm wünschten. Du weißt ja, dass die Stiefschwestern sich mit dem Wünschen nicht schwer taten. Als echte Töchter ihrer ehrgeizigen Mutter wollte die eine schöne Kleider, die andere Schmuck. Aschenputtel dagegen machte sich aus beidem nicht viel. ›Was soll ich mir nur wünschen?‹, fragte sie eines Abends laut, als sie das letzte Scheit Holz ins Feuer legte. ›Frag doch mich!‹, kam da ganz unerwartet eine Antwort. Aschenputtel zuckte zusammen, sah sich um, aber außer der grauweißen Katze war niemand im Raum. ›Jetzt höre ich schon Stimmen, wo doch hier niemand ist‹, meinte sie verwundert und irritiert. Da war die Katze stinksauer. ›Bin ich denn ein Niemand?‹, fragte sie empört und richtete sich mit dem größten Katzenbuckel auf, der je gesehen wurde. ›Hast du mir eben geantwortet?‹, wollte Aschenputtel erstaunt wissen, denn sie konnte immer noch nicht glauben, dass die Katze mit ihr gesprochen hatte. ›Na wer denn sonst‹, meinte die Katze ungehalten. ›Du kannst es ruhig glauben, dass ich dir helfen will. Immerhin bin ich deine Gefährtin am Kamin, auch wenn du mich bisher kaum zur Kenntnis genommen hast.‹ ›Liebe Katze verzeih mir‹, lenkte Aschenputtel rasch ein und wollte die Katze streicheln. ›Nicht mit deinen schmutzigen Fingern!‹, wehrte sich das saubere Tier. ›Setz dich zu mir und hör meinen Rat.‹ Also wartete Aschenputtel auf dem Schaffell sitzend geduldig, was nun kommen würde.« An der Stelle konnte ich mich nicht länger zurück halten. »Bitte erklärt mir, wieso

Aschenputtel die Sprache der Katze verstehen konnte. Ihr habt mir doch bisher immer erzählt, dass Menschen, die ein besonders enges, liebevolles Verhältnis zu einem Tier haben, mit diesem kommunizieren können. Aber Aschenputtel hatte gar keine Beziehung zur Katze.« »Du hast recht nachzufragen«, räumte Rosita ein. »Wir haben versäumt dir zu sagen, dass es noch andere Situationen gab, in denen Tiere mit Menschen sprechen und – nicht zuletzt dank der Großen Mutter – verstanden werden können. Wenn die nämlich bemerkt, dass ein Mensch Hilfe braucht und ein Tier bereit ist, ihm oder ihr zu helfen, dann wird sie zur Vermittlerin und macht das wechselseitige Verstehen möglich. Und genau das hat sie im Fall von Anna-Pauline und ihrer Katze getan.« »Danke, Rosita, jetzt ist es mir klar und du kannst weitererzählen.«

»Die Katze setzte sich in Positur, legte ihren Schwanz über die Vorderpfoten und sah dabei aus wie eine Ägypterin. ›Also sag deinem Vater, er soll dir einen Haselnussstrauch mitbringen. Aber keinen gewöhnlichen, sondern die Sorte, die im Februar zarte, duftende, gelben, spinnenbeinartige Blüten hervor bringt.‹« »Oh, ich weiß, welche Sorte sie meinte: Das war die Frühlingszaubernuss, Hamamelis vernalis«, unterbrach ich ganz aufgeregt, weil ich den Strauch nach der Beschreibung sofort erkannt hatte; er gehört zu meinen Lieblingspflanzen. »Das ist richtig, auch wenn er damals noch nicht so hieß und bei uns noch nicht sehr weit verbreitet war. Nur Menschen, die das Bäumchen aus Nordamerika mit nach Europa gebracht oder von Nordamerika-Reisenden gekauft hatten, konnten sich in ihren Gärten an den wunderschönen, exotischen Blüten freuen. ›Ist das ein besonderer Strauch?‹, fragte Aschenputtel schüchtern, denn sie hatte noch nie von einer Haselnuss gehört, die im kalten Winter blüht. ›Und ob‹, versicherte ihr ihre Ratgeberin. ›Du brauchst dich nicht dieses Wunsches zu schämen. Über seine Verwendung erzähle ich dir etwas, wenn du ihn bekommen und auf das Grab deiner Mutter gepflanzt hast; die hat mir auch immer vertraut.‹ ›Seit Mutter tot ist, hat noch nie jemand sich so um mich gesorgt wie du. Ich glaube, ich kann dir voll und ganz vertrauen‹, meinte Aschenputtel gerührt. ›Ich bin ganz sicher, dass du es gut mit mir meinst.‹ Da schnurrte die Katze voller Freude laut und vernehmlich, legte sich ganz dicht an Aschenputtel, aber ohne sie zu berühren. Die jedoch sprang auf, lief zur Waschschüssel, wusch sich ganz gründlich die Hände, bürstete sogar ihre Fingernägel und kam dann zur Katze zurück.

›Darf ich dich jetzt streicheln?‹, fragte sie zaghaft. ›Jetzt gerne‹, antwortete ihr die Katze hochzufrieden, weil es ihr gelungen war, Aschenputtel ohne viele Worte zu mehr Sauberkeit anzuhalten.«

»Jetzt habe ich dir so lange zugehört,« wandt Pepita sich an ihre Schwester, »putzt du mir bitte mal die Öhrchen gründlich, damit ich auch wirklich alles mitbekomme,« »Na klar«, versicherte die gutmütige Rosita und ergänzte: »Du kannst ja jetzt auch weitererzählen.« »Gerne und danke für die Katzenwäsche!«, kam es augenzwinkernd von Pepita, die dann den Faden wieder aufnahm.

»Nun schau einer sich diese Idylle an‹, lästerte eine der beiden Stiefschwestern, die gerade den Raum betrat und Aschenputtel und die Katze so einträchtig nebeneinander liegen sah. ›Da sind ja die Richtigen beisammen. Grau und grau gesellt sich gern, was?‹ Aber Aschenputtel gab keine Antwort. Bald schlief sie ein und träumte von dem Strauch mit den wunderbaren Blüten. In seinen Zweigen schien es zu wispern: ›Liebes Kind, mach mir Freude!‹ Das wollte Aschenputtel gerne tun, denn sie hatte die Stimme ihrer Mutter erkannt. Lächelnd lag sie neben der Katze.«

»Hatte die Katze eigentlich einen Namen?« »Ich habe ihn bisher nicht sagen mögen«, meinte Rosita zögernd. »Die Menschen haben sie Ilse genannt.« »Kein Wunder, dass du den nicht sagen wolltest, das ist kein schöner Name für eine Katze.« »Es war sogar noch schlimmer. Die Stiefschwestern, die die Katze nicht besonders mochten, verspotteten sie immer und riefen: ›Ilse, Billse, niemand willse, kam der Koch und nahm sie doch.‹ Und bei der letzten Zeile drohten sie entweder mit dem großen Fleischermesser oder sie machten Gesten des Halsumdrehens.« »Wie furchtbar,« entfuhr es mir, »das arme Tier!« »Das fand auch Aschenputtel, die die Schwestern dann immer aus dem Raum scheuchte: ›Wie könnt ihr nur so hundsgemein zu der Katze sein, die uns die Mäuse fängt!‹, empörte sie sich und korrigierte sich sofort: ›Was rede ich da? Kein Hund wäre so gemein zu einer Katze wie ihr. Macht, dass ihr fortkommt!‹ Dann lachten die beiden und amüsierten sich darüber, dass sie Aschenputtel so in Rage versetzt hatten. Das alles hatte sich zugetragen, noch bevor Aschenputtel und die Katze begonnen hatten, miteinander zu reden.« »Sicher hat die Katze sich auch deshalb mit Aschenputtel abgegeben, weil diese ihr gutes Herz gezeigt hatte.« »Bestimmt!«, pflichteten mir meine Süßen bei. »Wir Tiere helfen nur Menschen, die auch gut zu uns sind. Das kennst du doch aus so vielen Märchen.« »Natürlich und das ist auch ganz wunderbar von euch. Deshalb liebe ich euch ja so sehr. Aber beantwortet mir doch mal eine Frage: In eurer Geschichte bittet Aschenputtel den Vater um einen ganzen Strauch. In meinem Märchenbuch dagegen will sie nur ein Reis von dem Baum, das dem Vater den Hut vom Kopf wirft.« »Das ist halt Märchenstoff«, meinte Pepita etwas verächtlich und ihre Schwester fügte hinzu: »Wir dagegen erzählen immer die wahre Geschichte. Das Reis hätte doch nie so schnell zu einem Strauch wachsen können, auch wenn es hundert Mal ein Zaubernussreis war« »Wohl wahr«, musste ich einräumen. »Und es war für die Geschichte – wie du gleich sehen wirst - wichtig, dass der Strauch groß wurde und viele Blätter trug.«

Pepita drängte es, mehr von dem Strauch zu erzählen und das enorme Wissen ihrer Ahnfrau herauszustellen. »›Hast du die vielen schönen Blätter an deinem Strauch schon gesehen?‹ fragte die Katze Aschenputtel im Sommer. ›Ja, sie sehen sehr hübsch aus.‹ ›Und sie machen auch hübsch‹, klärte die Katze ihre Menschenfreundin auf. ›Wie das?‹, wollte das erstaunte Aschenputtel wissen. Da erläuterte ihr die Katze, wie man aus den Blättern ein Gesichtswasser herstellen kann.« »Das bewirkt, dass sich die Poren schließen, wenn man es nach dem Waschen anwendet. So wird die Haut schön feinporig«, fiel Rosita ihrer Schwester ins Wort. Sie ist diejenige, der die eigene Sauberkeit und die ihrer Schwester immer besonders am Herzen liegt. »Da wurde Aschenputtel neugierig. Sie folgte den Anweisungen, stellte das Gesichtswasser her, aber um es anwenden zu können, musste sie sich vorher gründlich säubern, das heißt, sie machte eine echte Katzenwäsche. Die Wirkung zeigte sich bald. Wäre Aschenputtel eitel gewesen und hätte öfter in den Spiegel geschaut, hätte sie es selbst bemerkt.«

»Die Katze war mit Aschenputtel und ihrem neuen Sauberkeitsverhalten sehr zufrieden und erklärte ihr auch, wie sie Körpermilch, Seife und Haarwaschmittel herstellen konnte.« »Aber woher wusste sie das denn alles?« »Da liest du so viele Katzenbücher und weißt immer noch so wenig über uns. Du hast doch gerade kürzlich gelesen, wie vor noch gar nicht allzu langer Zeit das Verhältnis der Katzen, auch der großen zu den Menschen anders war.« Ganz offenbar hatten meine Lieblinge mitbekommen, dass ich wieder einmal zu dem Buch »Das geheime Leben der Katzen« von Elizabeth Marshall Thomas gegriffen hatte. Besonders was die Autorin über Großkatzen darin berichtet, fasziniert mich immer aufs Neue. »Menschen und Katzen«, fuhr Rosita fort, »haben ihr Leben früher viel mehr aufeinander abgestimmt. Da blieb es nicht aus, dass die nordamerikanischen Berglöwen zugeschaut haben, was die Indianer aus den Blättern des Strauchs alles machten und wie sie es anstellten. Dass wir Katzen aller Arten untereinander in Verbindung stehen, das weißt du aber doch inzwischen.« »Ja klar«, beeilte ich mich schnell zu versichern, um nicht gar so dumm dazustehen. »So ist das also überliefert worden!« »Ja, die Menschen in Aschenputtels Land freuten sich nur an den schönen Blüten des Strauchs, von den anderen Wirkungen wussten sie damals noch nichts.«

»Um nun auf Aschenputtel zurück zu kommen, die verließ sich ganz und gar auf ihre Lehrerin und das finden wir und unsere Artgenossinnen und -genossen sehr liebenswert.« »Das finde ich auch«, stimmte ich begeistert zu. »Aber haben denn die Stiefmutter, die Stiefschwestern und der Vater die Veränderungen bei Aschenputtel nicht bemerkt?« »Die drei Frauen haben genauer geschaut, ob Haus und Garten von Aschenputtel auch ordentlich gepflegt wurden, als dass sie ihr ins Gesicht gesehen hätten und der Vater war so mit seinen Geschäften befasst, dass er froh war, wenn niemand etwas von ihm wollte.«

»Diese Veränderungen betrafen nur die äußere Erscheinung von Aschenputtel. Viel wichtiger waren noch andere Dinge, die ihre innere Schönheit auszumachen begannen. Die Katze hatte nämlich angefangen, Aschenputtel Geschichten zu erzählen.« »So wie ihr mir?«, unterbrach ich schnell. »Genauso und Aschenputtel hat ebenso gut zugehört wie du.« Wie wurde mir da warm ums Herz! »Es ist ja auch sehr spannend, was ihr zu berichten habt.« »Nicht wahr? Aber es wird noch spannender. Die Katze erzählte also von der Großen Mutter, dem Zusammenleben der Tiere und den Wünschen, die die Tiere an die Menschen haben. Wenn sie besonders gut gelaunt war, erzählte sie Aschenputtel auch Geschichten aus dem Sagenschatz der Hauskatzen, wie die wahren Märchen bei uns genannt werden. So freute sich Aschenputtel immer schon auf die ›schnurrigen Abende am Kamin‹, wie sie es nannte. Die Geschichten waren nicht nur kurzweilig, sie gaben Aschenputtel auch viel Stoff zum

Nachdenken über die Rolle der Menschen in der Welt, ihr Verhältnis zur Natur und ihren Platz im Kosmos. Auch dadurch begann sie sich zu verändern, vor allem im Verhältnis zu Tieren und Pflanzen. Das machte Aschenputtel in einer anderen Weise schön und die Katze war sehr glücklich darüber.«

»Jetzt musst du uns aber in Gedanken an den anderen Ort des Geschehens folgen, an den Königshof«, bat Rosita. »Dort war der Thronfolger inzwischen fast dreißig Jahre alt und seine Eltern wünschten, dass er sich verheiratet. Dazu wollten sie für ihn ein drei Tage dauerndes Fest geben und alle jungen Mädchen des Landes dazu einladen, damit er sich unter ihnen eine Braut aussuchen sollte.« »War das für die damalige Zeit nicht ungewöhnlich? Suchten sich die Prinzen ihre Bräute nicht eher an den Höfen anderer Königshäuser?«, wollte ich wissen. »Gut beobachtet«, pflichtete mir Rosita bei, »aber es waren auch ungewöhnliche Eltern. Sie hielten viel von der Kultur ihres eigenen Landes und glaubten diese in besseren Händen bei einer künftigen Königin aus dem eigenen Reich. Also waren die Festlichkeiten beschlossene Sache.«

»Nun lag der Königin aber nicht nur das Wohl ihres Landes, sondern auch das des Kronprinzen sehr am Herzen. Deshalb nahm sie ihren Sohn beiseite und gab ihm folgenden Rat: ›Zu dem Fest werden sicher viele hübsche, anmutige junge Damen erscheinen und du wirst dich zu der ein oder anderen aufgrund ihres Aussehens, der schönen Kleidung und dem Schmuck hingezogen fühlen, bedenke jedoch, dass die Wahl deiner Braut eine für dein ganzes zukünftiges Leben ist. Äußere Schönheit lässt im Lauf der Jahre nach, sieh daher zu, dass du auch auf Werte achtest, die von Dauer sind.‹ ›Welche habt Ihr dabei im Sinn, liebe Frau Mutter?‹ ›Ich denke dabei an die Ehe, die dein Vater und ich führen. Wir sind uns all die Jahre verbunden geblieben und sogar immer näher gekommen, weil wir gemeinsame Interessen haben: die Tradition und Kultur unseres Landes. Und wir haben miteinander lachen können. Tanze daher an den drei Festtagen mit allen jungen Damen, aber sprich auch mit ihnen. Wenn du glaubst, dass dir mit einer von ihnen die Gesprächsthemen im Laufe eures Lebens nicht ausgehen werden, dann triffst du eine gute Wahl.‹ Das leuchtete dem Prinzen ein.«

»Mich erinnert das an das wunderschöne Andersen-Märchen vom Tölpelhans. Da ist es die Prinzessin, die einen Mann sucht, mit dem sie sich auch unterhalten kann. Im Tölpelhans findet sie dazu einen mit Humor. Mir hat das immer sehr imponiert.« »Hans Christian Andersen war ein kluger Mann, auch wenn er kein Märchen geschrieben hat, in dem eine Katze eine positive Rolle spielt. Wenn ich jetzt einmal von der - was Andersens Autorenschaft angeht etwas fragwürdigen - Geschichte von Philip J. Davis absehe, in der Magnifikatz, Pembrokes Katze Thomas Gray, ein verschollenes Andersen-Manuskript eines Katzenmärchens hat entdecken helfen. Da teilte ich Pepitas Einschätzung völlig. Das war wirklich ein großes Manko bei Andersen.«

»Doch zurück zum Prinzen«, bat ich. »Kurz nach diesem Gespräch trat der König an seinen Sohn heran und – stell dir nur vor – gab ihm denselben Rat wie seine Frau, mehr noch, er wählte dazu fast dieselben Worte. Der junge Mann, der sehr wohlerzogen war, unterbrach seinen Vater mit keiner Silbe. Er wunderte sich über die Maßen über diesen Gleichklang, hatten doch seine Eltern sich offenkundig nicht miteinander abgesprochen, sonst hätten sie sicher vereinbart, wer von beiden das Gespräch führen würde. Die Übereinstimmung zwischen Mutter und Vater machte ihm klar, wie goldrichtig der Inhalt ihres Rates war, dass es nämlich auf gemeinsame Interessen und Anschauungen in einer Ehe ankommt. Sehr bewegt und in sich gekehrt, kam er von dem Gespräch zurück.« »Aber woher wisst ihr all das? Da war doch keine Katze dabei.« »Das stimmt, aber der Prinz hat seiner Braut später all das erzählt und sie hat wiederum ihrer Katze davon berichtet, daher ist es uns überliefert.«

»Je näher nun die besagten drei Tage rückten und je weiter die Vorbereitungen dafür gediehen, desto unbehaglicher wurde dem Prinzen zumute. Schließlich hielt er es nicht länger aus und wandt sich an seine Eltern, um ihnen sein Unbehagen mitzuteilen und sich Rat zu holen. Die hatten sehr wohl mitbekommen, dass ihm etwas auf der Seele lag. Nun rückte er heraus mit der Sprache: ›Was mache ich nur, wenn die jungen Damen sich auf mich stürzen wie die Wespen auf den Zwetschgenkuchen?‹, wollte er wissen. Das war realistisch und vorausschauend gedacht; zudem war es nur zu verständlich, dass er nicht so belagert werden wollte. Der König hatte eine rettende Idee: ›Du wirst ja nicht der einzige junge Mann bei den Ballnächten sein. Wir laden deine Kameraden ein, bitten sie, wie dich auch, in Galauniform und ohne Orden zu erscheinen, sodass ihr euch alle äußerlich sehr ähnlich sein werdet und wir werden zudem niemandem sagen, welcher Edelmann der Kronprinz ist.‹ ›Das ist ja genial!‹, rief der Prinz begeistert aus. ›Da kann ich inkognito bleiben.‹ Da es damals noch keine Fotos und schon gar keine Boulevard-Presse gab, wusste tatsächlich niemand im Reich so genau, wie der Prinz aussah. Nachdem also dieser Plan akzeptiert war, blühte der junge Mann sichtlich auf und sah den Festlichkeiten voll froher Erwartung entgegen.«

»Nicht nur er«, fügte Pepita hinzu. »In Aschenputtels Haus standen die Stiefmutter und ihre Töchter Kopf. Was für eine einmalige Chance, einen phantastischen gesellschaftlichen Aufstieg zu machen! Es war von nichts anderem mehr die Rede als von Friseurbesuchen, Schneiderterminen, Anproben der in Auftrag gegebenen Abendkleider, Schmuck, Schuhe, Handtaschen, Parfums. Wie die aufgescheuchten Hühner rannten die drei Frauen durchs Haus. Nur Aschenputtel blieb ruhig. Seit ihrer intensiven Freundschaft mit der Katze stand ihr der Sinn nicht mehr nach solchen Äußerlichkeiten. Die Geschichten, die die Katze ihr erzählte, waren so voller Weisheiten und bedenkenswerten Lehren, was bedeuteten dagegen Spitzen, Rüschen und Ohrringe?« schloss Rosita ihre Schilderung der häuslichen Szenerie.

Pepita übernahm und stellte die etwas von Aschenputtels Einstellung abweichende Haltung der Katze zu der Brautschau dar. »Die Katze sah das ein bisschen anders. Wie ihr entfernter Verwandter, der gestiefelte Kater, wollte auch sie, dass Aschenputtel ein gutes Leben ohne Mangel und mit angenehmen Menschen führen sollte. Eine Zukunft als Alleinerbin des elterlichen Hauses und des kleinen Vermögens mit fordernden Stiefschwestern und einen nörgelnden Stiefmutter, war nicht das, was sie für ihren Schützling wünschte. Eines Tages hielt sie es nicht länger aus. ›Willst du denn nicht auch zum großen Fest ins Schloss?‹ ›Was soll ich denn da. Ich kann ja nicht einmal besonders gut tanzen. Du glaubst doch nicht im Ernst, dass sich der Prinz für mich entscheiden könnte.‹ ›Wer weiß‹, meinte die Katze geheimnisvoll. ›Es geht ja schließlich nicht wirklich ums Tanzen.‹ ›Worum geht es denn?‹ ›Nun überlege doch einmal selbst. Wenn du der Thronfolger wärst und dir eine Frau aussuchen solltest, worauf käme es dir an?‹« »Was für eine kluge Katze sie doch war!«, rutschte es mir heraus. »Sie gab die Antwort nicht vor, sondern regte Aschenputtel an, sich selbst eine Meinung zu bilden.« »So sind wir weisen Katzen eben«, kam es von Pepita und Rosita im Duett zurück. Wie recht sie doch hatten! »Aschenputtel überlegte: ›Äußere Attraktivität kann man durch vorteilhafte Kleidung und Frisur steigern. Tanzen lässt sich lernen. Wichtiger wären mir bei der Wahl eines Lebenspartners ein gutes Herz, Klugheit, Offenheit und eine Haltung, die die Natur als schützenswerten Lebensraum ansieht. Ja, und dass ein Mensch Witz hat und das Leben heiter angeht.‹ Bei dieser Antwort war die Katze sehr stolz. Aschenputtel hatte sich als gute Schülerin erwiesen. Sie schmunzelte, schnurrte und meinte: ›Das sind doch Eigenschaften, über die du verfügst. Entweder der Prinz hält das auch für wichtig, dann hast du eine echte Chance. Oder er legt keinen Wert darauf, dann solltest du auf ihn pfeifen, denn einen oberflächlichen Mann hast du weder verdient, noch hast du ihn nötig.‹ ›Aber ich habe doch gar nichts anzuziehen‹, klagte Aschenputtel. ›Papperlapapp. Dein schönes Kleid hängt immer noch im Schrank, niemand wird es dir streitig machen, deine Stiefschwestern haben längst bessere Abendkleider. Probier es einfach mal an.‹ Als die drei Frauen mal wieder einkaufen waren, um passenden Schmuck auszusuchen, schlüpfte Aschenputtel in ihr Kleid und die dazu passenden Schuhe. Die Sachen passten noch. Sie drehte sich vor dem Spiegel hin und her und fand, dass sie gar nicht schlecht aussah, wenngleich ihre Stiefschwestern viel prunkvollere Sachen hatten machen lassen. Nur so ganz ohne Schmuck wirkte sie etwas unscheinbar. ›Wenn ich mir die Haare schön frisiere, ist es besser. Aber so ohne Schmuck sehe ich fad aus‹, fand sie. ›Nun hör mir mal gut zu: Du gehst jetzt zum Haselstrauch auf dem Grab deiner Mutter, nimmst ein scharfes Messer mit und schneidest eine Zweiggabel ab. Die zeigst du mir dann und ich sage dir, wie es weiter geht.‹« »Ich ahne es schon«, rief ich eifrig, »Das wird eine Wünschelrute!« »Genau« unterstrich Pepita. »Als Aschenputtel mit der Zweiggabel zurückkam, erklärte ihr die Katze, wie die Wünschelrute zu handhaben sei und sagte ihr, dass sie dort ausschlagen würde, wo ein Schatz vergraben sei. ›Aber ich kann doch jetzt nicht mit der Wünschelrute in der Hand durch das ganze Land laufen, um einen Schatz zu finden‹, meldete Aschenputtel erhebliche Zweifel an der Wirksamkeit des Verfahrens an. ›Wer sagt das denn?‹, gab die Katze zurück. ›Oh‹, korrigierte sich Aschenputtel schnell und fügte ruhiger hinzu: ›Bitte sag mir, was ich damit tun soll.‹ ›Nichts einfacher als das. Geh zum Grab deiner Mutter und suche dort.‹«

»Gehorsam ging Aschenputtel hin und tatsächlich schlug die Wünschelrute aus. Sie grub an der Stelle und fand ein Kästchen aus Metall, das sie umgehend der Katze zeigte, als die beiden allein waren. Mit vereinten Kräften machten sie sich daran, das Kästchen zu öffnen. Gold- und Silberschmuckstücke mit Perlen und Edelsteinen besetzt, zwar etwas beschlagen, aber doch sehr erlesen, kamen zum Vorschein. ›Wie ist das möglich? Wie hast du dieses Wunder bewirkt?‹, wollte Aschenputtel wissen, sie war ganz außer sich. Geheimnisvoll lächelte die Katze und offenbarte dann ihrem Schützling, dass sie in jungen Jahren beobachtet hatte, wie Aschenputtels Mutter ihren Schmuck im Familiengrab verborgen hatte, als sich ihre Krankheit bereits bemerkbar machte. ›Vor ihrem Tod wollte sie es dir noch sagen, aber der kam dann schneller als erwartet. Sie wollte immer, dass du die Sachen haben sollst, fürchtete aber – wohl nicht ganz zu Unrecht – dass eine zweite Frau ihres Mannes dir dein Erbe nehmen könnte. Du siehst, es ist kein unrecht Gut, das hier vor dir liegt. Putze die schönen Stücke sorgfältig und dann entscheiden wir, wann du welche Sachen zu den Festtagen trägst.‹«

»Das also war gemeint, wenn es in der Grimmschen Fassung des Märchens heißt: ›Bäumchen rüttel dich und schüttel dich, wirf Gold und Silber über mich.‹ Wie immer ist eure Geschichte so viel einfacher und einleuchtender.« »Es ist eben die wahre Geschichte und die Wahrheit ist meistens sehr einfach«, trumpfte Rosita auf. »Aschenputtel jedenfalls war sehr beeindruckt. ›Du bist ein kleines Wunder, ich finde, du solltest Mirakel heißen.‹ ›Mir soll's recht sein, solange daraus kein Debakel wird‹, gab die Katze verschmitzt zurück. ›Dann lasse ich einfach das -kel weg und sage Mira zu dir.‹ ›Der Name gefällt mir sehr gut, danke dir, mein Liebes.‹ ›Ich habe dir zu danken, viele tausend Mal.‹ ›Noch sind wir erst am Anfang, warte mit dem Dank bis zum Ende.‹ ›Wohl wahr. Ich muss die Stiefmutter um Erlaubnis bitten, zum Fest gehen zu dürfen.‹ ›Das musst du wohl, sage aber nichts von dem Kleid und dem Schmuck‹, bat Mira. ›Kein Wort‹, versicherte Aschenputtel, die nun auf eine günstige Gelegenheit wartete, die Stiefmutter anzusprechen.«

»Als Aschenputtel schließlich die Stiefmutter fragte, ob sie auch zu den Bällen gehen dürfe, brachen die Stiefschwestern in wieherndes Gelächter aus. ›Sie hat Asche im Haar, ihre Kleider sind dreckig, sie kann nicht tanzen, aber sie will sich den Prinzen angeln! Hört euch das an.‹ Sie fanden gar kein Ende mit ihrem Spott. ›Solange du deine Arbeiten in Haus und Garten nicht vernachlässigst und uns mit deinem Aussehen keine Schande machst, kannst du gehen‹, meinte die Stiefmutter.« »Das war aber eine sehr doppeldeutige Antwort von wegen ›keine Schande machen‹«, meinte ich. »Du hast völlig recht«, pflichtete mir Pepita bei. »Die Schwestern griffen die Bemerkung auch sofort auf. ›Wie soll sie uns mit ihrem Aussehen nicht blamieren!‹, empörten sie sich. ›Zeig dich uns, bevor du gehen willst‹, forderte die Stiefmutter sie auf«, schloss Rosita ihren Bericht über die Bedingungen, die die Stiefmutter gesetzt hatte und Pepita fuhr fort:

»Das war Aschenputtel, wie du dir denken kannst, gar nicht recht. Schließlich wollte sie das Geheimnis des Schmucks nicht offenbaren. Aber wie so oft im Leben, gab es unverhofft einen Ausweg. Die Stiefmutter hatte nämlich gewollt, dass Aschenputtel auf alle Fälle noch die Erbsen auspulen sollte. Es war eine reiche Ernte gewesen und der Korb übervoll. Innerlich knurrend und murrend machte sich Aschenputtel an die Arbeit. Als sie der Stiefmutter, die mit ihren Töchtern kurz vor dem Aufbruch stand, die Schüssel mit den Erbsen zeigte, rempelte die eine der Schwestern sie so an, dass ihr die Schüssel aus der Hand fiel. Die zersprang in tausend Stücke und die frischen Erbsen landeten im Dreck. Ob das nun in der Aufregung ein Versehen war oder ob sie ein bisschen nachgeholfen hat, vermag ich nicht zu entscheiden. Tatsache ist, dass Aschenputtel nun die Erbsen aufsammeln und säubern sollte. Die fing an zu weinen, denn das war das Ende ihres Wunsches, aufs Schloss zu gehen. ›Hättest halt besser aufpassen sollen‹, höhnte die Stiefschwester und ab rauschten alle drei.«

»Auf Sammetpfoten schlich sich nun Mira heran«, berichtete Rosita. »Sie ging Aschenputtel um die Beine, schnurrte und sprach auf sie ein, als sie ein bisschen weniger schluchzte: ›Jetzt lass mich mal machen. Geh du, wasch dich, zieh dein hübsches Kleid an, frisier dich und komm dann mit der Schmuckschatulle wieder zu mir.‹ Sicher ahnst du schon, was Mira vorhatte.« »Sie war es wohl, die die Täubchen herbei rief?« »Sie ging schnurstracks zum Taubenschlag, stellte sich auf die Hinterpfoten und rief: ›Ihr Federvieh, steckt nicht die Köpfe unter den Flügel, es gibt Arbeit für euch!‹ Die Tauben horchten auf. ›Los, los, los‹, trieb Mira die Schar an und scheuchte sie ins Haus. Dort erklärte sie ihnen, was zu tun sei: ›Die guten Erbsen in den Topf werfen, die schlechten dürft ihr fressen, mit euren Flügeln sollt ihr den Dreck und die feinen Scherben zusammenfegen.‹ Als es Mira nicht schnell genug ging, holte sie noch die Hühner zur Verstärkung hinzu. Das war vielleicht ein Gegurre und Gegackere! Aber in kürzester Zeit war die Aufgabe erledigt.«

»Da stand Aschenputtel auch schon frisiert und angezogen im Raum und staunte über ein neues Wunder, das ihre Mira vollbracht hatte. ›Wie war das möglich?‹, wollte sie wissen, worauf Mira so etwas murmelte wie: ›Oh, I get by with a little help from my friends.‹« Ich verkniff mir die Bemerkung, dass die Beatles den Song viel später geschrieben hatten, denn ich fürchtete, meine Beiden würden weit ausholen und mir erzählen, dass es eigentlich Mira war, die Text und Melodie geschaffen hatte. Das hätte aber nur vom Fortgang der Geschichte abgelenkt und die wollte ich nun hören. »›Jetzt aber zum Schmuck‹, befahl Mira energisch und erwies sich wieder einmal als gute Beraterin mit viel Geschmack.«

»Aber wie kam Aschenputtel denn zum Schloss?«, wollte ich wissen. »Sie kann ja wohl kaum gelaufen sein.« »Nein, aber der kluge König hatte dafür gesorgt, dass kein junges Mädchen zu Hause bleiben musste, nur weil ihre Eltern sich keine Kutsche leisten konnten. Deshalb hatte er befohlen, dass seine Kutschen die Debütantinnen zum Schloss bringen sollten. Mira war etwas in Sorge, dass Aschenputtel die königliche Kutsche, die ihren Stadtteil bediente, verpassen würde. Also ging sie vors Tor, stellte sich an die Straße und winkte den Kutscher mit ihrer Pfote herbei. Der wunderte sich natürlich sehr. So eine Katze war ihm noch nie untergekommen.« »Das ist ja wie die japanische Katze, die die Samurai zum Gasthaus ihrer Menschen winkte und die jetzt batteriebetrieben in den Asialäden verkauft wird!«, rief ich. »Wie sagst du doch immer? ›Eine gute Idee hat die Angewohnheit sich in mehreren Köpfen anzusiedeln.‹ Das trifft auch auf Katzenköpfchen zu. Mira hatte Erfolg und Aschenputtel gelangte bequem zum herrlich erleuchteten, festlich geschmückten Schloss.«

»Die jungen Edelmänner waren alle versammelt und viele junge Damen waren auch schon eingetroffen, als Aschenputtel die große Treppe zum Ballsaal hinein geleitet wurde. König und Königin standen ein paar Stufen höher, das Orchester spielte leise. Als die letzten Mädchen ankamen, begrüßte der König die Gäste und erklärte die Regeln. Immer wenn eine Glocke ertönte, sollten die Tanzpartner gewechselt werden. Namen sollten weder Damen noch

Herren nennen oder erfragen. Zwischendurch konnten Pausen eingelegt und Getränke und Häppchen zu sich genommen werden.«

»Vielleicht wunderst du dich wieder, woher wir das alles so genau wissen? Mira hat Aschenputtel am nächsten Tag natürlich gründlich ausgefragt und daher haben wir alle Einzelheiten überliefert bekommen, auch die des Gesprächs zwischen Aschenputtel und dem Prinzen«, nahm Rosita die Antwort

auf meine noch nicht gestellte Frage vorweg und fuhr fort: »Der Abend war schon etwas fortgeschritten, als der Prinz sich vor Aschenputtel verbeugte und um den nächsten Tanz bat. ›Ihr habt Glück, dass ich mit meinen bisherigen Tänzern schon habe üben können, ich bin nämlich keine erfahrene Tänzerin‹, eröffnete Aschenputtel das Gespräch. ›Da habe ich wirklich Glück, denn Ihr seid die erste, die das offen zugibt, obwohl auch andere sich nicht so geschickt angestellt haben.‹ Da lachten sie beiden und gingen auf die Tanzfläche. ›Ich sage mir immer: lieber gleich mit der Wahrheit herausgerückt, das beugt späteren Enttäuschungen vor.‹ ›Ihr macht eure Sache aber gut.‹ ›Seht Ihr, jetzt seid Ihr angenehm überrascht, weil Ihr auf Schlimmeres vorbereitet wart. Meine Philosophie hat schon wieder gewirkt.‹ ›Was habt Ihr denn noch für andere Maxime in eurer Philosophie?‹, fragte der Prinz, nun neugierig geworden. ›Mein wichtigster Grundsatz ist‹, fuhr Aschenputtel nun ernsthaft fort, ›Achte die Natur und lebe in Eintracht mit Tieren und Pflanzen.‹ ›Das gefällt mir sehr gut. Aber wie haltet ihr es mit der Kultur?‹ ›Natur und Kultur gehören für mich eng zusammen, aber das kann ich euch beim Tanzen nicht erklären, sonst gerate ich aus dem Takt.‹ ›Da Ihr mich nun neugierig gemacht habt, schlage ich vor, dass wir nach diesem Tanz auf den Balkon treten. Dort können wir uns die Sterne, also die Natur, ansehen und die künstliche Beleuchtung des Schlossparks bewundern, eine kulturelle Errungenschaft und Ihr könnt mir alles erklären.‹ Das war sehr taktvoll von dem Prinzen, denn Aschenputtel hatte bei der Unterhaltung etliche falsche Schritte gemacht und so war beiden gedient. Auf dem Balkon meinte der Prinz: ›Ist es nicht wunderbar, wie man versucht hat, den Glanz und das Funkeln der Sterne hier in den Park zu holen? Vielleicht will der Prinz seiner Zukünftigen damit sagen, dass er ihr die Sterne vom Himmel holen will?‹ ›Die soll er mal lieber lassen, wo sie hingehören‹, erwiderte Aschenputtel. ›Wunderbar finde ich dagegen, dass die königliche Familie mit diesen Festivitäten und der Beleuchtung des Parks gewartet hat, bis die Brutzeit der Vögel vorbei ist. Die hätten keine Freude daran gehabt, wenn ihre Nester ausgeleuchtet werden und den Katzen so der Weg zu ihren Jungen gewiesen worden wäre.‹«

»Das hatte sich Aschenputtel aber wirklich gut eingefühlt,« rief ich aus. »Das fand auch der Prinz, denn so weit hatte er noch nie gedacht und war von Aschenputtels Überlegungen beeindruckt. ›Ich liebe die kleinen Vögel auch, aber auch ihre Feinde die Katzen.‹ Das wiederum gefiel Aschenputtel sehr gut, sie hörte es nur zu gerne. ›Gibt es Katzen, die ihr besonders mögt?‹ ›Am liebsten sind mir die Dreifarbigen, auch wenn deren Farbflecke, die so unregelmäßig über das Fell verteilt sind, ihnen manchmal ein seltsames Aussehen geben‹, entgegnete der Prinz. ›Ja,‹ lachte Aschenputtel, ›manche sehen wie Vagabundinnen aus.‹ ›Oder wie Piraten.‹ ›Piratinnen‹ korrigierte Aschenputtel, ›denn Dreifarbige sind immer weiblich und außerdem Glückskatzen. Das wisst Ihr sicher. Aber die wenigsten Menschen wissen, warum das so ist.‹ ›Wollt Ihr damit sagen, dass Ihr es wisst?‹ ›Ja, ich kenne die Überlieferung und die stellt auch eine Verbindung zwischen Natur und Kultur her.‹ ›Da sind wir ja bei unserem Thema, lasst mich die Geschichte hören!‹, bat der Prinz. ›Nun Ihr kennt doch sicher die Geschichte von Schneewittchen.‹ ›Aber ja.‹ ›Als die Königin sich damals ein Mädchen wünschte, so weiß wie Schnee, so rot wie Blut und so schwarz wie Ebenholz, hörte ihre Katze den Wunsch und wollte nun ihrerseits ein weibliches Junge in drei Farben.‹ ›Das erklärt, wie die Dreifarbigen auf diese Welt kamen und warum es Weibchen sind, aber warum sind sie nun Glückskatzen?‹ ›Ich würde Euch die Geschichte gerne erzählen, aber ich finde, wir sollten wieder zu den anderen gehen. Der König hat ausdrücklich darum gebeten, dass die Tanzpartner wechseln. Diesem Wunsch möchte ich auch entsprechen.‹«

»Was soll ich dir sagen«, kommentierte Rosita das Gespräch der beiden, »Aschenputtel sammelte beim Prinzen einen Pluspunkt nach dem anderen. ›Gut gehen wir hinein, aber morgen müsst Ihr wiederkommen und mir die Geschichte zu Ende erzählen‹, bat er. ›Versprochen‹, willigte Aschenputtel ein. ›Das ist ja fast wie bei Scheherazade, die den Sultan mit ihren Fortsetzungsgeschichten 1001 Nächte lang unterhalten hat.‹ ›Ja, so ungefähr. Aber anders als Scheherazade hätte Aschenputtel, wäre es nur nach ihren Wünschen gegangen, ihrem Tänzer gerne noch am selben Abend die Geschichte zu Ende erzählt, denn der junge Mann gefiel ihr gut und sein Interesse an Katzengeschichten verschaffte ihm bei Aschenputtel einen großen Stein im Brett, wie ihr Menschen sagt.«

»Als sie mit einer der königlichen Kutschen recht früh wieder zu Hause war, erzählte sie Mira alles haarklein. Diese freute sich tierisch und war schon gespannt, wie der nächste Abend verlaufen würde. Er glich dem ersten ziemlich genau, nur dass es dieses Mal Linsen waren und die bösen Schwestern sie absichtlich in die Asche schütteten, weil es am Vorabend so gut funktioniert hatte. Aschenputtel machte sich eine neue Frisur und suchte wieder mit Miras Unterstützung den passenden Schmuck aus. Ihrem Tänzer erzählte sie in einer Pause die Schneewittchen-Geschichte zu Ende und deutete an, dass eine Urenkelin der ersten Glückskatze Felicitas bei Dornröschen eine wichtige Rolle gespielt und sich besondere Fähigkeiten erworben hatte. Wieder interessierte sich der Prinz lebhaft dafür, wollte alles wissen und Aschenputtel versprach ihm die Fortsetzung für den dritten Abend.«

»Der verlief zunächst wieder ganz ähnlich. Bohnen wurden in die Asche geschüttet. Mira und die Vögel waren inzwischen schon routiniert, nichts konnte sie mehr überraschen. Als Schmuck empfahl Mira, Perlen in den aufgesteckten brauen Haare zu befestigen, was für Menschenaugen wirklich hinreißend aussah.« »Jetzt könnten wir etwas zum Futtern vertragen«, meldete Pepita ihre Wünsche an. »Entschuldigt bitte ich war so gefangen von der Geschichte, dass ich euer leibliches Wohl ganz vergessen hatte, ich hole euch Trockenfutter.« Der Dank war mir gewiss, ich hörte es am Knacken und Kauen. Dann fuhr Pepita, gesättigt, fort:

»Der Prinz schien schon auf sie zu warten und wollte unbedingt hören, welche wunderbaren Eigenschaften die Urahnin der Katzen, die Dornröschens Spiel- und Lebensgefährtin war, in jener Zeit erworben hatte. Ihm gefielen die Geschichten sehr, noch mehr gefiel ihm die junge Geschichtenerzählerin. ›Mit dieser Frau an meiner Seite werde ich mich mein Leben lang nicht langweilen.‹ Er beschloss, ihr nach dem Diner, das diesen letzten Ballabend beenden sollte, seine Liebe zu gestehen. Seine Eltern waren von ihm bereits informiert worden und versprachen, Nachforschungen über die Identität der jungen Dame anzustellen. Sie hatten die festliche Tafel, zu der der Prinz Aschenputtel als seine Tischdame gebeten hatte, eröffnet und verkündet, dass ihr Sohn eine Wahl getroffen habe und man nun Erkundigungen über die Auserwählte einholen werde. Auf diese Bemerkung hin ging ein Getuschel und Geraune los. Nur Aschenputtel war nicht aufgeregt. Ihr wäre es am liebsten gewesen, wenn der junge Edelmann an ihrer Seite sie zur Frau hätte haben wollen, nach einer Krone stand ihr gar nicht unbedingt der Sinn, wohl aber nach einem liebevollen, sympathischen Menschen, einem den Tieren und der Natur gleichermaßen wohlgesonnenen Partner.«

»Aber erst wurde die Vorspeise aufgetragen«, berichtete Pepita. Das Essen war französisch inspiriert und zu der Scheibe gebratener Ente mit Raukensalat, aus der die Vorspeise hauptsächlich bestand, gab es ein dreieckiges Stück pain d'épice, eine Art Gewürz- oder Lebkuchen. Der Prinz merkte schnell, dass Aschenputtel mit dem in französisch geschriebenen Menu, das auf den Plätzen ausgelegt war, nichts anfangen konnte. Liebevoll und ohne belehrend zu sein, erklärte er ihr die Speisen. Als er von dem Lebkuchenstück sprach, musste Aschenputtel lachen. ›Was amüsiert Euch dabei so?‹ ›Nehmt es mir bitte nicht übel, aber ich kenne auch die Geschichte über die Entstehung der Lebkuchen.‹ ›Ihr habt wohl für alles eine Geschichte.‹ Am liebsten hätte Aschenputtel gesagt: ›Ja, die hat mir meine Katze Mira erzählt.‹ Aber das Geheimnis wollte sie auf keinen Fall preisgeben, deshalb sagte sie nur: ›Wer mit Tieren gut auskommt, dem erschließt sich so manches.‹ ›Das wird meine Eltern sehr freuen zu hören‹, rutschte es dem Prinzen heraus; dabei sah er zum Kopfende der Tafel, wo König und Königin thronten. Oh je, da war es passiert. Der Prinz hatte sich verraten. Aschenputtel zählte sofort zwei und zwei zusammen und erschrak. ›Ich sitze neben dem Thronerben! Er scheint mich erwählt zu haben. Nie werden seine Eltern damit einverstanden sein, dass er eine Halbwaise zur Frau nimmt, die neben dem Kamin mit einer grauweißen Katze zusammen schläft. Was für ein Unglück! Wie komme ich aus der Situation nur wieder heraus? Ich muss Mira fragen, die weiß bestimmt einen Rat.‹ Sie ließ sich nichts anmerken und der Prinz hatte, als er seinen Faux-pas bemerkte, schnell in eine andere Richtung gesehen und das Thema gewechselt, indem er über Gewürze, französisch épices, und deren Herkunftsländer sprach.

Nach dem Dessert sollten sich die Damen zu einem Kaffee, die Herren zu einer Zigarre zurückziehen und danach alle in den großen Saal gehen, um zu erfahren, wie es mit der Brautwahl des Kronprinzen weiter gehen würde. Das war Aschenputtels Chance. Sie beschloss, so zu tun, als würde sie sich noch vor dem Kaffee ›frisch machen‹, im Klartext ›zur Toilette gehen‹ und dabei dann verschwinden. Aber sie hatte, weil ihr vom Tanzen in den ungewohnten Schuhen die Füße wehtaten, während des Essens heimlich unterm Tisch die Schuhe ausgezogen. Als sie nun mit den Füßen nach den Schuhen tastete, blieb einer verschwunden. ›Auch das noch!‹, seufzte sie innerlich. Zum Glück sah man den fehlenden Schuh unter dem langen Kleid nicht. Sie ging, als wäre nichts Besonderes, Richtung Toilette, bog dann aber schnell ab und verschwand in einem Seitenausgang. Natürlich wartete dort keine Kutsche, zumal der Abend ja noch nicht zu Ende war. Also zog sie rasch auch den zweiten Schuh aus und lief wohl oder übel barfuß, so schnell es ging, nach Hause zu Mira.«

»Wie aufregend und spannend ist doch eure Geschichte!«, rief ich dazwischen, denn ich hatte mich in Gedanken in das Schloss versetzt und am Schicksal der handelnden Personen lebhaften Anteil genommen. »Im Schloss versammelten sich alle Gäste im großen Saal; der Prinz hielt vergeblich Ausschau nach seiner Tischdame. Schnell erzählte er seinen Eltern, dass das Mädchen seiner Wahl verschwunden war. Der König improvisierte in seiner Rede, dankte allen Gästen für ihr Erscheinen und ihren Beitrag zum Gelingen dreier schöner Ballnächte, wünschte einen guten Heimweg und versprach, in einer Woche den Namen der Braut bekannt zu geben. Bis dahin, so glaubte er, müsste sich die Identität der Verschwundenen aufklären lassen.«

Rosita unterbrach, indem sie die Bedenken des Prinzen schilderte: »Der Prinz war nicht so optimistisch, hatte er doch außer den wunderbaren Geschichten keinerlei Anhaltspunkte über Aschenputtels Herkunft. In dieser Nacht schliefen mindestens vier Menschen sehr unruhig: Aschenputtel, der Prinz und seine Eltern und vielleicht darüber hinaus viele junge Mädchen, die sich Hoffnungen auf eine königliche Zukunft machten – so wie Anna-Paulines Stiefschwestern und ihre Mutter.«

»Am anderen Morgen fanden die Diener beim Aufräumen den verlorenen Schuh und erstatteten umgehend Bericht. Auf die Nachfrage, wo genau der Schuh gefunden worden war, stellte sich heraus, dass er der Tischdame des Prinzen gehören musste. Sofort wurde die königliche Familie über den Fund informiert. Der König meinte in seinem Optimismus strahlend: ›Wunderbar! Jetzt brauchen wir nur noch im ganzen Land zu forschen, welcher Fuß in diesen Schuh passt.‹ Die Königin dagegen war eine praktische Frau. Sie besah sich den Schuh genau. ›Der gehört zwar an einen zierlichen Fuß, aber er hat eine durchaus gängige Größe.‹ ›Wir werden, wenn wir so verfahren, viele Kandidatinnen finden. Nein, nein, so kann das nicht gelingen.‹ ›Habt Ihr, liebe Frau Mutter, denn einen besseren Vorschlag?‹, fragte der nervöse Prinz schnell. ›Wozu hat man Jagdhunde? Lasst sie an dem Schuh schnüffeln und die Fährte aufnehmen.‹ ›Es zahlt sich aus, mit Tieren auf gutem Fuß zu stehen, würde jetzt meine hoffentlich bald Verlobte gesagt haben‹, kommentierte der Prinz. Der König war wieder einmal vom Scharfsinn seiner Frau tief beeindruckt. Er ordnete an, dass so verfahren würde.«

»Du kannst dir sicher das strahlende Gesicht der Stiefmutter vorstellen, als die königlichen Diener nach einer Tochter des Hauses fragten, die beim Fest war. Sofort schickte sie nach ihrer Ältesten. Die zwängte sich dann in den Schuh und schnitt sich heimlich, weil er nicht passen wollte, ein Stück vom großen Zeh ab. Jubelnd lief sie durchs Haus: ›Ich werde Königin, ich werde Königin!‹ sang sie und war vor lauter Vorfreude wie betäubt, sodass sie den schmerzenden Fuß gar nicht zu spüren schien. Vor allem Aschenputtel gegenüber trumpfte sie auf. Die war völlig durcheinander. Einerseits hatte sie noch am Tag zuvor gefürchtet, erkannt und abgelehnt zu werden, andererseits wollte sie aber auch nicht, dass ausgerechnet eine ihrer Stiefschwestern an der Seite des sympathischen jungen Prinzen Königin werden sollte. ›Ach Mira, alles geht schief‹, klagte sie. ›Gar nichts geht schief. Lass mich nur machen!‹ ›Daran kannst du auch nichts mehr ändern‹, meinte Aschenputtel resigniert. ›Nicht aufgeben!‹, forderte Mira streng und lief hinaus zum Taubenschlag. ›Los, ihr Tauben, es gibt wieder Arbeit für euch!‹ ›Erbsen, Linsen oder Bohnen?‹ wollten diese wissen. ›Nichts von alledem. Ihr müsst hinaus fliegen um die Stiefschwester herum und dabei immer ›Blut, Blut, Blut!‹ rufen. Die Tauben gaben ihr Bestes. Die nervöse Stiefschwester, die eben in die Kutsche einsteigen wollte, wehrte verzweifelt die scheinbar angriffslustigen Vögel ab. Sie und die königlichen Diener hörten aber immer nur: Ru, ru, ru! und konnten sich keinen Reim darauf machen.« »Ich kann mir vorstellen, wie es der falschen Braut ging. Das erinnert mich an einen Horrorfilm über angriffslustige Vögel«, warf ich ein.

»Die Tauben waren zwar aufdringlich, aber ganz harmlos. Sie gelten ja sogar als Friedensvögel«, korrigierte Rosita meinen Eindruck und erzählte weiter. »Jetzt mischte sich Mira trotz ihres Heidenrespekts vor den Jagdhunden ein: ›Ihr seid mir vielleicht Jagdhunde!‹, empörte sie sich. ›Seht und riecht ihr denn gar nicht das Blut im Schuh?‹ Daraufhin begannen diese wie wild an dem Schuh zu schnüffeln und anzuschlagen. Diese Sprache verstanden die Diener besser. Sie sahen das Blut und wiesen die falsche Braut ab.« Ich konnte mir die Aufregung so richtig ausmalen.

»›Habt ihr noch eine Tochter?‹, wollten die Diener dann von der Stiefmutter wissen. Nun, du weißt, dass es mit der jüngeren Stiefschwester nicht anders ging, nur dass diese sich einen Teil der Ferse abgeschnitten hatte. Danach waren die Diener ratlos. ›Gibt es noch eine Tochter im Haus?‹, erkundigten sie sich. ›Nur das Aschenputtel, aber die war ja gar nicht auf dem Fest‹, antwortete die Mutter. Also zogen die Diener wieder ab und erstatteten Bericht.« Wie die Geschichte sich wohl drehte, fragte ich mich. Aber da hatte Rosita schon wieder das Wort ergriffen:

»Inzwischen hatte sich Mira das Aschenputtel vorgeknöpft: ›Fast möchte ich dich eine dumme Pute nennen, wenn das nicht eine Beleidigung für die Puten wäre!‹, fuhr sie das Mädchen an. ›Erst willst du nicht zum Fest, dann verliebst du dich, dann fliehst du, weil du dir keine Chance ausrechnest, dann ärgerst du dich, weil deine blöden und bösen Stiefschwestern dir den Prinzen wegzunehmen drohen. Das verhindere ich mit vereinten Kräften der Tauben und Jagdhunde in letzter Minute und du sitzt nur herum und bläst Trübsal.‹ ›Was soll ich denn deiner Meinung nach tun?‹, fragte das kleinlaute Aschenputtel zurück. ›Also: Du gehst jetzt an den Schrank, nimmst den zweiten Schuh und wenn die königlichen Diener wiederkommen, gehst du auf ihn zu, sagst: ›Ich war heimlich auf dem Fest und habe dort meinen Schuh verloren. Hier ist der zweite zum Beweis.‹ Sollten die Diener nicht zurückkommen, gehst du gleich morgen zum Schloss mit dem Schuh und fragst, ob der zweite gefunden wurde.‹ ›Das ist ein superguter Rat!‹, rief Aschenputtel begeistert und küsste Mira liebevoll auf die Stirn. ›So werde ich es machen.‹«

»Die königliche Familie war mittlerweile von dem Fehlschlag unterrichtet worden und wieder war es die Königin, die weiter wusste, denn sie kannte sich viel besser als die beiden Männer in Mädchenseelen aus. Sie kritisierte: ›Ihr hättet euch so nicht abspeisen lassen dürfen. Vielleicht war die dritte Tochter ohne Wissen der anderen hier. Geht umgehend in das Haus zurück und fragt nach dem unbekannten Mädchen.‹ Dort geschah alles so, wie Mira Aschenputtel geraten hatte. Mit Tränen in den Augen und leise maunzend sah Mira nun, wie Aschenputtel in der Kutsche wegfuhr. Im Schloss lief der Prinz der Kutsche schon entgegen. Als Aschenputtel mit beiden Tanzschuhen an den Füßen ausstieg, erkannte er seine geliebte Tanzpartnerin auch ohne schönes Kleid und Schmuck und ohne auf ihre Tanzschuhe zu achten. Mit ausgebreiteten Armen empfing er sie und rief: ›Mein Liebling!‹ Aschenputtel weinte vor Rührung; sie wollte einen Hofknicks machen, das ließ der Prinz aber nicht zu. ›Mein Prinz‹, flüsterte sie nur. Du kannst dir sicher denken, wie es weiter ging. Er stellte sie seinen Eltern vor und stellte ganz klar: ›Die oder ich will nicht König werden.‹ Worauf die Eltern meinten: ›Diese junge Frau sollst du als deine Frau und künftige Königin heimführen.‹«

»Und Mira?«, rief ich besorgt, das Bild des einsamen, weinenden, kläglich miauenden Kätzchens hatte ich lebhaft vor Augen. »Die wurde umgehend aufs Schloss geholt und durfte dort ein Leben in Freiheit, aber auch in Luxus führen, ein wahrhaft wunderbares – um nicht so sagen mirakulöses – Leben.«

»Oh, ihr Süßen, was ist das wieder für eine herrliche Geschichte. Und ich weiß auch den Schlusssatz.« rief ich begeistert aus. »Ja?«, zweifelten Pepita und Rosita. »Ja«, antwortete ich bestimmt: »Und obwohl sie schon alle längst gestorben sind, lebt Miras wunderbare Gabe in der Kosmetik aus Hamamelis vernalis, der Zaubernuss, weiter und sorgt so für äußere Attraktivität; ihre Geschichten aber sind im Sagenschatz der Hauskatzen enthalten und erfüllen Menschen, die sie kennen, mit innerer Schönheit.« »Einverstanden«, fanden Pepita und Rosita.

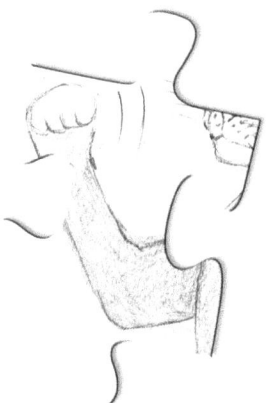

Der beste Schatz
oder Die wahre Geschichte von
Rumpelstilzchen

»Heute back ich, morgen brat ich und übermorgen«, hier überlegte ich einen kurzen Moment, »übermorgen koche ich mir ein leckeres Süppchen.« So trällerte ich beim Auspacken der eingekauften Lebensmittel vor mich hin und dachte an den Kuchen, den ich für ein Geburtstagskind heute noch backen wollte, an die Bratkartoffel, die es morgen geben sollte und an die Tomatensuppe mit Kokosmilch für übermorgen. »Gut, dass du den Vers aus Rumpelstilzchen nicht so aufgesagt hast, wie er in deinem Buch steht!«, meinte meine kleine, vorwitzige Pepita. »Ich ahne schon, du wirst mir gleich sagen, dass alles ganz anders war, als es die Brüder Grimm aufgeschrieben haben«, antwortete ich und witterte schon die nächste Geschichte aus Katzensicht. »Und du wirst dann gleich wieder bitten, dass wir die wahre Geschichte erzählen«, meldete sich auch Rosita zu Wort. Nach den vielen Märchen, die mir Pepita und Rosita schon erzählt hatten, waren meine Gedanken nun wirklich nicht schwer zu erraten. »Natürlich, ich habe doch von euch so schöne Geschichten aus Katzensicht gehört, die völlig neu für mich waren, aber meine Neugierde ist immer groß.« »Dieses Mal sagen wir aber nicht, dass du den Anfang der Geschichte bereits kennst, denn bevor das Märchen bei den Grimms anfängt, musst du etwas über die kleine Katze wissen, die darin vorkommt.« »Aha«, konnte ich nur erwidern. »Darf es zur Einstimmung etwas Leckeres sein? Ich habe auch Katzenfutter gekauft.« »Auch Huhn mit Kürbis?« »Na klar, ich kenne doch deinen Geschmack, Rosita.« »Wunderbar!« »Gibt's auch Fisch?«, wollte Pepita wissen, für die Fisch über alles ging. »Lachs« »Hurra!«, jubelte meine Kleine. »Dann mach uns die Döschen auf und wir erzählen dir nach unserer Mahlzeit, wie sich alles zugetragen hat.« »Ihr seid wirklich gut im Verhandeln, wenn es um Futter und Leckerchen im Tausch gegen eine Geschichte geht«, meinte ich anerkennend, während ich ihnen ihren Wunsch erfüllte. Mit Grazie wischten sie sich ihre Mäulchen. Es sieht einfach zu schön aus, wenn Katzen erst die Innenseite des einen Vorderpfötchens ablecken und sich über Mäulchen und Ohren fahren und dann dasselbe mit dem anderen Pfötchen machen. Meine Beiden waren augenscheinlich sehr zufrieden. Dass sie jetzt gleich mit dem Erzählen anfangen wollten, rechnete ich ihnen hoch an, denn normalerweise halten Katzen nach dem Fressen erst mal einen Verdauungsschlaf.

»Das Kätzchen, um das es in dieser Geschichte geht, hatte die Tochter des Müllers ganz zerzaust und halb verhungert gefunden. Es war sehr schwach und das Mädchen, Katharina genannt Kathi, war voller Mitleid mit dem armen Geschöpf. Es war noch ein Baby, wie ihr Menschen sagt und Kathi machte sich sofort an seine Aufzucht mit einem Milchfläschchen, in das sie Eselsmilch gab, denn Kühe hatte ihr Vater keine. ›Kathi und ihre Kitty!‹, sagten alle, wenn sie die beiden miteinander sahen. Nur Kathis Vater, der Müller, war genervt, weil seine Tochter so viel Zeit mit dem kleinen Tierchen verbrachte, statt zu spinnen. ›Die rappelt sich doch nie auf und wird eine Katze so, wie wir sie in der Mühle gebrauchen können. Eine, die uns die Mäuse fängt. Untersteh' dich bloß nicht herzugehen und ihr Fleischbrocken zu braten. Das dulde ich auf gar keinen Fall.‹ Also musste Kathi heimlich Nahrung für ihr Adoptivkind herbei schaffen. Sie versteckte das Kätzchen auch, damit der Müller nicht das vollendete, was andere nicht erreicht hatten, nämlich das Kleine umzubringen. Ihr Spinnpensum erledigte Kathi zwischen den Katzenmahlzeiten, wenn auch etwas weniger als vor Kittys Ankunft«, berichtete Pepita. »Der Name Kitty, mit dem ja eigentlich ein Katzenbaby gemeint ist, blieb ihr erhalten, als sie bereits dem Babyalter entwachsen war. Sie war zu einer ganz normalen, gesunden Katze herangereift, wenn auch etwas kleiner als die meisten ihrer Artgenossinnen und -genossen«, erklärte Rosita.

»Kathi war überglücklich über Kittys Genesung«, fuhr Pepita fort. »Aber das Größte für sie war, dass Kitty eines Tages anfing, mit ihr zu reden. ›Kathi, du hast mich wunderbar versorgt. Ich hoffe, ich kann dir eines Tages deine Wohltat vergelten.‹ ›Du kannst ja sprechen!‹, rief Kathi erstaunt aus. ›Weißt du, Kathi, alle Tiere können sprechen, aber nur die wenigsten Menschen verstehen, was wir ihnen zu sagen haben. Wenn sich ein Tier und ein Mensch jedoch besonders nahe sind, verstehen sie sich ohne Worte, aber in einer gemeinsamen Sprache.‹« »Das kenne ich sehr gut«, warf ich ein. »Ja, da wir uns lieben ist die Verständigung ein Kinderspiel. Aber jetzt willst du sicher wissen, wie Kitty und Kathi aussahen.« »Rosita, mein Schatz, du kennst mich wirklich gut, das interessiert mich tatsächlich.« »Kitty war eine grau getigerte Katze und Kathi ein sehr hübsches Mädchen mit goldblonden Haaren, manche sagten auch strohblond, aber das trifft es nicht, es war ganz viel Sonnenschein um sie und in ihrem Kopf war alles andere als Stroh.«

»Der Vater dagegen war ein bärbeißiger Mensch, das hatte er ja schon in seinem Umgang mit Kitty bewiesen«, fuhr Pepita in der Schilderung der beteiligten Personen fort. »Aber es kam noch ärger. Eines Tages sah er Kitty, die zu dem Zeitpunkt schon ausgewachsen war, auf dem Hof. Er trat näher an sie heran, betrachtete sie und als er keine Maus in ihrem Mäulchen sah, gab er ihr einen Fußtritt. ›Scher dich weg, mach dich nützlich, geh auf Mäusejagd!‹, herrschte er sie an. Völlig eingeschüchtert verzog sich Kitty in ein Versteck und kam erst wieder heraus, als der Müller Feierabend gemacht, sich zu Bett begeben hatte und Kathi auf der Bildfläche erschien, die lockend nach Kitty rief. ›Kitty, Kitty, Kitty, mein Schätzchen, wo bist du, komm her zu mir, ich suche dich.‹ Zögernd wagte sich Kitty hervor. ›Wo warst du denn nur?‹ Da erzählte Kitty ihrem Frauchen, was sich ereignet hatte und wie sehr sie sich vor dem aufgebrachten Müller fürchtete. ›Ich fange doch Mäuse und das nicht zu knapp, mehr als ich selbst fressen kann. Nur vorhin auf dem Hof hatte ich gerade mal keine im Mäulchen.‹ ›Mein armer, kleiner Liebling. Versprich mir, dass du meinem Vater aus dem Weg gehst. Halte dich an mich.‹ ›Liebend gern!‹, antwortete Kitty und schnurrte vor Dankbarkeit.«

»Wie kam es aber nun, dass der Müller dem König etwas vormachte und log, seine Tochter könne Stroh zu Gold spinnen?«, wollte ich wissen. »Der Müller war ehrgeizig und wollte noch reicher werden. Deshalb hatte er verbreiten lassen, er mahle das feinste Mehl im Land. Diese Werbung kam auch dem jungen König zu Ohren, der nicht minder ehrgeizig war. Nur das Beste war für ihn gut genug. Also ließ er den Müller kommen und forderte ihn auf, einen Sack Mehl mitzubringen, das in seiner Mühle gemahlen war. Das ließ sich Kathis Vater nicht zweimal sagen. Er lieh sich sogar ein Pferd, um sich mehr Würde zu geben und führte die brave Eselin mit sich, die den Mehlsack auf ihrem Rücken trug. Er wurde aufgefordert, den Sack zur Begutachtung in die Küche zum Hofkoch zu bringen und zu warten. Das passte dem Müller gar nicht, hatte er doch auf einen Empfang beim König selbst gehofft. Er überlegte krampfhaft, wie er den König auf sich aufmerksam machen konnte. Da kam auch schon der Küchenjunge und meldete, dass der Hofkoch mit der Mahlqualität sehr zufrieden sei. ›Das ist aber noch nicht alles, was ich dem König bieten kann, Er melde mich Seiner Majestät.‹ Der Küchenjunge war natürlich viel zu niedrig in der Hierarchie, um den Auftrag auszuführen. Er beschränkte sich darauf, die Nachricht dem Haushofmeister zu überbringen. ›Was will denn der Weißkittel noch alles!‹, reagierte der ungehalten. Um sich aber nicht von seinem Herrn vorwerfen zu lassen, er habe ihm etwas Wichtiges verschwiegen, begab er sich selbst zum Müller. ›Was hat Er denn unserem Herrscher anzubieten?‹, fragte er sehr von oben herab. ›Unermesslichen Reichtum – in Gold, nicht in Mehl‹, entgegnete keck der Müller. Auf dem Ohr war der Haushofmeister nicht taub. Er ging zum König und teilte ihm mit, was der Müller angekündigt hatte. Sofort wurde dieser vorgelassen und gebeten gleich zur Sache zu kommen. ›Meine Tochter kann aus Stroh Gold spinnen‹, prahlte er. Da fiel dem König fast die Klappe herunter, wie du sagen würdest. Er versuchte aber, sich sein Erstaunen nicht anmerken zu lassen. ›Geh Er nach Hause und schicke Er mir seine Tochter‹, lautete der Auftrag.« »Woher wisst ihr das alles eigentlich?« »Bei Hofe gab es Tiere: Hunde und Vögel in Käfigen, sogar Papageien auf Stangen. Die Hunde waren nicht nur für die Jagd, sondern auch zur Gesellschaft für den Herrscher, die Vögel zur Freude und Unterhaltung des ganzen Hofes da. Die haben alle die Ohren gespitzt, denn das war mal was anderes als das, was sie von den übrigen Besuchern mitbekamen. Und später, als sich herausstellte, wie wichtig diese Begegnung war, haben sie voller Stolz darüber, dass sie bereits den Anfang der Geschichte mitbekommen hatten, alles unter uns Tieren weiterverbreitet.«

»Das leuchtet mir ein, überhaupt nicht einleuchtend finde ich dagegen, wieso der Müller glaubte, mit so einer dicken Lüge durchzukommen. Das habe ich noch nie verstanden. Lügen haben doch bekanntlich kurze Beine.« »Diese Lüge hatte aber auch noch besonders hübsche Beine«, meinte Pepita, »und darauf setzte der Müller. Nicht direkt auf die Beine seiner Tochter aber auf ihre ganze reizende Gestalt. Er war sich ziemlich sicher, dass der König von ihrer Schönheit so angetan sein würde, dass er sie zur Frau begehren und die leidige Strohgeschichte schnell vergessen haben würde.« »Da hatte er aber die Habsucht seines Landesherrn nicht einkalkuliert«, berichtete Pepita. »Das war ziemlich dumm und kurzsichtig von dem Müller«, kommentierte ich. »Das kannst du wohl sagen, durch Klugheit war er noch nie aufgefallen. In der Situation nun forderte er Kathi auf, sich besonders hübsch anzuziehen, da der König sie zu sehen wünsche. Angeblich wusste er nicht, was der König von ihr wollte. Also kleidete sich Kathi angemessen, so weit es ihre Garderobe möglich machte, und wollte sich zum Schloss begeben. ›Halt, Kathi, nimm mich mit!‹, meldete sich da ein bekanntes Stimmchen. ›Kitty, mein Liebling, was willst du denn auf dem Schloss? Da haben sie doch bestimmt königliche Katzen, die allen Mäusen den Garaus machen.‹ ›Kathi, mein liebes Menschenkind, ich mag nicht bei deinem Vater zurückbleiben, wer weiß, was ihm einfällt, was er mir antun wird.‹ Das hielt Kathi für sehr gut möglich. Selbst wenige Stunden ihrer Abwesenheit würden genügen, um Unheil über Kitty herauf zu beschwören. ›Gut, mein Schatz, ich nehme dich mit, aber du musst dich ganz klein machen, dann stecke ich dich in mein großes geblümtes Umschlagtuch.‹ ›Das fällt mir nicht schwer‹, jubelte Kitty, ›ich bin ja schon so klein.‹ Sie war wirklich eine ausgesprochen kleine Katze.«

»Und ihr beiden kleinen Katzen, wollt ihr vielleicht ein Leckerchen, bevor ihr weiter erzählt?« »Was heißt hier ›wollen‹, natürlich müssen wir uns stärken«, antwortete Pepita für alle beide. Also gab ich ihnen einen kleinen Mundvoll und dann nahm die Geschichte ihren Fortgang. »Im Schloss angekommen wurde Kathi sofort in einen großen Saal geführt, der voller Stroh war. Darauf konnte sie sich keinen Reim machen und wandt sich an den Haushofmeister, der sie in den Raum geleitet hatte. ›Mir wurde gesagt, der König wolle mich sehen.‹ ›Und mir wurde vom König gesagt, Ihr könntet Stroh zu Gold spinnen. Deshalb hat er diesen Raum herrichten lassen. Ihr habt Zeit bis morgen früh. Sollte dann aus dem Stroh kein Gold geworden sein, müsst Ihr sterben. Das ist der ausdrückliche Befehl des Königs‹, war die Antwort, wodurch Kathi in Angst und Schrecken versetzt wurde. ›Hier steht ein Krug mit Wasser und ein Becher, wenn ihr von dem ganzen Staub durstig geworden seid. Aber haltet euch damit nicht zu lange auf, ihr habt einen Riesenaufgabe vor euch.‹ Mit diesen Worten verließ der Haushofmeister Kathi und verschloss die Tür hinter ihr.«

»Die arme, arme Kathi! Da war sie aber zwischen zwei Mühlsteine geraten. Hier der ehrgeizige Vater, dort der geizige König, nicht nur war er habgierig, er stellte Kathi nur Wasser für eine ganze Arbeitsnacht zur Verfügung und dann auch noch gleich mit dem Tod zu drohen«, entsetzte ich mich. »Nicht wahr?«, pflichtete Rosita mir bei. »Das ist ganz fürchterlich gewesen und hätte Kathis Leben beenden können, wäre da nicht Kitty gewesen.« Mit diesen Worten deutete Rosita bereits den glücklichen Ausgang an. »Wieso denn Kitty? Ich denke das Rumpelstilzchen hat dem jungen Mädchen aus der Patsche geholfen«, warf ich ein. »Das glaubst du nur, weil du ausschließlich die Lesart der Brüder Grimm kennst. Richtig ist, das Kathi bitterlich anfing zu weinen und Kitty sich aus dem großen Umschlagtuch befreite, um Kathi auf den Schoß zu springen. ›Ich habe alles gehört, liebe Kathi, weine nicht, ich werde dich retten.‹ ›Du?‹, schluchzte Kathi. ›Wie willst du mir denn helfen können? Es ist doch völlig unmöglich aus Stroh Gold zu spinnen.‹ ›Stimmt, für dich und für mich, aber ich werde Hilfe für dich holen. Du hast mir das Leben gerettet, jetzt kommt meine Stunde. Ich werde dir das Leben retten‹, versprach die Tapfere.« »Aber hat Kitty da nicht das Mäulchen zu voll genommen? Wie wollte sie denn aus dem verschlossenen Raum heraus kommen und wen wollte sie um Hilfe in dieser vertrackten Situation bitten?« »Lass es dir in Ruhe erzählen«, bat Rosita und ich wartete voller Spannung, wie es weiter gehen würde.

»›Vertrau auf mich!‹, rief Kitty ihrer Kathi zu und sprang aus dem kleinen, hoch oben angebrachten Fensterchen, zu dem sie über die Strohhaufen mühelos gelang. Man hatte es nämlich offen gelassen, da man mit viel Staub rechnete. Draußen angekommen, rannte die Kleine los und überlegte, wen sie am besten um Rat fragen sollte. ›Eine Maus!‹, kam ihr in den Sinn. ›Die sind im Stroh fast wie zu Hause. Die wissen vielleicht etwas über den Umwandlungsprozess von Stroh in Gold.‹ Gedacht – getan. Da legte sich Kitty auch schon auf die Lauer in der Nähe der königlichen Getreidespeicher und in Windeseile hatte sie ein Mäuschen zwischen den Vorderpfötchen. Das kleine Wesen schrie entsetzt auf: ›Gnade, ich bitte dich um Gnade!‹ ›Nur keine Panik!‹, entgegnete Kitty. ›Ich will dich nicht fressen. Ich brauche eine Auskunft von dir. Du bist doch im Stroh wie Zuhause.‹ ›Ja, da ist es schön warm und außerdem findet man immer mal wieder Reste von vollen Ähren.‹ ›Das interessiert mich weniger‹, sagte Kitty höflich, weil sie nicht wahrheitsgemäß sagen wollte: ›Das interessiert mich überhaupt nicht.‹ ›Ich möchte wissen, ob du jemanden kennst, der oder die Stroh zu Gold spinnen kann.‹ ›Spinnen?‹, fragte das Mäuschen entsetzt zurück. ›Spinnen? Das harte Stroh zu noch härterem Gold? Wer so etwas machen will, der spinnt wirklich.‹

›Hast du noch nie von so einem Unternehmen gehört?‹ ›Noch nie!‹, antwortete das kleine Tierchen wahrheitsgemäß. Aber vor lauter Angst, dass sie nun gefressen würde, rief sie schnell: ›Doch warte. Da kommt mir eine Erinnerung. Hier auf einem der Bäume um das Schloss hat eine Elster ihr Nest gebaut. Dazu hat sie auch Strohhalme verwendet, das habe ich mit eigenen Augen gesehen und dann, eines Tages, als die Sonne besonders hell schien, hat es in ihrem Nest geblinkt und geglitzert. Das muss Gold gewesen sein.‹ ›Hm‹, meinte Kitty nachdenklich. ›Das wäre immerhin einen Versuch wert. Mach dich auf den Acker und such dir reife Ähren.‹ Da war das Mäuschen auch schon weg, bevor das Wort ›Ähren‹ ausgesprochen war.

Nun machte sich Kitty auf zu dem Baum mit dem Elsternnest. Vorsichtig kletterte sie nach oben, versteckte sich im Laub und wartete auf die Elster. Die kam zum Glück auch recht bald angeflogen. Da wagte sich Kitty aus ihrem Versteck: ›Sei mir gegrüßt, schöner Vogel!‹, begann sie.« »Das war aber auch eine Geschickte, diese Katze!«, konnte ich mir nicht verkneifen. »Sicher wusste sie, wie eitel Elstern sind und auch dass diese es durchaus mit einer Katze aufnehmen, wenn sie fürchten, die wollte an ihre Eier oder ihre Jungen.« »Genau so war es«, berichtete Rosita voller Stolz auf ihre kluge Ahnfrau. »Kitty hätte gut und gerne Diplomatin werden können, aber so einen Posten gibt es im Reich der Tiere nicht. Die Elster war auch sofort angetan von dieser Anrede. ›Was verschafft mit das Vergnügen mit dir Winzling von einer Katze?‹ ›Ich habe aus gut unterrichteter Quelle…«‹ »Du hast völlig Recht, Rosita, sie beherrschte wirklich die politische Sprache. Wo hat sie das denn wohl gelernt?« »Von ihrer Mama natürlich, wie alle Katzen. Ihre Mutter muss bei Hofe ein und aus gegangen sein, aber ihren Wurf wollte man dort nicht tolerieren, Kitty konnte rechtzeitig entkommen und sich zur Mühle schleppen. Doch lass mich weiter erzählen, wie sie die Elster umgarnte. ›Ich habe erfahren, dass du in deinem Nest einen Goldschatz hast.‹ ›Und den hüte ich wie meinen Augapfel‹, entgegnete die Elster mit leicht drohendem Unterton. ›Der soll dir auch nicht genommen werden, aber kannst du mir sagen, ob dein Gold aus Stroh gesponnen wurde?‹ ›Welche gut unterrichtete Quelle hat denn so etwas verlauten lassen?‹ mokierte sich der Vogel. ›Nein, das Gold habe ich höchst persönlich aufgetan, wie, das ist mein Berufsgeheimnis. Stroh zu Gold spinnen, so was Verrücktes‹, murmelte sie vor sich hin. ›Da fällt mir aber etwas ein. Der Bauer, dem der Hof dort hinten gehört, hat einmal zu seiner braunen Kuh gesagt: »Was du mir gibst, ist ein wahrer Goldsegen.« Vielleicht weiß die Kuh mehr über diese Verrücktheit.‹ ›Danke, bin schon weg!‹ rief Kitty und machte sich an den Abstieg, der unsereinem manchmal gar nicht leicht fällt.« »Ich weiß, da wurden schon Feuerwehren bemüht, um Katzen von Bäumen oder Dächern zu holen, wenn sie es nicht alleine hin bekommen haben«, erklärte ich. »Kitty schaffte es jedoch alleine. Sie war ja auch hochmotiviert, Hilfe zu finden, schließlich lief die Uhr«, meinte Rosita, die mit Höhen noch nie ein Problem hatte und selbst mühelos auf meinen Kleiderschrank und wieder hinunter fand, obwohl da oben außer der Aussicht nichts auf sie wartete.

»Kitty rannte also auf die Weide und sprach die Kuh an: ›Hochverehrte Milchgeberin, Freundin aller Katzen, ich bitte dich, mir eine wichtige Frage zu beantworten.‹« »Das war ja schon wieder so eine geschickte Anrede!«, rief ich voller Bewunderung über den Einfallsreichtum der kleinen Kitty. »Sie hatte es echt drauf!«, meinte auch Pepita trocken. »Die Kuh klimperte mit ihren schönen Wimpern, so geschmeichelt war sie.‹ ›Frag mich, was du wissen willst, kleine Katze.‹ ›Mir ist zu Ohren gekommen, dass dein Mensch gesagt hat, das, was du ihm gibst, sei ein wahrer Goldsegen.‹ ›Das stimmt‹, antwortete die Kuh noch mehr geschmeichelt. ›Er kann nämlich meine Milch, die eine sehr, sehr gute Qualität hat, mit hohem Gewinn verkaufen und hat so schon einiges Gold angespart.‹ Das war nun leider nicht die Antwort, die Kitty sich erhofft hatte, aber sie ließ nicht locker. ›Hast du einmal davon gehört, dass man aus pflanzlichen Bestandteilen Gold machen kann?‹, wollte sie vorsichtig wissen. ›Ich bin eine, die aus gutem Heu ausgezeichnete Milch machen kann und mein Bauer verwandelt dann die Milch in Gold. Das ist alles, was ich an Verwandlung kenne.‹ ›Das hilft mir leider nicht weiter‹, antwortete Kitty enttäuscht. ›Bitte erzähl mir doch, was der Hintergrund deiner Frage ist‹, bat die Kuh, die dem kleinen Kätzchen gerne helfen wollte und so erfuhr sie die ganze Geschichte. ›Ehrlich gesagt, kleine Katze, ich glaube, das übersteigt die Fähigkeit von uns Tieren. Aber weißt du was? Die Große Mutter weiß bestimmt Rat!‹ ›Oh, du liebe Kuh, du hast völlig recht, ich möchte dir am liebsten einen Kuss zwischen die Hörner geben.‹ ›Wenn's nichts Schlimmeres ist, was du mir zwischen die Hörner geben willst, dann beuge ich doch mal mein Haupt.‹ Und tatsächlich küsste Kitty die Kuh. Die war so gerührt, dass sie sagte: ›Kleine, du hast dir viel vorgenommen, stärk dich mal und saug etwas aus meinen Eutern.«« »Das war ja wirklich eine wunderbare Kuh. Eine Schande, dass wir Menschen ›dumme Kuh‹ als Schimpfwort haben«, musste ich dazwischen rufen. »Gut, dass du nie so etwas sagst«, freute sich Rosita über meine Sympathie für die Kuh. »A propos ›stärken‹, hättet ihr Appetit auf ein Schälchen Katzenmilch?« »Das kommt genau aufs Stichwort, danke!«, riefen beide begeistert und dann war nur noch schlabbern zu hören. Bald waren die Schälchen so leer wie gespült.

Dann fuhr Pepita fort: »Wir wollen dich nicht länger auf die Folter spannen und dir erzählen, wie es weiter ging: Als Kitty derart für ihr Vorhaben gestärkt war, lief sie schnell zum Holunderstrauch, der im Schlosshof neben dem Brunnen stand. Du weißt ja, dass der Holunder die Pflanze von Frau Holle ist, die ihr, aber vor allem wir Tiere auch noch unsere Große Mutter nennen.« »Klar, weiß ich das, er heißt ja auch noch Hollerbusch.« »Kitty setzte sich auf einen Ast und begann die Große Mutter leise zu rufen. Die stieg aus dem Brunnen hervor, setzte sich auf dessen Rand und bat Kitty zu sich auf ihren Schoß. So hörte sie sich die ganze Geschichte an. ›Dem Mädchen muss geholfen werden‹, war auch ihre Meinung. ›Stroh ist aus den Ähren entstanden, die aus der Erde wachsen, Gold kommt in der Erde vor, ich rufe einen Gnom, der sich mit Beidem auskennt.‹« »Und da erschien Rumpelstilzchen?« »Erraten!«, bestätigte Rosita meinen Gedankengang. »Die Große Mutter gab ihm den Auftrag, Kitty zu folgen und die Verwandlung von Stroh in Gold vorzunehmen. ›Das ist zu schaffen!‹, meinte er hilfsbereit und selbstbewusst. Kitty bedankte sich überschwänglich und die Große Mutter verabschiedete sie mit den Worten: ›Wenn neue Probleme auftreten, komm an den Brunnen und rufe wieder nach mir.‹ ›Tausend Dank dafür!‹, konnte Kitty nur stammeln und schon machten sie und der Gnom sich auf den Weg zur Strohkammer. Unterwegs berichtete Kitty allen Tieren, die sie zuvor angesprochen hatte, ganz schnell, dass sie einen Helfer der Großen Mutter an ihrer Seite hatte. Da waren die beruhigt, denn dann, so wussten sie, würde es einen guten Ausgang geben.« »Aber bis dahin passierte ja wohl noch so einiges«, gab ich zu bedenken. »Und ob!«, meinte auch Rosita. »Das erzählen wir dir nach einem angemessenen Nickerchen. »Gut, meine Lieben, ruht euch ein bisschen aus und meldet euch, wenn es weitergehen kann.«

Nach einer Weile trat eine nach der anderen meiner Lieblinge aus ihrem Körbchen. Sie streckten sich, dass alle Yogaschülerinnen und -schüler neidisch geworden wären über die Leichtigkeit und Eleganz, mit der sich Katzen dehnen. Dann kamen sie zu mir. »Etwas Trockenfutter gefällig?«, fragte ich die noch etwas verschlafen wirkenden Tiere. »Sehr gerne!« Bald war ein lautes Kauen zu hören. »Jetzt kann es weiter gehen«, verkündete Rosita und begann: »Kitty und der Gnom stiegen durch das kleine Fenster ein. Kathi bot ein Bild des Jammers. Sie hatte die Ellenbogen auf die Knie gestützt, den Kopf in den

Händen vergraben und wirkte, als würde sie sich auf ihr Ende einstellen. ›Kathi, Hilfe ist da, alles wird gut!‹, rief Kitty, um Kathi aufzumuntern. Der Gnom trat ebenfalls zu ihr und wollte nur wissen: ›Wo steht das Spinnrad?‹ ›Dort hinten‹, zeigte ihm Kathi die Richtung. ›Danke‹ und schon hörte man es surren. Jetzt hob Kathi den Kopf und schaute hinüber. Es war kaum zu glauben. In Windeseile griff sich der Gnom ein Strohbündel nach dem nächsten und legte eine Goldkugel nach der anderen ab. Da bekam Kathi leuchtende Augen. Es war völlig klar, dass der Gnom die Aufgabe ohne weiteres schaffen würde. ›Leg dich hin und schlafe ein bisschen‹, rief der ihr zu, ›ich komme schon zurecht.‹ Kitty rollte sich neben Kathi ein und deren Schnurren wirkte beruhigend und einschläfernd auf das junge Mädchen. Sobald Kathi eingeschlafen war, entfernte sich Kitty vom gemeinsamen Lager und kletterte auf einen Strohballen, um das Wirken des Gnoms von oben zu verfolgen. Sie konnte sich gar nicht satt daran sehen, wie flott der kleine Kerl arbeitete.«

»Früh am nächsten Morgen wurde Kathi von Kitty geweckt«, berichtete Pepita. »Das kommt mir sehr bekannt vor!«, rief ich aus, denn auch ich hatte einen schnurrigen Weckdienst. »Es war wichtig, dass Kathi wach war, bevor jemand kam, um nach ihr zu sehen und Kitty sich in Sicherheit bringen konnte. Wer kam, war der Haushofmeister. Er schloss den Saal auf und blieb wie angewurzelt in der Tür stehen, so geblendet war er von dem Glanz. Ohne nach Kathi zu sehen, rannte er nach draußen, nicht ohne die Tür wieder hinter sich zu verschließen. Atemlos kam er zum König, der noch beim Ankleiden war. ›Majestät, verzeiht die frühe Störung, aber ich musste Euch berichten, dass alles Stroh zu goldenen Knäueln versponnen ist. Nie hätte ich gedacht, dass die Müllerstochter das leisten kann. Aber kommt und seht selbst.‹ Das ließ sich der König nicht zweimal sagen. Halb angekleidet, das Hemd aus der Hose hängend, rannte er in Pantoffeln hinter dem Haushofmeister her. Seine Reaktion war unbeschreiblich. Das Kinn fiel ihm herunter, er hatte gar keine Augen für Kathi, bemerkte weder deren vom Weinen geröteten Augen noch ihr verquollenes Gesicht. Er starrte nur auf das Gold. Zum Haushofmeister gewandt befahl er: ›Schafft Stroh auch in den zweiten Saal, den ganz großen, und lasst sie auch das zu Gold verspinnen.‹ ›Selbstverständlich, Majestät‹, katzbuckelte der Angesprochene und machte einen Art Kratzfuß. Da verschwand der König auch schon und ließ sich ordentlich ankleiden.« »Eigentlich ist es mir völlig unverständlich, dass unterwürfiges menschliches Verhalten mit einem Katzenbuckel verglichen wird. Ihr seid doch so selbstständige Tiere, unterwerft euch niemandem«, fiel mir zu dieser Redensart ein. »Gut erkannt, wir mögen den Ausdruck so verwendet auch nicht besonders. Aber in seinem Eifer machte der Haushofmeister tatsächlich einen sehr schönen Buckel, auch wenn dieser keinem Vergleich mit einem von uns standgehalten hätte«, entgegnete mir Pepita.

»Aber sagt mal, haben die beiden denn Kathi gänzlich ignoriert?«, wollte ich nun doch auch noch wissen. »Der Haushofmeister hatte immerhin einen so großen Rest von Menschlichkeit, dass er Kathi aufforderte, ihm in die Küche zu folgen, wo er die Köchin anwies, ihr ein großes Frühstück bereit zu stellen. Es wird dich, die du ja so regen Anteil an den Windsors nimmst, freuen zu hören, dass es ein richtiges englisches Frühstück war mit Rührei, Speck, Würstchen, Butter, Toast und herrlicher Himbeermarmelade. Dazu ein großer Topf Tee mit Milch und Zucker.« zählte Rosita die Köstlichkeiten des Hofes auf. »Und die arme Kitty, der ja das glückliche Ende des ersten Spinnabends zu verdanken war, ging leer aus?« »Du bist wirklich lieb«, lobte mich Rosita »Du denkst auch an die Tiere. Nein, Kitty musste sich nicht mit selbstgefangenen Mäusen begnügen. Kathi ließ heimlich Speck und Würstchen verschwinden und fütterte ihr Kätzchen damit. Die war überglücklich.«

»Vor der nächsten Nacht hatten die beiden keine Angst mehr«, fuhr Pepita fort. »Kitty hatte Kathi erzählt, dass die Große Mutter ihre Hilfe auch für weitere Probleme angeboten hatte. Nachdem also Kathi in den riesigen Saal geführt worden war, stahl sich Kitty davon, sprang auf den Brunnenrand und rief die Große Mutter, die ihrerseits den Gnom rief. ›Du kannst mich auch direkt rufen, wenn es noch mehr zu spinnen geben sollte‹, bot der dem Kätzchen an. ›Wie rufe ich dich denn, ich kenne ja deinen Namen nicht.‹ ›Man nennt mich Rumpelstilzchen‹, war die Antwort, ›denn es rumpelt immer so, wenn ich mit meinen kurzen Beinchen, meinen Stelzchen, das Spinnrad ankurbele.‹« »Moment, Moment!«, unterbrach ich die Erzählung, »Dann war der Name ja gar kein Geheimnis?« »Nicht die Bohne!«, antwortete Pepita. »Da hat man den Grimms einen Bären aufgebunden.« »Da bin ich aber jetzt mal gespannt, wie es weitergeht. Zuvor muss ich aber unbedingt noch sagen, dass mir die Bedeutung seines Namens, die der Gnom genannt hat, sehr gut gefällt. Wie sage ich doch immer: Ihr erklärt alles so wunderbar, es ist eine Freude, euch zuzuhören.« »Danke!«, kam es wie aus einem Schnäuzchen. »Unsere Geschichten haben einfach eine andere Qualität«, fügte Pepita stolz hinzu. »Das kann man laut sagen, eine viel bessere!«, war meine Entgegnung.

»Aber jetzt will ich wissen, wie es weiter ging.« »Nun, die zweite Nacht verlief wie die erste. Am Morgen erstrahlte der Saal von noch viel mehr goldenen Kugeln, der Haushofmeister vergewisserte sich, dass alles erledigt war und meldete es nun mit sehr viel mehr Ruhe und Gelassenheit dem König. Der hielt es auch nicht mehr für nötig, sich den goldglänzenden Saal selbst anzusehen. ›Haben wir nicht noch einen Saal?‹, fragte er seinen Haushofmeister. ›Doch Majestät, den hinteren, er ist zwar nicht so groß, aber derzeit ist er leer.‹ ›Dann lasst ihn mit Stroh füllen und die Mamsell soll auch das verarbeiten‹, befahl er. Auch dieses Mal hatten weder Kathi noch Kitty Angst. Sie wussten ja, dass Rumpelstilzchen ihnen mit Freude helfen würde. Danach waren alle räumlichen Kapazitäten erschöpft und der König war steinreich geworden, denn Rumpelstilzchen hatte zwar leeres Stroh gedroschen, aber das Ergebnis war ein riesiger Goldschatz. Nach der dritten Nacht befahl der König dem Haushofmeister, der wieder pflichtgemäß erschienen war und Vollzug gemeldet hatte, das Mädchen einkleiden zu lassen und ihm vorzuführen. Die Zofe wählte ein bildschönes Kleid aus hellblauer schwerer Seide, das wunderbar zu dem goldenen Haaren von Kathi passte. Sie war selbst ganz beeindruckt, als sie sich im Spiegel sah. Der Haushofmeister geleitet sie nun zum König. Der war ebenfalls sehr angetan von Kathis Kleid. Ihr Gesicht konnte er nicht sehen, denn sie hatte sich ehrfürchtig, vielleicht sogar eher furchtsam vor dem König verbeugt. ›Nun schau mir mal in die Augen, Kleines‹, sagte der freundlich.« »Ach, daher stammt dieser Satz!«, rief ich erfreut aus. »Welcher Satz?«, wollte Pepita wissen. »Na ›Schau mir in die Augen, Kleines.‹« »Was ist denn so Besonderes daran?«, fragte nun auch Rosita. »Er kommt in einem ganz berühmten Film vor und natürlich dachte ich, dass er daher stammt und nicht aus der Rumpelstilzchen-Geschichte.« »Wenn du uns nicht glaubst...«, kam es beleidigt von Pepita. »Aber natürlich glaube ich euch! Ich denke, das wurde unterschlagen. Auf der anderen Seite weiß ich aber auch, dass Menschen ungern zugeben, dass nicht sie etwas erfunden haben, sondern andere lange vor ihnen.« Bei dem Gedanken stellte ich mir das Erstaunen vor, wenn im Abspann von Casablanca Rumpelstilzchen als Quelle angeführt würde. »Doch lassen wir das.«

»Was hatte der König denn für einen Eindruck von Kathi, als sie ihm in die Augen sah?« »Die Furcht darin sah er nicht, aber er hätte blind sein müssen, wenn ihm die Schönheit von Kathi entgangen wäre.« »Ich möchte dich heiraten!«, rief er aus. »Noch heute lasse ich deinen Vater kommen, damit ich um deine Hand anhalten kann.‹« »Ja hat er denn gar nicht gefragt, ob Kathi auch selbst einverstanden ist?« »Nein«, gab Rosita zurück, »und darüber war Kitty, die sich hinter einem Vorhang versteckt hielt, genauso entsetzt wie du. Kathi wurde erst einmal in ein Gästezimmer im Schloss entlassen und der Müller, ihr Vater, zum König beordert. Allein mit ihrem Kätzchen hatte Kathi wieder Tränen in den Augen. ›Ich will keinen Mann, der nur ans Gold denkt und dem ich völlig egal bin.‹ Wie gut konnte Kitty das verstehen. ›Bei uns Katzen ist es das Weibchen, das sich den Kater aussucht, mit dem sie sich paaren möchte und sie nimmt nicht den erstbesten‹, erklärte Kitty ihr die kätzische Lebensweise. ›Ich weiß. Wie gerne wäre ich eine Katze! Mein Vater wird natürlich einverstanden sein. Auch er denkt ja nur ans Geld und als königlicher Schwiegervater hat er ausgesorgt, aber was wird aus mir?‹, seufzte Kathi. ›Aus dir wird eine wunderschöne, herzensgute Königin, die dieses Land braucht und den König, den wird sich die Große Mutter vorknöpfen, der kann unmöglich so bleiben wie er ist‹, rief Kitty mit tiefster Überzeugung. ›Meinst du wirklich, die Große Mutter kann den König verändern?‹ ›Alles kann sie, wenn sie will und ich werde ihr erzählen, dass hier eine Zwangsheirat organisiert wird. Das wird sie auf den Plan rufen. Sei ohne Sorge, meine liebe Kathi, wir Tiere lassen dich nicht ins Unglück rennen.‹ Auf solche Worte hin fasste Kathi wieder Mut.« »Wie gut, dass es Kitty gab. Die arme Kathi wäre ganz schön allein gewesen in dieser schwierigen Zeit.« Ich bewunderte das kleine Kätzchen aufrichtig.

»Es kam dann genau so, wie Kathi es sich vorgestellt hatte. Ihr Vater willigte in die Heirat ein. Aber was Kathi nicht bedacht hatte, war, dass der Müller ganz schön gezittert hatte. Er wusste ja nichts von Rumpelstilzchens Hilfe und dachte, seine Tochter wäre verstoßen oder gar gefangen genommen worden, von der Todesdrohung hatte er ja keine Ahnung. Für sich selbst fürchtete er, dass ihm eine schwere Strafe für seine Lüge drohte. Er war völlig überrascht und natürlich enorm erleichtert, als er erfuhr, was sich zugetragen hatte und über eine Heirat seiner Tochter mit dem König hocherfreut. Nur zu gern gab er sein Ja-Wort, nicht ohne darauf hinzuweisen, dass er weder Kleidung noch Kutsche hatte, von Dienern ganz zu schweigen, mit deren Hilfe er als Schwiegervater in angemessener Weise zur Hochzeit vorfahren konnte. Aber das ließ sich schnell arrangieren. Allerdings witterte der König Ungemach. Er schätzte den Müller völlig richtig ein und fürchtete nun von diesem ständig um Geld und andere Dinge angegangen zu werden.« »Mir kommt es vor, als hätte er da von sich auf ihn geschlossen, denn er war ja, was das zu

Gold versponnene Stroh anging, auch unersättlich gewesen«, meinte ich. »Die beiden waren wirklich aus demselben Holz geschnitzt, wie ihr sagt. Man merkt, wie gut du die Menschen kennst. Uns sind solche Gedanken an Reichtum ganz fremd«, entgegnete Rosita. »Eure Gedanken kreisen um die wirklich wichtigen Dinge im Leben«, gab ich zurück.

»Doch zurück zu den beiden goldgierigen Männern«, führte Pepita wieder hin zur Geschichte. »Der König überlegte, wie er seinen Schwiegervater ruhig stellen könnte. Er schenkte ihm einen Landsitz mit sehr viel Land, auch Dienerschaft für Haus und Hof. Das Gut war weit entfernt von der königlichen Residenz. Der Müller erhielt den Auftrag, das Gut selbst zu bewirtschaften und der König kündigte Kontrollbesuche an.« »Das war gar nicht dumm gedacht von dem König«, musste ich zugeben. »Da musste der ehemalige Müller schon selbst anwesend sein, damit der Laden lief sozusagen.« »Wenn es darum ging, wie er sein Geld vor Schnorrern schützen könnte, war der König sehr findig«, pflichtete Pepita mir bei. »Aber wie sah es bei den Eheleuten aus? Kamen die miteinander klar?« »Nun ja, wir wissen nur, wie Kathi sich in der Ehe fühlte, denn sie schüttete Kitty ihr Herz aus. Sie lebte in ständiger Angst vor ihren Mann.« »Wovor fürchtete sie sich denn so sehr? Dass er ihr etwas antun könnte?«, fragte ich nach. »Ihre Sorge war, dass er sie immer wieder zum Stroh-in-Gold-Spinnen verpflichten würde. Sie dachte, er sähe in ihr nur das, was ihr Menschen heute vielleicht eine Gelddruckmaschine nennen würdet. ›Kitty, es braucht ihm nur der Gedanke zu kommen, einen Krieg führen zu wollen und schon wird er mich wieder in einen Saal mit Stroh sperren.‹ Kitty war eine ganz besonders kluge Katze. Sie verstand Kathis Sorge auf Anhieb. Sie wusste, dass deren Befürchtungen nicht aus der Luft gegriffen waren. Nun begann sie zu überlegen. ›Weißt du, Kathi, man müsste ihm sagen, dass das Wunder, das Stroh in Gold verwandelt, nur wirkt, wenn das Gold für friedliche Zwecke ausgegeben wird.‹ ›Das ist ein wunderbarer Gedanke!‹ Kathi konnte sich sofort dafür erwärmen. ›Nur wer kann ihm so etwas vermitteln. Ich sicher nicht, mich achtet er nicht so hoch, dass mein Wort ihm Eindruck machen würde.‹ ›Hm, lass mich nachdenken. Lass mich machen. Ich komme bald wieder.‹ Und mit diesen Worten ging Kitty nach draußen, setzte sich auf den Brunnenrand und rief die Große Mutter. Der konnte sie alles erzählen und erntete großes Lob für ihren klugen Gedanken. ›Weißt du was, Kitty? Ich werde ihm im Traum erscheinen und ihm genau das, was du dir überlegt hast, sagen. Ich werde sagen »Gehe sparsam mit dem Gold um, das deine liebe Frau aus Stroh gesponnen hat, denn glaube nicht, dass das Wunder jederzeit wiederholbar ist. Es wirkt nur, wenn derjenige, der nach dem Gold trachtet, damit etwas Gutes tut. Dann allerdings wird es nie ausgehen.« Vor lauter Begeisterung klatschte Kitty in die Pfötchen. ›Das ist genial!‹, rief sie aus. ›Das könnte gelingen. Gut ist auch, dass du die Güte seiner Frau ansprichst. Vielleicht beginnt er dann diese Eigenschaft an ihr zu sehen und zu schätzen.‹ ›Genau das habe ich auch überlegt. Weißt du Kitty, ich bin ja auch für das Gelingen von Partnerschaften zuständig. Und diese Ehe bedarf sehr meiner Hilfe, damit daraus eine tiefe, von wechselseitigem Respekt getragene Verbindung zwischen den beiden Menschen wird. Da werden wir beide uns noch sehr anstrengen müssen.‹ Bei diesen Worten glühten Kittys Öhrchen vor lauter Stolz darüber, dass die Große Mutter von ›wir‹ gesprochen und sich dadurch mit Kitty auf eine Stufe gestellt hatte. ›Ich bin zu allem bereit!‹, erklärte sie feierlich. ›Sehr gut. Nun gehe erst mal zu Kathi und sage ihr, du hättest das Problem in meine Hände gegeben und ich hätte versprochen zu handeln.‹ ›Das mache ich sofort und sei über die Maßen bedankt, Große Mutter.‹ Damit ging Kitty zurück zu Kathi und sagte ihr alles, was ihr die Große Mutter aufgetragen hatte. Kathi machte ein eher zweifelndes Gesicht, aber Kitty war klug genug, sie nicht darauf anzusprechen.«

»Hatte der König dann den angekündigten Traum?«, fragte ich nach. »Gleich in der nächsten Nacht. Aber er sprach nicht darüber. In der folgenden Nacht hatte er denselben Traum noch einmal und auch in der dritten Nacht wiederholte er sich. Das gab ihm dann doch zu denken und er tat etwas, was für ihn zu dem Zeitpunkt völlig ungewöhnlich war. Er sprach mit seiner Frau darüber. ›Ich habe nun schon seit drei Nächten denselben Traum und kann ihn mir nicht so recht erklären.‹ ›Wollt Ihr ihn mir erzählen?‹, fragte Kathi schüchtern. Sie sprach den König mit ›Ihr‹ an, während er sie duzte, das sagt schon viel über das Gefälle, das er meinte, zwischen sich und seiner bürgerlichen Frau aufrecht erhalten zu sollen. Aber er war tatsächlich bereit, ihr zu erzählen, was er geträumt hatte. Kathi verstand sofort, dass Kitty ihre zarten Pfötchen dabei im Spiel gehabt hatte und ging darauf ein. ›Ja, Majestät, so verhält es sich tatsächlich. Der Reichtum, der durch das Verspinnen von Stroh zu Gold zu Euch gekommen ist, wird nie zur Neige gehen, wenn Ihr ihn für gute Taten einsetzt.‹ ›Hm, darüber muss ich nachdenken. Ich weiß gar keine guten Taten, die ich tun könnte.‹ Und jetzt wirst du dich freuen, Kathi sprang nicht darauf an und sagte ›Aber ich‹, sondern ließ ihn darüber brüten. Zuerst konsultierte er seine Minister. Von denen kam aber kein sinnvoller Vorschlag. Das berichtete er Kathi. ›In fernen Ländern‹, antwortete diese, ›haben die Herrscher sich manchmal verkleidet und gehört, was ihr Volk so sprach und was es sich wünschte.‹« »Harun al-Raschid, der Beherrscher der Gläubigen!«, rief ich begeistert aus. »Der schlich sich nachts durch die Straßen von Bagdad.« »Er war aber nicht der einzige, der solche Gewohnheiten hatte, auch in Europa gab es Könige, die inkognito – so heißt das wohl – ihrem Volk aufs Maul schauten. Nur haben sie das nicht an die große Glocke gehängt wie Harun al-Raschid. Kathi wusste auch von Königen, die so etwas taten, aber nur durch Kitty, denn Katzen haben alles mitbekommen, ihnen konnte man durch Verkleidung nichts vormachen.« »Und? Bekam der König Lust daran, sein eigener Spion zu sein?« »Ob du's glaubst oder nicht: Ja« »Du musst aber auch dazu sagen«, ergänzte Pepita ihre Schwester, »dass er niemanden von seinen Hofleuten mit der Aufgabe betrauen wollte. Den Plan hatte er Kathi mitgeteilt, den Grund hat er verschwiegen, aber Kathi war ja nicht dumm. ›Weißt du Kitty, ich denke, er hat Angst, ein anderer als er könnte herausfinden, wo es überall in seinem Reich im Argen liegt. Das will er dann schon lieber selbst aus erster Hand hören.‹ Kitty leuchtete das auch sehr ein. ›Ich werde ihm auf die Schliche kommen und dir berichten‹, versprach sie ihrem Frauchen.«

»Und so begannen interessante Gespräche zwischen Kathi und Kitty. Hohe Abgaben drückten das Volk, schlechte landwirtschaftliche Geräte, geringe Kenntnisse über Ackerbau, mangelnde Schulbildung bei der armen Bevölkerung. Der König trug in der Folgezeit ein Problem nach dem anderen seinen Ministern vor und bat um Konzepte für Abhilfe. Allerdings waren deren Ratschläge oft nicht sehr klug. ›Bin ich denn von lauter Hohlköpfen umgeben?‹, schimpfte er eines Tages in Kathis Gegenwart laut vor sich hin. Die nahm sich endlich die Freiheit nachzufragen. Da ging dem König ein Licht auf. ›Du kommst doch aus dem Volk, hast du vielleicht eine Idee, was getan werden könnte?‹« »Da ist aber jemand wirklich über seinen Schatten gesprungen«, meinte ich anerkennend. »Kathi konnte sicher einiges beisteuern.« »Das konnte sie wirklich. Sie hatte sogar schon etwas von Dreifelderwirtschaft gehört, nach der manche Bauern ihre Äcker bestellten und davon erzählten, wenn sie zur Mühle kamen. Auch das erwähnte sie gegenüber dem König. Der zog weitere Erkundigungen ein und musste erkennen, dass seine Heirat in vielerlei Hinsicht ein Segen war. Keine andere Frau hätte ihn so gut beraten können. Kathi stieg gewaltig in seiner Achtung.«

»Dazu kam dann noch der Segen ihrer Schwangerschaft und die Geburt ihres Kindes.« »Ach ja, die Geschichte mit dem Kind hatte ich ganz vergessen. Alles andere war schon aufregend genug.« »Die Königin bekam einen Jungen und dem König schwellte die Brust vor Stolz. Aber Kathi hatte gemischte Gefühle. Sie freute sich riesig über das Baby, aber dann begann sie sich auszumalen, wie dessen Leben als Thronfolger verlaufen würde. Erzieher würden sich seiner annehmen, ihm alles Mögliche, auch die Kriegskunst beibringen und dann bekäme ihr Sohn vielleicht Lust, Kriege zu führen. Wieder schüttete sie Kitty ihr Herz aus. ›Liebes, du hast meine Ängste bisher immer ernst genommen, mich keine kluge Else genannt, die immer nur Unheil befürchtet wie in dem Märchen. Findest du, dass ich übertreibe?‹ ›Kein bisschen‹, gab Kitty ehrlich zurück. »Das Märchen kenne ich auch,« warf ich ein. »Es steht in meinem Buch der Brüder Grimm. Da haben die beiden wohl wahrheitsgetreu aufgeschrieben, wie Else sich ihre Zukunft vorstellt und Unheil für ihr noch nicht geborenes Kind phantasiert«, warf ich ein, um zu zeigen, dass ich der Erzählung gut gefolgt war. »Das stimmt, diese Geschichte haben sie wirklich ganz genau aufgeschrieben«, gab mir Rosita recht und fuhr fort: »Kitty wusste sofort, was sie zu tun hatte. ›Ich gehe mal zur Großen Mutter, sie hat schon mehrmals geholfen, sie weiß sicher auch diesmal Rat.‹ Und schon war sie verschwunden. Wieder hörte sich die Große Mutter alles ruhig an und sagte dann: ›Der Gnom kann hier helfen. Als kleines Männlein findet er einen guten Zugang zu dem kleinen Prinzen. Wir rufen ihn mal.‹« »Jetzt bin ich aber mal gespannt, was der vorschlug.« »Er hatte einen sehr gut überlegten Vorschlag zu machen: Er wollte den Jungen von Kindesbeinen an in die hohe Kunst der gewaltfreien Kommunikation und der Diplomatie einweihen.« »Toll, einfach genial. Wie hat er es angefangen?«, wollte ich wissen. »Ehrlich gesagt, das wissen wir auch nicht, denn da war keine von unseren Ahnen dabei. Aber er freute sich riesig über die neue Herausforderung, die für ihn noch viel anspruchsvoller war, als Stroh zu Gold zu spinnen. Er ging in den Wald, in dem er lebte, zündete ein Feuerchen vor seiner Hütte und neben einem dicken, alten Baum an, sprang vor lauter Glück um die Flammen und sang dazu:

›Heute back ich, morgen brat ich,
übermorgen erzieh' ich der Königin ihr Kind.
Ach, ist das ein schöner Preis,
so wahr ich Rumpelstilzchen heiß!‹

»Aha, das klingt ja fast wie der Vers, der in meinem Märchenbuch steht. Aber doch ganz anders.« So ganz allmählich wurde die Geschichte rund. »Wie kommt es nun, dass die Brüder Grimm es völlig verschieden von dem darstellen, was ihr mir erzählt?«, fragte ich meine beiden Lieblinge. »Wie in deiner Geschichte hörte ein Jäger hinterm Baum zu«, begann Rosita. »Er verstand aber nicht alles so richtig, denn der Gnom hatte einen gnomischen Akzent. Was der Jäger sich zusammenreimte, war:

›Heute back ich, morgen brau ich,
übermorgen entzieh ich der Königin ihr Kind.
Ach wie schön, dass es niemand weiß.
Nur ich, der ich Rumpelstilzchen heiß.‹

»Tatsächlich klingt es nun schon ganz ähnlich wie wir Menschen es gehört und gelesen haben.« »Ja und aus ›entzieh ich der Königin ihr Kind‹ wurde dann ›hol ich der Königin ihr Kind.‹ Und auch die beiden letzten Zeilen hat die Mund zu Mund Überlieferung noch geändert. Das Endergebnis kennst du:

›Heute back ich, morgen brau ich,
übermorgen hol ich der Königin ihr Kind.
Ach, wie gut ist, dass niemand weiß,
dass ich Rumpelstilzchen heiß.‹«

»Aber wie kam denn so diese Veränderung zustande? Sie verfälscht den ursprünglichen Inhalt doch sehr stark.« Das konnte ich mir gar nicht erklären.

»Alles begann damit,« berichtete Pepita, »dass der Haushofmeister seinen Mund nicht hatte halten können, überall hatte er rumerzählt, die junge Königin könne Stroh zu Gold spinnen. Da wurden die Menschen misstrauisch. Die müsste ja wohl mit dem Teufel im Bund stehen, war die Meinung. Nun hatte aber Kathi den König nicht nur dazu gebracht, herauszufinden, was das Volk bedrückt und was es sich wünscht, sie bat ihn auch, das ein oder andere selbst tun zu dürfen. Erst wollte ihr Gemahl davon nichts wissen, als er aber merkte, wie gut sie die Menschen aus dem Volk verstand, war er nicht mehr abgeneigt, sie zu den Armen gehen zu lassen. Das tat sie dann auch, tat es gern und machte ihre Sache sehr gut. Ganz schnell hatte sie sich den Ruf einer Wohltäterin erworben. Die Mär von einem Bund mit dem Teufel war verschwunden. Jetzt hatte man aber die Befürchtung, der Teufel hätte sie in seiner Gewalt. Dazu trug bei, dass der Jäger, der Rumpelstilzchen belauert hatte, ebenfalls anfing zu plaudern und seine nicht korrekte Version von Rumpelstilzchens Gesang verbreitete. Das war Wasser auf die Mühle derjenigen, die die sympathische Königin für ein Opfer des Teufels hielten. Der kleine Gnom wurde dann zu dessen Handlanger phantasiert. Und die Zeilen: ›Ach, wie gut, dass niemand weiß, dass ich Rumpelstilzchen heiß.‹ wurde in eine Geschichte eingearbeitet, in der der Gnom der Königin ein Rätsel aufgab, das Rätsel des Namens, unter dem er im Reich des Königs agierte. Tja, und diese Variante der Geschichte kennst du ja.« »Kein Wunder, dass die Menschen dann das Rumpelstilzchen sich zerreißen und in die Erde, also wohl eher zur Hölle fahren sehen wollten«, meinte ich. »Was mir daran auffällt: es waren zwei Männer, die ihren Mund nicht halten konnten und dabei gibt es nicht nur in Deutschland, sondern in vielen Ländern Märchen, in denen die Frauen Geheimnisse ausplaudern, oft zum Nachteil ihrer Männer.« »Das will ich gar nicht kommentieren«, meinte Rosita klugerweise dazu. »Wie du schon gesagt hast, sind das Märchen.« Da konnte ich nur schmunzeln.

»Aber wie ging die Geschichte denn nun wirklich aus? Was wurde aus dem Kronprinzen?« »Rumpelstilzchen kümmerte sich rührend um dessen Wohlergehen in geistiger und seelischer Hinsicht. Der König wusste allerdings nichts von seinem Wirken. Aber vom Ergebnis war er beeindruckt. »Unser Sohn entwickelt sich prächtig«, meinte er zu seiner Frau. »Ja, antwortete Kathi. »Ich bin auch ganz beeindruckt von seiner Klugheit und seinem Geschick mit Worten umzugehen. Auch sein Gerechtigkeitssinn scheint mir sehr stark zu sein. Ich habe ihn beim Spiel mit anderen Kinder beobachtet. Da hebt er sich wirklich ab.« »Das höre ich mit großem Vergnügen. Manchmal habe ich schon gedacht, ich könnte mir einiges von ihm abgucken – von dir übrigens auch. Dich zur Frau erwählt zu haben, war die beste Entscheidung meines Lebens. Ich muss zugeben, erst hatte ich nur an deine Fähigkeit, Stroh zu Gold zu spinnen gedacht, aber jetzt kenne ich den wahren Schatz, den ich mit meiner Heirat erworben habe: Dich!« »Das freut mich aber, dass er es fertig gebracht hat, seiner Frau das zu sagen«, jubelte ich. »Er hatte sich wirklich verändert«, gab auch Rosita zu. »So konnte es nicht ausbleiben, dass sich Kathi in ihn verliebte und er eine viel tiefere Liebe zu ihr empfand, als bei der Eheschließung, wo er – wie er ja selbst zugegeben hatte - nur Goldkugeln im Kopf und goldglänzendes Haar vor Augen hatte.« »Ich finde das ein wunderschönes, glückliches Ende«, meinte ich. »Eine Ehe, die als Zwangsheirat begann und als Liebesehe endet. Das kommt nicht oft vor, denke ich mir.« »Da magst du wohl recht haben«, meinte Rosita nachdenklich. »Kitty und die Große Mutter sahen die Entwicklung ebenfalls mit Wohlgefallen«, ergänzte Pepita. »Was würde euch denn als Dank fürs Erzählen wohl gefallen?« »Hühnchen mit Kürbis«, kam es von Rosita und »Hühnchen mit Lachs« von Pepita. Und so geschah es.

Eine Frage des Vertrauens

oder Die wahre Geschichte über
Rapunzel

»Pepita, Rosita, ihr kennt doch Marta, das Mädchen aus unserem Haus?« Das war eigentlich eine unnötige Einleitung, denn natürlich kannten meine beiden Süßen ihre kleine Freundin, wie sie mir auch prompt bestätigten. »Ja, sie spielt so nett mit uns und gibt uns auch manchmal was zu futtern. Was ist mit ihr?« »Sie ist wissbegierig und hat eine Frage an euch.« »Lass hören«, antwortete Pepita sehr bereitwillig, denn meine Katzen liebten Marta. Sie ließen sich von ihr durch die Wohnung tragen, ohne zu rebellieren, ja, sie schnurrten noch dazu. Wie Steiff-Katzen ohne Knopf im Ohr kommen sie mir dann immer vor, zumal sie sich dabei ja auch ein bisschen steif machen. »Marta hat neulich gemeint, bei Rapunzel müsste es auch eine Katze gegeben haben. Stimmt das?« »Da hat sie ganz recht«, bestätigte Rosita. »Es gab sogar zwei«, ergänzte Pepita, »dreifarbige!« »Und die hießen nicht vielleicht zufällig Pepita und Rosita?«, probierte ich einen Scherz, aber sie gingen gar nicht darauf ein, sondern antworteten ganz ernsthaft: »Nein, so schöne Namen wie die, die du uns gegeben hast, haben die wenigsten Katzen.« Meinen Versuch, sie zu necken, überhörte Pepita einfach, während Rosita zur Aussage ihrer Schwester bestätigend schnurrte. Ich versuchte nun meinerseits meine Freude über das unerwartete Lob durch ein Schnurren auszudrücken. »Na, so ganz klappt es ja noch nicht mit der Katzensprache«, meinte Pepita augenzwinkend. »Du hast immer noch einen starken Akzent, aber wir erkennen schon, dass du schnurren willst«, ergänzte Rosita wohlwollend, sodass ich beschloss, künftig heimlich zu üben. »Erzählt ihr mir bitte die wahre Rapunzel-Geschichte, so wie die beiden Katzen sie euch überliefert haben?«, bat ich. »Na klar«, kam es einstimmig. Also machte ich es mir gemütlich und war auf Überraschungen gefasst wie immer, wenn ich hörte, wie ganz anders sich alles zugetragen hatte, als ich es von meinem Grimms-Märchen-Buch her kannte.

»Den Anfang kennst du ja sicher aus deinem dicken Buch«, meinte Rosita. »Du meinst, die Sache mit der schwangeren Frau, die einen Heißhunger auf Rapunzelsalat bekommen hatte und nun meinte, sterben zu müssen, wenn sie keinen zu essen bekäme?« »Ganz richtig.« Ich fuhr fort, den Anfang nach meiner Erinnerung zu schildern: »Deshalb kletterte ihr Mann dann heimlich über die Mauer zum Nachbargarten und schnitt so viel Rapunzel ab, dass er daraus eine große Schüssel voll Salat zubereiten konnte. Das hatte aber den Appetit seiner Frau nicht gestillt, sondern im Gegenteil. Nun war sie erst so recht auf den Geschmack gekommen und wollte auch am folgenden Tag noch mal Rapunzelsalat essen. Also kletterte er ein zweites Mal über die Mauer in den Garten der Zauberin und wurde dabei von der Besitzerin erwischt.« So schilderte ich den Einstieg in das Märchen aus meiner Erinnerung. »Genau so war es«, bestätigte Rosita. »Die Nachbarin war übrigens keine Zauberin, wie die Grimm Brüder geschrieben haben, sondern eine begnadete Gärtnerin und ausgezeichnete Kennerin von Pflanzen und deren Wirkung, heilende und giftige. Ihr Garten war einfach sensationell und sie pflegte ihn mit ganz viel Liebe. Weil er so schön war, sind immer wieder Menschen eingedrungen, haben Blumen gepflückt oder sich vom Obst und Gemüse selbst bedient. Dabei sind manche rücksichtslos auf den Beeten herum getrampelt und haben die Pracht zerstört. Deshalb hatte die Frau vor Jahren eine Mauer um ihr Grundstück errichten lassen. Nur durch die Gitterstäbe des Tors konnte man einen Blick ins Innere werfen. Dadurch bekam man zwar nur einen schwachen Eindruck von der Schönheit und Üppigkeit des Gartens, aber schon der war einfach überwältigend. So war es ja auch der Schwangeren ergangen und sie hatte Lust auf Rapunzel bekommen. Du sagst, glaube ich, Feldsalat dazu?«, wollte Rosita von mir wissen. »Ja, als Kind hatte ich keine Ahnung, was mit Rapunzel gemeint war. Erst Jahre später erfuhr ich, dass es sich um Feldsalat handelt, den ich übrigens auch sehr gerne esse.« »Vielleicht, weil er in der kalten Jahreszeit einer der wenigen Salatpflanzen ist, die wachsen«, vermutete Pepita. »Zumindest war das früher so«, meinte ich einschränkend. »Heutzutage bekommt man ja fast alles zu jeder Jahreszeit, Maronen im Sommer, Erdbeeren zu Weihnachten und so weiter, was ich reichlich abartig finde, zumal die meisten dieser Produkte kaum Geschmack haben. Den Feldsalat gibt es inzwischen das ganze Jahr über.« »Ja, Obst und Gemüse kommen oft von sehr weit her und die heutigen Menschen verlieren dadurch immer mehr den Bezug zur Natur«, klagte auch Rosita. »Sie wissen eigentlich gar nicht mehr, welche Gemüse- und Obstsorten wann Saison haben. Das ist ganz schön widernatürlich«, meinte Pepita. »Da bin ich ganz eurer Meinung. Manche Menschen wissen auch gar nicht mehr, was sie aus den Produkten ihrer Region zubereiten können. Berühmte Köchinnen und Köche dagegen greifen gerne zu regionalen Produkten. Neulich habe ich ein Rezept von einer Spitzenköchin gelesen: mit weißem Bohnenmus gefüllte Rote Beete auf grüner Soße.« »Willst du uns jetzt ein Kochbuch erzählen oder ein Märchen hören?«, unterbrach mich Pepita. Sie war offensichtlich genervt und hatte nicht ganz unrecht. Wenn es ums Essen geht, könnte ich stundenlang schwärmen. »Was ich euch nur schnell erzählen wollte, war, dass die grüne Soße aus Feldsalat hergestellt werden soll. Was sagt ihr nun?« »Als Fleischfresserinnen brechen wir jetzt nicht in Ahs und Ohs aus«, entgegnete Pepita. »Du hast aber gut die Kurve zurück zu unserer Geschichte geschafft«, zollte mir wenigstens Rosita Anerkennung.

»Dass die Gärtnerin keine böse Frau war, siehst du daran, dass ihr Zorn wie Wachs schmolz, als sie hörte, für wen die Rapunzeln bestimmt waren. Sie erlaubte dem Mann ja sogar, dass er sich so viel nehmen könne, wie er nur wolle. Und das haben sogar die Brüder Grimm berichtet!«, betonte Rosita, die wie ihre Schwester mit den Grimms auf Kriegsfuß stand und eher ungern zugab, wenn diese einmal etwas Richtiges wiedergegeben hatten, doch wahrheitsliebend war sie sehr. »Alles schön und gut«, meldete ich Zweifel an, »aber die Frau wollte doch das Kind dafür haben, ein ganz schön hoher Preis für ein bisschen Feldsalat.« »Das denkst du, weil die Grimms auch hier mal wieder nur die Hälfte berichtet haben. Lass dir sagen, was die Gärtnerin wirklich von ihren Nachbarn wollte. Sie hieß übrigens Gertrud, hatte also den Namen der Schutzpatronin aller Gärtnerinnen und Gärtner erhalten, vielleicht hat das ja wie eine Vorherbestimmung gewirkt und ihr Interesse an Gärten beeinflusst. Gertrud sprach mit den werdenden Eltern und erklärte ihnen, woran sie Anstoß nahm. ›Warum hast du nicht bei mir geläutet und gefragt, ob du Rapunzeln von mir kaufen kannst?‹, wollte sie von dem Mann wissen. ›Ich hätte euch den Salat und auch Salatsamen gerne gegeben. Letzteren hättet ihr dann in euren eigenen Garten aussäen können. Unentgeltlich‹, fügte sie noch hinzu.«

»Da war das Ehepaar ziemlich betroffen. Sie schämten sich regelrecht«, beschrieb Rosita mir deren Verfassung. »Das nahmen Gertruds Katzen, die im Verlauf des Gesprächs herbei gekommen waren, deutlich wahr.« Und so erfuhr ich ganz nebenbei auch, wie es kam, dass sie so genau über Menschengefühle Bescheid wussten. Dass Katzen sehr feinfühlig sind und die Stimmungen von anderen Wesen nicht nur wahrnehmen, sondern auch richtig deuten, hatte ich im Zusammenleben mit Pepita und Rosita schon öfter erfahren, war also keineswegs verwundert. »Das Paar sah ein, dass es nicht in Ordnung war, einfach in einen fremden Garten einzudringen und sich etwas abzuschneiden. Das sagten sie Gertrud denn auch und baten um Entschuldigung. Mit den Worten: ›Gebt mir euer Kind‹, äußerte Gertrud einen Wunsch, sie sprach keine Forderung oder gar Drohung aus. ›Ich werde nicht nur dafür sorgen, dass es gesund ernährt wird, ich werde es auch dazu erziehen, allen Lebewesen mit Respekt zu begegnen und sie zu achten.‹«

»Ich denke, dabei hatte Gertrud nicht nur an Pflanzen und Tiere, sondern auch an andere Menschen gedacht«, warf ich ein. »Völlig richtig. Sie selbst war ja im Fall des Rapunzel-Diebstahls die Betroffene. Ihr war man nicht mit Respekt begegnet, hatte sie verletzt, indem man ihr nicht zutraute, freundlich und hilfsbereit mit ihren Nachbarn umzugehen«, nahm Rosita meinen Gedanken auf. »Und den werdenden Eltern fehlte auch das Vertrauen in ihre eigenen Fähigkeiten, Gertrud ihre Wünsche so zu vermitteln, dass diese geneigt sein würde, sie zu erfüllen.« Da staunte ich nicht schlecht über diese kluge Bemerkung. »Es war wirklich eine Frage des wechselseitigen Vertrauens. Wie sehr Gertrud dabei an zwischenmenschlichen Umgang dachte, wurde auch in ihren nächsten Worten deutlich: ›Auch ihr braucht Erziehung, denn so wie du dich verhalten hast‹, meinte sie, an den Mann gewandt, ›wärst du kein gutes Vorbild für euer Kind. Und deine Frau hat dich gewähren lassen, das war auch kein Ruhmesblatt, bei allem Verständnis für Gelüste während der Schwangerschaft.‹ ›Wollt ihr uns erziehen?‹, fragte das Paar etwas verwirrt zurück. ›Ich habe da eine viel bessere Lehrerin. Ich werde euch eine meiner beiden Katzen überlassen. Katzen sind wunderbare Tiere. Sie zeigen deutlich ihre Bedürfnisse, was ihr Futter angeht, und sie machen auch klar, ob sie Nähe oder Distanz wünschen, Dinge, die auszudrücken den allermeisten Menschen große Probleme bereiten. Beobachtet das Tier ganz genau und ihr werdet viel für euch und den Umgang mit euresgleichen lernen können. Diese hier heißt Mauzi. Ihre Schwester Miezi behalte ich bei mir. Sie soll die

Lehrerin für euer Kind werden.‹ ›Werden wir unser Kind denn nie wieder sehen?‹, wollte die besorgten werdenden Eltern wissen. ›Doch‹, versprach Gertrud. ›In regelmäßigen Abständen werde ich euch mit eurem Kind besuchen. Ihr könnt uns aber auch zwischendurch, wann immer ihr wollt, besuchen kommen. Wenn das Kind erwachsen ist, wird meine Aufgabe erfüllt sein. Seid ihr damit einverstanden?‹« »Merkst du was?«, unterbrach Pepita zu mir gewandt die Schilderung ihrer Schwester. »Ja, Gertrud hat das Ehepaar um sein Einverständnis gebeten und ihnen nicht einfach ihre Bedingungen diktiert, wie es in meinem Märchenbuch dargestellt wird. Damit hat sie selbst das in die Tat umgesetzt, was sie vorher erläutert hatte«, antwortete ich und war wirklich begeistert. »Das war ihr Stil und genau den wollte sie anderen Menschen vermitteln«, antworteten meine Lieblinge gleichzeitig. Offenbar gefiel ihnen Gertruds Philosophie auch.

»Das Paar bat darum, ihr Kind wöchentlich sehen zu dürfen. Damit war Gertrud einverstanden. Das Baby kam zur Welt, Gertrud hatte Geburtshilfe geleistet und wurde Patin. Das Mädchen bekam den Namen Beate, die Glückliche, denn es war der Wunsch aller Beteiligten, dass die neue Erdenbürgerin glücklich werden sollte. Aber irgendwie ergab es sich, dass jemand anfing, sie Rapunzel zu nennen, wahrscheinlich hatte sich die Rapunzelgeschichte in der Schwangerschaft herum gesprochen, und bald nannten alle sie so, sodass ihr richtiger Name fast in Vergessenheit geriet.« Pepita machte eine Pause und sah mich erwartungsvoll an. »Lass mich raten: Du hast jetzt so viel von leckerem Essen geredet, dass du liebend gerne ein Leckerchen hättest und Rosita auch.« »Volltreffer!«, kam es wie aus einem Schnäuzchen. »Das geht in Ordnung. Ich selbst könnte auch etwas Leckeres essen und trinken.« »Lass uns eine Essenspause einlegen und dann ein Nickerchen machen«, bat Rosita. »Gerne, meine Süßen. Vielleicht träume ich ja von neuen Rezepten für nährstoffreiche Wintersalate.« »Schreib sie für dich und vielleicht auch für andere Menschen auf!«, forderte mich Pepita auf. »Uns kannst du mit Fleischlosem nicht locken, das weißt du ja.«

Im Folgenden hatte ich eher einen Tagtraum. Im Halbschlaf überlegte ich, was in der Winterzeit und aus regionalem Anbau wohl gut zu Feldsalat passen würde und kam auf eine ganze Reihe von Salatvarianten. Darüber schlief ich ein. Am nächsten Morgen erinnerte ich nur noch an ein paar der erträumten

Zutaten: Walnüsse, Radicchio oder Rotkraut, Pilze, Apfelstückchen, hart gekochtes Ei oder gewürfelter (Feta-)Käse. Weitere Rezepte waren wieder zurück ins Traumland geflohen, wie schade, vielleicht hatte ich ja in jener Nacht im Schlaf ein preiswürdiges Gericht kreiert. Pepita und Rosita konnte ich das nicht erzählen, dafür fragte ich nach dem Fortgang der Geschichte und Rosita begann:

»Gertrud, Rapunzel und Miezi kamen fortan wöchentlich, manchmal sogar noch öfter, zu Besuch. Den Eltern brachte ihre Nachbarin immer etwas aus dem Garten mit: Blumen im Frühjahr, dann Obst und Gemüse im Sommer und Herbst, Nüsse in der kalten Jahreszeit. Dabei kam es schon manchmal vor, dass sich Miezi und Mauzi, wenn sie zusammentrafen, anfauchten und Ohrfeigen austeilten. Erst waren die jungen Eltern darüber ziemlich entsetzt. Sie meinten, die Katzenschwestern dürften sich nicht schlagen, aber Gertrud forderte sie auf, die Tiere genauer zu beobachten. Da fiel ihnen auf, dass es ganz oft Gründe für die Unstimmigkeiten gab: Entweder war eine in das Revier der anderen eingedrungen, hatte versucht, deren Futter zu fressen, alles Dinge, die du bei uns auch schon zu sehen bekommen hast.« »Vor allem die blutigen Kratzer auf den Nasen hinterher!« Denn tatsächlich habe ich weniger vom Anlass des Streits mitbekommen, sondern bin meistens erst aufmerksam geworden, wenn ein lautes Fauchen und Geschrei zu hören war. Ehrlich gesagt konnte ich es auch nicht so gut aushalten, wenn sich meine Lieblinge zankten. »Es stimmt, dass unsere Kratzer manchmal blutig ausfallen«, räumte Rosita ein, »aber wir tun uns nie sehr weh und fügen uns keinen bleibenden Schaden zu. Bei Katern, die sich um ein rolliges Weibchen balgen oder ihr Revier verteidigen, ist das schon etwas anderes. Dann fehlen manchmal kleine Teile am Ohr und es blutet auch richtig stark, wenn so zwei Kerle aufeinander los gehen.« »Was aber Miezi und Mauzi angeht – das verraten wir dir ganz vertraulich – so haben die beiden eine richtige Schau abgezogen, wie ihr Menschen sagen würdet. Nach so einer Hetzjagd haben sie sich oft gegenseitig die Köpfchen abgeleckt.« »Das kommt mir doch sehr bekannt vor. Ihr seid dann manchmal sehr liebevoll zueinander und das hält so lange an, bis eine von euch genug davon hat. Aber warum haben sich Gertruds Katzen denn Schaukämpfe geliefert?«, wollte ich wissen. »Sollte das einen erzieherischen Sinn haben?« »Die Botschaft, wenn man so sagen kann, bestand darin, dass die beiden bereits kurz nach dem Streit in der Lage waren, wieder Zärtlichkeiten auszutauschen. Normalerweise geht das auch bei uns nicht ganz so schnell. Sie kürzten also ein bisschen ab, weil sie den Menschen zeigen wollten, dass es zu einem guten Streit gehört, sich auch wieder versöhnen zu können.« »Haben die Menschen die Botschaft verstanden?« »Und ob. Die Ehepartner sahen sich vielsagend an und die Frau meinte: ›Ein Streit muss nicht das Ende der Liebe sein.‹ In der Folge hatten die beiden spürbar mehr Mut als früher, sich klar und deutlich, manchmal sogar lautstark, die Meinung zu sagen, aber auch eine Versöhnung anzustreben. Das ist ihnen gut bekommen«, berichtete Rosita. »Ich denke, das gehört zum A und O einer Beziehung und ist ganz und gar nicht einfach. Auch in Gruppen erlebe ich es, dass Menschen laut werden und ein Klima erzeugen, das keinen Widerspruch duldet. Dann gelingt es oft nicht, einen Kompromiss zu finden. Vielleicht sollten sich nicht nur Paare, sondern auch Gruppen Katzen halten!« »Das meinst du jetzt aber nicht im Ernst?«, fragte Pepita sicherheitshalber. »Nein, ich will nicht, dass ihr Katzen Maskottchen für streitsüchtige Gruppen werdet. Das sind Dinge, die wir Menschen selbst lernen müssen, ohne dabei ein Tier für unsere Zwecke einzuspannen. Aber schön finde ich, dass Miezi und Mauzi freiwillig nachahmenswertes Verhalten vorgeführt haben.« »Um die Wahrheit zu sagen: Es hat den beiden viel Spaß gemacht!«, gestand Pepita.

»Und wie ging es Rapunzel? Machte sie Fortschritte dank des Lehrplans, den Gertrud und Miezi entwickelt hatten?«, wollte ich wissen. »Rapunzel hatte auch etwas zu lernen gehabt. Sie hatte nämlich die etwas unangenehme Eigenart, Miezi herum zu schleppen, wenn es ihr gerade passte. Miezi war ja noch eine sehr junge Katze und in dem Alter mögen wir das gar nicht. Jetzt, wo wir schon sehr alt sind, tolerieren wir das sehr viel eher. Rapunzel war damals noch ein kleines Mädchen und holte unsere Ahnin auch schon mal aus ihrem Körbchen, wenn die gerade im Tiefschlaf lag. Dann hat Gertrud Rapunzel klar gemacht, dass Tiere einen Tagesrhythmus haben, der anders ist als der von Menschen. Sie hat ihr Patenkind aufgefordert, das Kätzchen zu beobachten und dessen Lebensweise zu respektieren. So fand Rapunzel heraus, wann die Kleine einem Spielchen nicht abgeneigt war und wann sie ihre Ruhe haben wollte. Sie merkte auch, dass Miezi freiwillig zu ihr kam, wenn sie sie in ihren Wachphasen rief. Darüber freute sie sich riesig. Miezi belohnt Rapunzel dann sogar damit, dass sie sich trainieren ließ.« »Konnte Miezi denn vielleicht auch ›Mama‹ sagen, so wie unsere verstorbene Minka?«, fragte ich neugierig. »So weit ist Miezi nicht gegangen, sie war ja auch keine Wohnungskatze, sondern hatte viel Beschäftigung im Freien und bei der Mäusejagd im Haus. Minkas Sprachvermögen dürfte ziemlich einmalig in der Katzenwelt gewesen sein.« Aus Rositas letzten Worte klang viel Stolz darauf, die Gefährtin einer so klugen Katze gewesen zu sein. Minka richtet sich nämlich auf die Hinterbeine auf, wenn ich ihr das Näpfchen hoch hielt. Dann brauchte ich nur ›Minka, sag schön Mama‹ zu sagen und sofort kam ein ›Ma, ma‹ von ihr. Mit den Worten ›Oh, meine gute Minka‹, gab ich ihr dann das Futter. Manchmal war Minka allerdings etwas einsilbig, indem sie nur ›Ma‹ sagte. Das ließ ich aber nicht gelten. ›Nein, du kannst es doch richtig. Sag schön Mama‹. Und sofort antwortete sie mir, wie ich es hören wollte.

»So wie es dir mit Minka ging, so ging es Rapunzel mit Miezi. Das Mädchen war ganz glücklich, dass Miezi kam, wenn sie gerufen wurde, schnurrte und ihrem kleinen Frauchen klar machte, dass sie gerne gestreichelt werden wollte. Es passierte noch etwas geradezu Drolliges: Rapunzels Mutter hatte nämlich auch die Angewohnheit, Mauzi aus dem Schlaf zu wecken und sie herum zu tragen, vielleicht weil sie ihre Tochter doch stärker vermisste, als sie sich eingestand. Da hat ihr das kleine Mädchen bei einem ihrer Besuche unmissverständlich klar gemacht, dass Katzen das nicht schätzen.« »Das klingt alles ganz positiv und harmonisch, aber was ist mit dem Turm, in den die Nachbarin Rapunzel eingesperrt haben soll, wenn man den Grimm Brüdern glauben darf«, fügte ich vorsichtig hinzu, denn ich ahnte schon, dass mir meine Beiden wieder sagen würden, es sei alles ganz anders gewesen. »Das wäre ja wohl kein Zeichen von Güte, Zuwendung, guter Erziehung und Verständnis auf der Seite von Gertrud gewesen, sondern eher das, was wir Menschen schwarze Pädagogik nennen, also eine Erziehung, die mit Strafen, Drohungen und Grausamkeiten arbeitet.« »Gut, dass du inzwischen auch von uns gelernt und angefangen hast, an dem zu zweifeln, was in deinem Märchenbuch steht«, lobte mich Pepita. »Aber schön der Reihe nach, wir kommen schon noch zu dem Teil der Geschichte«, beschwichtigte mich Rosita.

»Der Turm stand im Wald, nicht sehr weit von Gertruds Haus entfernt und war teilweise verfallen, vor allem die Treppe in seinem Inneren. Einige Stufen waren völlig zerstört, andere stark ausgetreten. Für Katzen und heranwachsende Menschen ein ideales Spielfeld. Also ging Rapunzel oft dorthin, kletterte hinauf und spielte mit dem Gerümpel im oberen Raum. Nach und nach richtete sie sich mit Hilfe ihrer Patin ein kleines Zimmerchen ein. Da sie gerne sang, konnte man sie schon von weitem ihre Lieder trällern hören. Mit den Gegenständen, die in dem Raum gelagert worden waren, schlug sie dazu den Rhythmus. So entwickelte sie immer mehr ein musikalisches Talent. Gertrud schenkte ihr deshalb auch eine Flöte. Dieser und allen anderen Gegenständen, mit denen sie musizierte, entlockte sie Töne und ganze Melodien.« »Ich höre sie förmlich. Übrigens habe ich vor ein paar Jahren einmal zwei Jazzmusikerinnen gehört, die ihre Instrumente in jeder nur denkbaren Weise nutzen. Sie klopften auf die Holzteile ihrer Blasinstrumente, griffen in die Saiten ihres Konzertflügels und erzeugten eine faszinierende Wirkung. Es gab langen Applaus«, erzählte ich Pepita und Rosita. »Zum Applaudieren war allerdings niemand da, nur Miezi hätte Beifall spenden können, die zog es aber vor, selbst etwas beizusteuern.« »Echte Katzenmusik, sozusagen«, warf ich ein. »Wenn du so etwas sagst, lassen wir es gelten, aber sonst ist der Ausdruck bei euch Menschen negativ gemeint. Mit Katzenmusik verbindet ihr keinen Ohrenschmaus«, ging Rosita auf mich ein. »Das finde ich ziemlich ungerecht. Bei keinem anderen Tier habt ihr einen abfälligen Ausdruck für die Laute, die es von sich gibt«, beklagte sich Pepita. Ich überlegte. Sie hatte recht. Weder Hundegebell, noch Eselsschreie waren ähnlich negativ besetzt. Zwar sprach man von Kläffern, aber das war entweder auf bestimmte Hunderassen beschränkt oder auf eine besondere Art zu bellen oder auf Einzeltiere. »Hm. Der Ausdruck Katzenmusik bezieht sich auf die Laute, die rollige Katzen und ihre Verehrer von sich geben. Das klingt natürlich wirklich anders als die Serenaden, die menschliche Verehrer früher in Ständchen vor dem Schlafzimmerfenster ihrer Angebeteten spielten«, sinnierte ich laut vor mich hin. »Ich glaube, ihr Menschen habt ein Problem mit eurer eigenen Rolligkeit«, meinte Pepita. »Was meinst du damit?« »Na, bei euren Vorspielen oder Liebesakten geht es doch auch nicht so melodiös zu, wie in den Serenaden, von denen du gesprochen hast.« Da musste ich lachen. »Gut beobachtet!« »Das wollt ihr euch vielleicht nicht eingestehen und schimpft uns aus oder bewerft uns mit Steinen, Kartoffeln und was ihr sonst noch in die Hände kriegen könnt, weil ihr es nicht ertragen könnt zu hören, wenn andere Lust auf Sex haben.« Wenn das keine Lektion war, die mir Pepita da beibringen wollte. Aber ganz unrecht hatte sie nicht.

»Hat Miezi denn immer nur dann mitgesungen, wenn sie rollig war?« fragte ich nach. »Im Gegenteil. Dann hat sie ja versucht einen Kater anzulocken. Warum hätte sie gerade in der Zeit mit Rapunzel im Turmgeschoss singen sollen?«, wollte Rosita wissen. »Stimmt. Das wäre völlig unsinnig gewesen. Sie hat also mit Rapunzel musiziert.« »Du klingst, als hättest du große Zweifel, dass das schön gewesen sein sollte.« »Ich kann es mir, ehrlich gesagt, nicht vorstellen«, räumte ich ein. »Dann erinnere ich dich jetzt mal an was: Du hast doch eine Musik, bei der zwei Frauen miteinander ›Miau, Miau‹ singen.« »Ach ihr meint das berühmte Katzenduett von Rossini.« Jetzt dämmerte es mir, worauf die beiden hinaus wollten. »Und ihr meint, so ähnlich haben Rapunzel und Miezi miteinander gesungen?« »Es kommt dem ziemlich nahe. Und der Mann der das Duett geschrieben hat, hatte eine hohe Meinung von unserem Gesang!«, trumpfte Pepita auf. »Jetzt muss ich euch aber mal einen Kuss geben. Ihr habt völlig recht. Da hat jemand Katzenmusik sehr schön und melodisch geschrieben und die Sängerinnen fühlen sich in Katzen ein und verspotten sie nicht.« »Und jetzt bitte ein Leckerchen!«, forderten sie. »Das sollt ihr haben, hier.« Daraufhin war nur das Kaugeräusch zu hören, von Katzenmusik war es weit entfernt. Aber ich freute mich, wie gut es ihnen schmeckte.

»Jetzt können wir dir erzählen, wie es weiter ging«, verkündete eine hochzufriedene Rosita. »Ich bin ganz Ohr.« »Gertrud beobachtete Rapunzel, Miezi und ihr Hobby mit großer Freude und viel Vergnügen. Gerne hörte sie den beiden außen am Fuß des Turmes stehend zu, um sie nicht zu stören.« »Was Rapunzel noch liebte, waren ihre Haare. Die wollte sie auf gar keinen Fall abschneiden lassen und so wurden sie lang und immer länger. Schließlich reichten sie bis auf den Fußboden und lagen ihr zu Füßen. Gertrud machten sich einen Spaß daraus, Rapunzel im Turm zu bitten: ›Lass mal dein Haar herunter!‹ Und dann markierte sie die Länge an der Mauer, an die sie eine Leiter angelegt hatte«, erklärte mir Rosita. »Sie kletterte also nicht daran hoch?«, wollte ich wissen. »Das hätte sie wohl gerne gemacht, denn die Treppe war ihr sehr beschwerlich. ›Ach, wenn doch deine Zöpfe eine Strickleiter wären!‹, rief sie dann aus. ›Auf ihr hochzuklettern wäre mir lieber als die bröckelige Treppe mit ihren schiefen Stufen zu benutzen und meine Leiter reicht nur bis ans Ende deiner Haare, aber nicht bis an das Turmfenster‹, sagte sie immer mal wieder. Worauf Rapunzel dann entsetzt meinte: ›Aber du bist doch viel zu schwer!‹ ›War ja auch nicht ernst gemeint‹, beschwichtigte Gertrud ihr Patenkind dann sofort.« »Das habe ich auch jedesmal gedacht, wenn ich die Geschichte gelesen habe: Die arme Rapunzel! Wie konnte sie das Gewicht einer alten Frau nur aushalten, die sich an ihren Zöpfen bis zum Turmfenster hoch hangelt.« »Jetzt weißt du wieder mal, dass es so auch gar nicht gewesen sein konnte«, unterstrich Rosita noch einmal das Gesagte.

»Und eines Tages bekam ein Prinz das alles mit?«, fragte ich. »Ja, er war, wie es bei den Grimms heißt, dem Gesang gefolgt und hatte beobachtet, wie Rapunzel ihr Haar zum Messen herunter ließ, und gesehen, dass die ältere Frau dann den Turm betrat, nachdem sie ›Ich komme jetzt nach oben‹ gerufen hatte. Dahinter vermutete er so eine Art Sesam-öffne-dich-Ritual, er hatte nämlich gute Märchenkenntnisse. Deshalb machte er es Gertrud nach, bestieg den Turm und traf auf die völlig überraschte Rapunzel. Er sprach sie sehr nett an, machte ihr Komplimente zu ihrer Musikalität und schlug ihr sogar vor, gemeinsam zu singen. ›Bisher habe ich nur mit meiner Katze Miezi gesungen‹, gestand Rapunzel etwas schüchtern. ›Wo ist sie überhaupt?‹, wunderte sie sich. ›Miezi, komm, begutachte mal einen Sangesbruder!‹ Miezi hatte sich erst mal versteckt und hätte es gut gefunden, wenn auch Rapunzel dem Fremden gegenüber etwas mehr Zurückhaltung an den Tag gelegt hätte. Vorsichtig kam sie unter einer Kommode hervor. ›Das ist Miezi‹, stellte Rapunzel ihre Freundin vor. ›Euren Namen habt Ihr mir noch nicht verraten.‹ ›Wie unhöflich von mir. Ich bitte um Verzeihung. Mein Name ist Karl-Heinrich. Ich streife gerne durch die Wälder und habe euren Gesang und die Musik gehört. Ich singe selbst auch sehr gern. Deshalb hatte ich ein Duett vorgeschlagen, aber ein Trio wäre mir auch sehr recht.‹ Dass er ein Prinz war, behielt er noch für sich, aber Rapunzel und Miezi merkten wohl, dass er ein Edler war.« »War Rapunzel denn nicht neugierig und wollte mehr von ihm wissen als nur seinen Namen?« »Sie war abgelenkt, denn der Prinz hatte begonnen Miezi zu streicheln und ging dabei so liebevoll mit ihr um, dass Miezi ihn ausgesprochen sympathisch fand. Da begann Rapunzel gleich zu erzählen, was für eine besondere Katze er da vor sich hatte und durch das Gespräch über Miezi, kamen ihr erst mal keine weiteren Fragen in den Sinn. Geschickt nutzte der Prinz Karl-Heinrich diese Situation, zog seine Mundharmonika aus der Tasche und begann ein bekanntes Volkslied zu spielen. Da sang Rapunzel gleich mit und holte einige ihrer Instrumente dazu. Nach einer Weile verabschiedeten sich die beiden und verabredeten sich für eine weitere Musikstunde in ein paar Tagen.«

Rosita wurde unruhig und griff ein: »Miezi bemerkte aber, kaum dass die beiden wieder im Haus bei Gertrud waren, dass etwas nicht stimmte. Rapunzel erzählte ihrer Patin nämlich nichts von der Begegnung mit Karl-Heinrich. Das fand Miezi befremdlich und beunruhigend, wusste aber auch nicht, ob und wie sie eingreifen könnte. Hätte sie Gertrud zu verstehen gegeben, dass es da etwas zu berichten gab, wäre sie sich wie eine Verräterin vorgekommen. So fand sie sich damit ab, das Geheimnis zu hüten, hatte aber kein gutes Gefühl bei der Sache.« »Das war eine echte Zwickmühle für das Kätzchen. Verstand Rapunzel eigentlich die Katzensprache?«, erkundigte ich mich. »Sie war gerade dabei sie zu lernen, aber über die ersten Anfänge war sie noch nicht hinausgekommen«, erklärte Pepita. »Deshalb konnte Miezi auch kein ernsthaftes Gespräch mit Rapunzel führen und sie fragen, was denn die Heimlichtuerei bedeuten sollte.« »Oh, Oh, ich sehe, da bahnt sich ein Problem an«, meinte ich. »Nicht sofort«, berichtete Rosita, »Erst einmal hatten die beiden jungen Menschen viel Spaß miteinander. Nicht nur, dass sie gut miteinander musizieren konnten, sie erfanden auch Spiele. Besonders Wortspiele liebten sie.« »Wie gingen die denn?«, fragte ich neugierig, denn ich mag Wortwitz auch sehr gern. »Zum Beispiel begann der Prinz zu dichten: ›Mit einem Satz springt die Katz auf den Schoß von meinem Schatz.‹ Rapunzel machte dann weiter: ›Keine Hatz, mein süßer Fratz, hier ist genug Platz.‹ Wem nichts mehr einfiel, hatte verloren. Noch nie hatte Rapunzel so viel gelacht, denn es kamen die komischsten Dinge dabei heraus.«

»Sie unterhielten sich aber auch über ernsthafte Themen«, ergänzte Pepita. »Darüber wie Menschen leben und wie sie mit Tieren umgehen sollten. Ersteres war das Lieblingsthema des Prinzen, der sich Gedanken über seine Rolle als künftiger König machte. Das zweite war Rapunzels Anliegen, hatte sie doch durch Miezi und Mauzi viele gute Erfahrungen mit Tieren machen können. Davon berichtete sie und beeindruckte damit den Prinzen und gab ihm Stoff zum Nachdenken.« »Das mit dem respektvollen Umgang, insbesondere dem zwischen Menschen und Tieren, kommt wie ein roter Faden in allen euren Märchen vor, ist mir aufgefallen. Liege ich da richtig?« »Aber ist es denn nicht auch das A und O?«, fragte Rosita zurück. »Das trifft doch auch auf Prince Charles zu, den du so schätzt. Du weißt doch, dass ihm die Umwelt sehr am Herzen liegt.« Jetzt war ich platt. »Und woher weißt du davon? Liest du etwa die anspruchsvolleren Zeitungen, wenn ich sie weggelegt habe? Denn die Boulevardblätter berichten ja nur von wahrscheinlich mehr erfundenen als tatsächlichen Ehestreitigkeiten zwischen ihm und Camilla.« »Na, denk doch mal ein bisschen mit!«, forderte mich Pepita auf. »Natürlich haben wir die Information von Tieren aus seiner Umgebung.« »Sicher von Pferden, denn die liebt er ja wohl sehr.« »So ist es«, bestätigte Rosita meine Vermutung. »Haben die ihm denn etwas über den Umgang mit Tieren beigebracht?«, wollte ich nun, neugierig geworden, wissen. »Sie haben gesagt, dass sie mitgeholfen haben.« »Und die Corgies der Queen?« Ich ließ nicht locker. »Wahrscheinlich weniger. Aber das wissen wir nicht. Erstens ist unser Kontakt zu Hunden begrenzt und zweitens mag die Queen keine Katzen, das nehmen wir ihr übel und halten uns von ihrer tierischen Umgebung, ihrer Entourage, wie das wohl bei euch heißt, fern«, fügte Rosita resolut hinzu, sodass ich merkte, dass sie das Thema »Windsors« beenden wollte und daher kam ich zurück zur Geschichte.

»Sagt, hatte sich Karl-Heinrich denn inzwischen als Prinz vorgestellt oder hatte Rapunzel danach gefragt?« »Rapunzel wollte nicht aufdringlich erscheinen, aber dem Prinzen war es ein Anliegen, sich zu erkennen zu geben.« »Wie hat Rapunzel diese Neuigkeit aufgenommen?« »Erst war sie etwas geschockt darüber, dass ein künftiger König sie regelmäßig besuchen kam und sogar von ihr lernen wollte. Dann frage sie sich, worauf das wohl hinaus laufen würde. Sie war ja nicht adlig, also kein standesgemäßer Umgang für eine Königliche Hoheit. Aber sie verdrängte solche realistischen Gedanken schnell wieder, denn inzwischen war sie rollig geworden«, schilderte Pepita. »Wie bei uns auch, konnten die beiden nicht genug voneinander bekommen. Eines Tages erklärte ihr der Prinz, dass er sie heiraten wollte. Das war Musik in Rapunzels Ohren. Sie stimmte zu.«

»Ja, aber ein Prinz kann doch nicht einfach einem Mädchen, in das er sich verliebt hat, einen Heiratsantrag machen!«, gab ich zu bedenken. »Das war jetzt wohl das richtige Stichwort für dich. Jetzt erfahren wir gleich wieder etwas über gekrönte Häupter«, witzelte Pepita. »Lacht mich nur aus. Ich habe aber völlig recht. Bei königlichen Familien muss der König der Wahl seines

Sohnes zustimmen oder die Queen, wie es ja bei Prince Charles der Fall war, wenn wir schon mal von ihm reden. Und auch bei einem bürgerlichen Mädchen gehörte es sich in jener Zeit, dass die Eltern um Erlaubnis gefragt wurden. Rapunzel war ja auch noch sehr jung und Mädchen konnten damals sowieso nicht selbst frei entscheiden, wen sie heiraten wollten.« »Wir glauben dir ja, dass du dich da besser auskennst als wir. Du musst uns aber auch glauben, dass solche praktischen Fragen für die beiden Rolligen erst mal kein Thema waren«, erklärte Rosita.

»Der Prinz füllte Rapunzels ganzes Denken aus und so verplapperte sie sich kurz danach gegenüber ihrer Patin und meinte: ›Der Prinz schafft es viel schneller die Treppe hoch zu kommen als Ihr.‹« »Damit war sicher eine Bombe geplatzt«, meinte ich. Zu sagen, die Katze sei aus dem Sack gewesen, wäre noch viel zu harmlos. »Wir würden es so nicht ausgedrückt haben, Tatsache aber ist, dass Gertrud völlig fassungslos war. ›Was höre ich da? Ein Prinz kommt zu dir in den Turm? Warum hast du mir das verheimlicht? Was will er hier? Was will er von dir?‹ Die Fragen kamen wie ein Sturm aus ihr heraus. Sie drang so heftig in ihr Patenkind, dass Rapunzel nichts anderes übrig blieb, als reinen Tisch zu machen und die Geschichte von Anfang an zu erzählen. Darauf drehte Gertrud regelrecht durch. Sie war so aufgebracht, dass ihr Denken völlig ausgeschaltet war. Ihr selbst war in dem Moment gar nicht klar, warum sie so heftig reagierte und was die Ursache ihres Zorns und ihrer Wut war. Miezi dagegen, die natürlich eine gewisse Distanz zu dem Geschehen hatte, blickte voll durch, wie ihr heute sagt. Sie war ja selbst mit Rapunzels Heimlichkeit nicht einverstanden gewesen. Daher konnte sie verstehen, was Gertrud zutiefst verletzt hatte. Rapunzel hatte, ohne es sich vielleicht selbst klar zu machen, angenommen, dass ihre Patin mit den Besuchen des Prinzen nicht einverstanden wäre und ihr den Umgang mit ihm verbieten würde. Dieses Risiko wollte sie vermeiden, indem sie Gertrud nichts erzählte«, erklärte meine kluge Rosita und ihre Schwester drückte maunzend ihre Zustimmung aus. »Junge Mädchen sehen das oft so. Sie phantasieren ihre Mütter als geschlechtslose Wesen, die keinen Sex mehr haben, kaum vorstellbar, dass sie je welchen hatten und denken, ältere Frauen neiden der Jugend die Freuden der Rolligkeit und der Paarung.« »So etwas ist uns Katzen sehr fremd. Unsere Mütter trennen sich von uns, wenn sie uns alles Lebensnotwendige beigebracht haben und gehen ihrer eigenen Wege, werden rollig, suchen sich einen Kater, paaren sich mit ihm und werden trächtig«, erläuterte Pepita. »Ihr seid herrlich unkompliziert«, antwortete ich. »Aber offenbar hat Rapunzels Beobachtung von Miezis und Mauzis Verhalten nicht auf sie selbst abgefärbt.« »Rapunzel verglich das Verhalten der Katzen mit dem ihrer Patin, beides war grundverschieden. Gertrud lebte allein, wandelte nicht auf Freiersfüßen, widmete sich ihrem Garten, der Heilkunst und der Erziehung, während Miezi und Mauzi im Laufe der Jahre zwar gealtert waren, aber trotzdem regelmäßig rollig wurden und Junge zur Welt brachten. Auch Rapunzels leibliche Eltern hatten keine Kinder mehr bekommen. Es hatte ja schon lange gedauert, bis die Frau mit Rapunzel schwanger wurde.« Was Rosita da erzählte und wie es auf Rapunzel gewirkt hatte, fand ich ziemlich einleuchtend. »Das hast du sehr gut beobachtet«, lobte ich sie und war mal wieder sehr stolz auf meine beiden Lieblinge. »Aber erzählt mir nun, was mit Gertrud und Rapunzel weiter geschah.« »Bitte gib uns eine kleine Verschnaufpause und ein Leckerchen.« »Gerne doch.«

Als Pepita und Rosita weiter machen wollten, hielt ich sie zurück. »Mir kam noch ein wichtiger Gedanke, der das Verhalten von Rapunzel vielleicht verständlich machen kann. Jede Liebesbeziehung beginnt mit einer Phase, in der die beiden Hauptpersonen noch gar nicht so recht wissen, wie sich ihre Bekanntschaft entwickeln wird. In dem Stadium spricht man dann noch nicht zu Dritten darüber. Das war sicher auch der Grund, warum Rapunzel ihrer Patin nichts vom Besuch des Prinzen erzählt hat.« »Hm«, meinte Pepita nachdenklich, »du meinst, dass Miezi das nicht bedacht hatte und ihr deshalb Rapunzels Verschwiegenheit zu Unrecht übel aufstieß.« »Aber denk doch mal«, schaltete sich Rosita aufgeregt ein, »anfangs mag das ja so gewesen sein, aber der Prinz hatte ihr ja schon einen Heiratsantrag gemacht und sie hatte darin eingewilligt. Das ist doch dann kein Stadium mehr, in dem Unsicherheit über die Art der Beziehung vorliegt.« »Da hast du recht«, musste ich zugeben. »Und du hattest ja auch gesagt, dass gerade bei einem königlichen Partner die Eltern gefragt werden müssen.« »Stimmt. Rapunzel hätte reden müssen. Da gibt es nichts zu beschönigen. Also jetzt seid ihr wieder dran. Erzählt mir, wie es weiter ging und wie Gertrud in ihrem Zorn reagierte.« »Heftig, sehr heftig«, sagte Pepita. »Unverhältnismäßig heftig«, fügte Rosita hinzu und fuhr fort: »Als erstes schnitt sie Rapunzel die langen Haare ab und sagte ihr, sie wolle sie nie wieder sehen. Ja, sie führte sie sogar in einen Teil des Waldes, in dem Rapunzel sich nicht auskannte, nur um sicher zu gehen, dass sie den Weg zurück nicht finden würde. Als kurz darauf der Prinz pfeifend und mit flottem Schritt die Treppe hinauf sprang, traf er zu seinem Schrecken Gertrud im Turmzimmer an. Die sagte ihm, dass Rapunzel nie mehr wiederkommen werde und stieß ihn die Treppen hinunter. Dabei verletzte er sich am Kopf und konnte nicht mehr sehen.« »Wie entsetzlich! So ähnlich haben es auch die Grimm Brüder beschrieben. Aber fand das Paar denn wieder zueinander, so wie es in meinem Märchenbuch heißt?« »Ja, aber es waren nicht Rapunzels Tränen, die dem Prinzen sein Augenlicht wieder gegeben haben«, erklärte Rosita. »Sondern?« »Das war ganz allein Miezis Verdienst.« »Bitte erzähl es mir der Reihe nach«, bat ich, denn was das Kätzchen mit der Heilung des Prinzen zu tun haben konnte, war mir ein Rätsel. Das wollte ich Pepita und Rosita aber nicht sagen, weil es sie vielleicht gekränkt hätte, wenn ich an der Fähigkeit von Katzen zweifelte. Außerdem hatte in ihren Geschichten immer alles eine stimmige Erklärung und auf die war ich nun gespannt.

»Miezi hatte sich, als Gertrud ihre Strafaktion beendet hatte und in einen Sessel plumpsen ließ, auf deren Schoß gesetzt und schnurrte, was das Zeug hielt«, begann Rosita. »War sie denn nicht schockiert über Gertruds Verhalten?«, fragte ich erstaunt. »Wir sind da anders«, versicherte mir Pepita. »Uns liegt daran, eine verfahrene Situation wieder zu bereinigen. Gertrud war total durcheinander und musste erst mal beschwichtigt werden und du weißt ja auch, wie beruhigend unser Schnurren wirkt. Das war auch bei Gertrud der Fall. Sie war gerührt und streichelte Miezi. Dann begann sie bitterlich zu weinen. Erst nach einer ganzen Weile kam sie wieder zur Besinnung. ›Was habe ich nur getan?‹, rief sie aus. ›Was ist bloß in mich gefahren? Wie konnte ich nur so grausam sein!‹ Darauf konnte Miezi ihr erklären, wie sie die Sache sah, nämlich dass sie durch die Geheimniskrämerin verletzt war und traurig darüber, dass Rapunzel sie nicht ins Vertrauen gezogen hatte. Gertrud war tief beeindruckt von Miezis Einfühlungsvermögen. Es leuchtete ihr völlig ein. Sie gestand sich sogar ein, dass der fröhliche, beschwingte Schritt des Prinzen sie neidisch auf dessen Jugend gemacht hatte, hatte doch Rapunzel gesagt, der Prinz sei so viel schneller beim Erklimmen des Turms als sie, eine ältere Frau. Da war sie über sich sehr erschrocken.« »Das war von ihr aber sehr ehrlich sich selbst gegenüber«, meinte ich anerkennend. »Das würde nicht jede zugegeben haben.« »Sie war zwar keine gute Fee, aber doch eine besondere Frau und verfügte über mehr Menschenkenntnis als die meisten von euch und auch über viel Selbsterkenntnis«, meinte Rosita.

»Die Verzweiflung über ihr Handeln war riesengroß. ›Das kann ich nie wieder gut machen!‹, rief sie immer wieder aus und war auch für Miezis Tröstungen gar nicht empfänglich. ›Du sollst nicht ‹nie› sagen‹ ,meinte diese schließlich, als sie das Gejammer nicht mehr mit anhören konnte. ›Aber was kann ich denn tun?‹, fragte Gertrud niedergeschlagen und todunglücklich. Jetzt wagte Miezi sogar einen kleinen Scherz: ›Wie sagt die Baba Jaga, die Waldfrau in deinen russischen Märchen, immer so treffend? ‹Der Morgen ist klüger als der Abend.› Und damit schickt sie den Helden erst mal schlafen. Das mache ich nun auch mit dir. Ich schicke dich schlafen, morgen früh reden wir weiter.‹ Darauf ließ sich Gertrud auch ein. Sie war schließlich völlig ausgelaugt von ihrem Wutausbruch und dem vielen Weinen.«

»Kaum war Gertrud eingeschlafen, machte Miezi sich auf zu ihrer Schwester und erzählte ihr die schreckliche Geschichte. ›Lass uns beraten, was hier zu tun ist‹, forderte sie Mauzi auf. ›Das ist ein Problem mit vielen Verwirrungen‹, meinte diese. ›Die beiden Verstoßenen müssen gefunden werden. Da können wir helfen.‹ ›Das ist wahr, das ist eine Aufgabe für uns Spürhunde.‹ gab Miezi augenzwinkernd zurück. ›Dann müssen wir Gertrud helfen, heilende Kräuter und Salben zusammenzustellen, damit sie den Prinzen behandeln kann. Auch dabei sehe ich uns gefordert‹, ergänzte Miezi die Liste dessen, was zu tun ist. ›Dann muss Gertrud Rapunzel und den Prinzen um Verzeihung bitten, vielleicht sogar sich erklären‹, machte Mauzi weiter. ›Darauf bestehe ich.‹ ›Das wird Gertrud leicht fallen‹, war Miezi überzeugt, denn sie kannte ihr Frauchen und wusste, dass sie bereits voller Reue war. ›Meinst du denn‹, fragte sie ihre Schwester, ›dass auch Rapunzel und der Prinz einsichtig sind und die Notwendigkeit erkennen, ihrerseits ihre Fehler einzugestehen und um Vergebung zu bitten?‹ ›Vielleicht können wir darauf einwirken, das wäre eine sehr edle Tat von uns.‹ ›Edel hin, edel her, aber die beiden verstehen ja unsere Sprache nicht, wir können zwar Gertrud etwas vermitteln, aber den beiden nicht.‹ ›Stimmt‹, gab Mauzi betreten zu. ›Weißt du was, das ist eine Nummer zu groß für uns, da müssen wir die Große Mutter um Hilfe bitten.‹ ›Wie klug von dir!‹ Mauzi war voller Bewunderung für ihre Schwester. ›Sie wird einen Rat wissen, da bin ich mir ganz sicher. Es muss eine von uns beiden sie um Hilfe bitten. Wäre es dir recht, wenn ich zu ihr Kontakt aufnehmen würde?‹ ›Mehr als recht. Da kann ich mich nämlich um die Menschen kümmern. Außerdem müssen wir zu einem geeigneten Zeitpunkt die Eltern von Rapunzel einschalten.‹ ›Besser erst, wenn alles andere erledigt ist‹, meinte Mauzi, die die Menschen, bei denen sie lebte natürlich am besten kannte. ›Wenn die nämlich jetzt schon erfahren, warum Rapunzel von Gertrud im Wald ausgesetzt wurde, sind die völlig aufgebracht.‹ ›Da hast du recht‹, gab Miezi zu. ›Gut, jetzt wissen wir also, wie wir vorgehen werden. Ich gehe zu Gertrud und werde sie morgen auffordern, Heilmittel für Sehbehinderungen zusammenzustellen, dabei helfe ich ihr gerne. Dann machen Gertrud und ich uns auf die Suche nach dem Prinzen und nach Rapunzel. Du gehst zur Großen Mutter und bittest sie, uns zu helfen, bei Rapunzel und dem Prinzen Einsicht über die eigenen Fehler auszulösen.‹ ›Alles klar, das geht los!‹, versicherte Mauzi und Miezi kehrte zu Gertrud zurück.«

»Das haben die beiden aber toll ausgetüftelt!« Ich war voller Anerkennung. »Wenn die Katzen nicht gewesen wären, hätte die Geschichte ein böses Ende genommen. Die Brüder Grimm wollten da wohl nur die Menschen sehen und diese in gute und böse einteilen: Gertrud die Böse und Rapunzel und der Prinz die Guten.« »Tja, aber so einfach gestrickt ist kein Mensch«, merkte Pepita weise an. »Solche Vereinfachungen, solche Schwarz-Weiß-Malereien führen letztendlich dazu, dass die Menschen ihr eigenes Handeln nicht genau betrachten und nicht merken, welche Probleme sie heraufbeschwören«, unterstützte Rosita ihre Schwester.

»Nun erzählt mir aber, wie es weiterging. Sicher war Gertrud von dem Vorgehen sehr angetan.« »Sie lief sofort in ihren Garten und in ihre Hausapotheke und suchte alles zusammen, was bei Erblindung helfen konnte. Miezi machte sie dabei auf Kräuter aufmerksam, die sie kannte. Dann bat Gertrud ihr Kätzchen die Suche nach den Vermissten aufzunehmen. Natürlich war der Prinz, der blind herumgetappt war, am schnellsten zu finden. Als der Gertruds Stimme hörte, wollte er davon laufen, weil er ganz und gar nichts Gutes, sondern nur neues Unheil von ihr erwartete, was ja auch nach seiner ersten Begegnung mit ihr nur zu verständlich war. Aber Gertrud war richtig gut. Sie beruhigte ihn und bat inständig um seine Verzeihung. Auch erklärte sie ihm, warum sie sich durch Rapunzels Verschwiegenheit so verletzt fühlte und machte das so überzeugend, dass der Prinz seinerseits um Vergebung für sein unüberlegtes Verhalten bat. Er sagte sogar: ›Das war eines künftigen Königs nicht würdig, aber als Blinder kann ich sowieso kein guter König werden.‹ ›Darüber ist das letzte Wort noch nicht gesprochen‹, entgegnete Gertrud. ›Bitte erlaubt, Königliche Hoheit, dass ich mich Eurer Augen annehme.‹ ›Nun gut, schlimmer kann es kaum noch werden‹, dachte der Prinz. Aber es wurde besser. Nicht sofort, aber nach ein paar Tagen, die der Prinz bei Gertrud in einem eigens für ihn eingerichteten Krankenzimmer zubrachte.«

»Derweil machte sich Miezi auf die Suche nach Rapunzel«, berichtet Pepita vom anderen Schauplatz des Geschehens. »Unsere Ahnin fand sie ohne Schwierigkeiten. Schnurrend ging sie ihr um die Beine. Darauf fing Rapunzel an zu weinen. ›Ich darf nie mehr nach Hause‹, jammerte sie. Am liebsten hätte Miezi ›papperlapapp‹ gesagt, aber das hätte Rapunzel nicht verstanden. Also beschränkte sie sich darauf ›Doch, doch, komm nur, folge mir!‹, zu sagen, was Rapunzel leider nicht verstehen konnte. Da machte sie das, was sie bei Hunden beobachtet hatte: Sie packte einen Zipfel von Rapunzels Kleid in ihr Mäulchen und zog sie sanft in Richtung auf Gertruds Haus. ›Wer hätte je gedacht, dass ich noch mal so hündisch werde‹, murmelte Miezi vor sich hin, aber natürlich war sie unglaublich froh, dass Rapunzel schließlich verstand, worauf sie hinaus wollte und ihr auch ohne den Zug am Rock folgte. ›Hoffentlich hat meine Schwester die Große Mutter erreicht. Wenn ja, dann wird sie uns helfen, da bin ich mir ganz sicher‹, dachte Miezi.« »Und? Hatte Mauzi es geschafft?« »Natürlich!«, kam es von beiden im Brustton allertiefster Überzeugung. Wie hatte ich nur eine Sekunde lang daran zweifeln können, schalt ich mich. Glückskatzen wie Pepita, Rosita, Miezi und Mauzi schaffen so etwas mit links!

»Mauzi hatte hin und her überlegt, wie sie an die Große Mutter herantreten könnte«, schilderte Rosita, was in ihrer Ahnin vorgegangen war. ›Ich müsste eine Botin haben, die mir vorauseilt und die Große Mutter schon mal informiert. Es müsste ein schnelles Tier sein, ein dreifarbiges am besten, denn das sind ja ihre Farben.‹ Da kam ihr die Erleuchtung: ›Ein Storch! Der war schnell gefunden, denn im Dorf hatten viele Störche ihr Quartier aufgeschlagen. ›Eine fette Maus für dich, wenn du mir hilfst!‹, bot sie an. ›Das lass ich mir gefallen, was soll ich tun?‹, wollte der wissen. Da erzählte ihm Mauzi, was das Problem war. ›Wenn's weiter nichts ist!‹ meinte der gutmütige Kerl und flog sofort in die Berge, wo die Große Mutter, die von euch Menschen auch Frau Holle genannt wird, ihre Wohnung hat. ›Du schöner Vogel, der du meine Farben trägst, was führt dich zu mir?‹ ›Große Mutter, zwei kleine, dreifarbige Kätzchen bedürfen deiner Hilfe für Menschen, die die Sprache der Tiere noch nicht verstehen.‹ Und dann erzählte der Storch, worum es ging. ›Nun soll Rapunzel und dem Prinzen vermittelt werden, dass sie Gertrud verletzt haben, indem sie ihr nichts von einer so wichtigen Angelegenheit erzählt hatten, die sie und ihrer aller Zukunft betraf.‹ ›Wie klug von den beiden Kätzchen!‹ Da konnte sogar die Große Mutter nur staunen. ›Lass mich Kontakt mit den beiden jungen Leuten aufnehmen.‹ Sie schloß ihre Augen und war im Geiste bei den Menschen. Da merkte sie, dass der Prinz bereits zur Selbsterkenntnis gelangt war durch Gertruds Schilderung ihrer Situation. Für sie stand fest, dass Rapunzel ebenfalls selbst ihren Fehler erkennen musste. ›Ich möchte Rapunzel drei Träume schicken, die ihr klar machen, wie sich jemand fühlt, vor dem andere etwas verheimlichen. Dazu brauche ich drei Tiere, ein weißes, ein rotes und ein schwarzes, wer möchte mich unterstützen?‹, fragte sie in die Weite hinein. Da kam als erstes eine weiße Taube angeflogen, dann hüpfte ein Eichhörnchen herbei und schließlich trabte ein Bieber zur Großen Mutter und schüttelte sich das letzte Wasser aus seinem Pelz. ›Wir möchten gerne helfen.‹ ›Sehr gut!‹ freute sich die Große Mutter. ›Bitte denkt euch eine Geschichte aus, in der Artgenossen von euch euch etwas verheimlichen, was euch kränkt oder ärgert.‹ forderte sie die drei Hilfsbereiten auf. Nach kurzer Überlegung meldete sich die Taube. ›Mich würde es sehr kränken, wenn meine Jungen eines Tages, nachdem sie die Kunst des Fliegens vollständig beherrschen, einfach davon fliegen, ohne sich zu verabschieden.‹ ‹Ist denn, was der Tauber und ich in der Aufzucht getan haben, nicht ein Wort des Abschieds wert?› würde ich mich fragen.‹ ›Ausgezeichnet, genau so hatte ich es mir vorgestellt.‹ ›Ich habe auch eine Idee‹, meldete sich das Eichhörnchen zu Wort. ›Bei uns ist es üblich, dass wir unsere Nussvorräte für den Winter im Notfall auch mit anderen teilen. Daher wäre ich sehr verärgert, wenn andere Eichhörnchen meine Verstecke plünderten, ohne mich um Erlaubnis zu fragen. ‹Bin ich denn für die kein Mitglied unserer Gruppe, sondern eine Fremde, die man bestiehlt?›, würde ich denken.‹ ›Hervorragend auch dein Beispiel‹, lobte die Große Mutter ›und du, Bieber, was hast du dir überlegt?‹ ›Ich habe mir vorgestellt, ich würde an einem Damm bauen und müsste feststellen, dass meine Artgenossen an einer anderen Stelle angefangen haben einen großen Damm anzulegen. ‹Trauen die anderen mir denn nicht zu, dass mein Beitrag zu einem Damm gut ist?›, würde ich mich fragen und wäre sehr traurig.‹ ›Auch dein Beispiel ist wunderbar. Alle drei habt ihr eine Geschichte gefunden, die wir Rapunzel vermitteln können. Ich werde euch in einem Traum Rapunzel eure Geschichten erzählen lassen, dort verstehen die Menschen eure Sprache. Jedes Tier soll Rapunzel am Schluss fragen: ‹Hast du auch mal jemandem weh getan, indem du ihn nicht einbezogen hast?›« Ich war hell begeistert von der Großen Mutter. »Das ist großartig, was sie sich da ausgedacht hat, da muss Rapunzel selbst zu der Erkenntnis kommen, wo sie jemanden, also Gertrud, verletzt hat, so wie der Prinz seinen Anteil erkennen konnte, als ihm Gertrud erzählt hatte, was sie gekränkt hat.« »Das freut uns sehr, dass dir der Plan der Großen Mutter so gut gefällt«, kam es aus beiden Schnäuzchen und Pepita und Rosita strahlten über das ganze Gesicht. Der Rest war Schnurren.

»Die Fortsetzung ist schnell erzählt«, meinte Pepita. »Miezi und Rapunzel gingen durch den Wald und als das Mädchen Hunger bekam, pflückte sie sich Beeren. Danach war sie müde und wollte ausruhen und da träumte sie die drei Träume. Nachdenklich erwachte sie. Sie spürte sofort, dass es mit diesen Träumen eine besondere Bewandtnis hatte und sie begann zu überlegen. Wir müssen Rapunzel zugute halten, dass der Groschen schnell fiel.« »Oh, wie schön!«, unterbrach ich kurz. »Und es wird dich noch mehr freuen zu hören, dass sie jetzt geradezu danach drängte, schnell bei Gertrud zu sein und sie um Verzeihung bitten zu können. Also beeilte sich auch Miezi und es gab ein tränenreiches Wiedersehen von Gertrud und Rapunzel. Beide hatten bei der jeweils anderen Abbitte zu leisten. Dann tauchte auch der Prinz auf und erzählte Rapunzel seinen Anteil. Er fügte noch die weitere Erkenntnis hinzu, dass er es versäumt hatte, seine Eltern um Erlaubnis für seine Heiratspläne zu bitten. ›Und ich meine‹, fügte Rapunzel schuldbewusst hinzu. ›Das lässt sich nachholen‹, machte Gertrud beiden Mut. ›Ich werde bei deinen Eltern Fürsprache einlegen‹, versprach sie Rapunzel. ›Aber ich werde auch anregen, dass ihr ein Jahr Verlobungszeit nutzt, um euch auf eure künftige Aufgabe als Kronprinzenpaar vorzubereiten.‹ ›Willst du uns dabei helfen?‹, fragten sie beide. ›Nach allem, was gewesen ist, denke ich, Miezi und Mauzi wären die allerbesten, wenn es darum geht, Verständnis für andere Lebewesen zu entwickeln, ich kann euch lediglich helfen, deren Sprache zu erlernen. Was aber ein gutes Herrscherpaar ausmacht, das wissen Eure Eltern, Prinz Karl-Heinrich, am besten.‹ Das leuchtete beiden ein. Rapunzel ging mit Gertrud zu ihren leiblichen Eltern und erzählte, was sich ereignet hatte. Der Prinz kehrte ins Schloss zurück, wo er schon vermisst worden war, und schilderte, was sich in den vergangenen Wochen zugetragen hatte. Angefangen davon, wie er Rapunzel, die er bei ihrem richtigen Namen Beate nannte, kennen und lieben gelernt hatte, bis zu seinem Fehlverhalten, der Strafe, seiner Reue und bat darum, den Eltern das junge Mädchen vorstellen zu dürfen, das sein Herz gewonnen hatte.« »Beate war dann ja wohl wirklich eine Glückliche, auch wenn sie keine drei Farben hatte.« »Die Glücklichen brauchen keinen Farbtopf«, meinten Pepita und Rosita weise schnurrend. »Und wenn sie nicht gestorben sind, regieren sie noch heute.« So viel Glück brauchte einen schelmischen Schlusspunkt, fand ich. Schließlich war die Geschichte schon ernsthaft genug, vor allem die Rolle der beiden Glückskätzchen Miezi und Mauzi. Aber ich musste unbedingt noch hinzufügen: »Da wird sich Marta aber freuen, wenn ich ihr diese Geschichte erzähle.« »Wir können sie ihr ja selbst erzählen«, meinten meine beiden Lieblinge. »Das ist eine wunderbare Idee!« rief ich begeistert aus und so kam es.

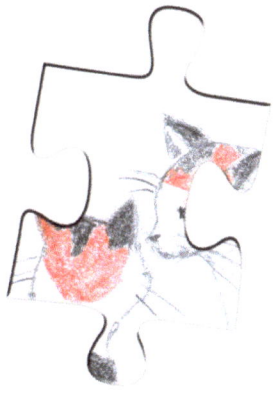

Eine böse Reise

oder Die wahre Geschichte von
Rotkäppchen

»Schon wieder ein Wolf erschossen!«, rief ich laut aus, weil ich so entsetzt war über den Schützen, der nun polizeilich gesucht wurde, denn das Abschießen von Wölfen ist verboten. »Und dann wird immer dazu gesagt, dass der Wolf eben seit langer Zeit als Untier gilt. Ausgerechnet Märchen führt man zur Begründung ins Feld!« Mit gespitzten Öhrchen hörten Pepita und Rosita mir bei meinem Aufschrei zu. »Was sagt ihr denn dazu? Wie ich euch inzwischen kennengelernt habe, wisst ihr, dass das alte Grimmsche Märchen von Rotkäppchen und dem bösen Wolf so nicht stimmte.« »Das kannst du wohl glauben. Sicher willst du jetzt hören, wie es wirklich war.« Rosita ahnte schon meine Wünsche, bevor ich sie äußern konnte. Deshalb war es mir auch wichtig, meinen Beiden zu erzählen, wie es mir beim Lesen des Märchens früher gegangen war. »Manchmal hatte ich auch ein Unbehagen, bei dem was die Brüder Grimm so alles zusammengesammelt und aufgeschrieben hatten. Vor allem bei Rotkäppchen war ich immer sehr unzufrieden. Wie kann denn irgend jemand einen Wolf, der sich die Nachthaube der Großmutter aufsetzt und in ihr Bett legt, für eine alte Frau halten? Also wirklich! Das ist doch sehr weit hergeholt.« Jetzt wurden meine beiden Lieblinge putzmunter. »Da hast du völlig Recht, das kann gar nicht sein«, pflichtete mir Rosita bei. »Als erstes hätte doch die spitze Schnauze auffallen müssen und nicht die großen Ohren, die hatte der Wolf doch sicher unter die Haube gesteckt, wenn er auch nur im Entferntesten wie die Großmutter aussehen wollte«, ergänzte sie. »Na ja, vielleicht hatte er seine Schnauze unter die Bettdecke gehalten«, meinte nun aber Pepita, die ganz gegen ihre sonstige Ablehnung der Grimm Brüder auf einmal eine Lanze für die beiden Märchensammler brechen wollte. »Das ist ja ganz was Neues von dir, Pepita«, wunderte ich mich. »Aber mit meinen Zweifeln stehe ich nicht alleine. James Thurber hat die Geschichte auch nicht eingeleuchtet.« »Kennen wir nicht«, kam es in bestimmtem Ton von Pepita. »Na, dann kann ich euch ja mal was erzählen«, freute ich mich.

»Also James Thurber war ein us-amerikanischer Schriftsteller und Zeichner, der humoristische Geschichten, Erzählungen und Fabeln geschrieben hat, unter anderem seine Version von Rotkäppchen. Bei ihm heißt es darin:

›Als das kleine Mädchen das Haus ihrer Großmutter betrat, sah sie, dass jemand im Bett lag, der ein Nachthemd und eine Nachthaube trug. Sie war noch keine drei Schritte auf das Bett zugegangen, da merkte sie, dass es nicht die Großmutter war, denn selbst in einer Nachthaube sieht ein Wolf einer Großmutter nicht ähnlicher als der Metro-Goldwyn-Löwe dem Präsidenten der Vereinigten Staaten. Also nahm das kleine Mädchen einen Browning aus ihrem Korb und schoss den Wolf tot.‹«

»Was ist denn ein Metro-Goldwyn-Löwe und was ist ein Browning?«, wollte Rosita wissen. »Ich kenne nur Brownies«, fügte die kleine Naschkatze hinzu und ergänzte: »Aber Lebkuchen sind mir lieber, das weißt du ja, seit wir dir die wahre Geschichte von Hänsel und Gretel erzählt haben.« »Also der Metro-Goldwyn-Löwe ist das Symbol einer us-amerikanischen Filmgesellschaft. Was Filme sind, wisst ihr doch?«, fügte ich unsicher geworden hinzu. »Erklär' lieber sicherheitshalber«, meinte Rosita, die wohl auch schwankend geworden war. »Also wenn ich im Arbeitszimmer sitze und auf die Tasten drücke, habe ich vor mir ein erleuchtetes Bild in einem Rahmen, manchmal drücke ich auf einen Knopf und dann kann man sogar Musik oder Sprechen hören.« »Das kennen wir und wissen auch, dass wir dich dann besser nicht stören«, betonte Rosita. »Es sei denn, wir sind kurz vorm Verhungern«, ergänzte Pepita, die deutlich dünner ist als ihre Schwester. »Ja, solche Notfälle erkenne ich natürlich an. Nun stellt euch einen großen Raum vor, an dessen einer Wand Bilder, die sich bewegen erscheinen, Musik erklingt und Menschen sprechen. Manchmal sind auch Tierstimmen zu hören. Das nennt man einen Film. In dem Raum haben viele Leute Platz, weil so ein Film nicht nur für eine Person gezeigt wird, sondern gleich für mehrere. Achtzig bis hundert Zuschauende können es werden.« »Das macht sicher auch mehr Spaß«, vermutete Pepita.

»Ja, meistens, manchmal stören aber auch andere Leute, wenn sie sich während des Films unterhalten oder mit Papier rascheln. Das, was auf der Wand zu sehen ist, hat eine Gruppe von Leuten, die zusammen arbeiten und eine Firma bilden, hergestellt. Solche Firmen geben sich dann Namen und meistens auch ein Bild, ein Erkennungszeichen. Bevor die Handlung beginnt, erscheint dann dieses Bild und im Fall der Firma Metro-Goldwyn-Mayer ist es ein Löwe. James Thurber, von dem die Geschichte stammt, hat aber den Namen Mayer weggelassen. Der Löwe fängt an, eindrucksvoll zu brüllen und dreht dabei seinen Kopf im Kreis.« »Bekommen die Leute dann nicht Angst?« »Nein, denn sie wissen, das, was sie an der Wand sehen, sind nur Bilder, keine echten Lebewesen.« »Ach so.« »Schaut, so sieht der Löwe aus!« Mit diesen Worten zeigte ich ihnen ein Bild der Trade Mark von Metro Goldwyn Mayer. Darauf brüllt der Löwe in einem kreisförmigen Rahmen auf einem golden eingefärbten Zelluloidstreifen. »Der spielt wohl gerade die Rolle ›König der Tiere‹«, kommentierte Pepita wenig beeindruckt das Markenzeichen von Metro-Goldwyn-Mayer mit dem brüllenden Löwen. Ich hatte den Verdacht, dass sie Löwen nicht so ernst nahm, wie diese selbst genommen werden wollten. »Eigentlich sind die Löwinnen viel gefährlicher!«, warf Rosita ein. »Schließlich gehen meistens sie auf die Jagd und schleppen dann Futter für die Horde herbei.« Ich hätte es mir ja denken können. Wenn wir nicht alle drei überzeugte Feministinnen wären, genauer gesagt, wenn nicht Rosita und Pepita nicht überzeugte Felinistinnen wären, indem sie die Gleichberechtigung weiblicher Katzen gegenüber Katern unterstützen, würden sie sich mit mir, der Altfeministin, ja kaum so gut verstehen.

»So und nun zeige ich euch ein Bild des us-amerikanischen Präsidenten.« »Stimmt, da hat der James Thurber recht, von Ähnlichkeit keine Spur«, kommentierte Rosita das Bild. »Ihr wolltet aber auch wissen, was ein Browning ist. Also ein Browning ist eine Pistole, eine Waffe, sie wird wohl auch für die Jagd benutzt.« »Wie schrecklich!«, empörten sich meine Beiden. »Geht es denn bei euch Menschen immer nur um Mord und Totschlag?« »Glücklicherweise nicht. Aber US-Amerikanerinnen und -Amerikaner haben eine große Vorliebe für Waffen, kein Wunder, dass Thurber seine Geschichte mit einem Schuss beendet. Mir gefällt das Ende seiner Fabel auch nicht. Immer werden Wölfe schlecht gemacht, dabei fressen sie gar keine Menschen.« »Völlig richtig«, bestärkte mich Pepita. »Aber mit seiner Moral hat mir Thurber aus dem Herzen gesprochen: ›Es ist heutzutage nicht mehr so leicht wie ehedem, kleinen Mädchen etwas vorzumachen‹«, verteidigte ich Thurber ein bisschen, indem ich den Schlusssatz seiner Geschichte zitierte.

»Damals konnte man dem Mädchen auch schon nichts vormachen, solange sie einen klaren Kopf hatte«, korrigierte mich Pepita und Rosita meinte: »Und genau den hatte sie kurzzeitig verloren. Du merkst schon wieder, die Geschichte war ganz, ganz anders.« »Eine Katze spielt darin auch eine Rolle, eine wichtige sogar«, ergänzte Pepita. »Das Ende hat sie maßgeblich beeinflusst.« Das war nun, nach allem, was ich bisher von den Beiden an Märchen mit Katzen gehört hatte, überhaupt keine Neuigkeit. Aber höflich sagte ich nur: »Jetzt habt ihr mich neugierig gemacht, nun will ich die Geschichte auch hören. Aber erst gebe ich euch eine Runde Trockenfutter.« »O ja!«

»Den Anfang, der bei den Menschen spielt, kennst du ja«, fing Pepita an, nachdem auch die allerletzten Bröckchen Trockenfutter vertilgt und mit einem kräftigen Schluck Wasser hinunter gespült waren. »Das Mädchen war sehr beliebt, jedoch kein kleines Dingelchen mehr. Sie muss vierzehn oder fünfzehn Jahre alt gewesen sein«, erklärte Rosita. »Aber das mit dem roten Samtkäppchen ist richtig. Sie hatte das erste mit drei Jahren bekommen. Im Lauf der Zeit änderte sich die Mode etwas, wenn auch nicht so schnell wie heute. Als sich die Geschichte zugetragen hatte, war es eine Art rote, samtene Baskenmütze, die das Mädchen sehr liebte. Sie hieß übrigens Rotraud, mochte aber den Namen nie, zumal sie in der Schule von den anderen immer ›Rotkraut‹ genannt und damit geärgert wurde. Als Kind, also als sie das erste rote Käppchen bekam, das genau so aussah, wie auf allen Bildern von ihr, nannte ihre Familie sie liebevoll ›Rotkäppchen‹. Dieser Kosenamen gefiel ihr gut. Mit zunehmendem Alter hätte sie jedoch gerne Traude geheißen, weil das viel reifer klang, fand sie. Aber wie es so ist, das ›Rotkäppchen‹ blieb an ihr haften, auch als das Käppchen längst einer Baskenmütze gewichen war«, berichtete Pepita. »Das ärgerte sie, weil sie doch gerne einen erwachseneren Namen tragen wollte.« »Das geht, glaube ich, vielen Mädchen in dem Alter so. Sie freuen sich dann, wenn jemand darauf eingeht und sie mit einem anderen Namen anspricht«, warf ich ein und erinnerte mich an Namenswechsel, die ich selbst etwa in dem Alter erlebt hatte. »Stimmt«, gab Pepita mir recht.

»Das mit dem Kuchen und Wein stimmt auch«, fuhr Rosita fort. »Die Großmutter hatte sich nämlich angewöhnt, abends immer ein Glas Rotwein zu trinken, den Traudes Mutter für sie besorgte. Bei dem Kuchen handelte es sich um eine Art Gewürzkuchen mit vielen Körnern, um die Verdauung der Großmutter zu fördern, die immer dankbar dafür war. Traude war also auf dem Weg zu ihrer Oma und hatte dafür auch ihr samtenes, weinrotes Cape angezogen, das genau zur Baskenmütze passte und das sie sehr liebte. Sie kam sich ein bisschen vor wie reiche Frauen, die mit edlen Capes zu Abendgesellschaften fuhren, auch wenn sie nur zum Waldhaus ihrer Großmutter ging.«
»Nun willst du sicher wieder wissen, wie Traude ausgesehen hat«, kam Pepita meiner nächsten Frage zuvor. Heute schien der Tag des Gedankenlesens zu sein. Allerdings waren die Fragen, die meine Lieblinge schon äußerten, noch bevor ich sie aussprach, nicht sehr ausgefallen. Tatsächlich kamen sie mir bei jeder ihrer Geschichten in den Sinn. »Eigentlich gibt es kaum etwas Bemerkenswertes über Traude zu sagen. Ihr Haar war braun, leicht gewellt und gefiel ihr nicht besonders. Es sei eine Allerweltsfarbe, beklagte sie sich oft. Alle anderen Farben, blond, rot, schwarz, hätten ihr besser gefallen. Das rote Käppchen kam ihr dabei sehr entgegen. Als sie größer war, schätzte sie es, dass ihre natürliche Haarfarbe verdeckt wurde und das Rot des Käppchens so stark leuchtete, dass es ihr – wie sagtest du eben? - Markenzeichen wurde?«, vergewisserte sich Pepita. »Ja, so nennt man das«, bestätigte ich sie.

»Doch zurück zu dem Besuch bei der Großmutter«, nahm Rosita den Faden wieder auf. »Die hatte bestimmt die Katze, von der ihr gesprochen habt!«, warf ich ein, um zu zeigen, wie gut ich aufgepasst hatte. »Na klar! Wer von den Menschen, die auf dem Land oder wie die Großmutter am Waldrand lebten, hatte in jener Zeit keine Katze?«, gab Pepita zurück. »Die Großmutter hatte ihre Katze ›Maunzele‹ genannt, weil sie immer viel zu erzählen hatte. Ich habe bewusst ›erzählen‹ gesagt, denn im Lauf der Jahre hatte die kluge, alte Frau gelernt, das Maunzen und Miauen ihrer Katze zu deuten, sie hätte Übersetzerin werden können, so gut beherrschte sie die Katzensprache. Ihrer Enkelin wollte sie die Fähigkeit gerne vermitteln, wenn diese ein Interesse daran bekunden würde. Danach sah es tatsächlich auch aus, denn Traude interessierte sich sehr für Tiere aller Art und deren Lebensgewohnheiten, auch denen von Maunzele«, erzählte Rosita. »Wie sah Maunzele denn aus?« stellte ich vorsichtig meine Standardfrage, weil ich nicht schon wieder wie bei

Hänsel und Gretel mit voreiligen Annahmen unangenehm auffallen wollte. »Eher unauffällig. Sie war grau getigert mit weißen Pfötchen, weißem Lätzchen und einer weißen Schwanzspitze. Gerade das Letztere fand die Großmutter besonders gut. Ihre Sehkraft hatte nämlich nachgelassen und so konnte sie Maunzele in der Dämmerung besser erkennen, denn ihre Schwanzspitze leuchtete wie ein Rücklicht. Wenn Maunzele also ihrem Frauchen im Halbdunkeln um die Beine strich, war sie gut sichtbar und es bestand keine Gefahr, dass die alte Frau über ihr Kätzchen stolpern und hinfallen würde.«

Von diesen Worten meiner Rosita war ich tief beeindruckt. Wie gut sich doch Katzen in die Situation von Menschen eindenken und einfühlen können! Viele Leute sprechen Tieren das Mitfühlen rundweg ab. Wenn andere ihnen Gefühle von Tieren vermitteln wollen, seien es Freude, Schmerz oder Trauer, heißt es oft, sie würden Tiere »vermenschlichen«. Das sagte ich meinen beiden an der Stelle auch. Liebevoll umschnurrten sie mich. »Du weißt, wie wichtig es ist, Gemeinsamkeiten von Tieren und Menschen zu erkennen und dazu gehört eben auch, dass beide Gefühle empfinden.« »Nicht alle Menschen haben das Glück, tierische Lehrmeisterinnen zu besitzen wie ich. Dafür bin ich sehr dankbar.« »Und wir sind froh, in dir eine so gute Schülerin zu haben«, meinte Pepita nicht ohne Stolz.

»Doch zurück zu jenem Tag, an dem Traude zur Großmutter gehen sollte«, sorgte Rosita noch einmal für den Fortgang der Erzählung. »Es war nämlich Maunzeles Schwanzspitze, die Traude vom Weg weg lockte.« »Wie denn das?«, wollte ich wissen. »Nun, Maunzele ging nicht nur im Haus der Großmutter auf Mäusejagd, sondern jagte auch im Wald. Dort fand sie immer etwas, was ihr gut schmeckte. An dem besagten Tag sah Traude Großmutters Maunzele dank der leuchtenden Schwanzspitze nahe am Weg kauern. Sie trat ganz leise heran, weil sie sich schon dachte, dass Maunzele im Jagdfieber war. Für ihr Leben gern wollte sie sehen, wie eine Katze eine Maus oder ein anderes Beutetier fängt. Sie hatte viel davon gehört, dass Katzen grausam seien und mit ihrem Opfer spielen würden, bevor sie es töten und verspeisen. Das wollte sie nun mit eigenen Augen sehen.«

»So weit kam es aber nicht«, kam Pepita meiner Frage nach dem Jagdverhalten von Katzen zuvor. »Als Traude eine kurze Weile Maunzele stumm beobachtet hatte, hörte sie jemanden pfeifend näher kommen.« »Konnte der Wolf etwa pfeifen?«, wunderte ich mich. »Wer redet denn von einem Wolf? Sei nicht so voreilig mit deinen Schlussfolgerungen«, rügte mich Pepita. »Es war ein größerer Junge, so sechzehn oder siebzehn Jahre alt. Natürlich sah Maunzele sofort, dass ihre Jagd ein vorzeitiges Ende genommen hatte. Sie hatte keine Chance, bei dem Gepfeife unbemerkt zu bleiben. Also lief sie vom Mauseloch weg, beobachtete aber in einiger Entfernung, was geschehen würde.

Der Junge kam auf Traude zu. ›Hallo, wer bist du denn und was machst du hier?‹, wollte der Junge wissen. ›Ich bin Traude.‹« »Da war Traude sicher froh, in dem Jungen jemanden getroffen zu haben, der sie weder bei ihrem richtigen Namen, Rotraud, noch bei ihrem Spitznamen, Rotkäppchen, kannte. Da konnte sie sich unter dem Namen vorstellen, den sie am liebsten hatte«, beeilte ich mich einzuwerfen. »Darüber haben wir uns keine Gedanken gemacht und auch Maunzele war es herzlich egal, was Menschen für Probleme mit ihren Namen haben.« Mit diesen strengen Worten führte mich Pepita wieder in die Katzenwelt zurück. Heimlich aber hielt ich an meinem Gedanken fest.

»Traude erklärte dem Jungen: ›Ich bin auf dem Weg zu meiner Großmutter und hatte ihre Katze beim Jagen beobachtet. Aber dein Pfeifen hat ihre Beute wohl aufgeschreckt und nun ist das Kätzchen weggelaufen.‹ ›Aber da vorne sitzt sie und beobachtet uns ganz genau‹, erwiderte der Junge. ›Ich bin übrigens Wolfgang, habe es aber lieber, wenn man mich Wolf nennt.‹ ›Aha‹, dachte Traude, ›noch einer, der mit seinem vollen Vornamen nicht zufrieden ist.‹« Jetzt musste ich einfach unterbrechen: »Sagt bloss, es war gar kein Wolf, sondern ein größerer Junge? Das ist ja wirklich sensationell!« »Aber genau so war es. Es hat keinen einzigen Wolf in der Geschichte gegeben«, trumpfte Rosita auf. »Und die Grimmsche Version wird heute noch dazu benutzt, um Wölfe zu verunglimpfen?« Ich konnte mich gar nicht wieder abregen. »Ihr Menschen seid seltsame Geschöpfe. Oft beharrt ihr auf falschen Informationen und seid nicht zu belehren«, gab Rosita zurück. Wie Recht sie doch hatte. Darüber hätten wir uns gut verständigen können. Aber nun wollte ich ja hören, wie Wolf in den Ruf eines tierischen Wolfs kommen konnte. Das war erklärungsbedürftig, auch Pepita und Rosita sahen das so.

»Lass uns weiter erzählen«, baten sie. »Gerne.« »Also Traude fragte den jungen Mann: ›Was machst du hier?‹ Mit Blick auf einen Strauß, den Wolf in der Hand trug, wollte sie wissen: ›Hast du Kräuter gesammelt?‹ ›Das verrate ich dir nicht‹, gab Wolf scherzend zurück. ›Du bist blöd. Was ist denn so Geheimnisvolles an Kräutern?‹, meinte Traude und wandt sich beleidigt von Wolf ab. Ihre Großmutter hatte noch nie ein Geheimnis aus ihren Kräuterkenntnissen gemacht, im Gegenteil, sie lehrte Traude alles, was sie selbst darüber wusste.

Aber da kam Maunzele an, ging Wolf um die Beine und sprang an ihm hoch. Augenscheinlich war sie ganz scharf auf das Büschel Kräuter, das Wolf in der Hand hatte, denn sie maunzte laut und voller Verlangen. ›Na, Kätzchen, du willst wohl mein Geheimnis preis geben‹, meinte Wolf und versuchte, Maunzele zu streicheln. Aber die war nur an den Kräutern interessiert. Nun war auch Traude aufmerksam geworden und sah sich das Schauspiel an. ›Ist das eine Art Katzenfutter?‹, wollte sie wissen. ›Nicht wirklich‹, antwortete Wolf. ›Aber Maunzele ist doch ganz scharf darauf. Nun sag schon und lass dir nicht jeden Wurm aus der Nase ziehen‹, entgegnete Traude ungehalten. ›Kannst du denn ein Geheimnis bewahren?‹ ›Aber selbstverständlich. Großes Ehrenwort.‹ Nun war Traude vor lauter Neugier versöhnlich geworden. ›Also gut: Ich habe vor Jahren angefangen Tiere zu beobachten, weil mich ihre Lebensweise interessiert hat.‹ ›Das mache ich seit Kurzem auch‹, unterbrach Traude ganz aufgeregt. Ihr Menschen würdet jetzt wohl sagen: ›Das haben sich zwei Seelenverwandte getroffen‹‹, kommentierte Pepita. »Selbst wenn man nicht so ein großes Wort verwendet, ist es doch immer wieder schön jemanden zu treffen, der oder die ähnlich denkt und fühlt wie man selbst«, stimmte ich zu.

»›So habe ich sogar Haustiere beobachtet und fand etwas Spannendes über Katzen heraus‹, fuhr Wolf fort. ›Es gibt da ein Kraut, das Katzen schier närrisch macht. Du hast ja selbst gesehen, wie Maunzele reagiert hat. Manche Katzen wälzen sich in den Pflanzen oder zerfetzen die Blätter und knabbern an ihnen. Sie geraten dann völlig außer Rand und Band.‹ ›Und warum ist das so?‹, wollte Traude wissen, die gerne den Dingen auf den Grund ging. ›Das weiß ich ehrlich gesagt auch nicht. Ob sie dann heiß werden und sich paaren wollen? Ich weiß es wirklich nicht, habe auch nicht beobachtet, dass sie rollig werden.‹ ›Vielleicht ist es so ähnlich, wie wenn Menschen Bier, Wein oder gar Schnaps trinken‹, überlegte Traude. ›Ich habe mir jedenfalls, als ich die wild gewordenen Katzen gesehen habe, überlegt, was passiert, wenn ein Mensch es nimmt und angefangen damit zu experimentieren. Erst habe ich es gekaut, das hatte ich keine besondere Reaktion. Dann habe ich Tee davon gekocht, schließlich macht man das mit anderen Kräutern ja auch. Er schmeckt ein bisschen nach Minze und Zitrone. Aber das war mir zu umständlich und gemerkt habe ich auch nicht viel. Dann hatte ich die Idee es zu rauchen und da habe ich eine Wirkung gespürt. Ich habe die Portionen immer größer gemacht und nun sammle ich das Kraut, trockne es und gehe dann an eine Stelle, wo mich niemand sieht und rauche. Wenn das Maunzele jetzt nicht dazu gekommen wäre, hättest du gar nichts davon mitbekommen. Versprich mir, wirklich nichts zu verraten‹, fügte Wolf hinzu. Damit hatte er aber bei Traude in ein Wespennest gestochen. ›Mehr als einmal gebe ich kein Ehrenwort!‹, brauste sie auf. ›Du wirst mir schon vertrauen müssen.‹ ›Entschuldige, ich wollte dich nicht beleidigen.‹ Wolf war geradezu reumütig. ›Schon gut.‹ Traude gehörte zu den Menschen, die schnell wieder versöhnlich werden, wenn ein anderer sich entschuldigt. Nachtragend war sie wirklich nicht. ›Was hältst du davon, wenn wir zur Versöhnung etwas Katzenkraut rauchen?‹ ›Jetzt gefällst du mir, das ist doch mal ein Wort!‹ Traude war total begeistert. Zwar mochte sie Rauch nicht besonders. Auch hatte sie gehört, dass es einem vom Rauchen schlecht würde. Aber etwas Neues, Besonderes wollte sie schon gerne erleben. Um eventuelle Zweifel zu zerstreuen versicherte ihr Wolf, er würde sie anleiten. ›Und wenn es dir nicht bekommt, kannst du ja aufhören‹, beruhigte er sie.«

»Na, da hat er aber den Mund sehr voll genommen. Wenn so ein Kraut erst mal inhaliert wurde, lässt sich die Wirkung nicht einfach abstellen wie einen Wasserhahn, den man zudreht, das habe ich selbst einmal mitbekommen«, warf ich ein. »Wir merken schon, du kennst dich aus«, meinte Rosita. »Menschen tun sich wirklich seltsame Dinge an.« Das wollte ich aber nicht auf uns Menschen sitzen lassen. »Aber Tiere doch auch«, warf ich ein. »Ich sage nur: Katzenminze und Baldrian!« Da wurden meine Beiden etwas kleinlaut. »Da hast du natürlich recht«, gaben sie zu. »Man hat sogar schon von besoffenen Kühen gehört, die zu viel vergorene Äpfel gefressen hatten und dann ihren Rausch ausschlafen mussten und zu nichts mehr fähig waren«, fügten sie eifrig hinzu.

Ich merkte wohl, dass sie von kätzischem Drogengebrauch ablenken wollten, bestand also lieber nicht darauf, das Verhalten ihrer Tierfamilie näher unter die Lupe zu nehmen.

»Hatte Traude denn nun Probleme mit dem Rauchen und dem Inhalieren?«, wollte ich wissen, um wieder zu der Geschichte zurück zu kommen. »Wolfs Versicherung, dass sie aufhören könne, wenn es ihr nicht gut ginge, ließ sie kein bisschen zögern. Also stopfte Wolf ihr eine Pfeife mit getrocknetem Kraut, das er aus einem Beutel zog, entzündete es und wies Traude an, wie sie einzuatmen hatte. Erst hustete und pustete sie den Rauch wieder aus, aber schließlich klappte es. Plötzlich fing Traude an zu kichern. ›Sieh doch nur Wolf, die Blumen, die sind ja riesig und verneigen sich vor mir wie vor einer Königin. Vielleicht würden sie sogar die Großmutter bedienen. Das würde ihr einen tollen Spaß machen!‹«

Maunzele sah zu, wie Traude kichernd und lachend begann, Blumen zu pflücken. »Was hat sich das Maunzele denn auf Traudes Verhalten für einen Reim gemacht?«, wollte ich wissen. »Das ist eine sehr gute Frage«, lobte mich Rosita. »Ehrlich gesagt, da uns so ein seltsames Verhalten – du würdest vielleicht ›ausgeflippt‹ dazu sagen – nicht fremd ist, wunderte sie sich nicht, sondern beobachtete interessiert, wie das von Wolf als Katzenkraut bezeichnete Rauch- oder besser gesagt Rauschmittel auf die beiden Menschen wirkte. Wir geraten ja auch ganz aus dem Häuschen, wenn du uns das kleine Säckchen gibst.« »Ihr umarmt das Säckchen, auf dem ›I ❤ cats‹ steht, als wäre es ein geliebtes Wesen, das ihr nie wieder loslassen wollt. Erst kam mir das auch reichlich sonderbar vor. Aber dann hatte ich gelesen, dass Katzenminze für euch eine Art Droge ist, die euer Verhalten kurzfristig verändert, so wie Baldrian auch.« »Genau so ist es!«, freute sich Pepita über meine Sachkenntnis. Wahrscheinlich dachte sie auch an die genüssliche Wirkung von Katzenminze. »Jetzt habe ich so viel über Rauschmittel gehört, jetzt muss ich mir ein Bier genehmigen, meine Lieblingsdroge, und ihr bekommt das Säckchen Katzenminze.« »Das ist gerecht«, meinten sie und machten sich mit dem Säckchen zu schaffen. Nach einer Weile schlug Pepita vor: »Lass uns jetzt zu Bett gehen und unsere Räusche ausschlafen. Morgen früh erzählen wir uns dann, was wir geträumt haben und was das Maunzele von den beiden Rauchenden mitbekommen hatte.«

In der Nacht hatte ich einen verworrenen Traum. Er fing noch ganz harmlos an: Ich war auf einer Party in den USA und trank cold duck, Kalte Ente, ein us-amerikanischer roter Schaumwein. Dann verschüttet ich etwas von der Flüssigkeit aus meinem Glas. Die Pfütze wurde größer und größer, eine Ente schwamm auf ihr, andere Artgenossinnen gesellten sich dazu. Plötzlich lag der See, in den sich die Pfütze verwandelt hatte, in einem Wald, aus der Ferne erklang das Entenmotiv aus Peter und der Wolf. Ein Wolf tauchte auf. Jetzt schwamm nur noch eine Ente im See. Sie trug ein rotes Samtcape. Mit einer eleganten Geste warf sie es von sich. Es landete auf dem Wolf, der sich daraufhin in einen jungen Mann verwandelte. Gleichzeitig war aus der Ente ein Schwan geworden, dann eine Ballerina im Schwanenkostüm, die über die Wasseroberfläche glitt wie auf Schlittschuhen und zu Tschaikowskys Schwanenseemelodien tanzte. Bei einem Sprung landete die Tänzerin in den Armen des jungen Mannes. Kopfschüttelnd sah eine grau getigerte Katze mit weißen Pfötchen und weißer Schwanzspitze dem Pas de deux der beiden Tanzenden zu, trottete dann davon und stand maunzend vor einem Haus am Waldrand. Plötzlich überfiel mich Panik, denn auf einmal spürte ich einen Druck auf der Brust, wovon ich aufwachte und Pepita und Rosita sah, die maunzend auf mir saßen und ihr Frühstück verlangten. »Steh auf, wir haben Appetit!« »Ja doch«, antwortete ich missmutig und versuchte mich an Einzelheiten meines Traums zu erinnern. Als meine Süßen gesättigt waren, erzählte ich ihnen meinen Traum. Sie waren aber kein bisschen beeindruckt und interessierten sich nur für die Rolle der Katze, die dem Maunzele so ähnlich war. Sie selbst hatten von Maunzele geträumt, die ihnen Geheimnisse der Katzendrogen verraten hatte, die sie mir aber nicht mitteilen wollten. Sollen sie sie für sich behalten! Solange sie mir die Geschichte weiter erzählen, ist mir alles recht, dachte ich. Und so erfuhr ich, wie es weiterging.

»Maunzele war eine sehr kluge Katze. Sie wusste, dass Menschen manchmal anders als Tiere reagieren können, deshalb beobachtete sie genau, was passierte. Traude bewegte sich mit ihrem immer größer werdenden Blumenstrauß in Richtung auf Großmutters Haus zu. Sie legte die Blumen in ihren Korb zu den anderen Geschenken für die Großmutter und rief dem hinter ihr zurück gebliebenen Wolf vergnügt ›Hasch mich!‹ zu. Dabei wedelte sie mit ihrer freien Hand, so dass das Cape wie ein großer Flügel flatterte. Da wirkte sie fast ein bisschen unheimlich, nicht mehr wie ein menschliches Wesen. Als sie nicht sicher war, ob er ihr auch folgte, drehte sie sich um und schrie entsetzt auf. ›Hilfe, Hilfe!‹, brüllte sie aus Leibeskräften, ›der Wolf ist hinter mir her!‹ ›Aber was hast du denn?‹, gab der völlig irritierte Wolf zurück, der sich überhaupt nicht erklären konnte, was mit Traude los war. ›Er will mich fressen! Hilfe! Rettet mich, tötet den Wolf!‹ Jetzt wurde es Wolf richtig unheimlich. Hatte er sich anfangs noch gut auf Traudes Erlebnisse einlassen können und auch das wehende Cape nahm er noch locker und sah in Traude einen freundlichen großen Vogel, aber nach ihrem Aufschrei wurde er fast nüchtern. ›Was, wenn jetzt vermeintliche Hilfe nahte? Was, wenn die Helfer mit Gewehren ausgerüstet wären und blind drauflos ballerten?‹« »Woher wisst ihr denn so genau, was in Wolf vorging und welche Gedanken er sich machte?«, fragte ich zweifelnd. Konnte ich das wirklich glauben? Oder banden mir meine Süßen einen Wolf auf? »Zweiflerin!«, schalt mich Pepita. »Natürlich hat Wolf Traude alles erzählt, was ihn bewegt hatte, nachdem bei den Beiden die Wirkung des Katzenkrauts verflogen war. Er schilderte ihr, welche Ängste er ausgestanden hatte, als er ihre entsetzten Hilferufe hörte und da saß das Maunzele dabei und hörte sehr interessiert zu. Sie hat es dann der ganzen Katzenfamilie weiter erzählt.« »Wurde ihm denn da auch klar, dass die Wirkung des Krauts nicht einfach abzustellen ist?«, wollte ich wissen. »Aber wie! Er schwor sich – auch das erzählte er später allen, die die Geschichte mitbekommen hatten – nie wieder eine so hohe Dosis Katzenkraut einer ›Anfängerin‹ anzubieten. Ja, er schwor sich sogar, das Rauchen der Droge ganz einzustellen, das hielt er allerdings nicht lange durch, aber er rauchte seltener als früher, aber dann mit Genuss«, berichtete Pepita und Rosita setzte die Geschichte fort: »Noch waren die beiden aber von diesem glücklichen Ausgang weit entfernt.« »Aber ich ahne jetzt, was ihr gemeint hattet, als ihr sagtet, dem Mädchen habe man nichts vormachen können, solange sie einen klaren Kopf hatte. Durch das Rauchen hatte sie sozusagen ihren Kopf verloren.«

»Aber sagt, was meinte denn das Maunzele zu dem Ganzen?« »Sie sah sich gefordert. ›Ich muss etwas tun‹, sagte sie sich. ›Das kann ein böses Ende nehmen.‹ Sie beschloss zur Großmutter zu laufen, so schnell sie konnte, und diese auf das veränderte Rotkäppchen vorzubereiten. Durch das leicht geöffnete Küchenfenster sprang Maunzele ins Haus der Großmutter und hüpfte schnurstracks auf das Bett, wo sich die alte Frau zur Ruhe gelegt hatte, denn sie brauchte immer wieder Erholungspausen, wenn sie sich matt fühlte. An dem Tag machte ihr eine leichte Erkältung zu schaffen. Das war aber dem Maunzele in dem Moment egal. Es begann sofort auf Großmutters Brust Milchtritt zu machen. Du weißt ja, dass Milchtritt, den eine erwachsenen Katze auf einem menschlichen Körper macht, die Bedeutung hat: ›Du bist meine Mutter, ich brauche dich. Hilf mir.‹« »So genau wusste ich das noch nicht. Bisher habe ich immer gedacht, ihr wollt mir vermitteln, dass es höchste Zeit wird, etwas Futter rauszurücken.« »Na ja«, räumte Pepita etwas verlegen ein, »wirkliche Notstände außer akutem Hunger gab es bei uns ja auch noch nie.« »Und das soll auch so bleiben. Was haltet ihr von Leckerchen?« »Ganz, ganz viel!«, kam es im Chor. Also spendierte ich erst mal eine Runde und übte mich in Geduld zu erfahren, ob die Großmutter ihr Kätzchen verstanden hat.

Als die Geräusche des Zerkauens der trockenen Bröckchen verklungen waren, erzählte Rosita weiter. »Wo brennt es denn Maunzele?‹, wollte die Großmutter wissen und Maunzele versuchte sich möglichst klar verständlich zu machen, angesichts der verworrenen Situation: ›Rororo. Rotkäppchen ist ganz verändert. Sie kichert und lacht in einer Tour.‹ ›Was soll daran schlimm sein? Sie ist eben fröhlich‹, meinte die Großmutter verwundert. Sie konnte sich Maunzeles Aufregung nicht erklären. Aber die strich ihr ums Kinn und legte nach: ›Das ist noch nicht alles.‹ Dann berichtete sie von dem Abenteuer. Aber in ihrer Aufregung war sie viel zu schnell für die Großmutter, die durch die Erkältung zudem angeschlagen war. Sie hörte nur ›Rotkäppchen hat geraucht.‹ Das reichte aber der lebenserfahrenen Frau schon als Hinweis. Ihr schwante nichts Gutes. Dass junge Menschen Tabakrauch meistens nicht so gut vertragen, wusste sie wohl. ›Oh jeh. Und ich liege im Bett und kann mich im Moment nicht gut aufrappeln. Maunzele, meine Treue, geh und hole Hilfe‹, forderte sie ihr Kätzchen auf.

Das ließ sich das Maunzele nicht zweimal sagen. Sie sprang wieder aus dem Haus, wusste dann aber gar nicht, in welche Richtung sie laufen sollte. Wo sollte sie Hilfe finden? Wer würde sie verstehen?« »Das war aber auch ein schwieriger Auftrag!«, rief ich voller Mitgefühl mit dem kleinen Maunzele aus. »Was hat es denn da gemacht?« »Sie ist den breiten Weg in den Wald hineingelaufen, in die andere Richtung als die, in der sich Traude näherte. ›Ach, wenn doch nur jemand käme!‹, dachte sie verzweifelt. ›Das wird kein gutes

Ende nehmen.‹ Da sah sie in einiger Entfernung den Jäger mit seinem Hund. ›Dem Waldmeister‹ - so hatte sie den Jagdhund heimlich getauft - ›kann ich erzählen, was los ist.‹ ›Hallo Benno!‹, rief sie und rannte auf ihn zu. Eigentlich hieß der Hund Bello, wie viele Hunde, aber das Maunzele, das ihn gut leiden konnte, sagte lieber Benno, denn der Jagdhund war natürlich sehr gut erzogen und kein Kläffer wie viel Dorfhunde, die obendrein noch Katzen hetzten und verbellten, was Benno nie tat. Der Hund des Jägers trug diesen Namen mit Stolz, wie einen Ehrentitel.

›Hallo, da ist ja mein Maunzele!‹, rief Benno erfreut aus. Aber das Kätzchen hielt sich nicht lange mit Begrüßungsritualen auf, die sonst zwischen den beiden Gang und Gäbe waren. Es fiel regelrecht mit der Tür ins Haus, wie ihr Menschen sagen würdet.« »Habt ihr einen ähnlichen Ausdruck?«, wollte ich wissen. »Loslegen ohne Beschnuppern sagen wir manchmal, aber das kommt äußerst selten vor, denn das Beschnuppern ist für uns Tiere sehr wichtig«, klärte mich Rosita auf. »Das war offenbar so eine Ausnahmesituation«, meinte ich. »Auf jeden Fall. Maunzele war es inzwischen Himmelangst geworden. ›Du musst bitte sofort dein Herrchen davon überzeugen, dass ihr zu Großmutters Haus gehen müsst‹, bat sie ganz eindringlich. ›Was ist denn passiert?‹, wollte Benno nun wissen und wurde selbst ganz aufgeregt. ›Wenn ich das mal genau wüsste. Nichts Gutes jedenfalls. Wolf hat dem Rotkäppchen von dem Kraut, das ich so liebe, zu Rauchen gegeben und das hat das Mädchen völlig verändert. Erst hat sie nur gelacht und gekichert und gemeint die Blumen seien riesig und verneigten sich vor ihr. Das war ja noch harmlos. Aber dann lief sie los, forderte Wolf auf, ihr zu folgen und als sie sich nach ihm umdrehte, schrie sie plötzlich wie am Spieß: ‹Der Wolf ist hinter mir her, zu Hilfe, tötet ihn.›‹ ‹Ach du jeh, das klingt wirklich heftig. Hätten sie mal lieber dir das Kraut lassen sollen.› ›Mach jetzt bitte keine lockeren Sprüche. Lass uns lieber überlegen, was zu tun ist.‹ ›Ich will mein Bestes versuchen‹, versprach er wieder ernsthaft geworden.

Ganz entgegen seinem sonstigen Verhalten führte er sich wie ein Bello auf. Sein ›Wuff, Wuff‹ klang dabei in Maunzeles Ohren wie ›Wolf, Wolf‹. Unsere Ahnin lief daraufhin voraus zu Großmutters Haus und Benno folgte ihr, soweit seine Leine reichte. Er sah sich dann nach dem Jäger um und bellte, was das Zeug hielt. Der Jäger war überhaupt nicht begriffsstutzig. ›Soll ich euch folgen?‹, fragte er, worauf beide Tiere, jedes in seiner Sprache eifrig bejahten. ›Ma, ma‹ heißt ›Ja, ja‹ auf kätzisch und ›Wo, wo‹ bedeutet dasselbe in der Hundesprache. Der Jäger machte Benno von der Leine los, wie er es tat, wenn die beiden zusammen jagten. Wie ein geölter Blitz liefen die zwei zu Großmutters Haus. Der Jäger eilte ihnen hinterher und als er sah, wo es hin ging, fing er an zu rennen, denn nun war er auch voller Sorge um die alte Frau. ›Wenn da mal nur nichts Schlimmes passiert ist‹, dachte er.« Rosita war vom Erzählen ganz außer Puste geraten. »Puh, ich bin selbst ganz erschöpft, wenn ich mich in die beiden hinein versetze.« »Dann erzähle ich jetzt weiter«, bot Pepita an.

»Rotkäppchen war inzwischen mit ihren Korb im Haus der Großmutter angekommen. Sie legte die Geschenke auf den Küchentisch und trat ans Bett ihrer Oma. Aber die kam ihr völlig verändert vor. ›Großmutter, was hast du für große Ohren?‹, wunderte sie sich. ›Das kommt mit dem Alter‹, erklärte ihr die Großmutter. ›Nur gut, dass ich dich damit besser hören kann‹, ergänzte sie schelmisch. ›Und Großmutter, was hast du für große Augen? Das ist mir ja früher noch nie aufgefallen.‹ ›Das macht meine neue Lesebrille‹, kam es stolz aus dem Bett. ›Die kennst du noch gar nicht, damit kann ich nicht nur gut lesen, ich sehr dich auch viel besser, wenn du nahe bei mir bist.‹ ›Und Großmutter, was hast du für schrecklich große Hände?‹ Allmählich bekam es Traude mit der Angst zu tun. ›Das liegt an der vielen Haus- und Gartenarbeit, da brauche ich Hände, die zupacken können‹, antwortete die Frau seelenruhig. Traude dagegen war alles andere als ruhig. Bei dem Wort ›zupacken‹ ging sie einen Schritt zurück, um sich außerhalb der Reichweite von Großmutters Händen zu begeben. ›Aber Kind, was hast du denn nur, du bist ja so verändert?‹, fragte die Großmutter, die endlich merkte, dass Traude nicht sie selbst war. Die alte Frau richtete sich in ihrem Bett auf und neigte sich zu ihrer Enkelin. Da rastete Rotkäppchen völlig aus. Der beim Sprechen geöffnete Mund der Großmutter kam ihr plötzlich wie ein riesiges Tiermaul vor. ›Dein Ma, Ma, Maul‹, stotterte sie, wich noch weiter zurück, drehte sich um und rannte zum Haus und zum Gartentor hinaus. ›Wolf, Wolf‹ rief sie in ihrer Not. ›Helft mir, die Großmutter ist ein Wolf geworden. Sie will mich fressen!‹

Inzwischen war der Jäger völlig außer Puste schon so nah am Anwesen der Großmutter, dass er Rotkäppchen sehen und hören konnte. Benno und

Maunzele waren schon bei dem Mädchen angekommen. Der Jäger hörte vor lauter Schnaufen nur ›Wolf‹ und ›fressen‹ und geriet noch mehr in Panik. ›Hatte etwa ein Wolf die Großmutter gefressen?‹ Er griff nach seinem Gewehr und stürmten mit letzter Kraft ins Haus. Wie erleichtert war er, als er die Großmutter lebendig und offenbar wohlbehalten antraf. Diese hatte inzwischen sogar ihren edlen Morgenmantel angezogen. Sie hielt sich am Bettpfosten fest und war auf dem Weg zur Haustür. ›Was ist denn hier los?‹, fragte der verwirrte Jäger. ›Meine Enkelin ist völlig durcheinander‹, entgegnete die Großmutter. ›Was hat sie denn mit ‹Wolf› und ‹fressen› gemeint?‹, wollte der Jäger, nun langsam ruhiger werdend, wissen. ›Sie hat sich eingebildet, ich sei ein Wolf und wollte sie fressen‹, erklärte die Großmutter. ›Mehr weiß ich auch nicht.‹ ›Nun leg dich erst mal wieder hin‹, beruhigte der Jäger die alte Frau, der natürlich sehr vertraut mit der Großmutter war, die er seit langem gut kannte. ›Ich seh' mal nach, was da draußen los ist‹, kündigte er an und ging ins Freie. Benno folgte ihm bei Fuß, während das Maunzele zur Großmutter ins Bett sprang und sich an ihr rieb, wo es nur irgend möglich war. ›Oh, du meine Gute, du hast die allerbester Hilfe geholt, die ich mir wünschen konnte. Tausend Dank, mein kleiner Schatz. Nun wird alles wieder gut.‹«

»Ich muss euch sagen, dass ich die Meinung der Großmutter teile. Das Maunzele hat wirklich ganz viel bewegt«, warf ich ein. »Das sehen wir ganz genauso. Aber hör nur, was sich draußen vor dem Haus abspielte. Als der Jäger vor die Tür trat, fand er Traude schluchzend in den Armen von Wolf, der inzwischen auch angekommen war und nun beruhigend auf sie einredete. Er merkte, dass die Wirkung des Krauts langsam nachließ und Traude ihn nicht länger für einen Wolf hielt. Beruhigend redete er auf Traude ein: ›Die Großmutter will dich nicht fressen. Sie ist nur scharf auf den leckeren Gewürzkuchen. Der macht ihr lange Zähne, wie man so sagt.‹

Nun trat der Jäger zu den beiden und wollte wissen, was vorgefallen war. Zögernd rückte Wolf mit der Sprache heraus, gab zu, dass sie beide geraucht hatte und zeigte dem Jäger das frische Kraut, das er gesammelt hatte. ›Das war höchst unverantwortlich von dir‹, schimpfte der Jäger. ›Wie konntest du nur so etwas machen. Das hätte sehr schlimm ausgehen können. Um ein Haar hätte ich mein Gewehr gezückt und auf die Großmutter geschossen, weil ich nur ‹Wolf› gehört hatte und ‹fressen› und annahm, dass ein Wolf die

Großmutter gefressen hätte.‹ Zerknirscht zeigte sich Wolf einsichtig. Ihm war ja selbst nicht ganz geheuer gewesen, als er die ausgeflippte Traude erlebt hatte. ›Mir ist so etwas noch nie passiert. Anfangs war sie noch so fröhlich und kicherte immerzu, da habe ich mir nichts Schlimmes gedacht. Aber dann war sie auf einer bösen Reise. Das wird mir eine Lehre sein.‹« »Der Ausdruck ›böse Reise‹ hat sich übrigens bis heute erhalten«, warf ich ein. »Wie das? Das musst du uns erklären«, bat Rosita. »Viele Jahre später gab es eine Zeit, wo Menschen Kräuter als Drogen rauchten und auch andere Rauschmittel benutzten, durch die sie auf eine Art Fantasiereise gingen. Solche ›Reisen‹ konnten gut oder böse ausgehen, deshalb spricht man im Englischen von ›good‹ oder ›bad trip‹, also guten oder schlechten Reisen.« »Da kannst du mal sehen, wo solche Ausdrücke herkommen: Aus den Märchen, wie wir Katzen sie kennen!« »Ihr wunderbaren Tiere, ihr verfügt wirklich über einen tollen Sagenschatz, von dem wir Menschen auch viel mitnehmen können.

Aber sagt, wie ging die Geschichte denn nun weiter oder ist sie schon zu Ende?« »Nein, der Jäger schaltete sich ein. ›Was ist das überhaupt für ein Teufelszeug, das ihr zwei da geraucht habt?‹, wollte er wissen. ›Na, das Kraut, auf das die Katzen so scharf sind und so außer Rand und Band geraten.‹ ›Lass da lieber die Finger davon und überlass es den Katzen, die wissen, wie und wie viel sie zu sich nehmen sollen, um ihren Spaß zu haben‹, riet der Jäger

väterlich mahnend. Da fing Benno zu knurren an: ›Immer alles für die Katz. Unsereiner hat überhaupt keinen Spaß. Nur als Jagd- und Rettungshunde sind wir gut.‹ Das hörte und verstand aber nur das Maunzele mit seinen feinen Ohren. Recht hatte ihr guter Freund, den sie Waldmeister nannte, denn auch dieses Kraut war nicht geeignet, um einem lieben Hund eine Freude zu machen, nur als Zusatz für Bonbons und spritzige Getränke im Mai war Waldmeister zu gebrauchen. Das Kätzchen kam daher aus der Stube gelaufen und schmiegte sich zärtlich an ihren Benno, um ihm für seinen Einsatz zu danken und ihn dafür zu trösten, dass für Hunde kein Kraut gewachsen ist. ›Ihr könnt euch bei den Tieren bedanken, die mich auf den Plan gerufen haben. Gib dem Maunzele mal was von dem Kraut‹, forderte der Jäger Wolf auf und zu Benno gewandt meinte er: ›Und du mein Bester, du hast dir einen dicken Knochen verdient.‹ Da war auch Benno zufrieden.«

»Na, das hört sich ja nach einem glücklichen Ende an. Jetzt fehlt nur noch, dass Traude den Wolf geheiratet hat«, meinte ich mehr im Scherz. »Das ist aber eine wahre Geschichte!«, widersprach mir Pepita heftig. »Und kein Metro-Goldwyn-Mayer-Film! Die beiden haben nicht geheiratet.« »In Ordnung, ich habe verstanden. Es war ehrlich gesagt auch nur ein Witz, weil in den menschlichen Varianten der Märchen zum Schluss fast immer geheiratet wird. Gab es sonst noch was zu berichten?« »Ja, es war die Großmutter, die sich eingehend mit dem Kraut beschäftigte. Sie pflanzte es in ihrem Garten an, begann es zu züchten und zwar so, dass die Wirkung auf Katzen stark ist, aber auf Menschen eher schwach.« »Das ist ja interessant«, meinte ich. »Aber nun muss ich euch etwas beichten.« »Gib zu: Du hast vor lauter Zuhören vergessen, Futter für uns zu kaufen!«, kam es vorwurfsvoll von Pepita. »Aber nein.« »Dann ist das Katzenstreu zu Ende und wir kriegen kein sauberes Kistchen.« »Auch falsch, Rosita.« Dabei musste ich schmunzeln, denn Rosita legte immer allergrößten Wert darauf, dass das Katzenklo sauber war. »Nein ganz was anderes. Ich habe, als ihr heute euren Mittagsschlaf gehalten habt, mal im Computer nachgesehen.« »Was gibt es denn da zu sehen?« »Wir Menschen haben vor vielen, vielen Jahren angefangen, alle Wörter zu sammeln und sie für andere zu erklären, die sie nicht kennen. Das haben sie in einem Buch zusammengestellt. Solch ein Buch heißt Lexikon. Nun haben schlaue Menschen etwas Ähnliches für den Computer gemacht. Dazu müssen nur ein paar Tasten gedrückt werden und dann kann man alles über ein Wort lesen.«

»Und stehen wir in dem Computer-Lexikon drin?« Das war natürlich wieder die vorwitzige Pepita, die das wissen wollte. »Nein, das nicht.« »Och, wie schade«, meinte auch Rosita. »Aber ihr habt doch schon zweimal in der Zeitung gestanden, einmal sogar in der Wochenzeitschrift DIE ZEIT, wisst ihr das denn nicht mehr?« »Doch jetzt erinnere ich mich. Du hast es uns damals vorgelesen.« »Das hatte eine ganz bekannte Journalistin geschrieben. Da könnt ihr stolz drauf sein.« »Bitte sag uns noch mal, wieso diese Frau über uns geschrieben hat«, bat Rosita. »Eigentlich ging es weniger um euch als um mich. Sie führte ein Gespräch mit mir und wollte auch etwas Privates von mir wissen. Da habe ich ihr erzählte, dass ich vier Katzen habe: Minka, Katinka, Pepita und Rosita. Das hat ihr so gut gefallen, dass sie ausgerufen hat: ›Da mache ich was draus!‹ Aber da sie nur eure Namen von mir erfahren hat und auch nicht mehr über euch wissen wollte, seid ihr beiden und die ja nun leider Verstorbenen, Minka und Katinka, mit Namen erwähnt, mehr nicht. Und mehr wollte ich von euch auch nicht preisgeben.« »Das war richtig gehandelt. Wenn du fremden Menschen etwas von uns erzählen willst, sollten wir vorher darüber sprechen«, meinte Rosita. »Das sehe ich ganz genauso«, entgegnete ich. »Ja und das andere Mal, als eure Namen in einer Zeitung standen, liegt noch länger zurück«, fügte ich noch hinzu. »Erzähl«, forderte mich Pepita auf. »Das war in Hannover, im Sommer. Ich war damals im Catsitting Club und der wollte bevor die Urlaubszeit anfing, einen Artikel über Katzenbetreuung auf Gegenseitigkeit in die Zeitung bringen. Denn manchmal setzen Menschen ihre Katzen aus, wenn sie wegfahren, weil sie keine Betreuung haben und ihre Tiere offenbar nicht wirklich lieben.« »Das ist entsetzlich! Das ist Grausamkeit gegen Tiere«, pflichteten mir beide bei. »Ja und als dann eine Journalistin zu uns kam, um Informationen für ihren Artikel zu bekommen, erzählte ich, dass ich Clubmitglieder schon mal in Anspruch genommen hatte und zwar sogar zweimal am Tag, denn die Regel war: eine Fütterung pro Tag und ca. eine Stunde Aufenthalt in der Wohnung mit der Katze. Ich sagte aber: ›Meine Katzen, Pepita und Rosita, waren noch ganz jung und da habe ich Clubmitglieder gefunden, die bereit waren auch zweimal täglich vorbei zu kommen.‹ Das war mir wichtig für den Fall, dass jemand das in der Zeitung liest und denkt, ›einmal täglich ist für meine Katze zu wenig.‹« »Das hast du gut gemacht. Und dann stand es auch so in der Zeitung?«, wollte Rosita wissen. »Genau so. Und in Öl gemalt waren die Bilder, die ich von euch gemacht hatte, und die in der Kunsthalle zu Kiel ausgestellt wurden.

Welche Katzen können das von sich sagen? Nur ganz, ganz wenige.« »Das stimmt. Da können wir unsere Näschen wirklich hoch tragen«, meinte Rosita versöhnlich. »Jetzt fehlt eigentlich nur noch, dass wir auch im Computerlexikon erscheinen«, wünschte sich meine kleine Pepita. »Da kann ich mir ja mal was einfallen lassen«, gab ich zurück. »Wirklich? Meinst du das geht?«, jetzt war auch Rosita interessiert. »Ich will mal drüber nachdenken.« Damit verabschiedeten wir uns für den Tag.

Heimlich gab ich Pepita und Rosita als Suchbegriffe ein und erfuhr, dass ein spanischer Gitarrist im 19. Jahrhundert Stücke geschrieben hatte, die diese Namen trugen. Es gab wohl eine Polka, die Pepita genannt war und eine Rosita. Am nächsten Tag brachte ich die Rede darauf: »Stellt euch vor, ich habe Pepita und Rosita im Computer-Lexikon gefunden.« »Wirklich?« Meine Beiden wurden ganz aufgeregt. »Ja, aber leider handelt es sich um Tänze, die eure Namen tragen. Was meint ihr, soll ich sie euch vorspielen und wir drei lernen dazu Polka zu tanzen? Dann kommen wir mit Sicherheit ins Computer-Lexikon.« »Vielen Dank!«, meinten beide abwehrend. »Du bist mit deinem Versuch, Minka zu lehren durch einen Reifen zu springen schon gescheitert.« Das war mir sehr peinlich. Daran wollte ich eigentlich nicht erinnert werden. Ich hatte nämlich den Rand meiner Springform genommen und gedacht, der Name sei Programm und Minka könnte mit Leichtigkeit hindurch springen. Also warf ich Trockenfutter durch das Rund und hoffte, Minka würde ihm nachsetzen. Aber Minka war viel zu klug, lief außen herum und fraß das Trockenfutter ohne akrobatische Experimente. Mein Ehrgeiz, Katzendompteuse zu werden, ließ schlagartig nach und so konnten Minka und ich nie im Zirkus auftreten. Offenbar hatten auch Pepita und Rosita kein Verlangen nach einem Bühnenauftritt als Polka tanzende Katzen.

»Was hattest du denn nun in dem Computerlexikon gesucht?«, drängte mich Pepita und lenkte geschickt von zu lernenden Kunststückchen ab. »Nun ich habe ›Katzenminze‹ eingegeben.« »Und, was hast du gefunden?« »Hört zu: Nachdem die Wirkung auf Katzen beschrieben ist, wird erklärt, wie Menschen darauf reagieren.« »Sag bloß ihr benutzt auch Katzenminze, um in einen Rausch zu kommen.« »Dass das auch mit Katzenminze geht, war mir noch neu. Offenbar hat man die getrockneten Blätter als Tee getrunken oder geraucht, genauso wie Wolf es erzählt hat. Der Tee soll nicht nur erfrischend nach Minze und Zitrone schmecken, sondern auch verschiedene Beschwerden lindern helfen. Manche Menschen rauchen die getrocknete Katzenminze als Marihuana-Ersatz, steht da. Marihuana ist ein anderes Kraut, das Menschen als Droge rauchen«, erläuterte ich. »Das meiste, was du uns erzählst, haben wir dir doch auch gesagt. Dazu hättest du nicht in deinem Computer nachsehen müssen.« Ein Vorwurf war nicht zu überhören. »Deshalb habe ich ja auch gesagt, dass ich euch etwas beichten muss.« »Gut, wenn du einsiehst, dass wir dir wirklich die Wahrheit erzählen«, betonte Pepita. »Ja und auch das mit der schwächeren Wirkung auf Menschen, die die Großmutter durch ihre Züchtung erreicht hatte, steht drin«, fügte ich freudig erregt hinzu. »Wer immer das in dem Computerlexikon geschrieben hatte, war jedenfalls näher an der Rotkäppchengeschichte dran als die Brüder Grimm«, ergänzte ich. »Vielleicht hat ja eine Katze dabei mitgeholfen?«, mutmaßten meine Beiden. »Zuzutrauen wäre auch das einer aus eurer Familie«, meinte ich in vollem Ernst.

Der entscheidende Satz

oder Die wahre Geschichte vom
Froschkönig

Es war ein ziemlich langweiliger Abend. Das Kino-Programm war wenig reizvoll, der SUB, eine Abkürzung für »Stapel ungelesener Bücher«, wie ich erst kürzlich gelernt hatte, bestand nur noch aus anspruchsvollen Fachbüchern, nach denen mir nicht der Sinn stand, die Zeitung war gelesen, draußen folgte ein Regenguss auf den nächsten. Wenn ich sonst in solchen Situationen bin, greife ich gerne zu einem meiner Märchenbücher, aber seit Pepita und Rosita mir erzählt haben, wie schief die Brüder Grimm mit ihren Erzählungen lagen, hatten diese keinen Reiz mehr für mich. Bei all den anderen Märchenbücher, die eineinhalb Regalreihen meiner Bücherwand ausmachen, konnte ich mir von nun an nicht mehr sicher sein, ob nicht auch bei diesen Katzen unterschlagen worden waren.

Meine beiden Lieblinge hatten schon ihr Abendessen verzehrt, nach Spielen stand ihnen nicht mehr der Sinn, seit sie – wenn man der Katzenfutterwerbung glauben durfte – Seniorinnen geworden waren. Eigentlich wäre ein Märchen aus Katzensicht jetzt genau das Richtige. Aber gab es denn überhaupt noch Geschichten aus dem, was wir drei den Sagenschatz der Hauskatzen nennen? Oder war der Vorrat vielleicht schon erschöpft? Fragen, die mir nur die Erzählerinnen selbst beantworten konnten. »Nun habt ihr mir schon von einer ganzen Reihe von Märchen erzählt und ich weiß jetzt, wie es in diesen Geschichten, die ich nur in der Grimmschen Version kannte, wirklich zugegangen war und welche herausragende Rolle Katzen dabei gespielt haben. Ist das eigentlich bei allen Märchen der Brüder Grimm der Fall?«, wollte ich daher von meinen langjährigen Lebensgefährtinnen wissen. »Nicht bei allen, aber bei den wichtigsten«, meinte Rosita. »Mach es nicht so spannend, sag mir, welche anderen Geschichten euch Katzen ganz anders überliefert wurden.« Ich war etwas ungeduldig geworden, was aber nur daran lag, dass ich das, was meine beiden Süßen mir bisher zu berichtet hatten, immer so einleuchtend und erhellend gefunden hatte, dass ich davon nicht genug bekommen konnte.

»Vielleicht machen wir es umgekehrt: Du nennst uns ein Märchen und wir sagen dir, ob darin in Wirklichkeit auch Katzen vorkamen«, schlug Pepita vor.

Darauf wollte ich mich gerne einlassen und suchte mir einen Titel aus, bei dem es mir äußerst unwahrscheinlich vorkam, dass darin eine Katze auftaucht. »Wie steht es mit dem Froschkönig oder wie es im Untertitel heißt, dem Eisernen Heinrich. Hat da etwa auch eine Katze mitgewirkt?« »Ob du's glaubst oder nicht: Ja, ein Kater, aber er hat nur eine kleine Rolle gespielt«, belehrte mich Rosita. »Aber eine sehr gewichtige, er hat immerhin den entscheidenden Satz gesagt!«, widersprach Pepita ihrer Schwester. »Ihr wollt mir doch wohl nicht weismachen, dass ein Kater und kein Frosch im Brunnen saß und den Ball mit den Worten herauf holte: ›Hier ist dein Ball.‹« »Natürlich nicht!« entgegnete Rosita und Pepita fuhr sogar auf und maunzte »Blödsinn!« Ich gebe ja zu, es war reichlich weit hergeholt, was ich da von mir gegeben hatte, aber ich wollte die beiden provozieren, damit sie mir endlich erzählen, was es mit dem Froschkönig und dem Kater auf sich hatte. »Nun erzählt schon, lasst euch nicht so lange bitten oder darf es erst mal ein Leckerli sein?« »Jetzt gefällst du uns, her mit den Leckerchen!«, ging Pepita auf mein Angebot ein. »Schließe mich den Ausführungen meiner Vorrednerin an«, ließ sich auch Rosita vernehmen. Also gut, ich verteilte die Lachsleckerli gerecht an beide, gab sogar noch einen Nachschlag zu und harrte der Geschichte, die da kommen sollte. »Das hat super geschmeckt. Danke«, freute sich Rosita. »Ich hatte schon Entzugserscheinungen«, offenbarte Pepita. »Aber nun sollst du auch wissen, wie es war«, versprach mir Pepita.

»Also der Kater hieß Moritz und war ein stattlicher, roter, muskulöser Kerl, der sich mit viel Charme und noch mehr Geschnurre ins Herz der Prinzessin geschlichen hatte. Sie liebte ihn heiß und innig. Jeden Abend, wenn die Luft rein war, ließ sie ihn in ihr Schlafzimmer, woraufhin er sofort auf ihr Bett sprang, als wäre es der natürlichst Ort der Welt, um die Nacht zu verbringen«, begann Rosita die Erzählung. »Wollte er denn nie nachts auf die Jagd gehen?« Rosita kennend wusste ich, wie gerne sie in ihren jungen Jahren gejagt hat und wie traurig sie war, wenn nur Fliegen ihre Beute sein konnten, da sie und ihre Schwester ja Wohnungskatzen waren. »Nein, er war nicht wie ich, er jagte meistens tagsüber, besonders gern in den frühen Morgenstunden und in der Abenddämmerung aber nicht in der Nacht, denn die im Bett der

Prinzessin zu verschlafen, ging ihm über alles. Er hatte angefangen mit ihr zu sprechen und sie konnte ihn inzwischen sehr gut verstehen, kurz die beiden waren ein Herz und eine Seele. Er hatte ihr sogar einen Kosenamen gegeben: Muschi.« »Nicht möglich, er wollte sie wohl zur Katze ehrenhalber machen«, warf ich ein. »Vielleicht, aber die Prinzessin, die Ludmilla hieß, hatte ihn nicht so recht verstanden, denn damals war sie noch Anfängerin beim Erlernen der Katzensprache. Sie meint, er hätte Uschi gesagt. Sie war so angetan von dem neuen Namen, dass sie sich von ihrer Familie fortan Uschi nennen ließ. Moritz widersprach auch nicht, denn Uschi hörte sich für ihn auch sehr nach einem Kätzchen an.«

»Doch nun zu der entscheidenden Nacht.« Pepita befürchtete offenbar, dass ihre Schwester zu weit abschweifte und führte ins Zentrum des Geschehens. »Welche meinst du?« »Na, die Nacht, die dem Abend folgte, an dem der Frosch ins Schloss gekommen war.« »Die Nacht nach dem dramatischen Abendessen«, erläuterte Rosita, die offenbar das Gefühl hatte, dass Pepita etwas zu schnell zur Sache kam. »Das haben die Grimm Brüder nämlich richtig dargestellt: Der Frosch war ganz allein die Marmortreppen hoch geplatscht gekommen, in den Speisesaal eingedrungen und hatte verlangt, dass die Prinzessin ihr Versprechen hielt und ihn von ihrem goldenen Tellerchen füttern und ihm aus ihrem goldenen Becherchen trinken lassen sollte, zum Dank dafür, dass er den goldenen Ball aus dem Brunnen geholt hatte. Der König unterstützte den Frosch ohne Wenn und Aber.« »Er faltete die Prinzessin regelrecht zusammen, wir ihr Menschen sagen würdet. Und das war ja auch gut so.« Ich konnte mir die Szene im Speisesaal so richtig vorstellen. »Aber irgendwie tat mir die Prinzessin schon früher immer auch ein bisschen leid. Natürlich soll man seine Versprechen auch halten, aber so einen glitschigen Frosch neben dem eigenen Teller zu haben, mit anzusehen, wie er seine Zuge hervorschnellen lässt, um die Speisen darauf zu laden und sie sogar in den Becher tauchte. Igitt, das fände ich auch eklig«, versuchte ich bei meinen Süßen ein bisschen Verständnis zu wecken. »Da wäre mir der Appetit völlig vergangen.« »Du bist sehr einfühlsam«, bewunderte mich Rosita. »Und du hast recht, die Prinzessin rannte raus, weil sie sich übergeben musste. Sie hatte keinen Bissen hinunter gebracht, nachdem sie auf Geheiß ihres Vaters den Frosch auf den Tisch gesetzt hatte.«

»Aber der König kannte kein Erbarmen. Er fand, dass sie sich die ganze Sache selbst eingebrockt hatte. Ihm war nämlich völlig unverständlich, wie jemand so ein Theater wegen eines in den Brunnen gefallenen goldenen Balls machen konnte. Er hätte seiner Tochter ohne Weiteres einen neuen anfertigen lassen können«, schilderte Pepita die Verfassung des Vaters. »Wollte er ihr vielleicht eine Lektion erteilen?«, fing ich an zu spekulieren. »Ihr vermitteln, dass man zwar sein Eigentum bewahren soll, aber nicht sein Herz daran hängen?« »Ehrlich gesagt«, ging Pepita auf mich ein, »ich weiß es nicht, was er sich so dachte.« »Sadistisch war er jedenfalls nicht«, mischte sich auch Rosita ein. »Nein, das kann man ihm nicht unterstellen«, wurde sie von ihrer Schwester unterstützt. »Es war wohl mehr so eine Was-dich-nicht-umbringt,-macht-dich-härter-Einstellung. Und weil Ludmilla so schön war, befürchtete er, dass alle sie hätscheln und verwöhnen würden und damit lag er gar nicht falsch.«

»Nun gut«, nahm Rosita den Faden wieder auf, »das Abendessen, falls man es bei dem ganzen Aufruhr um den Frosch noch so nennen kann, war für beendet erklärt worden, als die Prinzessin wieder an ihren Platz zurück gekehrt war, blass bis grünlich im Gesicht. Mit dünner Stimme bat sie um Erlaubnis, sich zurückziehen zu dürfen. Die wurde ihr gewährt und der Frosch hüpfte munter immer hinter ihr her, dem Bett mit der seidenen Bettwäsche entgegen.« »Nach der Reaktion des Königs an der Tafel hatte die Prinzessin nicht mehr gewagt, Einspruch gegen die Anwesenheit des Froschs in ihrem Bett zu erheben. So gelangten die beiden ins Schlafgemach.«

»Wer aber lag da bereits auf dem königlichen Bett?« Auf diese eher rhetorische Frage von Pepita konnte ich nur mit »Kater Moritz« antworten. »Derselbe. Als er die beiden ungleichen Wesen, die Prinzessin und den Frosch, auf das Bett zusteuern sah und der Frosch darauf bestand, aufs Bett gehoben zu werden, wurde es ihm zu bunt. ›Der kommt mir nicht ins Bett‹, schrie er wütend den Eindringling an und fauchte, dass selbst ein größeres Tier als so ein Frosch es mit der Angst zu tun bekommen hätte.« »Da saß die Prinzessin aber ordentlich in der Klemme: Hier der fauchende Kater dort der unnachgiebige König«, meinte ich. »Du hast die Lage richtig erfasst. Sie konnte es unmöglich beiden recht machen, dem König, indem sie den Frosch mit in ihr Bett nahm oder dem Kater, indem sie den Frosch nicht in ihr Bett ließ«, gab mir Rosita recht. »Und die spuckende Prinzessin stand in der Mitte«, ergänzte

Pepita das Bild. »Die war wie versteinert. ›Was soll ich denn machen?‹, fragte sie Moritz verzweifelt. ›Eben habe ich schon richtig Ärger mit meinem Vater bekommen, weil ich ihn nicht von meinem Teller essen und ihn auch nicht an meinen goldenen Becher lassen wollte.‹ ›Mir egal, ins Bett kommt er mir jedenfalls nicht. Das geht entschieden zu weit.‹ Hilflos und wie angewurzelt stand die Prinzessin da. ›Donner ihn an die Wand‹, heizte Moritz die Situation an. Aber als die Prinzessin keine Anstalten machte, sich darauf einzulassen, wurde Moritz etwas versöhnlicher und entwarf einen Plan: ›Wenn der Frosch dann morgen früh platt neben deinem Bett gefunden wird, kannst du behaupten, du müsstest ihn im Schlaf erdrückt haben.‹ »Das war ja gar nicht so dumm gedacht«, musste ich den Kater unterstützen. »Das fand die Prinzessin auch. ›Du musst ihn aber wirklich mit aller Kraft an die Wand knallen, sonst wird er nur verletzt und geht elendiglich zugrunde‹, riet ihr Moritz, der dann doch recht einfühlsam war und dem Frosch ein grausames Schicksal langen Leidens ersparen wollte. Der Frosch selbst aber hielt während dieser Unterhaltung wohlweislich sein großes Maul. Also holte die Prinzessin ihr seidenes Spitzentaschentüchlein, nahm den Frosch mit Todesverachtung in die Hand und knallte ihn mit voller Wucht an die Wand. Der Rest der Geschichte ist bekannt.«

»Jetzt aber mal nicht so schnell.« So ein Eiltempo, das viele Lücken hinterließ, war mir ganz und gar nicht recht. »Ich will es genau wissen. Im Schlafzimmer stand also ein strahlender Prinz. Und dann?« »Nun der verbeugte sich ehrfürchtig vor Kater Moritz und dankte ihm über alle Maßen. Der wurde ganz verlegen. ›Ich habe doch gar nichts gemacht‹, gab er zu. Er war sogar beschämt über seinen brutalen Vorschlag. ›Ich habe Euch doch sogar angefaucht und über Eure Anwesenheit im Bett fürchterlich geschimpft.‹ ›Nein, nein, mach dich nicht klein. Du hast den entscheidenden Satz gesagt: ›Donner ihn an die Wand!‹ Ohne deinen Rat hätte die Prinzessin mich niemals an die Wand geworfen und ich wäre Frosch geblieben. Dafür kann ich dir gar nicht genug danken. Nimm vorerst einmal das kleine Krönchen, das ich als Froschkönig getragen habe, als Zeichen meines Danks.‹ Mit diesen Worten setzte der Prinz dem Kater Moritz das Krönchen auf den Kopf, das natürlich bei dem Wandklatscher herunter gefallen war und auf den großen Menschenkopf des Prinzen nicht mehr passte.

Erst jetzt wandt er sich der Prinzessin zu: ›Und Ihr habt es ausgeführt, Prinzessin Ludmilla. Dass ihr Eure ganze Kraft hineingelegt habt, zeigt mir Euer gutes Herz: Ihr wolltet mir eine lange Leidenszeit ersparen. Dafür liebe ich Euch von ganzem Herzen.‹ Bei diesen Worten ließ er sich auf ein Knie nieder. ›Werdet die Meine!‹« »Ich weiß auch nicht, die Prinzen in den Märchen haben es mit dem Heiraten immer fürchterlich eilig.« Ich konnte mich eines Kopfschüttelns nicht erwehren. »Der Fall hier liegt aber anders«, korrigierte mich Rosita. »Inwiefern?« »Der Prinz kannte doch die Prinzessin seit langem – aus der Froschperspektive sozusagen.« »Und was hat ihm da an ihr so gefallen? Das, was ich eurer Erzählung bisher habe entnehmen können, war, dass sie auf Biegen und Brechen an ihrem goldenen Ball interessiert war, ihr Versprechen nicht einhalten wollte und sich wie ein Spielball zwischen Vater und Kater gefühlt hatte. Alles nicht sehr sympathisch«, fasste ich meinen Eindruck von der Prinzessin zusammen. »Nun der Prinz hat sie aber noch in anderen Situationen erlebt. Er konnte als Frosch beobachten, wie sie mit Pflanzen und Tieren im Schlosspark umging und hat sich daran gefreut, wie sie elfengleich im Park herum sprang. Ersteres fand er beeindruckend, letzteres graziös, beides imponierte ihm.« »So gesehen ist seine Reaktion nachvollziehbar. Aber die Prinzessin wusste ja nun gar nichts von ihm.« »Da wird es dich freuen zu hören, wie sie reagiert hat.« Rosita machte mich neugierig und tatsächlich war es in allen Märchen, die meine Lieblinge mir bislang erzählt hatten, so gewesen, dass die jungen Frauen nicht die Katze im Sack kaufen wollten sozusagen, wenn Prinzen ihnen einen Heiratsantrag machten. Im Gegenteil, sie haben sich den Verehrer genau angesehen, haben ihn geprüft und erst, wenn er dann einen guten Eindruck hinterließ, dann stimmten sie einer Heirat zu. Pepita und Rosita haben mir immer überzeugend versichert, dass Katzen das Gleiche tun. Sie nehmen auch nicht jeden erstbesten liebestollen Kater, der sie anhimmelt und in Gesänge ausbricht. »Ludmilla oder auch Uschi antwortete nämlich: ›Eure Worte über mein gutes Herz haben mich sehr berührt. Aber ich kenne euch ja gar nicht, weiß nicht einmal euren Namen.‹ ›Ich bin Prinz Robert, zu Hause in meinem Reich und bei Hofe wird mein Name jedoch französisch ausgesprochen, das klingt dann wie Rohbär›, fügte er hinzu und betonte korrekt auf der letzten Silbe. »Jetzt wird dir gefallen zu hören, dass Prinzessin Ludmilla/Uschi nicht sonderlich beeindruckt war«, erklärte Pepita.

»»Erzählt mir mehr von Euch. Was gedenkt Ihr zu tun, jetzt da Ihr wieder Eure menschliche Gestalt erlangt habt? Außer zu heiraten, meine ich natürlich‹, fügte sie schnell hinzu, denn an einer Wiederholung des Antrags war sie nicht interessiert. Darauf ging der Prinz gerne ein. Die beiden legten sich auf das Bett und ›Prinz Rohbär‹ erzählte, was er sich während seiner Zeit als Frosch für Gedanken über seine Regentschaft gemacht hatte, falls er je erlöst werden sollte. Im Brunnen versuchte er positive Pläne für die Zukunft zu schmieden. Bevor ›Prinz Rohbär‹ Prinzessin Uschi seine Prinzipien einer guten Regentschaft erläuterte, baten beide: ›Leg dich auch zu uns, Moritz.‹ Der jedoch fühlte sich selbst wie ein Prinz, seit er das Krönchen auf dem Kopf trug. ›Bitte nennt mich ab jetzt Maurice, wie das am Hof von Prince Robert üblich ist‹, bat er und fügte noch hinzu: ›Maurice klingt viel sanfter und schnurriger.‹ Da mussten sich die beiden jungen Leute das Lachen verkneifen, waren aber bereit, seinen Willen zu respektieren.«

»Wisst ihr, was ich glaube?« »Sag schon«, bat Pepita. »Ich denke, der Brunnen war der Eingang zur Anderswelt und der Frosch kam durch den Brunnen zur Großen Mutter, wie ihr sagt, zu Frau Holle, wie wir sagen, wenn sie sich in der Gestalt einer alten, weisen Frau zeigt. Genauso wie die beiden Mädchen, die dann später Goldmarie und Pechmarie genannt wurden. Und ich glaube auch, dass die Große Mutter den Prinzen aufforderte sich solche Gedanken zu machen wie die über seine zukünftige Regentschaft.« »Du hast vollkommen erfasst, wie es war, wir haben dir offenbar viel von den Grundzügen unserer Märchen vermitteln können. Genau so ist es gewesen. Aber der Prinz wollte Ludmilla noch nichts von seiner Begegnung mit der Großen Mutter erzählen, das hob er sich für einen späteren Moment auf, wenn er und die Prinzessin vertrauter miteinander geworden wären«, ging Rosita auf mich ein.

»Wenn du nun wissen willst, was ›Prinz Rohbär‹ gedachte als König in seinem Reich alles einzuführen, müssen wir leider passen. Moritz oder neuerdings Maurice interessierte sich nur für den Teil, in dem es um das Verhältnis zu Tieren ging. Die wollte der Prinz als König schützen, ihren Lebensraum erhalten und sich sogar vielleicht tierische Ratgeber halten. Da war Maurice natürlich sehr aufmerksam, denn er witterte einen Posten für sich und beschäftigt sich schon mal damit zu üben, sein Krönchen auf dem Kopf zu behalten. Er begann davon zu träumen, wie er zum königlichen Ratgeber ernannt werden würde, zuständig für menschlich-tierische Belange und hoffte, dafür in den Adelsstand erhoben und Katzenprinz Maurice zu werden. Um nun in einen wunderschönen traumreichen Schlaf zu fallen und sein Krönchen aufzubehalten, probierte er verschiedene Schlafpositionen aus. Die meisten, die wir Katzen so kennen und lieben, schieden von vornherein aus. Aber schließlich bettete er sich bequem und würdevoll auf der Seidendecke und das Gespräch der beiden Menschen ging an ihm vorüber. Daher werden wir auch nie erfahren, was die Prinzessin dem Prinzen von sich erzählte. Ob auch sie schon mal über das Regieren nachgedacht hatte und falls ja mit welchem Ergebnis, ist ebenso unbekannt, wie die Frage, ob Prinzessin Uschi Prinz Robert ihre Lebensgeschichte erzählte, von der er ja nur die Begegnung am Brunnen kannte. Vielleicht schwieg sie darüber auch wohlweislich, denn Prinzessinnen mit Vorgeschichten sind ja bei euch Menschen nicht sehr beliebt.« »Ich weiß, ich weiß. Aber wenn ich jetzt Camilla erwähne, die Prinz Charles nicht heiraten durfte, weil sie eine ›Vorgeschichte‹ hatte, seid ihr wieder genervt, weil ich das englische Königshaus erwähne.« »Gibt es eigentlich ein Märchen, das wir dir erzählt haben, bei dem du nicht an die Windsors denken musstest?«, nahm mich Pepita auf den Arm. »Kann ich denn etwas dafür, dass in den allermeisten Märchen Prinzessinnen, Prinzen, Könige und Königinnen auftreten? Da liegt es doch nahe, an die heutigen Royals zu denken und kein Königshaus ist so populär wie das britische«, gab ich zurück.

»Aber lassen wir das«, lenkte ich ein. »Mir kam eben auch der Vergleich mit Sox, dem Kater des früheren US-Präsidenten Bill Clinton, den dieser während seiner Präsidentschaft im weißen Haus zu Popularität gebracht hatte. Sox war ja wohl auch reichlich eingebildet, weil er zum ›First Cat‹ aufgestiegen war, als Clinton ins Weiße Haus einzog.« »Da liegst du aber ganz falsch!«, empörten sich meine beiden Märchenerzählerinnen heftig. »Sox wollte den Aufwand überhaupt nicht. Er musste im grünen Gras vor dem Weißen Haus posieren für das Foto, aus dem die Postkarte mit dem Aufdruck ›I'm honored to be your First Cat.‹ gemacht wurde. Sein schwarz-weißes Fell käme im grünen Gras besonders gut zur Geltung, meinte der Fotograf damals. Sox gab nach – was hätte er auch sonst machen sollen? Und seinen Pfotenabdruck musste er auch hergeben für die Karte, zum Glück nur ein einziges Mal, dann wurde die Karte gedruckt und Sox hatte danach wieder seine Ruhe. Er fand immer, dass für gute Menschen, die mit einer Katze leben, diese und nicht ein ihnen wildfremder Kater den ersten Platz in ihrem Herzen haben sollte, auch nicht, wenn es der des Präsidenten ist. Ihm wäre ein Satz so ähnlich wie ›Please honor the First Cat in your life.‹ viel lieber gewesen.« »Wie rührend. Was für ein sensibler Kater!«, rief ich begeistert aus.

»So sind die allermeisten von uns, nur Moritz war da ein bisschen anders. Ihm war wirklich das Krönchen zu Kopf gestiegen.« »Eigentlich hätte ich mir ja denken können, dass Sox anders eingestellt war. Schließlich hat er auch meinen Brief an ihn nie beantwortet; das haben sicher ohne weiteren Kommentar die Veteranen gemacht, die dieses ›Ehrenamt‹ übernommen hatten. Wahrscheinlich lag ihm gar nichts an dem ganzen Fan-Post-Rummel, den der Präsident und sein Stab inszeniert hatten. Die waren es nämlich, die die Veteranen damit beschäftigt hatten, die Autogramm-Wünsche und die Post an Sox zu beantworten, ohne Bezahlung, wie der Präsident sich gegenüber seinen Kritikern verteidigte, die einen Skandal gewittert hatten, nämlich dass

Steuergelder für so einen Firlefanz ausgegeben werden. Es waren damals ja auch so viele Briefe eingegangen, dass es unmöglich war, auf jeden einzeln und sehr persönlich einzugehen.« Ich erinnerte mich und meine Tiere an die Sox-Geschichte, um meine demokratische Gesinnung zu demonstrieren und zu verhindert, dass Pepita und Rosita in mir eine Royalistin sehen. »Sox hätte deinen Brief gerne beantwortet, denn du hattest ja als Minka geschrieben und Briefe von Katze zu Katze bekam Sox nun wirklich nicht alle Tage. Aber dazu bekam er keine Chance. Das haben, wie du schon sagtest, andere übernommen«, berichtete Rosita. »Hat er das gesagt?« Ich fiel förmlich aus allen Wolken. »Ja, wir hatten Kontakt zu ihm.« »Wie war das denn möglich?« Ich konnte mich gar nicht genug über diese transatlantischen Beziehungen wundern. »Wir nehmen zu allen Katzen Kontakt auf, mit denen du etwas zu tun hast.« »Das wusste ich auch noch nicht. Danke für die Information. Und? Wie hat Sox meinen Brief aufgenommen? Und wie hat Minka es gefunden, dass ich sie als die Schreiberin ausgegeben habe? Damit war sie ja übertölpelt worden. Ich habe sie nie gefragt, ob ich in ihrem Namen schreiben dürfte. Zu meiner Ehrenrettung kann ich nur sagen, dass all das sich zu einer Zeit zugetragen hat, als ich noch nicht mit euch so reden konnte wie jetzt.« »Minka war mit dem Inhalt voll einverstanden und fand es nur richtig, dass sie, die Schwarz-Weiße, an Sox, den Schwarz-Weißen, schreibt. Und über den Satz mit den Möbeln haben sich beide, Sox und Minka, fast kaputt gelacht: ›Being black and white myself‹, hast du Minka sagen lassen, ›I feel particularliy close to you and hope you have a lot of fun scratching the furniture in the President's residency.‹« Rosita und Pepita kicherten beide, als sie meinen Text wiederholten. »Aber natürlich wurde es ihm nicht erlaubt, die offiziellen Räume zu betreten und dort Möbel zu zerkratzen. Im Oval Office war er nie«, informierte mich Pepita. »Nicht zuletzt, weil Monica Lewinsky eine Katzenallergie hatte. Aber das wäre eine andere Geschichte, mit der wir nichts zu tun haben wollen und du sicher auch nicht.« »Nein, bestimmt nicht«, versicherte ich.

Ich war ganz versunken in die Zeit, als ich an Sox, The White House, Washington D.C., geschrieben hatte. Es ging mir ja dabei damals nicht um mich, sondern um Edith, eine meiner Catsitterinnen in jener Zeit. Sie hatte mir einmal gestanden, dass sie ein Faible für Sox hat. Kurz danach las ich in einer Zeitung, dass sich Bill Clinton verteidigen musste, weil ihm unterstellt wurde, dass er Mitarbeiterinnen und Mitarbeiter des Weißen Hauses für seine private – man könnte sagen »Personality Show« - missbrauchte. Die Autogrammkarte war ebenfalls abgedruckt und so reifte in mir die Idee, als Minka um ein Autogramm für meine Catsitterin zu bitten. »Ich hatte einen großen Spaß, als Edith, nachdem sie das Autogramm von Sox erhalten hatte, anfing zu rätseln, wie es kam, dass der von ihr so geschätzte Kater ihr sein Autogramm geschickt hat.« »Das war ein Spaß!«, pflichteten mir die Meinen zu. »Es war aber auch eine nette Idee von dir, Edith auf diese Art zu Post aus dem Weißen Haus zu verhelfen.« »Du bist schon ein ganz besonderes Frauchen!«, meinte Rosita leise und rieb ihr Köpfchen an meiner Hand. Da war ich wie immer, wenn sie das machte, sehr gerührt. »Was meint ihr, soll ich mal Autogrammpostkarten von euch beiden drucken lassen und verteilen?«, wollte ich wissen. »Zu viel der Ehre!«, meinten sie im Chor. »Wir haben ja schon zweimal in einer Zeitung gestanden und deine Bilder von uns waren in der Kunsthalle zu sehen, wie du uns erzählt hast. Und wenn dir jetzt noch etwas einfällt, wie wir alle drei in das Internet-Lexikon kommen können, sind wir restlos glücklich«, fügte Rosita schnurrend hinzu. »Aber wenn du es nicht schaffst, uns über das Internet zu Berühmtheit zu verhelfen, ist das wirklich nicht schlimm. Wir wollen ja mit dir glücklich sein und nicht unbedingt für alle Welt berühmt sein«, korrigierte Pepita den Eindruck, den Rosita eventuell hinterlassen hatte. Das fand ich sehr tröstlich.

»Doch lasst mich wissen, wie es mit Maurice, Prinz Robert und Prinzessin Ludmilla, genannt Uschi, weiterging.« »Da ist nicht mehr viel zu sagen«, meinte Pepita. »Die beiden Menschen redeten die ganze Nacht und am Morgen verließen zwei strahlende junge Leute das Schlafzimmer der Prinzessin, sie waren über Nacht ein Herz und eine Seele geworden, hatten sich ineinander verliebt. Uschi stellte den Prinzen ihrem Vater vor, der bass erstaunt war über die Wendung, die die Geschichte genommen hatte. Er bekam natürlich auch mit, dass die beiden einen Draht zueinander hatten und schrecklich verliebt waren. Nun wollte er seinerseits den Prinzen testen, ob er sich auch als Schwiegersohn eignete und stellte ihm drei Aufgaben, wie das in den alten Geschichten so üblich ist. Aber die Aufgaben waren nicht so doof, wie die, von denen Märchen sonst berichten: Ein Schloss in einer Nacht bauen und ähnlichen Unfug. Nein, die Aufgaben hatten alle etwas mit Regierungskunst zu tun, denn der König hatte auch Gefallen an dem jungen

Mann gefunden und wollte ihn nicht scheitern lassen, sondern zu seinem Schwiegersohn machen. Und so kam es denn auch.« »Jetzt musst du aber auch sagen, dass Maurice sich als Helfer bei den Aufgaben hervor getan hatte«, forderte Rosita ihre Schwester auf. »Dann hatte Maurice ja noch mal einen wichtigen Anteil am Geschehen!«, warf ich ein. »Eben, das sagte ich ja schon«, brachte Pepita die von ihr anfangs gegebene Einschätzung in Erinnerung, nach der die Rolle des Katers keineswegs eine nebensächliche war. »Rosita hat mächtig untertrieben!« »Ich dachte, du interessierst dich nur für die kätzische Fassung des Grimmschen Märchens und nicht auch für die Fortsetzung, wie sie uns Katzen von Maurice überliefert worden ist«, rechtfertigte sich Rosita. »Nein, nein«, korrigierte ich schnell, »ich will auch diesen Teil wissen. Aber davon ganz abgesehen, war der Satz über das an-die-Wand-Donnern von Moritz wirklich gewichtig.« »Bei den Aufgaben, die Prinz Robert zu leisten hatte, war Maurice noch hilfreicher. Das lag aber vor allem daran, dass er ja auf jeden Fall königlicher Ratgeber werden wollte und sich sehr gute Chancen dafür ausrechnete, Amt und Titel zu erlangen, wenn er dem Prinzen helfen würde«, ergänzte Rosita. »Jetzt bin ich aber wirklich gespannt, was das für Aufgaben waren. Bitte erzählt.«

»Da müssen wir ein bisschen weiter ausholen«, begann Pepita. »Ich verstehe. Du willst mir sagen: Geh die Leckerlis holen! Das mache ich doch gerne.« Darauf trat die übliche kleine Pause ein, in der nur das Knacken des Trockenfutters zu vernehmen war. »Jetzt geht es uns gleich nochmal so gut!«, freuten sich die kleinen Schleckermäuler. »Also hör zu: Der König wollte von seiner Tochter, nachdem ihm der Prinz vorgestellt worden war und er von der wunderbaren Verwandlung gehört hatte, wissen, ob sie denn auch gefragt hatte, von wem die Verwandlung ausgegangen war und welchen Grund es dafür gab.« »Sehr gut!«, rief ich begeistert aus, »das wollte ich nämlich auch schon von euch wissen. In Märchen wird manchmal dieser Teil ausgespart oder es ist nur ganz allgemein von einem bösen Zauberer die Rede. Ich merke schon, der König war ein kluger Kopf. Auch wie er den Frosch und seine Anliegen gegenüber der Prinzessin verteidigt hatte, hatte mir gefallen, daraus spricht ein tiefes Gerechtigkeitsempfinden. Und die Prinzessin? Waren diese Fragen für sie auch wichtig?« »Ja, in der vorangegangenen, durchwachten Nacht hatte sie den Prinzen auch danach gefragt. Als ihr Vater sie nun direkt ansprach, sagte sie nur: ›Prinz Robert hat mir alles ausführlich erzählt, denn mir war wichtig, seine Vorgeschichte zu kennen. Nun soll er aber selbst erzählen, was ihm widerfahren war.‹ Dankbar griff der Prinz das Stichwort auf und berichtete.«

»›Meine Geschichte,‹ begann der Prinz, ›reicht in meine Kindheit zurück.‹« Pepita löste ihre Schwester ab, die die ganze Zeit sehnsüchtig nach dem Wassernäpfchen schielte. Offenbar hatte sie ein trockenes Hälschen vom vielen Reden, denn sie lief sofort zum Wasser und schlabberte die Nässe auf. »Damals habe ich mich ausgesprochen ungebührlich verhalten. Die erste böse Tat betraf ein paar Goldfische. Der Name dieser Tiere hatte mich als Kind fasziniert. Ich dachte, wenn ich sie aus dem Wasser nehme und trockne, bekomme ich reines Gold. Die Fische, die ich aus dem Weiher geholt hatte, japsten ganz fürchterlich. Das erschien mir die Große Mutter: ‹Was machst du denn da? Siehst du nicht, dass die armen Tiere mit dem Tode ringen?›, fuhr sie mich an. ‹Ich wollte doch nur, doch nur ihr Gold von ihnen›, stammelte ich. ‹Ja, hast du denn nicht genug zum Leben? Bist ein Prinz, lebst in einem Schloss, dein Vater hat jede Menge Schätze, musst du dann noch weiteres Gold scheffeln?› zürnte die Weise Frau und ermahnte mich eindringlich, Tiere in ihrem Lebensraum zu lassen und schon gar nicht ihnen um vermuteten Goldes willen das Leben zu nehmen. Ich versprach, ihr Gebot zu achten. Dann vergingen einige Jahre. Ich spielte mit anderen Jungen und wollte mich dafür mit einem ganz besonderen Zeichen meiner Würde ausstatten. Eine Krone stand mir nicht zur Verfügung, also lief ich zu den Hühnern und begann, dem Hahn seine bunt schillernden Schwanzfedern auszureißen. Der schrie aus Leibeskräften und wieder erschien mir die Große Mutter und wollte wissen, was der Sinn dieser meiner Tierquälerei sein sollte. Ich gestand ihr, dass ich mir eine Art Wiedehopf-Federkrone basteln wollte, um als derjenige mit dem höchsten Rang äußerlich sichtbar zu sein. ‹Du eitler Fratz!›, fuhr mich die Edle Frau an. ‹Genügt es dir denn nicht, dass deine Kleidung dich von deinen Kameraden unterscheidet? Musst du nun auch noch einen Kopfputz haben und dafür ein Tier unter Qualen seines natürlichen Schmucks berauben? Wenn du unbedingt etwas auf dem Kopf tragen willst, kannst du dir doch eine Krone aus blühenden Zweigen flechten.› Auf die Idee war ich überhaupt nicht gekommen. ‹Nun bin ich schon zum zweiten Mal von Tieren zu Hilfe gerufen worden, die deinetwegen in Not geraten waren. Sollte es einen dritten Vorfall geben, werde ich dich schwer bestrafen, damit du Gelegenheit hast einzusehen, was du falsch gemacht hast und dir ein für alle Mal merkst, wie man – gerade als künftiger König – mit anderen Lebewesen umgeht.› Ich war beschämt, aber trotzdem machte ich mir einige Zeit später wieder an einem Tier zu schaffen. Damals begann mein erster Bartflaum zu wachsen und ich sollte die hohe Kunst des Rasierens erlernen. Natürlich hatte ich dafür Diener, dennoch hielt man mich an, so viel wie möglich auch selbst zu können. Also suchte ich mir ein ‹Objekt›, an dem ich üben konnte und das war eine Katze. ‹Weibchen sollten sowieso keine Schnurrbärte tragen›, sagte ich mir und begann ihr die Schnurrhaare abzuschneiden. Danach wollte ich sie einseifen und dann nach bestem Wissen und Gewissen rasieren. Sie maunzte und fauchte ganz erbärmlich, sodass erneut die Große Mutter auf den Plan trat. ‹Jetzt reicht es mir aber mit dir. Hast du dir je Gedanken über andere Geschöpfe gemacht? Ist dir je der Gedanke gekommen, dass jedes Haar seine Bedeutung hat? Für Katzen dienen die Schnurrhaare der Orientierung und zur Balance, ohne sie torkeln sie hilflos umher. Mir scheint, du bist unbelehrbar, wenn nicht etwas sehr Drastisches geschieht. Dazu will ich dir verhelfen. Ich werde dich in ein Tier verwandeln, damit du deine Artgenossen und deren Handeln aus dem Blickwinkel eines Tieres wahrnimmst und selbst merken kannst, wo und was dabei schief läuft.› Unter Tränen bat ich um Vergebung und Gnade. Immerhin fügte die Große Mutter hinzu: ‹Du kannst erlöst werden.› ‹Sagt mir, wie das geschehen kann?› ‹Wenn du einem Menschen begegnest, der dir Gutes und Böses tut, wird deine Lehrzeit beendet sein. Dann erlebst du an einer einzigen Person beide Seiten und das wird sich dir unvergesslich einprägen.›« Hier hielt Pepita inne und ich war ihr sehr dankbar dafür.

»Ihr Lieben, jetzt habt ihr mir etwas ganz Entscheidendes enthüllt. Seit einigen Jahren haben nämlich Froschkönige die Geschäfte überschwemmt. Sie tauchen in ganz kitschigen Darstellungen auf, was aber noch viel entscheidender ist: Sie werden immer mit einer sie küssenden Prinzessin in Verbindung gebracht. Dabei geht es doch bei den Brüdern Grimm ebenso wie in eurer Geschichte darum, dass der Frosch an die Wand geklatscht werden musste, um erlöst zu werden. Wenn es ums Küssen gegangen wäre, hätten die anderen Dinge, aus dem goldenen Tellerchen essen, aus dem goldenen Becherchen trinken und im seidenen Bettchen schlafen, damit auf einer Linie gelegen, alles Liebesdienste und der Kuss dann als Höhepunkt. Aber so ist zwischen Essen,

Trinken, Schlafen und an die Wand Werfen ein Bruch, der mir immer ein Rätsel war. Ihr habt vollkommen recht, auch im Zusammensein mit dem liebsten Menschen gibt es Zeiten, da möchte man ihn oder sie einfach an die Wand klatschen, man ist genervt, bringt wenig Verständnis auf und würde die andere Person am liebsten auf den Mond schießen. Man muss lernen, auch solche Gefühle zu akzeptieren, sie dann aber konstruktiv zu wenden. Wenn auf so etwas Aggressives wie das an die Wand Klatschen die Rückverwandlung geschieht, soll das wohl bedeuten, dass aus der Wut Positives entspringen kann. Jetzt verstehe ich den Sinn dieser Bedingung. Dass dem Erlöser oder der Erlöserin beides abverlangt wurde, Gutes und Böses, habt ihr mir schlüssig erklären können. Normalerweise geht in den Märchen die Erlösung dann vonstatten, wenn jemand dem verzauberten Wesen Gutes tut, aber Prinz Robert sollte auch erfahren, wie es ist, wenn ihm Böses widerfährt. Das war eine viel härtere Bedingung, gerade weil sie so widersprüchlich war. Habt ganz, ganz herzlichen Dank für die Erklärung. Das verdient Lachsleckerchen!«, fügte ich noch hinzu. Großes Schnurren und geräuschvolles Kauen war die Reaktion.

Nach der kleinen Pause für den Imbiss kam ich noch mal auf die schwierigen Erlösungsbedingungen zu sprechen. »Gerade fiel mir noch ein, dass es Märchen gibt, in denen etwas Schlimmes die Verwandlung auslöst. Da bittet das hilfreiche Tier den Menschen, den es unterstützt hatte, ihm den Kopf abzuschlagen, was dieser erst verweigert und schließlich ausführt, woraufhin sich die Rückverwandlung des Helfertieres in einen Menschen vollzieht. Hier passiert offenbar etwas Ähnliches.« »Gut erkannt!«, lobte mich Rosita. »Durch einen gewaltsamen Akt wird die Verwandlung ein für allemal beendet.« »Aber es muss doch sehr schwer sein, einen Menschen zu finden, der beides leistet«, gab ich zu bedenken. »Völlig richtig«, stimmte mir Pepita zu. »Das hat auch die Große Mutter eingesehen. Deshalb hat sie die von ihr selbst gesetzten Bedingungen nicht so streng ausgelegt, wie sie ursprünglich von ihr vorgegeben waren. Die Prinzessin hatte zwar zugestimmt, den Frosch an ihrer Tafel zu bewirten und mit ihm ihr Bett zu teilen, aber es war der König selbst, der bewirkt hat, dass sie ihr Versprechen hielt. Und ohne Kater Moritz hätte sie – durch die Reaktion ihres Vaters ziemlich eingeschüchtert – nie gewagt, den Frosch an die Wand zu pfeffern.« »Über all das hatten Uschi und Robert in der Nacht auch schon geredet und waren sehr froh über die glückliche Erlösung«, berichtete Rosita. »Nur der verschlafene Maurice hat nichts davon mitbekommen. Erst jetzt, im Thronsaal erfuhr er die ganze Geschichte.«

»So weit wäre also jetzt die Vergangenheit geklärt. Da hat Robert sich ja wirklich als ›Rohbär‹ erwiesen, tapsig wie ein Bär und roh, wie, wie«, ich suchte nach einem passenden Vergleich. »Wie manche Menschen.« ergänzte Pepita. »Das passt. Aber ihr wolltet mir doch erzählen, welche Aufgaben der König dem Prinzen gestellt hatte.« »Um die zu verstehen, mussten wir so weit ausholen, denn der König sagte nun: ›Prinz, ich möchte, dass Ihr drei Tierarten etwas Gutes tut, um euren inneren Wandel sichtbar zu machen und zwar Tiere aus der Art der Fische, der Vögel und der Säugetiere.‹« »Das sind sehr sinnvolle Aufgaben, da kann ich euch nur zustimmen«, pflichtete ich meinen Lieblingen bei, die ja diesen Teil der Geschichte damit eingeläutet hatten, dass die Aufgaben als »nicht so doof wie sonst in Märchen« bezeichnet hatten. »Ja, und nun schaltete sich Maurice ein, der inzwischen hellwach war: ›Königliche Hoheit‹, bat er den Prinzen, ›darf ich Euch begleiten und unterstützen?‹ Als ehemaliges Tier verstand der Prinz natürlich seine Sprache, die Uschi sich erst über die Jahre zu eigen gemacht hatte. Der Prinz übermittelte dem König den Wunsch von Maurice. Der König schmunzelte, das Ansinnen des Katers leuchtete ihm aber ein, schließlich gehören Fische und Vögel ebenso wie kleine Säugetiere zum Beuteschema von Katzen. Da lag es nahe, dass Maurice dem Prinzen Robert helfen konnte, Vertreterinnen und Vertreter dieser drei Gattungen aufzustöbern, die der Hilfe bedurften. Und so gab es seine Zustimmung. Er wollte nur noch wissen, ob der Kater etwas Besonderes für sein Amt benötige, ein Paar Stiefel zum Beispiel. Aber das wies Maurice wie jede echte Katze weit von sich.«

Hier musste ich einfach noch mal unterbrechen. »Gut, dass ihr das gesagt habt, einen Kater in Stiefeln fand ich schon immer seltsam. War das mit dem gestiefelten Kater auch ganz anders?« »Nein, das ist richtig aufgeschrieben worden. Aber es ist ja auch kein Volksmärchen, sondern stammt von einem französischen Dichter, Charles Perraults. Er hat im 17. Jahrhundert gelebt und eine Märchensammlung verfasst, dazu gehört eben auch ›Le Maître Chat ou le Chat botté‹, wie die Geschichte auf französisch heißt. Dichtern räumt man, wie du ja weißt, besondere Freiheiten ein und sieht ihnen so manchen

Unfug nach. Also haben wir zu dem gestiefelten Kater nichts zu sagen«, erklärte mir Rosita mit großer Ernsthaftigkeit. »Danke, Rosita, das leuchtet mir ein.«

»Aber nun weiter in unserer Geschichte,« nahm Pepita den Faden wieder auf. »Die Prinzessin hatte indessen den Prinzen als einen so liebevollen Menschen kennengelernt, dass sie fest davon überzeugt war, dass es ihm gelingen würde, die verlangten Rettungsaktionen durchzuführen. Und so machten sich Prinz Robert und noch-nicht-königlicher Berater Maurice auf den Weg. – Jetzt brauche ich auch was zu trinken«, schloss Pepita ihre Erzählung. »Das ist sicher der Lachs in den Leckerchen, der da schwimmen will«, fügte sie noch hinzu. »Gut, machen wir ein Päuschen mit viel Wasser und ein paar Leckerchen für euch, einen Tee und einen Apfel für mich.«

Fast noch kauend kam Rosita an und begann gleich mit der Fortsetzung der spannenden Geschichte: »Maurice und der Prinz mussten gar nicht weit gehen. Schon im Schlosspark witterte Maurice ein Problem und lief voraus zu den Teichen. Oh jeh, was für ein Anblick. Da der Sommer sehr trocken war, bestanden die Teiche fast nur noch aus Schlamm. In dem japsten die Zierfische und boten einen bedauernswerten Anblick.« »Bedauernswert auch für Maurice?«, wunderte ich mich. »Bekam der nicht Appetit auf Fisch?« »Natürlich. Aber das Ziel, das er sich gesetzt hatte, eine Anstellung bei Hofe, war ihm wichtiger als ein paar Happen Fisch. Er führte den Prinzen zu den Verdurstenden. Der war ehrlich erschrocken, lobte und streichelte seinen Begleiter und wollte sich gerade daran machen, Wasser zu schöpfen. Da meldete sich Maurice zu Wort. ›Überleg dir doch lieber eine Lösung, die länger anhält‹, schlug er vor. Das leuchtete dem Prinzen ein. Wasser schöpfen kann schließlich jede und jeder, aber nur wenige Menschen in hohen Positionen können etwas Bleibendes anregen. Also bat er den Gärtner und den Hofbaumeister zu sich. Dem Gärtner erteilte er den Auftrag, sämtliche Fische vorübergehend auszuquartieren. Vom Hofbaumeister wollte er wissen, wie man es erreichen könne, dass der Wasserpegel in den Teichen nie unter eine kritische Marke fällt, sondern dem Teich automatisch Wasser zugeführt wird.« »Da hätte mal Leibniz dabei sein sollen!«, rief ich als frühere Hannoveranerin aus. »Wer ist das denn schon wieder?«, wollte Pepita wissen. »Ein berühmter Philosoph und Techniker, Ingenieur könnte man sagen, der in den hannoverschen

Gärten einen berühmten Springbrunnen hat bauen lassen.« »Na ja, zu springen brauchte das Wasser ja nicht gerade«, merkte Pepita kritisch an. »Aber Fachverstand war hier allemal gefordert. Der Hofbaumeister erbat sich Bedenkzeit und rückte dann mit einer Zeichnung heraus, die den Prinzen überzeugte. Sofort gab er den Umbau in Auftrag.

Befriedigt zog er mit seinem kätzischen Begleiter davon zum nächsten Abenteuer. Das fand sich im Wald, wo Maurice an einem Kadaver einer Elster schnupperte. Wenige Schritte weiter lag die nächste Elster tot auf dem Boden und bald stießen die Wanderer auf die dritte. ›Das geht nicht mit rechten Dingen zu‹, meinte der Prinz und besah sich einen der toten Vögel genauer. Tatsächlich war das Tier an einer Schrotladung gestorben. ›Wer kann das denn gewesen sein?‹ fragte sich Prinz Robert. Dieses Mal rief er den obersten Jagdaufseher zu sich. Der konnte Auskunft geben. ›Das waren ein paar Höflinge. Die ärgern sich über Elstern, weil die angeblich kostbaren Schmuck aus dem Schloss stehlen sollen.‹ ›Was heißt hier ‹sollen›«, fragte der Prinz nach. ›Nun sicher sind wir nicht, aber Ihr wisst ja, königliche Hoheit, dass Elstern Glitzerzeug unwiderstehlich finden.‹ ›Moment mal. Nur auf einen Verdacht hin werden die Vögel erschossen?‹ Kleinlaut musste der Jagdaufseher bejahen. ›Also das gibt es ab sofort in diesem Königreich nicht mehr.‹ Entgegnete der Prinz ganz entschieden. ›Generalverdacht lasse ich, wenn das hier so ist, im Gesetzbuch ausdrücklich verbieten und unter Strafe stellen. Wenn hingegen sicher gestellt ist, dass eine Elster etwas Wertvolles in ihr Nest geschleppt hat, so ordne ich hiermit folgendes Vorgehen an: Das Objekt ist aus dem Nest in Abwesenheit des Vogels zu entfernen und durch ein wertloses glitzerndes Ding zu ersetzen.‹« »Das ist ja rührend, dass er verfügte, ein Ersatz müsse ins Nest gelegt werden!«, rief ich bewegt aus. »Die Große Mutter hatte ihm wirklich in seinem Brunnen zum Nachdenken gebracht und er hatte sich drastisch geändert«, erklärte mir Rosita und fuhr fort: »Und so wurde verfahren.« »Durfte denn der Prinz in einem Königreich, das nicht seines war, einfach Anordnungen erteilen?«, wunderte ich mich. »Der König hatte ihm zur Erfüllung seiner Aufgaben diese Erlaubnis erteilt. Gut, dass du nachgehakt hast«, erklärte mir Rosita den Sachverhalt. »Die nächste Station«, begann Pepita, die ihre Schwester ablöste, »war ebenfalls im Wald. Maurice machte einen erschossenen alten Hirschen ausfindig, dem der Kopf abgeschlagen worden war. ›Was geht denn nur in diesem Wald vor sich!‹, rief der Prinz aus und bat wiederum den Jagdaufseher zu sich. ›Ein großes Problem, das wir bisher auch noch nicht haben lösen können‹, gestand der. ›Eine besondere Sorte Wilderer treibt ihr Unwesen. Ihnen ist an stattlichen Geweihen gelegen, die Tiere selbst interessieren sie nicht.‹« »Das kommt mir ein bisschen so vor wie die heutige Jagd auf Elefanten und Nashörner um des Elfenbeins willen«, kommentierte ich. »Da hast du ganz recht.« unterstützte Rosita meinen Gedankengang. »Wieder hatte der Prinz sofort das Gefühl, dass hier mehr vonnöten war, als die königlichen Jäger leisten konnten. ›Da muss die königliche Polizei eingreifen!‹, meinte der Prinz ganz entschieden ›Und wir brauchen neue Gesetze. Das Wildern muss unter eine hohe Strafe gestellt werden und die Polizei muss herausfinden, wer zu den Wilderern gehört und ob sie sich die Geweihe selbst in ihre Wohnungen hängen oder sogar ein Geschäft mit dem Handel von ihnen treiben.‹ Es stellte sich tatsächlich heraus, dass eine ganze Bande dahinter steckte, die einen einträglichen Handel mit den illegal erworbenen Geweihen betrieb. Sie wurden zu einer hohen Gefängnisstrafe verurteilt.«

»Wisst ihr, was mir auffällt?« »Nun, sag an!« »Alle drei Situationen haben etwas mit den Untaten zu tun, die der junge Prinz begangen hatte. Die Fische, die nicht genügend Wasser hatten, waren in derselben misslichen Lage, in die der kleine Robert seine Goldfische versetzt hatte. Die Höflinge, die die Elstern jagten, waren hinter dem vermeintlich von den Vögeln gehortetem Gold her, so wie Klein-Robert die Goldfische in Gold verwandeln wollte. Und die erbeuteten großen Geweihe erinnern mich an den Kopfschmuck, den sich Prinz Robert aus den Schwanzfedern des Hahn basteln wollte.« »Sehr gut beobachtet!«, lobte mich Pepita. »Das war auch der Großen Mutter aufgefallen, die ein wachsames Auge auf die Schritte von Robert und Maurice gerichtet hatte. Sie eilte zum König und berichtet ihm von diesem besonderen Zusammenhang zwischen den guten und den schlechten Taten von Robert und verkündete, dass sie wieder völlig versöhnt sei. Was blieb dem König da anderes übrig, als seinerseits die Handlungen des Prinzen anzuerkennen? Als dieser zusammen mit Maurice wieder im Schloss eintraf und Maurice die

Prinzessin bat, berichten zu dürfen, strich der schlaue Kater vor allem heraus, dass der Prinz sich nicht mit einzelnen Hilfeleistungen begnügt hatte, sondern Grundsätzliches in die Wege geleitet hatte. ›Du hast wie ein wahrer künftiger König gehandelt‹, meinte der König anerkennend, als ihm seine Tochter die Schilderung von Maurice übersetzte. ›Die Hand meiner Tochter ist dir sicher.‹ Da freuten sich die jungen Leute. Noch größer war deren Freude, als auch die Eltern des Prinzen ihr Einverständnis gaben und die positive Entwicklung ihres Sohnes überaus begrüßen.«

»Jetzt habe ich aber noch eine Frage, nachdem der glückliche Ausgang nun klar ist. Warum heißt das Märchen auch ›Der eiserne Heinrich‹ und welche Rolle spielte der Kutscher, der in der Fassung der Brüder Grimm die Kutsche mit dem erlösten Prinzen in dessen Schloss fährt. Es knackte auf der Fahrt ja immer wieder verdächtig und der Prinz rief dann erschrocken: ›Heinrich, der Wagen bricht‹, worauf der Kutscher Heinrich ihm antwortete: ›Nein, Herr, der Wagen ist es nicht, es ist das Band von meinem Herzen, das da lag in tausend Schmerzen, als ihr in dem Brunnen saßt, als ihr noch eine Fretsche (ein Frosch) wast (wart).‹ Der Reim war ein bisschen erzwungen, aber was soll's.« »Ja, der treue Heinrich!«, meinte Rosita ganz gerührt. »Der hatte die drei Schandtaten des jungen Prinzen mitbekommen, aber immer zu spät, um ihn davon abhalten zu können. Er hatte ja schließlich im Stall zu tun und war durch die Schreie des Hahns und der Katze aufmerksam geworden. Nur die stummen, leidenden Fische waren ihm entgangen. Er machte sich schwere Vorwürfe, als die Verwandlung in einen Frosch vollzogen war, konnte aber nichts dagegen unternehmen. So litt er lange Zeit und mit jedem der drei Jahre, die der Prinz als Frosch im Brunnen zubrachte, fühlte sich sein Herz immer gepresster an. Eiserne Bande hatten sich darum gelegt und die wurden gesprengt, als er seinen Herrn in dessen heimatliches Schloss fuhr.« »Danke, Rosita, das du mir auch den Teil erklärt hast.«

»Und Maurice?« Ich wollte doch auch noch wissen, wie er das neue Leben als gekrönter Kater fand.

»Das ist auch ein Happy End«, fing Rosita an, aber Pepita fiel ihr gleich ins Wort: »Er wurde tatsächlich königlicher Berater in menschlich-tierischen Angelegenheiten und – was noch besser war – er hat seine Allüren abgelegt.

Er merkte, dass er sich mit dem Krönchen auf dem Kopf kaum noch bewegen konnte. Nichts ging mehr oder wie Maurice selbst es ausdrückte: ›Rien ne va plus.‹« »Und außerdem sah er ja«, nahm Rosita den Faden wieder auf, »dass auch die Mitglieder der königlichen Familie nicht ständig ihre Kronen auf dem Kopf trugen, sondern diese nur zu besonderen Anlässen aufsetzten. Das hat er ihnen nachgemacht.« »Und was waren solche besonderen Anlässe, die Maurice zu seinem Krönchen haben greifen lassen?« »Natürlich die Hochzeit«, erklärte mir Pepita. »Aber auch, wenn er sich in Positur setzte, um Prinzessin Uschi ein Katzenmärchen zu erzählen«, fügte Rosita schelmisch hinzu. »Das sind für uns immer ganz besondere Momente.« »Die dann mit Leckerli gekrönt werden sollten«, ergänzte ich und Pepita stupste mich mit ihrem feuchten Schnäuzchen an. Ich eilte also an den Schrank mit dem Katzenfutter. »Danke für diese Geschichte, durch die ich jetzt auch die Wahrheit über Sox und Minka von euch erfahren habe,« fügte ich noch augenzwinkernd hinzu.

Helferinnen in der Not
oder Die wahre Geschichte von
Frau Holle

»Einen schönen guten Morgen! Das ist ja was ganz Besonderes, dass ihr mich Seite an Seite im Bett begrüßt und schnurrt wie die Weltmeisterinnen!«, rief ich ganz überrascht und beglückt aus. Zu allem Überfluss gaben mir meine Mitbewohnerinnen »Köpfchen«, d. h. sie streckten mir ihre Köpfchen entgegen und wollten dort gestreichelt werden. Mit beiden Händen kam ich der stummen Aufforderung nach. »Wir haben doch mitbekommen, was heute für ein Tag ist«, meinte Rosita stolz. »Dein Geburtstag!«, ergänzte ihre Schwester. »Da mussten wir dir doch gratulieren kommen, schließlich feierst du mit uns auch den Geburtstag.« »Das ist aber lieb von euch!« Ich war ganz gerührt. »Wir haben auch ein Geschenk für dich!«, kündigte Pepita an, die es offenbar kaum erwarten konnte, mir das Geschenk zu geben, so aufgeregt wirkte sie. »Muss ich dazu aufstehen?«, wollte ich wissen. »Nicht unbedingt«, versicherte mir Rosita. »Aha, das klingt geheimnisvoll.« »Überhaupt nicht«, meinte Pepita. »Ahnst du denn nicht, was wir dir Schönes geben können?«, wollte Rosita wissen. Da endlich fiel bei mir der Groschen: »Ein Katzenmärchen!« »Na siehst du, du weißt doch, was wir zu bieten haben und wir wissen, womit wir dir die größte Freude machen können.« »Ja, das ist wirklich das Schönste, was ich mir von euch hätte erbitten können, ihr habt mir den Wunsch von den Augen abgelesen.« »Diese Geschichte ist eine ganz besondere, wir haben sie für eine außergewöhnliche Gelegenheit aufgehoben und die ist heute mit deinem Geburtstag gekommen. Wir mussten dazu auch erst um Erlaubnis fragen«, erläuterte Rosita geheimnisvoll. »Erlaubnis? Wen musstet ihr denn fragen? Doch wohl nicht die Brüder Grimm!« »Papperlapapp, die doch nicht!« Allein der Gedanke schien Pepita absurd. »Dann weiß ich es nicht.« »Die Große Mutter selbst!«, löste Rosita das Rätsel. »Das war ja schon einmal nötig, wie ich mich dunkel erinnere. Bei der Dornröschengeschichte musstet ihr sicherstellen, dass ihr mir die Dinge, die Katzen betreffen, mitteilen durftet, nicht wahr?« »Ja, damals ging es um die Erlebnisse von Dornröschens Kätzchen in der Anderswelt.« »Und worum geht es heute?« »Das wirst du merken, wenn wir es dir erzählen«, kündigte Rosita an. »Wenn das so ein besonderes

Märchen ist, dann möchte ich gerne duschen und mich anziehen.« »Genehmigt!«, kam es im Chor zurück, »und frühstücken können wir dann auch zusammen.« »Sehr gute Idee. Worauf hättet ihr denn Lust? Hühnchen mit Lachs ist für euch doch immer ein Genuss. Stimmt's?« »O ja! Und Leckerli zum Nachtisch.« »Daran soll's nicht mangeln!«, versprach ich und hievte mich aus dem Bett.

Nachdem wir unser gemeinsames Frühstück beendet hatten und ich bereits einen Blick auf die eingegangene Geburtstagspost werfen konnte, nahm ich auf der Couch Platz und bot Pepita und Rosita die Plätze an meiner Seite an. »Für dieses Märchen müssen wir weit ausholen«, leitete Rosita die Erzählung ein. »Das, was wir dir erzählen wollen, hat sich vor ganz vielen Jahren zugetragen. Damals wirkte die Große Mutter sehr intensiv auf der Erde. Sie half nicht nur kranken oder verunglückten Tieren, sie sorgte auch für die Pflanzen, wenn es nicht genug geregnet hatte oder sie durch einen Sturm beschädigt worden waren. Und natürlich stand sie auch Menschen bei, die ihrer Hilfe bedurften.« »Das muss ein riesiges Pensum gewesen sein!«, rief ich aus. Strahlend antworteten meine Lieblinge: »Wir wussten, dass du ein gutes Herz hast, Anteil nimmst und daher bist du es auch wert, die ganze Geschichte ohne Auslassungen oder Abkürzungen zu hören.« Bei so viel Lob wurde ich ganz verlegen und war ziemlich verunsichert, ob ich mich des in mich gesetzten Vertrauens würde würdig erweisen können. Diese Selbstzweifel behielt ich aber für mich, nahm mir jedoch vor, zu prüfen, wo ich noch mehr als bisher für Pflanzen und Tiere tun könnte.

»Tatsächlich war es einfach zu viel, was sich die Große Mutter da aufgeladen hatte. Sie sauste von Ort zu Ort und bald trat ein schwerer Erschöpfungszustand bei ihr ein«, schilderte Pepita die Verfassung der Schützerin der Natur. »Es war ein kleines Kätzchen, das regelrecht erschrocken darüber war, wie die Große Mutter sich selbst ausbeutete. Es war eher unscheinbar, getigert wie eine Wildkatze und wurde von den anderen einfach ›Kleinchen‹ genannt.« »So wie ich dich auch manchmal nenne, Pepita«, merkte ich lächelnd an. »Ja, genau so hieß es«, bestätigte Pepita schmunzelnd. »Wie ging das Kleinchen aber nun mit seiner Sorge um das Wohlergehen der Großen Mutter um? Konnte es etwas tun?« »Es machte das Klügste, was denkbar war: Es berief den Katzenrat ein.« »Meinst du damit die regelmäßig abends stattfindenden

Treffen der Katzen, die ich selbst ja auch schon in einem kleinen Dorf in Südfrankreich erlebt hatte?«, wollte ich wissen. »Der Katzenrat ist ein noch viel wichtigeres Treffen. Normalerweise kommen wir im Rat zweimal im Jahr zusammen, immer vor der Tag- und Nachtgleiche. Dann tragen wir zusammen, wo es Probleme gibt und überlegen, was zu tun ist. In der Vergangenheit haben unsere Überlegungen nicht selten dazu geführt, dass wir einen Fall der Großen Mutter vorgetragen und sie um Hilfe gebeten hatten. Dabei halten wir unseren Rat immer vor dem Treffen der Tiere mit der Großen Mutter ab, damit wir sie umgehend um Rat und Hilfe bitten können, falls wir alleine nicht weiter kommen.« »Stimmt, das haben eure Ahninnen bei Hänsel, Gretel und Frau Gustel auch schon mal gemacht«, erinnerte ich mich.

»Wie muss ich mir euer Ratstreffen vorstellen?«, fragte ich interessiert, fügte aber schnell hinzu: »Falls ihr darüber sprechen könnt. Ich möchte nicht neugierig erscheinen und in euch dringen.« »Nun, bei uns herrscht das, was bei euch wohl ›direkte Demokratie‹ heißen würde, nur dass wir keine Freundinnen und Freunde hochtrabender Worte sind. Wir handeln lieber, als dass wir reden«, begann Rosita. Das fand ich mal wieder sehr sympathisch. Wir Menschen könnten uns wirklich einiges von den Tieren und besonders viel von den Katzen abgucken, fand ich. Wie oft werden neue Beschlüsse gefasst, die aber dann nicht oder nur sehr zögerlich umgesetzt werden. »Wir versammeln uns dazu immer auf einer großen Wiese an einem Berghang«, ging Pepita auf mich ein, »aber die Adresse verrate ich dir nicht!« Ich streichelte mein Kleinchen lächelnd. »Keine Angst, Liebes, eure Geheimnisse kann ich durchaus respektieren. Kamen alle Katzen dorthin? Das muss ja dann eine riesige Versammlung gewesen sein.« »Einige blieben an ihrem Ort, wenn sie fanden, dass das Treffen nicht so wichtig war. Manche gaben auch einer anderen Katze einen Auftrag, wenn sie – zum Beispiel aus Altersgründen – die weite Reise scheuten. Eigentlich hatten alle immer ein gutes Gespür dafür, dass der Kreis nicht zu groß wurde. Dort verständigen wir uns in unserer eigenen Sprache, du würdest kein einziges Miau hören, alles läuft still ab, aber sehr intensiv. Da trat also dann das Kleinchen hervor und teilte den anderen mit, wie besorgt es um die Große Mutter war. ›Habt ihr das auch schon bemerkt?‹, wollte es wissen. Und tatsächlich äußerten sich immer mehr Katzen mit ähnlichen Beobachtungen. Nur diejenigen, die zurückgezogener lebten und kaum Kontakt zu anderen Tieren und Menschen hatten, konnten nichts berichten, weil sie die Große Mutter nur selten sahen. Sie nahmen aber mit großer Aufmerksamkeit Anteil. ›Es muss etwas geschehen!‹, war die einhellige Meinung. ›Aber was können wir dazu tun?‹, fragten sie zweifelnd, weil sie nur geringe Handlungsmöglichkeiten für sich sahen.« »Das ist eine sehr berechtigte Frage«, meinte ich. »Ja, aber es gab viele Ideen dazu«, erwiderte Rosita.

»Einige meinten, die Große Mutter sollte mal einen Winterschlaf machen. Das sagten diejenigen, die im Wald lebten und mitbekamen, wie viele Tiere sich im Winter zurückzogen, manche buddelten sich regelrecht ein. ›Damit könnte sich die Große Mutter nie anfreunden. Sie will doch uns Tiere bei Kälte schützen und auch Pflanzen und Menschen helfen, gut über die kalte Jahreszeit zu kommen. Das heißt, sie hat im Winter auch viele Aufgaben zu erledigen und kann nicht einfach dem Frost die Herrschaft überlassen und in Kauf nehmen, dass Tiere und Menschen sterben oder leiden, nur weil sie selbst mehr Ruhe braucht.‹ Das sahen alle ein. So fand der Winterschlaf-Plan keine Zustimmung. Andere meinten: ›Sie muss in die Sonne, so wie die Vögel, die im Herbst nach Süden starten. Sie muss ja nicht den ganzen Winter über weg bleiben, aber einen Kuraufenthalt in den warmen Ländern würde ihr sicher gut tun.‹ ›Aber denkt doch nur, was sie dann erleben müsste! Viele Vögel bleiben bei der Reise auf der Strecke, weil sie gefangen werden, zum Teil werden sie sogar getötet. Ihr könnt doch nicht im Ernst wollen, dass sich die Große Mutter einer unangenehmen Situation aussetzt.‹, kam es aus vielen Mäulchen ganz aufgeregt und aufgebracht. ›Aber sie ist doch unsterblich‹. korrigierten andere. ›Sie braucht doch nicht zu fürchten, dass sie gefangen oder gefressen wird.‹ ›Natürlich, aber sich durch einen Pfeilregen zu bewegen, ist nicht angenehm und wir wollen doch, dass die Große Mutter Ruhe und Erholung findet und sich nicht wegen der Menschen aufregen muss, die es auf ihre Schutzbefohlenen abgesehen haben.‹ Dem mussten wieder alle zustimmen. ›Wir müssten ihr ihre Aufgaben leichter machen‹, schlugen ein paar Stadtkatzen vor, die aus eigener Anschauung wussten, wie die Menschen sich Arbeitserleichterung verschafften. Das klang für alle nach einer sehr guten Idee. ›Was sie so anstrengt, ist das Reisen von einem Einsatzort zum nächsten.‹ ›Stimmt. Die Überwindung weiter Strecken ist wirklich eine Strapaze.‹ ›Man sieht es ja an den Vögel, die im Frühjahr aus den warmen Ländern zurück kommen. Manche sind ganz matt und brauchen Zeit, um sich zu erholen und die Zeit nimmt sich die Große Mutter ja nicht.‹ ›Könnten wir nicht die großen Vögel bitten, sie auf ihren Rücken zu nehmen und sie dorthin zu fliegen, wo sie gebraucht wird?‹ Das war eine ganz schlaue Idee; sie kam von Kleinchen!« »Das muss eine ganz liebevolle Katze gewesen sein, so mitfühlend wie sie war«, meinte ich voller Bewunderung. »Ja, das merkten jetzt auch diejenigen, die Kleinchen bis dahin noch nicht gekannt hatten«, gaben Pepita und Rosita mir recht. »Lasst uns die Störche ansprechen, die haben die drei Farben der Göttin und wenn sie die Aufgabe übernehmen würden, wäre das ganz besonders schön.«‹ In ganz vielen Geschichten, die mir meine Lieblinge schon erzählt hatten, kamen Störche vor und immer wurden ihre drei Farben erwähnt. Es mussten wirklich besondere Tiere sein, die der Großen Mutter sehr nahe standen.

»Aber es kam gar nicht zu dem Transport durch Vögel«, beugte Rosita einer möglichen Enttäuschung meinerseits vor. »Nach einem kleinen Mundvoll und einem tiefen Schluck Wasser würde es sich leichter weitererzählen lassen!«, bemerkte Pepita trocken. »Bitte entschuldigt, ich war wieder so fasziniert von eurer Geschichte, dass ich euer leibliches Wohl ganz vergessen habe. Lasst uns ein kleines Päuschen einlegen.« Mit den ausgewählten Trockenfuttersorten und Leckerlis schien ich die richtige Wahl getroffen zu haben, denn minutenlang war nur zu hören, wie die harten Bröckchen von scharfen Katzenzähnen zerkaut wurden. Danach schlenderten beide zu den Wassernäpfchen und dann waren wir wieder zusammen. »So«, stellte Pepita befriedigt fest, »jetzt spricht es sich gleich viel besser. Wo waren wir stehen geblieben?« »Die Störche sollten gebeten werden, die Große Mutter von Ort zu Ort zu tragen.« »Genau. ›Wer will bei einem Storch nachfragen?‹ ›Ich, ich ich!‹ meldete sich ein schwarz-weißer Kater ganz eifrig. ›Ich kann sehr gut Frösche fangen und würde ein Gastgeschenk mitbringen.‹ Du siehst«, fügte Rosita hinzu, »damals spielte Futter auch eine wichtige Rolle.« »Das habe ich nie bezweifelt, finde es aber ganz toll, wie eure Vorfahren auch an den Hunger anderer Tierarten dachten, was ich ja gerade bei euch versäumt habe.« »Nicht so schlimm, wir haben uns ja gemeldet. Aber das, was der Kater vorschlug, war wirklich der Rede wert«, meinte Rosita. »Daher stimmten alle zu, dass der Kater damit beauftragt werden sollte, einem Storch die Lage zu schildern und ihm den Plan vorzutragen. Er begab sich erst einmal auf die Jagd nach Fröschen, fing drei besonders dicke und ging dann zu einem der Stelzvögel. ›Was verschafft mir die Ehre?‹, wollte der höflich wissen. ›Sei mir gegrüßt, Vogel, der du

unsere alte Heimat liebst und regelmäßig aufsuchst‹, leitete der Kater ein.«
»An ihm ist aber wirklich ein Diplomat oder Unterhändler verloren gegangen!«, rief ich entzückt aus, denn gut zu verhandeln war auch immer mein Ehrgeiz gewesen. Dieser Kater war nicht der erste aus den Märchen meiner Lieblinge, der die hohe Kunst der geschickten, höflichen Rede beherrschte, was ich immer sehr bewunderte. »›Möchtest du die neuesten Nachrichten aus Ägypten hören?‹ ›Danke für dein Angebot, ich werde gerne darauf zurück kommen. Aber vorerst habe ich einen wichtigen Auftrag zu erledigen und dir auch ein Gastgeschenk mitgebracht.‹ Mit diesen Worten legte er die drei Frösche vor den Storch. Der war ganz gerührt, bedankte sich sehr und biss gleich in einen herzhaft hinein. ›Nun hast du mich aber neugierig gemacht, Freund Kater.‹ ›Oh, entschuldige bitte, ich habe mich noch gar nicht vorgestellt: Fridolin ist mein Name.‹ ›Und ich bin Elise.‹ ›Ein schöner, klangvoller Name‹, antwortete der alte Schmeichler, ›da könnte man direkt ein Lied darauf machen.‹« »Das hat Beethoven viele, viele Jahre später ja auch getan«, informierte ich meine Lieblinge und fing gleich an, ›Für Elise‹ zu summen. »Die Melodie kennen wir doch. Die hast du doch immer mal auf diesem winzigen Instrument gespielt.« Damit meinten sie die kleine Drehorgel, die zwischen meinen Büchern auf dem Regal stand. »Ja, eure Freundin, die verstorbene Katinka, mochte es auch sehr gerne. Aus dem hintersten Winkel der Wohnung kam sie herbei, wenn ich es spielte.« »Sie war sehr musikalisch. Am liebsten mochte sie die Marseillaise, die du auch manchmal gespielt hast.«, erinnerte mich Rosita an Katinkas Vorlieben. »Ich hatte sie immer im Verdacht, eine kleine Revolutionärin zu sein, oder in einem früheren Leben gewesen zu sein«, teilte ich meine Überlegungen meinen Beiden mit. »Wer weiß«, antwortete Rosita weise und versonnen. Solche Gedanken waren ihr nicht fremd. Um aber in der Geschichte fortzufahren, kam ich wieder auf das Stück »Für Elise« zu sprechen. »Heute ist die Melodie wohlbekannt, aber niemand denkt dabei an eine Störchin, fürchte ich.« »Mach dir nichts draus. Wenn ihr Menschen Lieder singt oder spielt, nehme alle Tiere daran Anteil. Wir lieben es, ganz egal woher die Melodien stammen. Sogar wenn du Jazz im Radio hörst, sind wir dabei.« »Das habe ich wohl bemerkt, dabei wird gesagt, Katzen mögen keinen Jazz.« »Was wird nicht alles über uns gesagt!«, seufzte Pepita und wirkte ein bisschen ungehalten. »Glaube nichts davon, nur das, was du selbst an uns beobachten kannst«, ergänzte ihre Schwester. »Das will ich gerne beherzigen«, versprach ich. »Es wird dich freuen, dass auch die

Störche das Lied kennen und diejenigen unter ihnen, die auch heute noch Elise heißen, freuen sich ganz besonders daran.

Fridolin aber hatte keine Zeit zum Komponieren. Er rückte heraus mit der Sprache und fand in Elise eine mitdenkende Gesprächspartnerin. ›Auf dem Rücken tragen kann keine und keiner von uns die Große Mutter, auch Adler könnten das nicht. Aber wenn sie sich so klein wie ein menschliches Baby macht und in ein Tuch legen lässt, dann könnte immer jemand von uns das Bündel in den Schnabel nehmen‹, schlug Elise vor. ›Das klingt nach einer brauchbaren Idee‹, meinte Fridolin. ›Aber bevor ich nun ‹hurra!› rufe, würde ich dein Patent erst gerne mal ausprobieren. Eine von uns ist ganz klein und zierlich, sie könnte Baby spielen‹, schlug Fridolin vor. ›Ich bin dabei. Findet ein schönes Tuch und es kann losgehen.‹ ›Warte bitte hier auf mich.‹ ›Gerne, ich habe ja auch noch Futtervorrat von deinem Gastgeschenk‹, meinte Elise schelmisch.«

»Und so eilte Fridolin zurück zu den anderen Katzen und berichtete von seiner Mission. Die fanden es besonders klug von Fridolin, dass er eine Probe vorgeschlagen hatte. Kleinchen war etwas mulmig zumute, denn natürlich war sie es, an die Fridolin für den Probeflug gedacht hatte, aber sie willigte ein. Eine der Katzen holte ein schönes Tuch aus ihrem Körbchen und eine Abordnung ging zurück zu Elise. Mit vereinten Kräften knoteten sie das Tuch, Kleinchen machte es sich darin bequem und Elise nahm Tuch samt Kätzchen in ihren Schnabel und erhob sich in die Lüfte. Nach einem kurzen Rundflug landete die Störchin auf einem Hausdach und ließ ihren kleinen Passagier aussteigen. Freudig klapperte Elise, weil alles so gut gegangen war. In dem Moment erblickte in dem Haus, auf dessen Dach Elise gelandet war, ein kleines menschliches Baby das Licht der Welt.« »Was jetzt kommt, freut dich bestimmt«, meinte Rosita und machte mich neugierig. Ich ahnte schon, dass es um den Klapperstorch gehen könnte und so war es auch. »Während das Kleinchen noch auf dem Dach saß, hörte sie durch den Schornstein die ersten Schreie des Neugeborenen. Dann waren Kinderstimmen zu hören: ›Papa, wo ist denn das Baby hergekommen?‹, fragten diese. Kleinchen spürte, wie der Mann etwas herum druckste. Aber dann erzählte er ganz freudig: ›Habt ihr denn nicht gesehen, dass ein Storch mit einem Tuch im Schnabel auf unser Haus zugeflogen kam?‹ ›Doch schon‹, bestätigte ein Mädchen und sein älterer Bruder kombinierte messerscharf: ›War in dem Bündel vielleicht unser neues Schwesterchen drin?‹ ›Genau‹, gab sein Vater ihm recht. Lauft schnell nach draußen und bedankt euch bei dem Storch, derweil wird das Kleine gebadet.‹ Und tatsächlich liefen die beiden Geschwister nach draußen, winkten Elise hinterher, der das Kleinchen zurief: ›Elise, kehr bitte noch mal um und begrüße die beiden Kinder!‹ So lieb gebeten kehrte die Störchin gerne um, drehte eine Ehrenrunde, landete vor den Kindern und schlug mit ihren Flügeln. Zu Kleinchen gewandt wollte sie wissen: ›Worum geht es denn?‹ ›Der Vater hat den Kindern erzählt, du hättest das neue Baby gebracht, jetzt wollen sie dir dafür danken.‹ ›Zu viel der Ehre!‹, wehrte Elise bescheiden ab. Aber das Kleinchen beschwichtigte ihre neue Freundin. ›Du kannst den Dank ruhig annehmen. Weißt du, Menschen sind manchmal ein bisschen komisch. Sie genieren sich wegen der natürlichsten Dinge der Welt und erfinden stattdessen tolle Geschichten. Wir sollten darüber lächeln, aber ihnen ihre Erfindungen nicht kaputt machen‹, klärte das Kleinchen Elise auf. ›Wenn du meinst. Du kennst die Menschen besser als ich, bist ihnen viel näher. Aber richtig aufklären sollte man sie schon‹, fand sie. ›Das könnten wir übernehmen, indem wir sie bei unserer Paarung und der Geburt unserer Jungen zusehen lassen.‹ ›Gute Idee‹, lobte die Störchin. ›Dann wünsche ich gutes Gelingen und du meldest dich bei mir, wenn ihr entschieden habt, wie es mit dem Transportproblem für die Große Mutter weiter gehen soll.‹ ›Auf alle Fälle!‹, versicherte Kleinchen.« »So ist also die Mär vom Klapperstorch entstanden«, wunderte ich mich. »Toll, wie Elise mitgespielt hat und toll, wie sich das Kleinchen die sexuelle Aufklärung ausgedacht hat.« »Für uns Säugetiere war es nie nötig, Geschichten darüber zu erfinden, denn wir kennen ja den wahren Zusammenhang. Unsere Babys bringen die Information mit auf die Welt. Aber nun lass dir sagen, wie es mit Kleinchen, Elise, Fridolin und den anderen Katzen weiterging.« Damit kam Rosita wieder zum Kern ihrer Geschichte.

»›Nun, wie war's?‹, wollten die Katzen aus der Abordnungsgruppe, die inzwischen bei der Flugreisenden angekommen waren, von Kleinchen wissen. ›Sehr bequem, ich hätte gut schlafen können, aber gesehen habe ich nichts. Wenn ich das Köpfchen über den Rand des Tuchs erhoben hätte, hätte ich das Gleichgewicht verloren und wäre abgestürzt.‹ ›Um Himmels willen!‹, rief Fridolin entsetzt. ›Ich will euch was sagen: Das ist noch nicht die Lösung, die wir suchen‹, meinte eine ältere, erfahrene Katze. ›Erstens wissen wir nicht, ob die Große Mutter sich so klein machen will. Zweitens wird sie es nicht mögen, wenn sie nicht von oben auf das Land herab schauen kann. Stellt euch doch nur einmal vor, es hat eine Überschwemmung gegeben, Flüsse sind über die Ufer getreten, die große Mutter eilt zur Rettung von Mensch und Tier und kann die Lage gar nicht überblicken, weil sie nichts sehen kann. Nein, nein, das ist noch nicht die Lösung.‹ Dem mussten die anderen zustimmen. Sie erzählten Elise ihre Bedenken. Die war ein bisschen enttäuscht, weil sie die Große Mutter gerne transportiert hätte, aber sie sah ein, dass dieser mit der Transportschlinge nicht gedient wäre. ›Muss es denn ein Vogel sein, der die Große Mutter von Ort zu Ort bringt? Könnte sie nicht wie die Menschen in einer von Pferden gezogenen Kutsche reisen?‹, fragte sie die Katzen. Die fanden die Idee nicht schlecht. ›Weißt du, Elise, wir hatten gedacht, dass eine Flugreise schneller ist als der Landweg‹, erklärte ihr Fridolin die Überlegungen der Katzen. ›Denkt doch mal über eine Pferdekutsche nach‹, hielt Elise dem entgegen. ›Ihr wisst ja, unter den Pferden gibt es Schimmel, Füchse und Rappen. Die Kutsche der Großen Mutter könnte also sogar von Pferden in ihren Farben weiß, rot, schwarz, gezogen werden.‹ Bei dieser Bemerkung hellten sich die Augen der Katzen auf. ›Hier im Ort haben viele Menschen Pferdekutschen. Geht einfach mal in die Ställe oder – noch besser – schaut euch mal an, wie die Menschen in solchen Kutschen reisen.‹ Überschwänglich bedankten sich die Katzen bei der klugen Elise und gingen in die Dorfmitte.«

»Sie hatten Glück«, übernahm Pepita den Gesprächsfaden, »Schon nach kurzer Zeit kam eine Kutsche vorbei. Aber ach, was war das für ein lautes Getrappel! ›Das kann es nicht sein!‹, waren sich alle Katzen einig. ›Dieses Transportmittel ist für die Große Mutter entschieden zu laut. Sie will ja möglichst unbemerkt an die Orte gelangen, an denen sie nach dem Rechten sehen will.‹ ›Ja‹, meinte auch das Kleinchen seufzend, ›Pferde haben eben keine Samtpfoten so wie wir.‹ ›Moment mal!‹, rief die weise, alte Katze aus. ›Da hast du mir eben einen Floh ins Ohr gesetzt.‹ ›Vielleicht ist es eine Zecke, lass dir helfen!‹, rief das Kleinchen aufgeregt. ›Nein, nein, ich meine, mich hat eine Idee gepikt wie ein Flohbiss. Warum spannen wir selbst uns nicht vor eine Kutsche und fahren die große Mutter durchs Land?‹ ›Aber eine Kutsche ist doch viel zu schwer für uns!‹, wandten gleich mehrere ein. Das können wir nicht leisten.‹ ›Nun mal halblang!‹, erhob die alte Katze Widerspruch. ›Die Große Mutter verfügt doch über Feenstaub, der kleine Wunder bewirken kann. Damit könnte sie ohne Weiteres die Kutsche anpusten und sie so leicht machen, dass es für uns ein Kätzchenspiel wäre.‹ ›Da hast du Recht. Warum sind wir nicht gleich darauf gekommen. Das ist es!‹ Alle schliefen noch mal eine Nacht darüber und als ihnen am nächsten Morgen keinerlei Bedenken kamen, machten sie sich mit einer Abordnung auf, um der Großen Mutter ihren Vorschlag zu unterbreiten.« »Jetzt weiß ich auch, worauf eure Geschichte hinausläuft!«, rief ich begeistert aus. »Ihr wollt mir erklären, wie es gekommen ist, dass die Große Mutter, die auch Freia oder Frau Holle genannt wird und noch viele andere Namen bekommen hat, in einem von Katzen gezogenen Wagen fährt.« Davon hatte ich nämlich gelesen, natürlich nicht in meinem Grimms Märchenbuch, sondern in einem Buch über Katzen. Als ich damals diese Neuigkeit erfahren hatte, hatte ich mich gefragt, wie es kam, dass sich diese sagenhaften, göttlichen Frauengestalten, die alle letztendlich die Große Muttergöttin waren, ausgerechnet von Katzen haben ziehen lassen. Offenbar geht das Ganze auf Kleinchens Sorge um das Wohl der Großen Mutter zurück. »Das ist aber nur die halbe Geschichte«, bremste Pepita meine Begeisterung, »unsere Geschichte geht noch viel weiter.« »Oh!«, meinte ich überrascht und erfreut, denn lange Geschichten zu hören ist einfach wunderbar. »Dann schlage ich vor, dass wir jetzt zu Abend essen und ihr mir morgen erzählt, wie es weiter ging.« »Sehr einverstanden!«, kam es im Duett zurück.

Am nächsten Morgen war ich schon sehr gespannt, aber auch stolz auf mich, dass ich bis dahin so lange zugehört hatte, ohne zu fragen, welches Grimmsche Märchen sie mir denn nun in seiner wahren Fassung erzählen würden. Bis jetzt hatte ich noch keinen blassen Schimmer. Aber ich wollte meine Lieblinge mit meiner Neugierde auch nicht bedrängen oder voreilige Schlussfolgerungen ziehen, denn solche kamen bei ihnen nie besonders gut an. Also beschloss ich, mich noch weiter in Geduld zu fassen und zu warten, was ich erfahren würde. »Bist du bereit?«, fragte Rosita. »Ja, ihr könnt die Geschichte fortsetzen.« »Die Katzenversammlung bestimmte nun vier Katzen, die zur Großen Mutter gehen sollten: Einen roten und einen weißen Kater, eine schwarze und eine dreifarbige Katze. Die Auserwählten waren sich der Ehre voll bewusst. Ehrfürchtig näherten sie sich der Großen Mutter, die ziemlich hektisch hin und her wuselte. ›Kommen wir ungelegen, Große Mutter?‹ ›Ich suche verzweifelt die Liste, auf der ich notiert habe, welche Aufgaben ich heute erledigen wollte. Es ist aber auch immer so viel zu tun‹, seufzte sie. ›Genau darüber wollten wir mit dir sprechen‹, begann der weiße Kater. ›O, ja?‹, rief die Große Mutter erstaunt aus. ›Ihr macht mich neugierig, was habt ihr auf dem Herzen?‹ ›Es ist dein großes Herz, das uns bewegt‹, griff die schwarze Katze das Stichwort auf. ›Es ist uns nicht entgangen, wie sehr du dich mit einer Vielzahl von Aufgaben in der letzte Zeit aufgerieben hast.‹ ›Du machst auch heute einen erschöpften Eindruck‹, ergänzte die dreifarbige Katze. Da setzte sich die Große Mutter hin und ihr kamen die Tränen, so gerührt war sie über die Katzenabordnung. ›Ihr habt völlig recht, aber ich kann die Arbeit nicht verringern.‹ ›Das wissen wir, aber vielleicht lässt sie sich erleichtern‹, deutete der rote Kater an. ›Wie könnte das geschehen?‹, wollte die Große Mutter, nun richtig neugierig geworden, wissen. ›Wir haben einmal geschaut, was Menschen machen, wenn sie viel Verschiedenes an weit auseinander liegenden Orten zu erledigen haben. Sie setzen sich in einen Wagen und lassen sich von Pferden dorthin ziehen‹, schilderte das dreifarbige Kätzchen eine menschlichen Fortbewegungsweise und fuhr gleich fort: ›Nun haben wir den Pferden zugesehen, die eine solche Kutsche ziehen und dabei zweierlei festgestellt: Zum einen ist das Fuhrwerk ziemlich laut, zum anderen ist die Kutsche ziemlich schwer.‹ ›Beides wäre nicht geeignet für dich‹, erklärte der weiße Kater mit Bestimmtheit. ›Wenn es dir mit deinem Feenstaub gelingen würde, eine Kutsche ganz leicht werden zu lassen, dann könnten wir vier uns davor spannen und dich auf Sammetpfoten ziehen.‹ Jetzt fing die Große Mutter wirklich an zu weinen. In jeden ihrer Arme nahm sie zwei von den vier Angeordneten und drückte sie an ihr Herz. ›Was seid ihr für liebevolle Wesen!‹, rief sie unter Tränen aus. ›Hast du überhaupt unsere Fellfarben bemerkt?‹, meldete sich die Dreifarbige zu Wort. ›Ja, wirklich, ihr tragt meine Farben! Ich sehe schon, wie klug ihr alles eingefädelt habt.‹ Nach diesen Worten stieß sie einen lauten Pfiff aus und eine Kutsche mit nur zwei Rädern kam angerollt. Sie blies ihren Feenstaub über das Gefährt und musste nun wieder lachen. ›So, nun ist alles zur Probefahrt bereit.‹ Sie selbst stieg ein, die vier spannten sich vor die leichte Kutsche und ab ging – nicht die Post – aber die göttliche Fahrt. Nach einer kurzen Strecke pustete die Große Mutter erneut Feenstaub, dieses Mal aber über ihre vier Kutschertiere. Denen wurde ganz leicht ums Herz und tatsächlich erhoben sie sich in die Luft, die Große Mutter hatte ihnen die

Fähigkeit zu fliegen verliehen. Alle fünf waren sehr angetan von der Probefahrt. Die vier Katzen liefen ganz schnell zum Katzenrat und berichteten. Wie glücklich war da die Versammlung, alle strahlten übers ganze Gesicht.« »Wenn das mal kein glückliches Ende ist«, rief ich aus. »Nein«, kam es von meinen Beiden wie aus einem Mäulchen. »Es kam erst mal ein dickes Ende nach.« »Ich glaube, dafür müssen wir uns stärken.« Ein großes Schnurren erklang, das ich deutete als: »Du hast unser Bedürfnis genau richtig erraten.« Also hielten wir ein Gemisch aus Brot- und Brekkies-Zeit. »Wollt ihr jetzt vielleicht auch ein Ruhepäuschen einlegen?« »Wie gut du uns doch verstehst«, meinte Rosita mit warmer Stimme. »Genau danach steht uns der Sinn«, fügte ihre Schwester hinzu.

Es dauerte gar nicht lang, da erhoben sich beide aus ihrem Körbchen und kamen zu mir. »Wir könnten weiter erzählen«, meinten sie. »Ich bin ganz Ohr.« »Es verging einige Zeit, da tauschten sich die vier Kutscherkatzen über ihre Erfahrungen aus. ›Ich hätte nicht gedacht, dass so viele Fahrten notwendig sind‹, meinte der rote Kater. ›Ich bin zwar stark, aber das Ziehen der Kutsche erschöpft mich‹, fügte der weiße Kater hinzu. ›Ich bin froh, dass ihr das sagt, ich dachte, nur mir ginge es so, weil ich doch kleiner bin als ihr beiden Kater und auch weniger wiege‹, sagte die schwarze Katze voller Erleichterung. ›Du sprichst meine Gedanken aus‹, kam es freudig von der Dreifarbigen. ›So kann es nicht weiter gehen. Jetzt haben wir anstelle einer völlig erschöpften Großen Mutter, eine etwas erschöpfte Mutter und vier erschöpfte Katzen.‹ ›Lasst uns den Katzenrat einberufen. Mein Hirn ist so leer, ich komme auf keinen klugen Gedanken‹, meinte der rote Kater. ›So machen wir es‹, stimmten ihm die drei anderen zu. Also erbaten sie sich von der Großen Mutter eine kurze Auszeit und beriefen den Katzenrat ein.« »Da hatte bestimmt eine von euren Vorfahren eine gute Idee«, meinte ich voller Zuversicht und im Vertrauen auf die Intelligenz der Katzen.

»Der rettende Gedanke kam wieder mal von Kleinchen. Sie schlug vor, dass wir Helferinnen für die Große Mutter finden. Die alte, weise Katze war sehr angetan von dem Gedanken und spann ihn weiter aus: ›Es sollten Menschen sein, die Routinearbeiten für die Große Mutter übernehmen, damit diese sich nur noch um besondere Aufgaben zu kümmern braucht.‹ Das leuchtete allen Anwesenden sofort ein. ›Wir müssen liebevolle junge Frauen finden, die bereit sind, all das, was jedes Jahr in ähnlicher Weise gemacht werden muss, zu übernehmen oder in die Wege zu leiten.‹ ›An welche Arten von Arbeiten denkst du?‹, fragte Kleinchen die alte, weise Katze. ›Nun ich dachte an die Ernte, an den Schnee, solche Dinge eben.‹« Bei dem Stichwort ›Schnee‹ sah ich Frau Holle die Federbetten ausschütteln und bei ›Ernte‹ kam mir der Baum mit den reifen Äpfeln im Frau-Holle-Märchen in den Sinn, der so dringend darum gebeten hatte, dass er geschüttelt würde, weil doch seine Äpfel alle reif waren. »Jetzt weiß ich, auf welches Märchen wir zusteuern«, rief ich aus. »Ihr wollt mir die wahre Geschichte von Frau Holle erzählen!« »Genau. Du bist ziemlich schlau«, musste selbst die sonst so kritische Pepita zugeben. »Da freue ich mich aber«, entgegnete ich und ließ offen, ob es über das Lob war oder sie Aussicht auf die wahre Geschichte von Frau Holle. »Jetzt ist mir auch klar, warum ihr die Große Mutter um Erlaubnis fragen musstet. Die Geschichte dreht sich ja um sie und um eine Zeit, in der sie Schwäche zeigte.« »So ist es, aber wir dürfen dir alles erzählen, ohne etwas auszulassen. Ist das nicht toll?«, meinte Rosita. Jetzt hatte ich Tränen der Rührung in den Augen. »Ich danke euch und der Großen Mutter, der Frau Holle, sehr für diese Ehre. Dafür, dass ihr euch bei ihr für mich eingesetzt habt, bekommt ihr ein besonderes Leckerchen und dann kann es, wenn ihr wollt, weitergehen.«

»Hmmm, war das wieder gut! Danke«, freute sich Pepita. »Jetzt fahren wir gerne in der Geschichte fort«, bot Rosita an. »Wir waren stehen geblieben, als die alte, weise Katze dem Kleinchen Beispiele für Routinetätigkeiten aufzählte, die von Helferinnen erledigt werden könnten. Jetzt begannen alle Katzen zu überlegen, ob sie junge Frauen kennen, die sie für geeignet hielten. Als niemand sofort lossprudelte, meldete sich das Kleinchen zaghaft zu Wort: ›Bei mir im Ort wohnen zwei sehr nette junge Mädchen, die bisher immer fleißig waren, sich Tieren gegenüber sehr lieb und fürsorglich verhielten und mit Pflanzen ausgesprochen respektvoll umgegangen sind.‹ ›Das klingt doch schon mal ganz gut, erzähl uns mehr von ihnen.‹« »Moment mal,« unterbrach ich die Erzählung. »Ihr sagt, Kleinchen hätte die beiden als fleißig beschrieben? Bei den Grimms werden sie aber sehr unterschiedlich geschildert. Da heißt es, die eine war schön und fleißig, die andere hässlich und faul. Ich weiß ja, dass Vieles sehr anders war als in meinem Buch, aber das müsst ihr mir bitte erklären.« »Also pass auf: Richtig ist, dass beide Marie hießen und dass die eine die Tochter des Mannes aus erster Ehe war, die zweite die Tochter der Frau aus erster Ehe. Sie waren annähernd gleich alt. Verschieden waren sie vom Aussehen. Die eine hatte rötlich blondes Haar, fast so wie der Rotton bei uns Katzen, die andere war schwarzhaarig. Sie verstanden sich gut und waren wirklich hilfsbereit im Haushalt. Warum die Grimms so polarisieren mussten, darfst du uns nicht fragen.«

Das gab mir zu denken. Meine Lieblinge hatten recht. Solche Gegensatzpaare kommen öfter bei den Brüdern Grimm vor. Nur bei Schneeweißchen und Rosenrot nicht; aber selbst da genießt Schneeweißchen den Vorzug, dass der verzauberte Prinz schon als Bär ankündigt, um sie freien zu wollen. In letzter Minute wird dann auf einmal ein Bruder des Bärenprinzen wie aus dem Hut gezaubert, der sich Rosenrot als Braut erwählt. Das kam mir schon immer etwas seltsam vor, alles nur, damit Rosenrot nicht leer ausgehen soll. Die Tatsache, dass es in den Grimmschen Märchen kaum zwei gleich liebenswerte Frauen- oder Mädchengestalten gibt, hatte mich nachdenklich gemacht. Auch über den Fleiß musste ich nachdenken. Es ist meistens die Fleißige, die belohnt wird. Wenn sie etwas nicht aus eigener Kraft schaffen kann, kommt ihr ein Wesen aus der Anderswelt zu Hilfe – so wie das Rumpelstilzchen. Aber das Mädchen muss, damit sie der Hilfe würdig ist, gut, fromm und fleißig sein. Bei den märchenhaften jungen Männern ist das ganz anders. Oft beginnen Märchen mit »Es war einmal ein König oder ein Bauer, der hatte drei Söhne, zwei kluge und einen dummen. Dann ist es jedes Mal der dritte Sohn, der das große Los zieht und die Prinzessin und ein halbes oder gar ganzes Königreich erwirbt. Die Dummheit stellt sich jedoch als eine andere Art der Intelligenz heraus, meist ist es ein gutes Herz, das sich in Hilfsbereitschaft für Tiere oder andere Wesen zeigt und dadurch Wege zum Ziel ermöglicht, während die beiden älteren Brüder nur über herkömmliche Intelligenz verfügen und oft auch Standesdünkel besitzen. Fleißig müssen die Sieger nicht sein, die Mädchen jedoch müssen Fleiß mitbringen, damit sie übernatürlicher Hilfe teilhaftig werden. Die einzige Ausnahme, die ich kenne, ist die Geschichte von den drei Spinnerinnen, die dem faulen Mädchen helfen. Aber die war ja ähnlich wie die Müllerstochter in Rumpelstilzchen, nur in die missliche Lage geraten, viel im Königsschloss spinnen zu sollen, weil ihre Mutter gelogen hatte aus Scham wegen der Faulheit ihrer Tochter, die sie deswegen ausgeschimpft hatte. Der Königin, die vorbei fuhr und wissen wollte, weswegen die Frau so aufgebracht war, erklärte die Mutter, die Tochter wolle immerzu spinnen. Aber auch da war es der angebliche Fleiß, der die Königin so tief beeindruckt hatte, dass sie das Mädchen zum Spinnen mit aufs Schloss nahm. Also mit dem Fleiß hat es in den Märchen bei Mädchen wirklich eine besondere Bewandtnis. »Du kannst ja darüber noch weiter nachdenken«, meinte auch Rosita so, als hätte sie meine Gedanken gelesen, und ergänzte: »Wir kennen solche Unterschiede sowieso nicht. Zwar kommen natürlich auch bei uns Katzen mit verschiedenen Talenten vor, aber das werten wir nicht so wie ihr Menschen.« »Wie sage ich immer so richtig: Vieles in der Welt der Katzen ist für mich erstrebenswert.« Ein leises Schnurren aus zwei Kehlen ersetzte eine Antwort.

»Doch nun sagt mir, was Kleinchen über die beiden Marien zu berichten hatte.« »Das Kätzchen erzählte, dass die beiden Mädchen zur Unterscheidung von den Dorfbewohnern Rot-Marie und Schwarz-Marie genannt wurden. Sie versorgten die Hühner und Gänse, molken die Ziege und die Kühe und hatten eine Kräuterspirale im Garten angelegt. All das kam bei den zuhörenden Katzen der Ratsversammlung sehr gut an. ›Wie wollen wir weiter vorgehen, um die beiden Marien für die Aufgabe bei Frau Holle zu gewinnen?‹, fragten einige aus der Katzenversammlung.« und Pepita fügte hinzu: »Ab jetzt sprechen wir am besten einfach von ›Frau Holle.‹« Rosita fuhr fort: »Die weise, alte Katze bemerkte: ›Es sind zwei Dinge zu leisten, zum einen müssen die beiden jungen Mädchen in die Anderswelt zu Frau Holle gelangen. Und zum zweiten müssen wir dort feststellen, ob sie von sich aus die Initiative ergreifen und anstehende Arbeiten ausführen.‹ Die Katzen waren begeistert von dem klaren Verstand ihrer Artgenossin. Kleinchen hatte auch schon eine Idee: ›Im Dorf steht ein Brunnen, der ist ein Zugang zu Frau Holle, den benutze ich auch, wenn ich einmal zu ihr gehen möchte. Man müsste sie dazu bringen, in den Brunnen zu steigen.‹ ›Halten sich die Mädchen denn manchmal beim Brunnen auf?‹ ›Ja, es steht ein Baum daneben und unter ihm eine Bank. Da sitzen sie manchmal und handarbeiten.‹« »Ihr sagt handarbeiten, sicher meint ihr das Spinnen. So steht es jedenfalls in meinem Buch«, warf ich ein. »Nein, tatsächlich haben sie gestrickt, gestickt und gehäkelt.« »Einleuchtend«, meinte ich, »das ist ja auch viel einfacher. Wer schleppt denn schon das Spinnrad durchs Dorf zum Brunnen, um zu spinnen. Das wäre doch wirklich seltsam. Aber in jener Zeit hatte das Spinnen natürlich eine große Bedeutung«, fügte ich hinzu und musste an die vielen Märchen denken, in denen gesponnen wird, zum Beispiel von Rumpelstilzchen, ganz zu schweigen von der Fee im Turm des Dornröschenschlosses, die den Schicksalsfaden gesponnen hatte.

Meine Süßen ließen sich durch meinen abschweifenden Gedankengang nicht vom Fortgang der Geschichte abbringen. »Die alte, weise Katze sprach das Kleinchen direkt an: ›Kannst du dir vorstellen, in den Brunnen zu springen und herzzerreißend zu miauen? So, dass eine der Marien in den Brunnen steigt, um dich zu retten?‹ ›Das ist ein wundervoller Plan!‹, jubelten alle. Auch das Kleinchen war begeistert von dem Gedanken, eine so wichtige Rolle übernehmen zu sollen.« »Nun, hat der Plan geklappt?«, wollte ich wissen. »Und wie! Kleinchen lief zu großen Formen auf. Erst hatte sie sich im Geäst der Linde versteckt und gewartet, bis eine Marie kam. Es war die Rot-Marie mit ihrem Strickzeug. Das Kleinchen stieg vom Baum und ging ihr um die Beine. Dann sprang es auf den Brunnenrand, maunzte, so dass Marie auch sah, woher das Miau kam, begann sich zu putzen. Dann tat es so, als würde es das Gleichgewicht verlieren, was einer gesunden Katze natürlich nie passieren würde, es sei denn, sie ist durch etwas anderes abgelenkt. Erschrocken beugte sich Rot-Marie über den Brunnenrand und konnte tatsächlich das scheinbar hilflose Kleinchen sehen. ›Kannst du nicht mehr alleine herauskommen?‹, fragte sie mitleidig. ›Warte, ich komme zu dir, besonders tief scheint der Brunnen ja nicht zu sein.‹ Mit diesen Worten sprang sie mutig in den Brunnen und landete, wie du ja weißt, auf der Blumenwiese. Erstaunt blickte sie sich um. Da kam das Kleinchen auch schon auf sie zu. ›Danke, dass du mich retten wolltest, Rot-Marie, willkommen in der Anderswelt.‹ ›Aber du kannst ja sprechen?‹, wunderte sich das Mädchen. ›Sprechen kann ich immer, aber nur hier in der Anderswelt, kannst du verstehen, was wir Lebewesen und sogar die Dinge dir sagen wollen.‹ ›Gibt es denn hier Dinge oder Wesen, die mir gerne etwas sagen möchten?‹ Kleinchen war von dieser Frage sehr angetan, so eine schnelle Auffassungsgabe hatte sie nicht erwartet. ›Ja, sieh dich nur um und höre genau hin.‹ Den Rest kennst du«, schloss Rosita die Erzählung.

»Nein«, protestierte ich, »jetzt bist du viel zu schnell für mich. Ich habe noch eine Menge Fragen zum Fortgang der Geschichte.« »Dann frag!«, ermunterte mich Pepita. »Was mich schon immer erstaunt hat, ist, dass das Mädchen nur zweimal etwas tun muss: Das Brot aus dem Ofen holen und die Äpfel vom Baum schütteln. In den meisten Märchen ist es doch so, dass der Held oder die Heldin drei Aufgaben bewältigen muss. Das Schütteln der Betten, das die dritte Aufgabe sein könnte, trägt ihr Frau Holle ja direkt an, während in den beiden anderen Fällen, die Dinge selbst die Marie auffordern etwas zu tun.« »Völlig richtig. Hier wurde tatsächlich die dritte oder genauer gesagt die erste Aufgabe unterschlagen.« »Und welche war das?« »Auf der Blumenwiese waren Kühe unterwegs und dicht dabei befand sich ihr Stall. Von dort hörte Rot-Marie es rufen: ›Unsere Euter sind so prall gefüllt, dass es schmerzt.

Kommt denn niemand, um uns zu melken?‹ Das ebenfalls zu erzählen, war den Menschen aber zu alltäglich, denn tatsächlich muhen ja die Kühe auch in unserer Welt, falls sie nicht pünktlich gemolken werden. Sprechende Apfelbäume und Brote dagegen erschienen auch den Grimms viel märchenhafter, deshalb haben sie die sprechenden Kühe einfach unterschlagen.« »Rot-Marie hatte die Kühe aber sehr wohl gehört, ging in den Stall, molk sie und füllte den Melkeimer gleich mehrmals. Den Inhalt kippte sie in große Blechkannen, die dort standen. Da sie diese nicht transportieren konnte und auch nicht wusste, wer Anspruch auf die Milch hatte, ging sie erst einmal weiter. Die Brote und die Äpfel sammelte sie in Körbe, die bereit standen, aber sie konnte nicht alles tragen, deshalb nahm sie nur einen vollen Brotkorb und hielt Ausschau nach Menschen, denen die Kühe gehörten, die die Brote in den Ofen geschoben und den Apfelbaum gepflanzt hatten.« »Merkst du was?«, unterbrach Rosita ihre Schwester an der Stelle, indem sie sich an mich wandt. »Nein, ist da was Besonderes zu bemerken?« »Nun, dann halte dir doch mal die Farben vor Augen, die die gesammelten Dinge haben«, half Rosita meinen Überlegungen etwas auf die Sprünge. »Die Milch ist weiß, die Äpfel hatten vermutlich rote Backen und die Brote waren braun.« »Fast richtig. Es war Schwarzbrot«, korrigierte mich mein Kätzchen. »Dann ist alles klar. Es waren die Farben der Großen Mutter, Frau Holles Farben: weiß, rot und schwarz«, konnte ich das Rätsel lösen. »Ich merke schon, jede scheinbare Nebensache hat eine tiefere Bedeutung. Frau Holle stand hinter den Arbeiten, auch wenn sie noch nichts von nahenden Helferinnen wusste.«

»Was hast du noch für Fragen?«, wollte Rosita wissen. »In meinem Märchenbuch heißt es, dass das Mädchen sich erschrak, als es Frau Holle am Fenster sah, weil diese so große Zähne hatte. Frau Holle musste ihr erst die Angst nehmen.« »Du hast Recht, das ist auch sehr seltsam. Aber es gibt eine ganz natürliche Erklärung. Rot-Marie hatte an die Tür des Hauses geklopft und Frau Holle, die niemanden erwartete, kam ans Fenster, um zu sehen, was draußen los war. Sie hatte sich zu einem Mittagsschlaf hingelegt und war vom Klopfen geweckt worden. Noch etwas verschlafen schaute sie nach unten und musste herzhaft gähnen. Dabei hielt sie ganz unbefangen ihre Hand nicht vor den Mund, sie war ja nicht auf Besuch eingestellt. Frau Holle hatte zu dem Zeitpunkt die Gestalt einer alten Frau und so wunderte sich Rot-Marie, dass eine so alte Frau noch alle Zähne im Mund hatte, denn sie kannte nur alte Frauen, denen viele Zähne fehlten.« »Ach so war das! Und das Erstaunliche, die vielen Zähne im Mund einer alten Frau, hat Rot-Marie dann weitererzählt und daraus wurden dann im Laufe der Weitergabe der Geschichte große Zähne.« »Genau so war es!«, bestätigten mich meine Beiden.

»Frau Holle stellte sich vor und Rot-Marie erbat sich ein Wägelchen, um die restlichen Körbe, mit den Broten und den Äpfeln, und die vollen Milchkannen ins Haus zu transportieren. Frau Holle war sehr angetan von der Hilfsbereitschaft des Mädchens. Und während nun Rot-Marie mit dem Wägelchen zurück auf die Wiese ging, um die Ernte einzufahren, näherte sich Kleinchen der Frau Holle. ›Wie gefällt dir das Mädchen?‹, fragte sie erst mal ganz unverfänglich. ›Sehr gut. Sie ist freundlich, höflich, hilfsbereit und stellt sich geschickt an.‹ Da schnurrte das Kleinchen vor Begeisterung und enthüllte Frau Holle, was sich die Katzen überlegt hatten. Der gefiel die Idee ausnehmend gut. ›Oh ihr wunderbaren Tiere, was für eine hervorragende Idee. Wenn das Mädchen zurück ist, werde ich sie gleich fragen, was sie davon hält.‹ Auch Rot-Marie konnte dem Plan nur Gutes abgewinnen, allerdings hatte sie Bedenken wegen ihrer Eltern und ihrer Schwester, die nicht wissen konnten, in welches Abenteuer sie sich begeben hatte. Sie trug Frau Holle ihre Sorge vor, aber die wusste Rat. ›Weißt du, Marie, wir hier in der Anderswelt verständigen uns oft, indem wir denen, denen wir eine Botschaft zukommen lassen wollen, einen Traum schicken.‹« »Ja, das kam schon öfter in euren Geschichten vor!«, warf ich ein. »Und so machten sie es auch dieses Mal. Frau Holle schickte Maries Eltern und ihrer Schwester denselben Traum, dessen Botschaft von Rot-Marie lautete: ›Mir geht es gut, ich habe eine wichtige, ehrenvolle Aufgabe bei Frau Holle übernommen und bleibe daher in der Anderswelt.‹«

»Aber dabei blieb es ja nicht«, meinte ich. »Richtig«, bestätigte Pepita. »Als der Herbst vorüber war, bekam Rot-Marie Heimweh und bat, zu ihren Eltern zurückkehren zu dürfen. Bevor sie die Bitte äußerte, wollte sie aber noch wissen, welche Aufgaben denn nun im Winter anfallen würden. ›Da ist einmal dafür zu sorgen, dass es schneit und die Natur zur Ruhe kommt. Die Tiere, die unsere Gegend verlassen, müssen gute Wegzehrung erhalten und die wild lebenden Tiere, die hier bleiben, müssen gefüttert werden, wenn sie wegen Schnee und Eis kein Futter finden. Die Menschen müssen bei ihrer Suche nach Brennholz unterstützt und sie, ebenso wie die Pflanzen vor Frostschäden bewahrt werden.‹ Da war Rot-Marie klar, dass auch der Winter viele Aufgaben mit sich bringt. Sie überlegte. ›Liebe Frau Holle, ich würde sehr gerne zu meinen Eltern zurückkehren und erst im nächsten Jahr zur Erntezeit wieder kommen und dir helfen. Meine Schwester, die Schwarz-Marie, liebt den Winter. Ich könnte sie fragen, ob sie dich im Winter unterstützt.‹ ›Das gefällt mir. Ja, Rot-Marie, tu das bitte, und wenn sie es nicht will, komm zu mir zurück, damit wir eine andere Lösung überlegen.‹ Das war aber nicht nötig, denn Rot-Marie schilderte ihrer Schwester das Leben in der Anderswelt bei Frau Holle so verlockend, dass die gerne bereit war, den Winter dort zu verbringen. Rot-Maire wies ihr also den Weg durch den Brunnen und Schwarz-Marie machte sich schnurstracks auf zu Frau Holles Haus.«

»Das heißt also, wenn ich euch recht verstanden habe, dass Schwarz-Marie nicht auf sprechende Kühe, schreiende Brote und einen Hilfe rufenden Apfelbaum stieß.« »Richtig«, antwortete mir Pepita. »Das gefällt mir sehr. Ich fand es schon immer seltsam, dass der Baum, der doch abgeerntet war, noch mal um Hilfe rief. In den Ofen konnten ja neue Brote hinein geschoben worden sein, aber Äpfel von einem Baum kann man doch nicht zweimal ernten. Zwar weiß ich auch, dass in den Märchen, in denen zum Beispiel drei Brüder nacheinander ausziehen, um eine schwierige Aufgabe zu erledigen, alle in dieselben Situationen geraten und sich ihnen dieselben Hindernisse in den Weg stellen, aber irgendwie schien mir das nicht zu Frau Holle zu passen. So gefällt es mir jedenfalls viel besser«, schloss ich zufrieden. »Schwarz-Marie musste ja auch nicht mehr erprobt werden, sie war ja aus freien Stücken zu Frau Holle gekommen und hatte eine Ahnung davon, was sie erwarten würde. Sie wurde in ihre Aufgaben eingewiesen und stellte sich sehr geschickt an. Die Tiere, denen sie über den Winter half, liebten sie«, erklärte mir Rosita. »Sie war also weder faul noch egoistisch«, fasste ich zusammen. »Nein«, antwortete mir Rosita, »Frau Holle war mit ihr ebenso zufrieden wie mit Rot-Marie.«

»Sicher willst du wissen, wer all die Aufgaben des Frühlings übernommen hat, nicht wahr?«, fragte mich Rosita, die inzwischen mit meinen Rückfragen sehr vertraut war. »Ich vermute, das hat Frau Holle selbst gemacht.« »Ja, ihr war es wichtig, die Oberaufsicht zu führen, wenn gesät und gepflanzt wurde, wenn die Tiere sich paarten und Junge bekamen. Aber sie war so viel entspannter, weil sie wusste, dass Rot-Marie ihr wieder beistehen und Schwarz-Marie ihre Schwester ablösen würde.« »Was hat es aber mit dem Gold und dem Pech auf sich?« »Frau Holle wollte ihre beiden Helferinnen belohnen und schenkte jedem Mädchen ein wunderschönes Abendkleid. Passend zur Haarfarbe erhielt Rot-Marie ein hellgrünes, in das Goldfäden eingearbeitet waren und das über und über mit glitzernden Diamanten besetzt war. Ihre rotblonden Haare kamen dadurch sehr vorteilhaft zur Geltung. Das Kleid war einfach ein Traum! Das von Schwarz-Marie ebenfalls. Für sie hatte Frau Holle ein nachtblaues Seidenkleid gewählt, in das Silberfäden gewebt und Perlen auf den Stoff gestickt waren, sodass man das Gefühl hatte, in den winterlichen Nachthimmel zu blicken und sogar das Nordlicht zu sehen.« »Hatten sie die Kleider an, als sie zu den Eltern zurückkehrten?«, wollte ich wissen. »Ja und der olle Hahn, der von Kleidung keine Ahnung hatte, hielt die Gewänder für Gold und Pech.« »Na ja«, feixte ich, »was erwartet man auch von einem Tier, das überwiegend auf Mist steht und nur scharf auf seine Hennen ist. Ihr hingegen seid da viel näher an uns Menschen dran und habt einen guten Geschmack«, konnte ich mir nicht verkneifen.

»Aber sagt mir doch zu guter Letzt noch, ob Frau Holle sich denn auch bei den Katzen bedankte.« »Das hat sie. Und sie machte nicht nur den Katzen, die ihr geholfen hatten, sondern gleich der ganzen Rasse ein herrliches Geschenk«, verkündete Pepita voller Stolz. »Sagt schon!«, forderte ich sie neugierig auf. »Ich schenke euch und euresgleichen ewige Jugend und die Fähigkeit zu lächeln‹, sagte sie zu ihren vier Kutscherkatzen.« Ich war einigermaßen verblüfft. »Das mit dem Lächeln verstehe ich. Ich habe auch schon beobachtet, dass ihr die Mundwinkel – oder heißt es bei euch Mäulchenwinkel? - hochziehen könnt wie zu einem Lächeln. Das macht ihr nicht immer, so wie es bei den Delfinen der Fall ist. Also kann man tatsächlich von einem Lächeln sprechen.« »Ja«, bestätigten meine Lieblinge, »in der Hinsicht sind wir wie ihr. Wenn es uns gut geht und wir glücklich sind, lächeln wir, wenn nicht, sind unsere Mäulchenwinkel gerade, in neutraler Stellung sozusagen. Dass wir das je nach Lust und Laune im wörtlichen Sinn verändern können, geht auf Frau Holles Geschenk zurück«, sagte Rosita glücklich und mit hochgezogenen Mäulchenwinkeln. »Aber was hat es mit der ewigen Jugend auf sich? Das verstehe ich überhaupt nicht, ich weiß nur von den neun Leben, die Katzen haben sollen.« »Die ewige Jugend hat damit nichts zu tun. Du kannst selbst drauf kommen, schau uns nur einmal genau an«, forderte mich Pepita auf. »Hm. Ich sehe große Ohren.« »Unwichtig.« »Große Augen.« »Schon besser.« Mit diesen Worten wandten mir beide ihr Profil zu. »Und was siehst du jetzt?« »Ein kurzes Näschen.« »Sehr gut. Und was sagt dir das?« Da war ich echt überfordert. »Ich komm nicht drauf, gebt es auf!«, bat ich. »Das Kindchenschema!«, riefen sie wie aus einem Mäulchen. Da schlug ich mir vor die Stirn. »Na klar, ein Stupsnäschen und große Augen! Das sind Merkmale von Jungtieren und Kindern. Dazu fällt mir auch etwas ein: In der Praxis von eurer Tierärztin hing lange Zeit ein Plakat mit Hinweisen über ältere Katzen. Da hieß es, dass man – anders als bei Hunden – Katzen ihr Alter nicht anmerkt.« »Na bitte! Frau Holles Geschenk ist sogar in Tierarztpraxen bekannt«, triumphierte Pepita. »Wenn auch nicht als das Geschenk von der Großen Mutter, von Frau Holle für das liebevolles Engagement eurer Ahninnen und Ahnen,« ergänzte ich.

»Wie hat dir das Märchen gefallen?«, wollten beide nun wissen. »Es ist das schönste Geburtstagsgeschenk, das ich bekommen habe. Ich glaube es ist eine der wichtigsten Geschichten, die ihr mir erzählt habt, geht es doch darin darum, welch wunderbaren Helferinnen die Große Mutter, die sich bis zum Umfallen für das Wohl von Menschen, Tieren und Pflanzen das ganze Jahr hindurch einsetzt, in euch Katzen bekommen hatte. Anders als bei den Brüdern Grimm wird in der wahren Geschichte auch nicht Fleiß belohnt und Faulheit bestraft. Dagegen sagt mir eure Geschichte, wie wichtig es ist, Hilfe von anderen in Anspruch nehmen zu können.« »Das gilt auch für dich«, meinte Pepita. »Ja, du neigst auch dazu, dich zu überarbeiten«, fügte Rosita hinzu. Oh, oh, da hatten mich aber meine Lebensgefährtinnen richtig erkannt. Schnell wechselte ich das Thema. »Was geschah dann eigentlich, als die Marien nicht mehr lebten?« »Das war kein Problem. Umsichtig, wie die Beiden schon als jungen Frauen waren, haben sie rechtzeitig in Absprache mit Frau Holle ihre Nachfolgerinnen bestimmt.« »Von jetzt an werde ich immer daran denken, was eure Vorfahren geleistet haben. Dafür müssten wir Menschen bis zum heutigen Tag allen Katzen sehr, sehr dankbar sein. Ich will mich gleich mal euch gegenüber dankbar erweisen: Welches Leckerchen darf es heute sein?« »Lachsleckerli und danach eine lange Ruhepause zu dritt«, wünschten sie sich. »So soll es sein!«

Am nächsten Morgen wachte ich unruhig auf. In der Nacht war ich immer wieder wach geworden. Ich musste dringend mit meinen Lieben reden. Aber erst ließ ich sie in Ruhe ihr Frühstück einnehmen. Danach näherte ich mich ihnen vorsichtig. »Na, was hast du auf dem Herzen?«, meinte meine schlaue Pepita, die gleich gespürt hatte, dass mich etwas beschäftigte. »Wisst ihr, alle Märchen, die ihr mir erzählt habt, waren so wunderbar, dass ich mich sehr privilegiert fühle, sie gehört zu haben. Dann aber musste ich an all die anderen Menschen denken, die gar nichts davon wissen und nur das kennen, was in Grimms Märchenbuch steht. Könntet ihr bitte die Große Mutter fragen, ob ich, oder besser gesagt wir, sie auch anderen Menschen zur Verfügung stellen dürfen?« »Das ist ein wirklich schöner Gedanke von dir«, meinte Rosita. »Aber du hast Recht, das muss die Große Mutter entscheiden, schließlich ist sie eine Hauptperson in den Geschichten und keine Märchenfigur. Es hat aber wenig Sinn, dass wir allein sie dazu befragen. Lass uns zu dritt zu ihr gehen und du trägst ihr deinen Wunsch vor.« »Meint ihr wirklich?« Ich wurde ganz befangen bei dem Gedanken. »Aber klar doch!«, bekräftigte Pepita die Worte ihrer Schwester. »Das ist die beste Lösung.« »Du musst keine Angst vor ihr haben«, fügte Rosita noch schnell hinzu, weil sie meine Verunsicherung wahrgenommen hatte. »Gut, wenn ihr das sagt.« »Dann mach dich reisefertig.« »Was muss ich dazu machen?« »Setz dich zwischen uns auf die Couch, sei ganz entspannt und schließe deine Augen.« Das tat ich. »Es geht los«, gab Rosita das Zeichen zum Aufbruch. Landschaftsbilder zogen vor meinem inneren Auge schnell an mir vorbei. Es war wie im Flug. Schließlich landeten wir auf einer Waldlichtung. Es musste die sein, die schon in manchen Geschichten aufgetaucht war. »Jetzt kannst du die Augen öffnen«, sagte Pepita.

Und da kam auch schon einen schöne, stattliche Frau aus dem Wald auf uns zu. »Na, ihr drei, hattet ihr eine gute Reise?«, fragte sie mit einem strahlenden, ein bisschen schelmischen Lächeln. Sie war mir auf Anhieb sympathisch, auch Ehrfurcht empfand ich vor ihr. »Ursula hat eine wichtige Frage an dich zu richten«, erklärte Rosita. »Lass hören«, forderte mich die Große Mutter auf. Ich verneigte mich vor ihr. »Verehrte Große Mutter, du hast meinen beiden wunderbaren Katzen die Erlaubnis erteilt, mir die wahren und vollständigen Geschichten zu erzählen, die sich vor vielen Jahren zugetragen haben und die ich bis dahin nur in der Fassung der Gebrüder Grimm kannte. Nun weiß ich, wie es wirklich gewesen ist. Nicht nur haben Katzen darin einen ganz wichtigen Part gehabt, auch die Menschen sind mir viel plastischer und differenzierter geschildert worden und nicht zuletzt hast du selbst immer wieder eingegriffen. Auch davon steht nichts in meinem Buch.« »Ich weiß und das ist alles sehr ärgerlich.« »Deinen Ärger darüber und den von Pepita und Rosita kann ich sehr gut verstehen. Gerne würde ich nun anderen Menschen die wahren Geschichten über die Märchen schildern wollen.« »Woran hast du gedacht?« »Ich spiele mit dem Gedanken sie aufzuschreiben und ein Buch daraus machen.« »Eine schöne Idee, mit dem ich mich gut anfreunden kann, allerdings nur unter einer Bedingung.« »Und die wäre?«, fragte ich ein bisschen beklommen zurück und hoffte, dass die Bedingung einfach zu erfüllen wäre. »Du sollst sie genau so aufschreiben, wie es sich zugetragen hat, also wie Pepita und Rosita, die beiden kleinen Lieblinge hier, sie dir erzählt haben.« »Ich könnte die Geschichten als Gespräch zwischen uns dreien schildern, so wie es stattgefunden hat«, meinte ich nachdenklich, der Gedanke gefiel mir außerordentlich gut. »Genau so hatte ich es gemeint. Was haltet ihr beiden davon?« »Wunderbar!«, kam es wie aus einem Schnäuzchen. »Vergiss auch nicht die Fress- und Ruhepäuschen zu erwähnen, damit alle, die das Buch lesen, daran erinnert werden, dass Katzen immer mal zwischendurch gerne einen kleinen Mundvoll zu sich nehmen«, fügte Pepita noch hinzu. Da musste die Große Mutter lachen. »So soll es sein und dann gebe ich dir, Ursula, hiermit dazu meinen Segen.« »Ich danke dir sehr«, antwortete ich und verneigte mich noch einmal. »Gutes Gelingen wünsche ich dir.« »Möchtest du sie lesen, bevor ich sie einem Verlag anbiete?« »Das ist nicht nötig. Ich bekomme alles mit, was du schreibst und außerdem habe ich großes Vertrauen in dich, aber auch in die Beiden hier. Sie würden dir nichts durchgehen lassen.« Wieder lächelte sie schelmisch und ich merkte, wie gut sie meine Lieblinge kannte. »Nun kommt gut nach Hause.« »Von Herzen vielen Dank!«, rief ich. Rosita und Pepita gingen der Großen Mutter schnurrend um die Beine. Wir drei setzten uns ins Gras. Bevor ich die Augen schloss, winkte ich der Großen Mutter zu, die freudig zurück winkte. So kamen wir wieder in unserer Wohnung an und gleich am nächsten Tag begann ich mit dem Aufschreiben. Pepita und Rosita nahmen regen und zum Teil kritischen Anteil daran. »Jetzt brauchte ich nur etwas

Feenstaub, damit das Buch auf die Reise gehen kann«, rief ich nachdem ich meinen Teil dazu geleistet hatte. »Das lässt sich in die Wege leiten«, meinte Pepita. »Wir sagen es der Großen Mutter.« Und tatsächlich spürte ich kurz darauf einen leichten warmen Rückenwind. »Der Feenstaub hat sich silbern auf dein Haar gelegt«, kicherte Pepita. »Es sieht ein kleines bisschen königlich aus, auch wenn du nicht mit den Windsors verwandt bist«, fügte Rosita lächelnd hinzu. Dann musste es ja gut ausgehen.

Zu danken habe ich

zuallererst Harald Mücke, der als einziger alle meine Geschichten gelesen und mir wertvolle Anregungen gegeben hat. Dann Freia Meyer, von ihr stammt der Tipp „Books on demand". Sie half mir zudem, unter verschiedenen Angeboten eine gute Auswahl zu treffen. Freia Meyer und Rosi Stroop haben mir auch eine ehrliche, kritische Einschätzung gegeben, die ich gut annehmen konnte. Barbara Kirsch hat mir den Bleistift aus der Hand genommen und meine Zeichnungsentwürfe so korrigiert, dass die Tiere nun deutlich mehr wie echte Katzen aussehen. Herbert Gerstberger hat liebe Worte über den Inhalt gefunden, die mir sehr wohl getan haben.

Jetzt müsste sich noch eine ganze Reihe von Namen von lieben Freundinnen anschließen, die, nachdem ich ihnen kurz etwas vom Inhalt erzählt oder ihnen auch ein paar Geschichten zu lesen gegeben hatte, mir Mut für eine Veröffentlichung gemacht haben. Seid alle ganz herzlich bedankt.

Ganz besonders möchte ich Katharina Mahrt hervorheben, der ich es verdanke, dass das Buch so wunderschön gestaltet ist.